ИРОНИЧЕСКИЙ
ДЕТЕКТИВ

Дарья Донцова

Контрольный поцелуй

Москва
ЭКСМО-ПРЕСС
2 0 0 2

ИРОНИЧЕСКИЙ ДЕТЕКТИВ

УДК 882
ББК 84(2Рос-Рус)6-4
Д 67

Разработка серийного оформления
художника *В. Щербакова*

Серия основана в 1999 году

Донцова Д. А.
Д 67   Контрольный поцелуй: Роман. — М.: Изд-во
ЭКСМО-Пресс, 2002. — 432 с. (Серия «Иронический
детектив»).

ISBN 5-04-004720-7

Поиски преступников приводят любительницу частного сыска
Дарью Васильеву в столичное метро: здесь столкнули под поезд ее
подругу Лиду. А некоторое время назад Даша видела дочь Лиды в инвалидной коляске, которую везла побирающаяся нищенка. Однако
проникнуть в тайны закрытого для посторонних мира не так-то просто. И тогда привыкшая доводить всякое дело до конца Даша внедря-
ется в «нищенский бизнес» подземки. Теперь ей положено побывать
в руках «имиджмейкера» этой мафии. Она направляется к некой Мэрилин Монро, не подозревая о том, что разгадка ближе, чем можно
было себе представить...

УДК 882
ББК 84(2Рос-Рус)6-4

Глава 1

Я стояла у мойки и с тоской глядела на сырую курицу, присланную в Россию французскими умельцами-фермерами. Всем-то она хороша — и беленькая, и толстенькая, и складненькая. Плохо одно — совершенно не знаю, что с ней делать. Вчера вечером домашние категорично заявили: «Отварного цыпленка больше не хотим». Наша кухарка может приготовить из бройлера великое множество вкуснейших вещей: сациви, заливное, чахохбили... Я же знаю данные блюда только на вкус, но понятия не имею, что и в какой последовательности в них кладут. И вообще не умею и не люблю готовить, апофеоз моих кулинарных возможностей — яичница с луком. Но Катя попросила короткий отпуск, чтобы съездить к младшей сестре на свадьбу, а домработница Ирка, раньше с успехом заменявшая Катерину, свалилась на следующий день с гриппом. Ну не нанимать же на короткий срок приходящую прислугу? Тем более что никто из домашних терпеть не может незнакомых людей. На семейном совете решили: бороться с трудностями быта самостоятельно.

Сын Аркадий пообещал привозить в дом все необходимые продукты, невестка Ольга решительно взялась за пылесос, дочка Маша железно намеревалась мыть посуду... В доме еще безобразничают двое близнецов — Аня и Ваня, и их няня

Серафима Ивановна, вздохнув, сказала: «Ладно, буду стирать на всех». Готовить не хотел никто, и эта участь выпала, понятно, на мою долю.

Есть женщины, творящие у плиты вдохновенно. Я не из их числа. Вид поднимающегося дрожжевого теста вызывает у меня чувство ужаса, а котлеты раньше всегда покупала готовые, по шесть копеек, «Полтавские». И ничего, все ели и даже облизывали тарелки. Теперь же, стоило только разбогатеть... Впрочем, лучше объясню все по порядку.

Несколько лет назад еще в той, советской жизни моя лучшая подруга Наташка ухитрилась выскочить замуж за француза. Как в сказках, оказалось, что избранник знатен и чудовищно богат. Наташку следовало теперь величать баронесса Макмайер.

Долгие годы до этого мы жили вместе с ней в моей двухкомнатной «распашонке» в спальном районе Москвы. Работали на богом забытой кафедре иностранных языков малопопулярного технического вуза. Только я преподавала французский, а Наташка трудилась лаборанткой. На круг у нас выходило с ней около двухсот рублей в месяц. Ртов же в семье много — сын Аркашка, кошка Маркиза, белая крыса Фима и хомяк Фома. Последний приводил нас с Наташкой в настоящий ужас. Есть он хотел постоянно и, если обнаруживал пустую кормушку, в негодовании тряс клетку, издавая звуки, на которые и голодный крокодил не сподобится. В особенности такое поведение «радовало» по ночам, поэтому большое значение придавалось тому, чтобы подать Фоме сытный, сверхкалорийный ужин. Одна из наших знакомых однажды была просто шокирована разыгравшейся на ее глазах сценой: пятилетняя Маша тянется к куску сыра.

— Положи сейчас же! — кричит Наташка. — Это для Фомы.

Естественно, чтобы накормить такую компанию, я постоянно думала о заработках. С утра до ночи носилась по частным урокам, сшибая рубли и копейки. Дети быстро росли, одежда на них просто горела, и мы с Наташкой давно перестали носить юбки. Под брюки можно надеть и заштопанные колготки.

Наташкино замужество разом все в нашей жизни переменило. Естественно, семья получила приглашение приехать в Париж. На следующий день после нашего прибытия Жана Макмайера, супруга Натальи, убили. Никаких родственников, кроме жены, у несчастного не было, и Наташка стала обладательницей трехэтажного дома в предместье Парижа, огромного счета в банке, хорошо налаженного, прибыльного бизнеса и уникальной коллекции живописи, собирать которую начал еще дедушка Макмайер. Из нищих, считающих копейки женщин мы разом превратились в супербогатых людей. Выстроили себе двухэтажный дом в подмосковном поселке Ложкино и стали жить на две страны. Удивительное чувство уверенности наполняет теперь наши души. Капиталы размещены во Франции, и мы не боимся российских экономических кризисов. Как жена, Наталья сразу же получила французское гражданство, мне же пришлось с этим три года подождать. Зато теперь у каждого в семье по два паспорта — красный российский и синий — французский.

Богатство позволило заниматься тем, чем хочется. Аркадий закончил юридический факультет и стал адвокатом. Его жена Оля, имеющая дома кличку Зайчик, штурмует французский, английский и арабский в институте иностранных языков. Для Маши нашли великолепный колледж. А у Наташки неожиданно открылся самый настоящий талант. Она стала сочинять любовные романы. Причем, описывая московскую действительность, создает свои «шедевры» на французском языке. По непонятным для меня причинам, парижанки расхватывают ее «рукоделие», как горячие пирожки, и подруга стала зарабатывать такие деньжищи, что у меня просто появился комплекс неполноценности. Потому что я ничего не делаю. Разве можно назвать работой четыре учебных часа в неделю с милыми приятными дамами, директорами книжных магазинов? Это же просто отдых, да и ухожу я от них нагруженная новинками детективов. Жизнь моя прекрасна, и портит ее только прехорошенькая курица, беззащитно выставившая упитанные ножки.

Где-то в библиотеке валялась кулинарная книга! Я поднялась на второй этаж и порылась на полках. Ага, вот она! «Кулинария для всех. Тысяча рецептов блюд быстрого приготовления».

Я притащила драгоценный том на кухню и принялась в упоении листать страницы. Кто бы мог подумать: сто пятьдесят рецептов из птичьего мяса! Ну-ка поглядим «Фаршированное счастье». Я в ужасе уставилась в текст. Время приготовления — два часа! Ничего себе советы! «Снимите с курицы целиком кожу, не повредив ее». Это уж слишком! Даже под страхом смертной казни не сотворю такое. А вот другой рецептик: «Белый соус следует методично растирать на протяжении получаса, потом процедить во избежание комков и кипятить на медленном огне двадцать минут, постоянно помешивая». С ума сойти! Нет, уж лучше позвоню Лиде. Есть у меня одна ненормальная подруга, проводящая всю жизнь на кухне. Может, посоветует что-нибудь попроще.

У Артамоновых никто долго не брал трубку. Наконец прошелестел тихий голос:

— Алло.

— Можно Лиду? — попросила я. Кто это подошел к телефону? Родственники, что ли, приехали?

— Слушаю, — безжизненно ответила моя подруга.

— Лидуся? — удивилась я. — Что случилось, заболела?

Лидочке тридцать с небольшим хвостом, она третья жена брата моего четвертого мужа. Веселая, никогда не унывающая Лида, всегда разговаривает бодрым голосом, энергия просто переливается в ней через край. Ее муж, Андрей, неожиданно преуспел в делах и попробовал было запереть молодую жену в четырех стенах, но не тут-то было. Шебутная Лида продолжает работать гримершей в театре, успела родить ему двоих детей, а в доме у них невероятная чистота, и к обеду подают не менее трех блюд. При этом учтите — кухарки Лида не держит. Приглашает лишь домработницу убирать необъятные восьмикомнатные хоромы.

— Нет, — вяло ответила Лидочка, — у нас тут ремонт, устала очень.

Но что-то в ее голосе показалось подозрительным. Ремонт! Да они только весной полностью перепланировали квартиру, а на дворе сентябрь!

— Сейчас приду, — пообещала я.

— Не надо, — вяло отреагировала Лидуся.

Совсем странно. Да к ним можно обвалиться в любое время без предварительного приглашения. Андрюша, бывший актер, теперь удачливый режиссер и продюсер; свекровь Валерия Петровна — преподаватель актерского мастерства. Все привыкли поздно ложиться спать и вставать после полудня. Вечно у них полно всякого народа, даже детей — полуторагодовалую Полю и восьмилетнюю Надю не затащишь в кровать раньше полуночи.

Я взглянула на покрытую пупырышками курицу и быстренько запихнула эту красавицу в необъятный холодильник. Значит, так, на ужин куплю своим готовых салатов и чего-нибудь быстрозамороженного, а с обедом перебьются. Ну, съездят в ресторан, в конце концов. А то мне досталась самая тяжелая работа. Аркадий вчера продуктов не привез, забыл дома список, Ольга сумела пропылесосить только одну столовую и свалилась с больной спиной, Маня тарелки с остатками пищи запихнула в посудомойку... Значит, и я могу один раз не приготовить обед.

Квартиру на улице Усиевича Артамоновы купили примерно года четыре назад. Как раз в это время Андрюша взлетел на гребень успеха. Три спектакля, в которые он вложил деньги, моментально стали гвоздями сезона. Усатая физиономия Артамонова замелькала на телеэкране, знаменитые актеры, страдающие от отсутствия ролей, стали обрывать телефон. На следующий год успешных постановок оказалось целых семь. Тут же купили дачу в Переделкине и «Мерседес».

Я поднялась на пятый этаж и позвонила. За дверью послышалось тихое повизгивание. В семье Аратамоновых живут два щенка от нашей йоркширской терьерши Жюли и английского мопса Хуча. Створки тихонько приотворились, и на пороге появилась Лидуся, но в каком виде! Красивые каштановые волосы до плеч, всегда безукоризненно уложенные, сейчас свисают грязными сосульками. Она не накрашена. Веки покраснели и распухли, словно моя подруга долго-долго плакала, лицо какое-то мятое. И в первый раз за долгие годы знакомства я увидела Лиду в халате.

— Ты заболела? — спросила я, входя в просторный холл, который с весьма своеобразным вкусом Андрюша отделал под «охотничий зал». Пальто и куртки предлагалось вешать на оленьи рога, на стене — картина, изображающая гору битой дичи, тут и там чучела: утка, сова, белка... Полный мрак. Но Артамонов в телячьем восторге.

Лида молча смотрела, как я вешаю куртку и достаю из сумки несколько «Киндер-сюрпризов».

— А где девочки?

— В школе, — сухо уронила подруга.

В школе? В воскресенье? И полуторагодовалая Поля тоже? Да что происходит?!

По старой привычке мы пошли не в гостиную, а на кухню. Я с удивлением осмотрелась. Полный беспорядок. В мойке гора грязной посуды, на столиках громоздятся самые невероятные вещи — крем для обуви, бритвенный станок, пузырек с чернилами... Похоже, Лидуся и впрямь заболела, обычно у нее тут хирургическая чистота.

— Ладно, — покладисто отозвалась я, — в школе так в школе. Пойду яйца на кровать положу.

Следующее удивление поджидало в комнате у старшей дочери Артамоновых. Восьмилетняя Надюша — вдохновенная неряха. Чтобы без конца не ругаться с ребенком, Лидочка приняла соломоново решение: просто не обращать внимания на разбросанные повсюду книги, конфеты, игрушки и фломастеры. Раз в неделю няня раскладывает все по местам, но уже через полчаса артистический беспорядок плавно переползает с письменного стола на пол...

Сегодня же Надюшина детская выглядела словно выставочный образец. На письменном столе стопочки учебников и тетрадей, мишки, зайчики и жирафы аккуратным порядком восседают на полках, кукольный дом «Лего» скромно стоит в углу, книжки выстроились по росту и нигде не видно конфетных бумажек, пустых пакетиков из-под чипсов, оберток от мороженого...

Я распахнула дверь комнаты напротив. Полина пока спит вместе с няней, поэтому в большом тридцатиметровом помещении две кровати. И снова — изумительный, идеальный, невероятный порядок. А на том месте, где ночью лежит няня, нет подушки, просто ровно натянутое сиреневое покрывало.

— А где Зина?

— Отправилась к матери, там что-то случилось, — нехотя сообщила Лида, явно тяготясь моим любопытством.

Я поглядела на ее безжизненное лицо, еще раз обозрела идеально убранные детские и резко сказала:

— Хватит врать! Говори быстро, что у вас случилось?

Лида судорожно зарыдала и плюхнулась на застеленную покрывалом детскую кровать. Я побежала на кухню за водой.

Минут через десять Лидуся кое-как утерлась рукавом халата и, продолжая время от времени всхлипывать, рассказала жуткую историю, приключившуюся с ее семьей ровно десять дней назад.

Поля и Надя практически никуда не ходят одни. Старшую в школу водит отец, на плавание и к художнику — домработница. Учителя английского и немецкого приходят на дом.

В тот страшный день около четырех часов дня девочки вышли погулять вместе с няней Зиной во двор. Они рисовали мелом на асфальте, когда Валерия Петровна позвала няню. Зинаида поднялась домой буквально на пять минут, велев сестрам не отходить от подъезда. Когда она спустилась вниз, детей не обнаружила. Няня выскочила на улицу — никого. Во дворе играли ребятишки, живущие в доме, но никто из них не заметил, куда подевались Поля и Надя.

Обезумевшая нянька прибежала домой. От ужасного известия у Валерии Петровны случился сердечный приступ, и несчастная Зинаида вызвала «Скорую». Родители узнали о случившемся только около двенадцати ночи. У Лиды в этот день был спектакль со сложным гримом, а Андрюша засиделся на репетиции. И отец, и мать имеют мобильные телефоны, но перепуганная Зинаида никак не могла найти записную книжку, а Валерия Петровна только стонала и плакала.

Пока убитые горем родители собирались с духом, чтобы идти в милицию, в полночь раздался звонок.

— Мамочка, папочка, я жива, — кричала в трубку Надя, — и Поля тоже, мамулечка!..

Но тут ее голосок оборвался, и Лида услышала хриплый типично украинский говор:

— Слушай сюда, тетя. Дитятки твои у нас. Если шуметь не станешь — получишь назад живыми, обратишься в милицию — пиши пропало, разберем на запчасти.

Дальше Лидочка не дослушала, потому что грохнулась в обморок. Трубку перехватил Андрей и, не обращая внимания на валяющуюся на ковре жену, принялся спрашивать:

— Что вы хотите?

— Пока подождешь, — издевательски сообщил собеседник, — придумаем — позвоним. А ты попомни, поднимешь шум — покойницы твои дочки. Будешь молчать — вернем.

— Когда? — завопил Андрей. — Зачем они вам?

Но в ухо уже неслись настойчивые гудки. Больше таинственные похитители на связь не выходили. Лида хотела тут же бежать в милицию, но Валерия Петровна остановила невестку.

— Слышала, что пообещали негодяи? — всхлипывая, бормотала разом постаревшая свекровь. — Если будем вести себя тихо, девочек вернут.

И вот теперь Лидуся боится выйти из дома даже на минуту, чтобы не пропустить звонка. Похититель воспользовался их квартирным телефоном, скорее всего не зная про мобильные. Андрей целыми днями пропадает на работе, дома старается бывать как можно реже. Валерия Петровна бродит по квартире, как тень. Няньку Зинаиду моментально рассчитали. Андрей пригрозил женщине, что, если та хоть пикнет о происшедшем в семье Артамоновых, ей несдобровать. Всем знакомым сообщили об отъезде девочек в лесную школу. Мол, плохо стало со здоровьем, вот и отправили в санаторий.

За десять дней Лида похудела на восемь килограммов, перестала спать и находилась на грани безумия...

Ее ужас передался мне, я заметалась по огромной комнате, вытаскивая из кармана телефон.

— Как вы могли пойти на поводу у мерзавцев! Ведь они специально пугали вас, чтобы, не дай бог, не побежали в милицию! Надо немедленно искать детей! Сейчас позвоню одному знакомому, он в системе МВД...

Но Лидочка повисла у меня на руке, лихорадочно умоляя:

— Нет-нет, узнают, убьют девочек. Оставь, не надо!

Я посмотрела в безумные глаза подруги, на мелко трясущиеся руки и дергающуюся левую щеку. Бедняжка совсем потеряла рассудок. Хотя неизвестно, как бы повела себя я, окажись, не дай бог, на ее месте.

— Послушай, — попробовала я урезонить Лидусю, — это мой добрый, старый приятель, полковник милиции.

— Нет-нет, — трясла головой несчастная мать, — только не это...

— В конце концов, можно нанять частного детектива.

— Ни за что, — угасающим голосом запротестовала Лида, фаза отупения пришла у нее на смену нервному возбуждению. Подруга начала судорожно зевать, потом, еле-еле ворочая языком, пробормотала: — Дашута, посиди у телефона, вдруг позвонит.

В ту же минуту глаза ее закрылись, и она кулем повалилась на Надюшину кроватку. Я села в ногах и постаралась собраться с мыслями. Нет, так нельзя. Конечно, сволочь, укравшая детей, запугала родителей и бабку до потери пульса. Но я-то в полном разуме и, кстати, являюсь Наденькиной крестной матерью. Неужели тоже буду сидеть, сложив руки и проливая слезы? Мне всегда казалось, что в подобных случаях следует как можно быстрее обратиться к профессионалам. Любое преступление легче всего раскрыть по горячим следам, и так уже десять дней прошло!

Я поглядела на Лидочку и, удостоверившись, что она крепко спит, набрала номер полковника.

Глава 2

Домой я собралась только около девяти вечера. Все не хотела будить измученную подругу. Наконец та раскрыла глаза, села на кровати и тут же заплакала.

«Ну не сволочи ли ее муженек и свекровь», — со злостью подумала я, протягивая Лидусе стакан с валерьянкой. Бросили бедняжку одну дома! Да ей в клинике следует лежать под постоянным присмотром, а не изводиться в одиночестве, в пустой детской! В конце концов после недолгих колебаний я угостила несчастную мать стаканом чая, где растворила две найденные в аптечке таблетки родедорма. Пусть поспит до утра спокойно, а там станем разбираться на трезвую голову.

Удобно устроив подругу на кровати, я написала Андрюшке все, что про него думаю, и спустилась к «Вольво». И тут позвонила Маша.

— Мусечка, ты где? — вкрадчиво завела дочь.

— Скоро буду, а что?

— Видишь ли, — продолжала мяться Манюня, — задали на завтра доклад «Размножение обезьяны».

— Но при чем тут я?

Выяснилось, что очень даже при чем. Забывчивая Маша не захватила из академии книгу «Жизнь приматов». И теперь мне предлагалось заехать за книгой к дочкиной одногруппнице.

— Совсем недалеко, — виновато просила Марья. — Алтуфьевское шоссе, сейчас уже вечер, народу мало, быстренько смотаешься. А то поставят незачет...

Чертыхаясь, я принялась искать неведомую ранее магистраль. Машка твердо решила стать после окончания школы собачьим доктором и три раза в неделю исправно посещает занятия в Ветеринарной академии. Преподавание там поставлено серьезно, от детей требуют бесконечные рефераты, доклады и сообщения. Вечно она готовится к каким-то семинарам, коллоквиумам, экзаменам. Мне просто стало дурно, когда случайно увидела таблицу «Строение собачьего уха». Нет, такое выучить невозможно! Но Маня упорно продирается сквозь колючие заросли науки.

— Давай, старшая! — подначивает ее обычно брат. — Домашний ветеринар в хозяйстве пригодится.

Это святая правда. В доме живет куча животных. Одних собак пять штук. Сначала, правда, обзавелись двумя: питбулем Банди и ротвейлером Снапом.

Честно говоря, думали, что покупаем злобных сторожей. Кеша даже привинтил возле домофона на воротах красочную табличку: «Осторожно! Злая собака!»

И пит и ротвейлер попали в дом месячными щенками. Брали их одновременно, чтобы, по выражению Зайки, «росли братьями». Они были такие маленькие, такие беззащитные, так плакали первой ночью в специально купленной корзиночке... В середине ночи Кеша не выдержал и взял их в постель. Подрастая, собаки стали походить на плюшевые игрушки. Редко кто оставался безучастным, глядя, как толстозаденький Снап и голенастый Банди пытаются влезть по лестнице на второй этаж. И, конечно же, мы их постоянно кормили, засовывая в жадные щенячьи рты лакомые кусочки. Опомнились только через год, когда поняли, что по дому носятся две почти пятидесятикилограммовые лошади, абсолютно неспособные охранять хозяев. Всех людей, чужих и своих, бравые «секьюрити» встречают, радостно повизгивая. Ситуация усугубилась тем, что щенков принесли в дом, где безраздельно царствовали кошки — трехцветная Клеопатра и белая Фифина. Сначала киски пришли в полное негодование и залезли на книжные шкафы, гневно шипя на наглых малолеток. Потом принялись их страстно воспитывать: били за провинности, кусали и фыркали. Результат не замедлил сказаться. Питбуль Банди боится вообще всех кошек, а ротвейлер Снап только наших. Еще Клеопатра и Фифина научили щенков мыться и драться по-кошачьи. Когда Снап сосредоточенно нализывает переднюю лапу, а потом тщательно начинает мыть морду, незнакомые собачники цепенеют.

Правда, кошки у нас тоже не совсем обычные. Дело в том, что их детство и юность прошли рядом с белой крысой Фимой, и наши дурочки решили, что все мыши их лучшие друзья. Во всяком случае, когда Машины хомяки Зюка и Зика удирают из банки, чаще всего мы находим их под животом у Фифины или под мордой Снапа. Банди при виде хомячат убегает, их он тоже боится.

Потом один из приятелей, уезжая на несколько месяцев в командировку, оставил у нас карликового пуделя Черри. И просто забыл про собачку, ее тоже пришлось принять в стаю.

Честно говоря, думали, что больше «скотный двор» разрастаться не станет, но тут у Аркаши и Зайки родились близнецы, мы нашли няню Серафиму Ивановну, а у той оказалась очаровательная йоркширская терьерша Жюли. Последнее приобретение — английский мопс Хуч. Но об истории его появления расскажу потом.

Я тихо катилась по Алтуфьевскому шоссе и, как было оговорено, возле магазина «Тюльпан» заметила худенькую девочку в желтой куртке. Забрав «Жизнь приматов», порулила в Ложкино, но в самом центре Москвы, недалеко от входа в метро «Маяковская», «Вольво» встал, категорически отказываясь двигаться дальше.

С помощью подошедшего гаишника вызвала сервисную службу и через полчаса выслушала приговор: машину починят, но только завтра к вечеру. Отдав механикам ключи, я в растерянности встала у памятника поэту и принялась звонить домой.

— Машина сломалась, сейчас начну ловить такси.

— Ни в коем случае, — тут же отозвалась Зайка, — стой, где стоишь, я мигом за тобой приеду.

Я поглядела на часы — одиннадцать. Скорее всего Ольга уже в кровати, она любит пораньше зарыться в одеяльце с книжкой и шоколадкой. Представляю, как ей хочется ехать в Москву!

— Нет-нет, возьму машину, не волнуйтесь, на меня никто не польститься.

— На тебя нет, — согласилась безжалостная Зайка, — а на твои серьги, кольца и часы охотники найдутся.

Мы попрепирались еще немного и пришли к компромиссу. Я еду до станции «Речной вокзал» на метро, а Ольга встретит меня у выхода.

Несмотря на поздний час, вагоны оказались переполнены. Мне досталось место в самом конце вагона, на маленьком диванчике. Сев, от скуки стала разглядывать попутчиков. Серые, землистые лица, слегка нанесенный макияж у женщин и чуть проступающая щетина у мужчин. Многие держат в руках дешевые карманные издания. Никто не смеется, не болтает. Просто человек сорок усталых, измученных работяг, несущихся по тоннелю.

На «Белорусской» в вагон ввалилась толстая женщина с огромными кульками. Обозрев сиденья, она подошла ко мне и попыталась устроиться рядом. Диванчик, где я сидела, страшно неудобный. Двоим просторно, а троим — тесно. Но дама преисполнилась решимости отвоевать вожделенное место. Напряженно сопя, она принялась втискивать необъятный зад в узенькое пространство, оставшееся между мной и парнишкой в потертых джинсах.

Зад не влезал, но его обладательница сосредоточенно ткнула мальчишку локтем и заметила:

— Могли бы подвинуться.

Мы с пареньком вжались в бортики. Распространяя запах пота, бабища умостилась и злобно проговорила:

— Развалились будто у себя дома, а человеку после работы присесть негде.

— Жрать меньше надо, — окрысился паренек, — такие, как вы, должны двойную плату за проезд вносить.

— Ах ты, гаденыш! — взвилась баба, больно пихая меня жирной рукой в перстнях.

— Жаба эфиопская, — не остался в долгу мальчишка.

Я невольно улыбнулась: ну при чем тут Эфиопия? И все же нарастающая ругань начала действовать мне на нервы, я встала и отошла поближе к двери.

На «Динамо» в противоположный конец вагона вкатилась инвалидная коляска.

— Люди добрые, — защебетал проникновенный голос, без запинки выкрикивая заученный текст, — мы сами приехали с Владивостоку, ребенка на операцию привезли по поводу параличу, кто не верит, гляньте документы. Подайте, сколько можете, на лечение. Дай бог вам счастья и здоровья вашим детям.

Я поглядела на говорившую. Толстый платок не скрывал розовощекого деревенского лица, а под потертым плащиком угадывалась складненькая девичья фигурка. Лет попрошайке от силы шестнадцать-семнадцать, и она никак не может быть матерью ребенка, дремлющего в коляске. Я присмотрелась к инвалиду. Похоже, девочка и впрямь больна. Бледное, даже синее лицо, бескровные губы, и спит каким-то неестественным сном. Ноги несчастной укутаны в застиранное байковое одеяльце, ручки с обгрызенными ногтями безжизненно покоятся на коленях.

Нищенка собрала дань и подкатила коляску к двери, прямо к моему носу. Тут поезд остановился в тоннеле. Я продолжала рассматривать больную. Примерно около восьми лет, на правой щеке довольно крупная родинка, русые волосы давно не мыты, на левой руке у запястья тонкий шрам. Какие-то странные воспоминания зашевелились в моей голове. У кого из знакомых детей тоже есть такая родинка и подобный шрам? Поезд поехал. Девочка открыла глаза, огромные, синие, и прошептала:

— Пить хочу.

— Сейчас выйдем, и попьешь, — равнодушно заметила попрошайка.

Параличная закрыла глаза, состав встал на станции «Аэропорт». Коляска с грохотом выкатилась на платформу. Больная повернула голову, вновь раскрыла глаза, встретилась со мной взглядом и внезапно закричала. Состав уносил меня дальше, но я словно провалилась в обморок.

Боже мой, нет, неправда! Парализованная в коляске — это же Наденька Артамонова, пропавшая дочь Лиды. У нее крупная родинка на лице, а шрам заработала, когда порезала в пять лет руку, разбив стакан. Бежала и упала прямо на осколки... Ребенок узнал меня, а я ее нет, потому что Наденька, всегда веселая, подвижная хохотушка и болтушка, совершенно не походила сама на себя. Такой тихой и обреченной не видела ее никогда!

Перегон от «Аэропорта» до «Сокола» показался вечностью. Вскочив в обратный поезд, я вылетела на «Аэропорте» и заметалась по перрону. Два выхода! Куда податься? Добежав до дежурной, низенькой толстой тетки в красном берете, я, задыхаясь, проговорила:

— Девочки в инвалидной коляске не видели?

Дежурная отрицательно покачала головой.

Я бросилась к стоящему рядом милиционеру:

— Сейчас тут не проезжала парализованная?

Страж порядка глянул поверх моей головы и,

даже не удосуживаясь ответить, только пошеве-лил подбородком.

Кипя от злости, понеслась к другому выходу. Как же, небось все нищие платят дежурным и милиционерам мзду. Иначе чем объяснить странную слепоту тех, кто призван наводить в метрополитене порядок? Вот, например, прямо у ступенек сидит молодой парень без обеих ног. Предположим, этого просто пожалели, действительно страшное несчастье. Но вот две бойкие старушонки с табличками «Собираю на похороны внучки», опухший дядя с палкой в руке и лицо кавказской национальности, на вид совершенно здоровое? Ведь клянчат в двух шагах от дежурных, а никто и ухом не ведет!

Я бегала по перрону, опрашивала сидевших на лавочках, но все куда-то спешили, и никто не запомнил девочку в инвалидной коляске.

А ведь Наденька кричала.

Примерно около двенадцати вышла наконец на «Речном вокзале» на улицу. Взволнованная Ольга накинулась на меня с воплем:

— Ты что, на коленях от «Маяковской» ползла? Думала, несчастье с тобой случилось!

Но я не стала рассказывать ей о Наденьке: чем меньше людей знает, тем лучше.

Дома на кухне обнаружила несколько коробок из-под салатов, пиццы и замороженной рыбы. Не успела я запихнуть в микроволновку кусочек пиццы, как влетела, уже в пижаме, Маша.

— Давай книжку! — заорала дочка.

Я похолодела. А где «Жизнь приматов»?

— Ну, — торопила Маня.

— Извини, котик, — промямлила я, — кажется, я ее потеряла.

— Где? — потребовала ответа девочка.

Ну не глупый ли вопрос! Если бы знала, поехала бы и взяла. Может, выронила в вагоне, может, на станции. Правда, остается маленький шанс, что столь необходимое издание преспокойно лежит в «Вольво».

— Ведь знала, что тебе ничего нельзя поручать! — в сердцах выкрикнула Маня и ринулась в спальню.

Я машинально попробовала откусить замороженную пиццу. Интересно, а моя сумочка где? Там ключи, права, кошелек, косметика... Хорошо хоть телефон сунула в карман! Слава богу, вот он в другом кармане! И почему пицца не подогрелась за десять минут? А, забыла включить печку. Может, следует начинать пить стугерон или ноотропил? Хотя, как говорит Кешка, если головы не было до сорока лет, то потом уже не будет никогда.

Глава 3

Утром выползла в столовую к девяти утра. Для меня безумная рань. Долгие годы работы преподавателем вселили стойкое отвращение к утреннему пробуждению. Люблю поспать до одиннадцати, но, к сожалению, последнее время редко удается осуществить эту мечту. Близнецы просыпаются в семь и будят дом радостными визгами. Серафима Ивановна пытается закрыть их в детской, но Анька запросто переваливается через край манежа и бодро, слегка покачиваясь на толстых ножках, выносится в коридор. Оставшийся в одиночестве братец начинает орать как оглашенный. Ваньке пока не удаются подобные трюки.

Проглотив кофе, набрала номер Александра Михайловича.

Он наш старый и добрый друг. Дружим столько лет, что точно и не припомню, еще с тех пор, когда Александр Михайлович учился в Академии МВД, а я пыталась там подрабатывать. С тех пор наша дружба не раз проверялась на прочность, многократно полковник вытаскивал нас из самых разных неприятностей, и я знала, что на него всегда можно положиться. Он из тех профессионалов, которые, наступив на горло собственной песне, способны даже отпустить похитителей, если это поможет вернуть ребенка.

Александр Михайлович выслушал взволнованный монолог, вздохнул:

— Сказал тебе вчера и повторяю сегодня: без заявления родителей не могу дать делу ход.

— Они сильно напуганы и боятся преступников...

— Все равно не имею права.

— А если заявлю я?

— Что?

— Ну, дети пропали, а я, крестная мать, волнуюсь.

— Нет, — отрезал полковник, — только родители. И потом, откуда знаешь, что малыши пропали?

— Ты что, белены объелся? — возмутилась я. — Который раз тебе объясняю, я Наденьку вчера видела...

— Запросто могла ошибиться, — вздохнул полковник, — ну зачем воровать ребенка из хорошей семьи...

— Так еще и Полину украли...

— Тем более. Зачем брать девочек у благополучных родителей, чтобы возить в метро под видом калек? Да всю Москву наводнили «убогие» из Украины и Молдавии. Потом, полно алкоголиков, бомжей, отдающих ребенка в нищенский бизнес. Глупо и опасно брать для этого таких детей, как Артамоновы. Скорее всего потребуют выкуп или...

— Или?

— Или сами отец с матерью от них избавились.

— Как?

— Просто. Взяли и выгнали из дома, сплошь и рядом такое творится. У нас по сводкам, знаешь, каждый день — то младенец убитый, то ребенок удушенный. А вот вчера повязали мужика. Добрый папа посадил пятилетнюю девочку на цепь и не давал даже воды: слишком много ела, на его взгляд, а зарплата маленькая... Но, правда, он ей не родной отец, а отчим! Так что, извини! Напишут родители заявление, с дорогой душой помогу!

Вот чинуша! Я швырнула трубку на диван. Хотя, работая столько лет в системе МВД, трудно сохранить сострадательную душу, и, естественно, полковник подозревает абсолютно всех и вся. Но Лида и Андрюша обожали девочек. У Артамонова не первый брак и предыдущие жены не родили ему детей. Почему-то не могли. Лида тоже забеременела не сразу, примерно года через два после свадьбы, и это было полным счастьем для всех.

Андрюша все девять месяцев пылинки с жены сдувал, лично давил соки и бегал на рынок за свежим творогом и печенкой. Когда ждали рождения Полины, мужик слегка поутих, но все равно выполнял Лидкины прихоти, покупая все, что душа пожелает. У детей отличные комнаты, набитые игрушками под завязку, лучшие учителя, великолепное питание...

Нет, подозревать Артамоновых невозможно. И потом, видела вчера Лидку, такое не сыграешь! Ладно, поеду к ним снова и уломаю их подать заявление.

На этот раз дома оказались все. Бледная Лида зябко куталась в халат, Андрей ел геркулесовую кашу, а Валерия Петровна пила изумительно ароматный кофе из тонкой кобальтовой чашечки. На мои страстные речи первой отреагировала именно она.

— Нет, Дашенька, спасибо за участие, но подождем пока, что потребуют похитители. Если денег, продадим все и выкупим девочек.

Я во все глаза глядела на эту женщину. Язык не повернется назвать ее старухой, хотя возраст подкатывает к семидесяти. Изумительная, абсолютно девичья фигура, густые волосы безукоризненно уложены, макияж выше всяких похвал — лицо такое, будто на нем совсем нет косметики. Хотя знаю, сколько усилий прикладывают женщины, чтобы получить персиковый цвет лица.

Валерия Петровна преподает в театральном вузе актерское мастерство. Говорят, в молодости талантливо и с успехом выступала на сцене МХАТа, но после войны ни разу не выходила на сцену, только преподавала. Иногда она, смеясь, называет себя «конфеткоделательницей». В первый раз услышав это слово, я не поняла, о чем речь, и Валерия Петровна охотно пояснила:

— Берешь говно и делаешь конфетку!

Как многие актеры, Валерия Петровна весьма невоздержанна на язык, и Лидочка уводит детей, когда бабушка пускается в длительные воспоминания. А вспомнить есть что! В молодые годы женщина была удивительно, уникально красива. У нее в спальне на видном месте стоит гигантская фотография: двадцатипятилетняя Лерочка нежно улыбается, сжимая в руках розу. Правда, Андрюшка как-то проговорился, что Валерии Петровне на том снимке под сорок. Поверить невозможно, такие лица не встречаются на улице или в магазинах, совершенная, какая-то неземная красота. Поклонники вокруг Леры Липатовой роились тучами, но она, беспечно заводя романы и без сожаления разрывая их, не торопилась связать себя брачными узами. Замуж вышла поздно, выбрав из всех ухажеров композитора Артамонова, и не прогадала. Жизнерадостные песни мастера с энтузиазмом распевала вся Страна Советов. Признанный народом и обласканный властями, Михаил Артамонов, к сожалению, прожил недолгую жизнь, но можно смело сказать, что последние годы, проведенные вместе с любимой Лерой, оказались самыми счастливыми. У Михаила Артамонова был сын от первого брака — Кирилл. Валерия Петровна родила Андрюшу. Разница в возрасте у мальчиков пустяковая — всего несколько лет.

К чести Валерии Петровны надо отметить: она сделала все для того, чтобы Кирюша относился к ней, как к родной матери. Из всех гастрольных поездок привозились две одинаковые сумки с подарками для мальчиков. И между прочим, саквояжик для Риммы Борисовны, мамы Кирилла, тоже. Ни один праздник в доме не обходился без присутствия «родственников». Даже когда Римма Борисовна весьма удачно снова вышла замуж и родила сына Геру, она продолжала частенько прибегать в дом к Артамоновым. Летом, на громадной трехэтажной даче в Пахре мило уживались все вместе. Бывала там и я, в годы своего недолгого брака с Кириллом. Дача напоминала детский сад: дети Кирилла от первого брака и внуки нового мужа Риммы Борисовны. За хозяйством приглядывали две домработницы, на веранде стоял гигантский обеденный стол, на который запросто мог совершить посадку вертолет.

На моей памяти Валерия Петровна никогда не занималась хозяйством и детьми. Нет, она искренне любила Андрюшу, дала ему прекрасное образование. В дом постоянно приходили преподаватели. С пяти лет ребенок болтал по-английски, играл на пианино, занимался плаванием, теннисом... Но всяческие сюсю-мусю у Артамоновых не водились. Валерия Петровна не пела колыбельных песенок, не играла с мальчиком, а потом и с внучками. Дома ее никогда не называли «мама». И дети, а потом и внуки обращались к ней просто Лера.

Сердце этой женщины целиком принадлежало творческой работе. Как-то раз мы сидели вместе на премьере спектакля. Главную роль играла любимая ученица Артамоновой. Когда упал занавес, Валерия Петровна повернула ко мне раскрасневшееся, абсолютно счастливое лицо и прошептала:

— Правда, чудесно? А ведь явилась в училище пень пнем, это я из нее звезду сделала! Могу научить этому искусству любого, даже полного идиота.

И это правда, профессионал она великолепный. Единственный человек, с которым Лера не слишком ладит, — невестка Лидочка. Только не подумайте, что они ругаются или, не дай бог, дерутся. Просто, когда Лидочка самозабвенно рассказывает за столом о том, как следует фаршировать утку, в глазах свекрови появляется такое выражение... Пит Банди смотрит так на дворовых псов: смесь легкого пренебрежения, высокомерия и снисходительности.

Вообще говоря, Андрюше прочили в свое время другую невесту — дочь актеров Верещагиных. Аня долго ходила в дом, и ей Андрюшка нравился, но что-то у них не сложилось, и в семье появилась Лидочка.

Из всего вышесказанного понятно, что я совершенно не удивилась, заметив, что у Артамоновых сегодня голову не потеряла только Валерия Петровна. На фоне абсолютно обезумевшей Лидуси и нервно вздрагивающего от каждого резкого звука Андрюшки она выглядела свежей и спокойной.

— Нет, Дашенька, нам не следует связываться с милицией. Да и что они могут? Только разозлим похитителей.

Андрюша согласно закивал головой, Лида заплакала.

— Ну-ну, не стоит так расстраиваться, — уверенно сказала Валерия, — все закончится хорошо, девочки вернутся.

Но у меня такой уверенности не было. Конечно, я не работаю в милиции, однако детективных романов прочитала горы. Сюжет о похищении детей встречается часто, но всегда следом звонят преступники и выкладывают требования. Здесь же — ничего, пустота, и такое странное молчание — не знаешь, что и думать.

— Но я ведь видела Надюшу, — попробовала использовать последний аргумент.

— Дашенька, — улыбнулась Лера, — у тебя же сильная близорукость, а очки ты не носишь из кокетства.

— Я прекрасно вижу.

— На расстоянии вытянутого пальца, — усмехнулась Артамонова. — И вообще, знаешь, это дело семейное, спасибо за заботу, но разберемся сами.

Да, давно меня никто так не щелкал по носу. Подхватив собак, я предложила Лиде выйти во двор, прогуляться.

На скамеечке, пока радостные псы носились кругами по детской площадке, я принялась тормошить подругу:

— Давай прямо сейчас поедем к Александру Михайловичу, напишешь заявление...

Лидуся потрясла неухоженной головой:

— Боюсь, вдруг хуже сделаю. Скажи, где ты видела Надюшу?

— Последний раз на станции «Аэропорт». Она просила пить, и ее вывезли из вагона.

Лида закусила губу и словно окаменела. Я молча сидела рядом. Ну как ей помочь? Как найти девочек? Ну не верю в то, что две бойкие авантюристки могут испариться без следа. Кто-нибудь обязательно их заметил. Только кто?

— Что с няней?

— Зину уволили сразу.

Вот уж глупость, а вдруг она связана с похитителями? Так просто взяли и выгнали, не расспросив как следует?

Я отвела Лидушу домой, взяла у нее адрес няньки и поехала на улицу с симпатичным названием Четвертый Эльдорадовский переулок.

Восемь абсолютно одинаковых кирпичных домов стояли фасадом во двор. Зинина квартира — на третьем этаже. На каждой лестничной площадке тухли мусорные ведра, и запах витал соответственный. Зина открыла дверь сразу, отбросила белой распаренной рукой волосы со лба и недовольно осведомилась:

— Чего вам?

Потом пригляделась и уже другим тоном добавила:

— Дарья Ивановна? Не узнала.

Я прошла в страшно тесную, неудобную прихожую, заваленную кучами грязной обуви.

— Вас ведь Артамоновы рассчитали?

— Выгнали как собаку, — подтвердила Зина, явно не собираясь впускать меня в комнаты, — за последний месяц не заплатили и все обвиняли, что недоглядела за детьми. Всего на минуту и оставила...

Она принялась энергично шмыгать носом.

— Мои знакомые подыскивают няньку, — решила я каким-то образом разговорить бабу.

Зина оживилась:

— Ну? Пойдемте на кухню.

Войдя в маленькое, пятиметровое помещение, я чуть не задохнулась от запаха жирного бульона, вовсю кипевшего на плите. На веревках под потолком сохло белье. Окно и даже форточка закрыты. Зина подошла к плите и решила угостить меня чаем. В дешевую фаянсовую кружку она насыпала заварки и, залив доверху кипятком, плюхнула передо мной емкость. Я поглядела на плавающие щепки и спросила:

— Зачем же оставили Полю с Надюшей одних?

— Так Валерия Петровна позвала. Приспичило ей банку с джемом открыть, а сноровки-то нет, вот и велела наверх подняться.

Оказывается, Лера сначала приказала няньке открутить крышку, а потом собралась отправить ее в магазин. В доме кончился салат, а Валерия Петровна ужинает только зеленой травой. Пока хозяйка давала деньги да поучала, какой вид салата вкусней, прошло минут десять. И когда Зинаида спустилась вниз, дети исчезли.

— Надя даже Барби уродскую бросила, — говорила женщина, — ну ту, которую вы ей на день рождения подарили.

Именины у нас с Надюшей одного числа — седьмого июня. На этот раз мы преподнесли ей совершенно невероятную вещь. Специально купили в Париже говорящую Барби. Длинноногая куколка умеет произносить несколько десятков фраз, правда, только на французском. Но Надя все равно пришла в полный восторг и не расставалась с игрушкой. И вот теперь выясняется, что обожаемая Мими осталась у подъезда.

Зина обегала двор, выскочила на улицу, потом понеслась домой. Валерия Петровна, услыхав новость, схватилась за сердце и потребовала вызвать «Скорую».

— Что за дети играли во дворе, помните?

— Ларочка Костина из 72-й квартиры, Витя Гольянов и Марианна, фамилию не знаю!

Я поехала назад, на улицу Усиевича. Ларочка Костина оказалась прехорошенькой первоклашкой с озорным личиком. С Надей и Полиной она не дружила, в понедельник, придя из школы, играла в классики с Марианной Ежовой. И ничего подозрительного не заметила.

Девочка Ежова тосковала над сочинением «Meine Wohnung». Я преподаю французский, но немецкий немного знаю и скудного запаса слов как раз хватило, чтобы описать квартиру. Повеселевшая Марианна радостно сказала:

— Мне вас сам бог послал, а зачем пришли?

Интересно, о чем думают родители, оставляя такого беспечного и бесхитростного ребенка одного. Впустила незнакомую тетку, подсунула той свои уроки и только потом интересуется целью визита!

— Я работаю на телевидении, в детской редакции. Мы делаем передачу о ребятах вашего двора.

— Ой, как здорово! — захлопала в ладоши девочка. — А про меня расскажете?

— Обязательно, а с кем ты дружишь?

— Значит так: Лара Костина, Вика Глаголева, Ксюша Павлова... — начала загибать пальцы Марианна.

— А Полина и Надя Артамоновы?

— Нет, — покачала головой девочка, — они «новые русские», всегда с няней гуляют, а нянька вечно кричит: «Надя, уйди от девочек, у них руки грязные!», «Поля, не давай им игрушки, испачкают!». Мы с ними не играем.

— Ну не всегда же они с Зинаидой!

— Всегда, — твердо ответила собеседница, — совершенно несамостоятельные.

— А вот в понедельник их одних оставили, что же вы сестер поиграть не позвали?

— Да ну их, — ответила Марианна. — Надя не хотела. Села с Полей на лавочку, сидит и молчит. Потом их девушка какая-то позвала, окликнула.

— Какая девушка?

— Красивая такая, черноволосая, в зеленом пальто. Вы «Иванушек» слушаете?

Я покачала головой. Марианна расстроилась.

— У Аполлона Григорьева такой пиджак есть, зеленый, блестящий, жутко клевый, я у мамы просила, а она не купила, дорого слишком...

— Погоди-ка, — прервала я вдохновенное описание прикида, — и что же девушка сделала с Надей?

— Ничего, поговорила, потом Надька взяла Полю, и они ушли.

— Куда?

— Не знаю, Витьке Гольянову чего-то сказали и побежали...

Я отправилась на розыски Гольянова. Обнаружила во дворе, где он самозабвенно пинал дырявой кроссовкой пустую банку из-под кока-колы. Витька оказался золотым свидетелем.

Во-первых, великолепно запомнил незнакомую девушку.

— На Орнестину похожа, — заявил он уверенно. — Только не блондинка, а черноволосая.

Я растерялась.

— На кого?

— Орнестина, девушка августа месяца из журнала «Петр», ресницы такие огромные и ноги красивые.

Я посмотрела на двенадцатилетнего читателя журнала «Петр» и вздохнула.

— Даже родинка у ней такая же, — добавил Витька.

— Родинка?

— Ну да, у Орнестины над губой родинка, вы купите журнал и увидите.

Ценная мысль.

— А что сказала Надя, не помнишь?

— Мне-то ничего, — буркнул мальчишка, наступая на хрустнувшую консервную банку, — а женщине той, в зеленом плаще, говорила: «Нам не разрешают со двора выходить, няня ругаться станет...»

Он замолчал и сосредоточенно начал чесать макушку.

— Дальше, — попросила я.

— А что дальше, да ничего. Та тетка красивая

ответила: «Со мной можно, давай мороженое купим, мамино любимое есть, плодово-ягодное».

— Ну? — в нетерпении подтолкнула его я.

— А что ну? — так же лениво отозвался Витька. — Они все пошли к ларьку, вон туда, — он указал рукой в сторону ворот, — а я домой побег.

Отпустив мальчика, я вышла со двора на улицу и огляделась. Примерно метрах в ста от Лидочкиного дома выстроились несколько ларьков и палаток. Тут торгуют всякой всячиной — сигаретами, хлебом, овощами, пончиками, есть и ларек с надписью «Айс-Фили».

Плодово-ягодное мороженое! Когда-то оно стоило семь копеек и казалось невероятно вкусным. Лидуся трепетно любила розоватую массу, разложенную в простые картонные стаканчики. Не жаловала ничего другого, ни «Баскин-Роббинс», ни сливочное, только простое фруктовое. Оно стало редкостью, и Лидушка, стоило ей увидеть любимое лакомство, закупала порций сразу штук тридцать. Если черноволосая девушка говорила про плодово-ягодное мороженое, значит, она бывала в доме Артамоновых.

Я дошла до киоска и выяснила, что фруктовое лакомство не поступало в продажу с июля. У газетчика купила августовский «Петр» и уставилась на Орнестину. Да, редкая красавица. Пухлые губы и пикантная родинка в левом углу рта. Огромные порочные глаза, волосы цвета топленого молока, зато брови и ресницы просто смоляные. Под фотографией в рамочке написаны параметры: 92—57—92. Наверное, потрясающая фигура. Во всяком случае, на тех кадрах, где модель снята почти обнаженной, вид впечатляющий. Великолепной формы грудь, стройные ноги...

— Хороша, канашка, — причмокнул губами лысоватый газетчик.

— Да уж, — согласилась я.

— Только для жизни такая ни к чему, — начал философствовать мужик, — щей не сварит, рубах не постирает...

— Подобная красота редкость, — вздохнула я.

— Видел на днях точь-в-точь похожую, — сообщил мужик, — еще подумал: ну как две капли Орнестина, только волосы черные. Еще девчонке ее плохо стало.

— Какой девчонке?

Газетчик, маявшийся от скуки, словоохотливо начал рассказывать.

Он всегда стоит на одном месте. Девушку приметил сразу — впрочем, не обратить внимания на такую красотку невозможно. С ней были две девочки. Женщина подошла к киоску «Айс-Фили», потом повернулась к старшей девочке, достала из сумки платок и стала вытирать той нос. Через секунду эта девочка упала, а вторая стала плакать. Тут же подскочили два парня, подхватили детей и посадили в машину. Девушка влезла следом — и все.

Мороженщица, толстая, ярко накрашенная бабка, тоже хорошо запомнила странный случай.

— Подошла такая красивенькая и говорит: «Нам плодово-ягодного, побольше». Говорю, нет его, возьмите «Клубничку», а она к дочери повернулась и руками всплеснула: «Где ты, детка, так личико вымазала?!» И давай платком тереть. Вдруг девчонка — хоп, и упала, а младшенькая заревела.

Женщина объяснила мороженщице, что у старшей дочери эпилепсия, а сестричка страшно пугается каждый раз.

— Еще подумала, — сочувствовала баба, — такая красивая, обеспеченная, а на тебе — горе-то какое! И выглядела девчонка здоровой, что за болезнь такая, просто кулем свалилась. Хорошо, рядом отец на машине был...

— Что за автомобиль у них, не помните?

— Импортный, — уверенно ответила продавщица, — черный, блестящий, с капотом и багажником.

Ага, и на четырех колесах, надо полагать. Чудные приметы, моментально найдешь такую машину.

Я обошла всех торговцев на небольшой площадке. Но никто больше не запомнил красавицу с больной девочкой. К тому же большинство торговцев — украинцы, работают вахтовым методом — неделю здесь, неделю в другом районе.

Почувствовав внезапный голод, купила шаурму и присела на лавочку. Тут же подбежала бездомная рыжая собачка и стала преданно заглядывать в лицо. Я отдала ей сомнительного вида питу с мясом... Похоже, все концы оборваны. И все же, не поискать ли эту Орнестину? Вдруг это она увезла Надю и Полю? И газетчик, и Витя Гольянов заметили, что женщины просто на одно лицо. Тот ли это след, нет, но лучше такой, чем никакого.

Глава 4

Дома зрел скандал. Заплаканная Зайка сунула мне под нос кастрюльку с непонятным черно-белым содержимым.

— Попробуй!

Я осторожно подцепила ложкой неаппетитную массу и пожевала. На вкус напоминает размокшую туалетную бумагу.

— Что это?

— Рыбное фрикасе.

— А почему кусочки такие черные?

Зайка с грохотом поставила кастрюльку на плиту. Фрикасе взметнулось вверх и частично шлепнулось на пол.

— Ну вот! И ты туда же! Подгорело чуть-чуть, можно и не заметить.

Я оглядела кухню. Повсюду грязная посуда, какие-то кулечки с продуктами и кулинарные книги. Все понятно. Ольга решила приготовить ужин. Но если я первую половину жизни провела в бедности и все-таки могла сварить бульон, сварганить яичницу и манную кашу, то Зайка пришла в наш дом восемнадцатилетней, прямо от папы с мамой.

А Ольгина мама Марина готовит так, что даже привередливый Аркашка облизывает тарелку с радостным повизгиванием. Так что дома Ольгу к плите не подпускали, а у нас в то время готовила Наташа. Надо отдать ей должное, все у нее получалось отлично, правда, иногда казалось необычным. Например, подруга добавляла в яичницу варенье. Мы сначала ужаснулись, но потом убедились, что блюдо страшно вкусное.

Затем появились кухарки... И вот сегодня Ольга решилась взяться за дело сама.

Я вздохнула, вывалила черно-белую массу на суповую тарелку и, чтобы не ощущать отвратительный вкус, стала быстро уничтожать содержимое.

— М-м, — причмокивала я, испытывая здоровое отвращение, — выглядит ужасно, а на вкус не так уж плохо. В следующий раз посыпь зеленью и выложи красиво в салатницу. Сюда картошка на гарнир подойдет.

Зайкино лицо разгладилось, и она с подозрением спросила:

— В самом деле вкусно?

— Восхитительно! — ответила я.

— А эти не стали, — кивнула невестка в сторону столовой, — пиццу разогрели.

— Ты же знаешь, какой Аркашка привередливый...

Аркадий ест, как кузнечик. Для меня загадка, как с таким аппетитом он вымахал до метра девяноста пяти и носит 52-й размер. Ему невкусно все — икра, севрюга, фрукты... При виде любого салата сына скосорыливает набок, а сливочное масло вызывает у него истерику. Любимая еда — пицца. Причем если ее пекут не дома. Домашней выпечкой Аркашка всегда недоволен — слишком пышное тесто, слишком много ветчины, слишком ком острый сыр... Ему нравится только готовое изделие неведомых кулинаров — на картонной подметке с одной маслинкой. Подобный деликатес может есть тоннами. Еще обожает шпроты и крутые яйца.

Я взглянула на довольное лицо невестки и подумала: только бы меня не стошнило прямо сейчас!

Но в этот момент в окружении собак ворвалась Маня.

— Муся, — заинтересовалась она, — что ты ешь такое вкусненькое?

В отличие от братца у Манюни аппетит молодого волчонка. Любая еда вызывает у нее здоровое желание тут же съесть увиденное. Поэтому Машка обладает роскошными волосами, белыми зубами и абсолютно резиновой неущипаемой попкой...

Девочка заглянула в кастрюлю и сморщила нос, но я наступила ей на ногу и железным, «преподавательским», голосом произнесла:

— Зайка приготовила ОЧЕНЬ вкусную рыбу, не понимаю, почему вам не понравилось!

Ольга вздохнула и, удовлетворенно сказав: «Пойду принесу грязную посуду», вышла.

Я моментально поставила недоеденное на пол и позвала собак. Но ни всеядный пит, ни прожорливый ротвейлер не пожелали откушать рыбки. Быстренько ополоснув тарелку, я сунула ее в посудомойку и принялась заваривать кофе. Надеюсь, он отобьет мерзкий вкус во рту.

В моей жизни было четыре свекрови. К несчастью, ни разу не попался муж-сирота. Досталось мне от них по полной программе. Причем все высказываемые замечания абсолютно справедливы. Готовить не умею, убираю квартиру плохо, глажу только то, что бросается в глаза, трепета перед родственниками не испытываю и считаю, что муж, если он, конечно, не безрукий инвалид, вполне способен сам поставить чайник на плиту. Но дорогие мамули придерживались иного мнения.

Поэтому когда Аркашке исполнилось восемнадцать лет, я строго сказала сама себе: если Кешка женится даже на одноглазой негритянке в розовую клеточку, ты станешь рассказывать всем, какая невестка красавица.

Но у нас появилась Зайка — хорошенькая блондинка с испуганными карими глазами. Через год мы стали лучшими подругами. Честно говоря, мне глубоко наплевать на то, что Ольга не умеет готовить, шить и вязать, зато она верный, надежный человек. Много было в нашей жизни испытаний, и все их она выдержала с честью. Неужели, чтобы ее не огорчать, мне трудно съесть несколько кусков подгоревшей рыбы?

Глядя на мои страдания за тарелкой, Маня хихикнула:

— Зайка приготовила отраву!

Чтобы не обсуждать эту тему, я пошла в спальню. Следовало обдумать, как действовать дальше. Пока в руках только две тоненькие ниточки — похожая на Орнестину девушка и нянька Зина. И надо как можно подробней узнать о той и другой.

На следующее утро я позвонила в журнал «Петр» и договорилась о встрече с главным редактором. Представилась владелицей агентства «Моделук» из Парижа, и теперь необходимо принять соответствующий вид. Для начала надела короткое черное платье с темно-желтым пиджаком. Волосы зализала щеткой и покрыла лицо светлой пудрой. Никаких румян, губной помады и туши. Все известные мне дамы из мира моды, кроме манекенщиц, конечно, практически не пользуются ярким макияжем. Только спокойные светло-коричневые тона. И драгоценности надевать в полдень абсолютно дурной тон. А вот деревянные браслеты, оригинальные треугольные бусы из эвкалипта — то, что надо.

Редакция газеты «Петр» поражала великолепием.

На абсолютно черных стенах развешаны роскошные фото красивых полуобнаженных девушек. Секретарша смотрелась как оживший снимок. Ноги от ушей, тщательно нарисованное лицо и уложенные опытной рукой пергидрольные кудри. Во всем мире сейчас на подиумах царят рыжие и каштановые волосы, но русский человек традиционно предпочитает блондинок.

Главный редактор встретил «француженку» с недоверием.

— Вам, наверное, легче говорить на родном языке, — хитро улыбнулся он и обратился к сидевшему у окна мальчику: — Костя, начинай.

Голубоглазый Костя довольно складно принялся изъясняться на «московском французском». Скорее всего учился на курсах при МИДе, запас слов вполне приличный, произношение отвратительное, и нет этой летящей вверх в конце каждой фразы интонации. Ладно, если им хочется услышать правильную речь, пожалуйста. И, открыв рот, я, как все истинные парижанки, затарахтела с пулеметной скоростью на языке Дюма и Бальзака.

Даже во Франции никто не принимал меня за русскую. Иногда в конце разговора вежливо осведомлялись: «Вы из Германии?»

Получила я блестящее знание иностранного языка нетрадиционным образом. Детство прошло в огромной коммунальной квартире на улице Кирова. По гулким коридорам необъятных апартаментов дети катались на велосипедах. Жило тут, ни больше, ни меньше, десять семей, в шести подрастали маленькие дети. А у самой кухни в каморке, служившей когда-то чуланом, тихо обитала самая настоящая француженка с поэтическим именем Сюзанна. В конце тридцатых годов ее муж, убежденный коммунист, приехал из Лиона в Москву, чтобы вместе с советским народом строить светлое будущее сначала в одной отдельно взятой стране, а уж потом во всем мире. Но благие порывы наказуемы. В сороковом году Пьера арестовали как шпиона. Сюзанну почему-то не тронули. В 1959 году коммуниста реабилитировали, но напуганная Сюзанна так и жила в каморке, высовываясь только в случае крайней необходимости. Наши родители, жалея неизвестно чем питавшуюся женщину, по очереди подсовывали ей еду. Сюзанна улыбалась и шептала: «Мерси, мерси». Говорить как следует по-русски бедняга так и не выучилась.

Шел 1961 год, никто и не заикался о трехлетнем отпуске по уходу за ребенком. Государство давало только три месяца, а дальше приходилось решать — то ли выходить на работу, то ли сдавать ребенка в ясли. Счастье тем, у кого дома была бабушка, но в нашей квартире подобрались почти сплошь матери-одиночки. Дети, отданные в государственные учреждения, стойко болели с сентября по июль. По утрам квартира оглашалась недовольным ревом...

И вот однажды кому-то из мам пришла в голову гениальная мысль — пристроить к делу Сюзи. Женщина согласилась, и наша жизнь стала просто прекрасной. Нянька кормила детей по часам, подолгу гуляла с ними на бульваре и пела незнакомые песни. Одна беда — говорила она только на своем языке, и через год шесть ребят из московской коммуналки пугали всех криками: «Allez, Allez!»

Мы заговорили по-французски одновременно, причем не только с Сюзи, но и друг с другом. Видя такой поворот событий, мать отдала меня в специальную школу, но я уже владела языком лучше, чем тамошние учительницы.

Главный редактор молча слушал мою отличную речь. Наконец я притормозила и напрямую спросила у переводчика:

— Теперь вы убедились, что я из Парижа?

Костя покраснел. Как признаться перед лицом высокого начальства, что уловил лишь пару слов из напористой речи противной иностранки? Однако парень сумел выкрутиться:

— Ваш вопрос несколько щекотлив, думаю, вам лучше объясниться по вашему делу с Анатолием Ивановичем.

— Ступай, — проворчал редактор и вопросительно уставился на меня.

— Не понимаю, что тут такого щекотливого? — прикинулась я дурочкой. — Хотим познакомится с Орнестиной. Если девушка подойдет, предложим контракт.

Анатолий Иванович совсем растаял.

— Хорошо, сейчас позовем девчонку. Но придется подождать, пока она приедет.

Я замахала руками.

— Нет, мы предпочитаем встречаться с кандидатками в домашних условиях. Хочется посмотреть, как она живет, узнать, так сказать, привычки... Вы понимаете?

Редактор кивнул. Конечно, понимает! Среди «вешалок» и фотомоделей невероятно высокий процент алкоголичек и наркоманок. Ни одно приличное агентство не предложит работы даже самой прекрасной по внешности девушке, не разведав как следует о ее личной жизни. Дешевле раскрутить дурнушку, чем возиться с порочной красавицей.

Анатолий Иванович полез в гигантский шкаф, набитый папками, вытащил одну, бросил на стол и произнес:

— Пока поглядите вот это, если подойдет, договоримся.

Я полистала странички с довольно скудной информацией. Анна Андреевна Подушкина, 18 лет. Родом из Москвы, не пьет, не балуется таблетками, не курит. Работает фотомоделью. Муж и дети отсутствуют. Остальное место в личном деле занимали фотографии в самой разнообразной одежде и почти без нее. Особняком стояло — натуральная блондинка, зубы в хорошем состоянии, характер приветливый, не капризна, работоспособна, не опаздывает.

— На первый взгляд неплохо, — пробормотала я, изображая искушенную профессионалку, — но все же вопрос можно решить только после личной встречи.

— Выкладываете триста долларов и получаете адрес, — спокойно заявил редактор.

Я вытащила их кошелька пластиковую карточку банка «Лионский кредит» и осведомилась:

— В какой форме принимается оплата?

— Наличными, — алчно ответил Анатолий Иванович, поглядывая на кредитку.

В машине я разглядела бумажки, полученные взамен валюты. Северное Бутово! Где же расположен район?

Минут через десять все проблемы разрешились, Бутово нашлось в атласе, а в доме на улице Академика Назарова поджидала, предупрежденная по телефону, Орнестина.

Очевидно, девчонка решила встретить владелицу агентства во всеоружии, потому что дверь открыла ожившая картинка из журнала.

— Проходите, — радушно пригласила она меня в довольно просторную комнату, обставленную с претензией на артистический шик. Низкая софа, покрытая белым искусственным мехом, пара кресел. На полу на ковре разбросаны подушки, очевидно, заменяющие пуфики. В углу на крутящейся подставке телевизор и видик со стопкой кассет, особняком стоит компьютер. Полное отсутствие книг, а на стене большая фотография

Орнестины. Сразу понятно, что девушка запечатлена на мосту Александра III.

Модель сложила длинные ножки и грациозно опустилась на подушку. Я плюхнулась в кресло, ощущая себя возле этого небесного создания слоном в игрушечном домике.

— Бывали когда-нибудь в Париже? — поинтересовалась я, разглядывая снимок.

— Папа нас с сестрой возил, — сообщила девушка.

Через полчаса узнала о ней все. Родилась в обеспеченной семье. Папа — профессор математики, мама преподает русский язык и литературу в институте. В модельный бизнес попала случайно, потому что учится на втором курсе филфака. Приятельница пошла на съемку, а Аня увязалась с ней. Фотограф тут же предложил контракт, и сейчас девчонка хорошо зарабатывает. После того как «Петр» сделал ее девушкой месяца под псевдонимом Орнестина, предложения посыпались как из рога изобилия. Приходится даже отказываться от некоторых, потому что Аня решила иметь диплом. Век всякой фотомодели заканчивается в тридцать лет, а зависеть от щедрости будущего мужа не хочется.

Слушая ее верные, практичные размышления, я постепенно приходила к выводу, что эта не по годам разумная девица скорей всего не имеет ничего общего с похищением детей.

— У вас есть сестра?

— Да, — закивала Аня, — Верочка на два года старше, учится актерскому мастерству.

И тут кто-то открыл дверь и крикнул:

— Анька, встала уже или дрыхнешь?

Моя собеседница не успела ответить, как в комнату влетела еще одна девушка. На первый взгляд сестры казались похожими, как яйца. Но стоило присмотреться повнимательнее, и сразу бросалось в глаза, что одна — произведение искусства, другая — просто копия не слишком талантливого художника. Лицо Веры чуть-чуть отличалось от Аниного. Но это самое «чуть» и делало младшую элегантной красавицей, а другую просто хорошенькой мордашкой. Кажется, Вера это понимала, потому что пыталась при помощи косметики исправить ошибки природы. Яркая помада слегка увеличивала тонкие губы, карандашная подводка расширяла разрез глаз, бровям явно придали нужную форму, а широковатый кончик носа умело скорректировали более темной пудрой, добившись почти полного сходства с младшей сестрой. Оригинальным в облике Веры казалась только одна деталь — иссиня-черные волосы. Даже крупная родинка в углу рта у нее — тоже в точь как у сестры.

— Вы так похожи, — протянула я. — Если бы не красили волосы в разный цвет...

Девушки дружно рассмеялись.

— Мы не красим волосы.

— Но...

— Шутка природы, — пояснила старшая, — я родилась брюнеткой, а Анька блондинкой. В остальном как две капли воды.

«Это тебе только хочется», — подумала я, отмечая, что у Веры довольно неприятная улыбка.

Но, судя по всему, мне нужна именно старшая девица...

— Вам предстоит великолепная карьера, — обратилась я к Ане.

В глазах Веры мелькнула неприкрытая зависть.

— Но, видите ли... к блондинкам сейчас снизился интерес, как у публики, так и у модельеров. Сейчас в моде темноволосые. Конечно, вам можно перекраситься, но, может быть... есть смысл поработать с вашей сестрой?

— Ой, вот здорово! — обрадовалась Аня. — Когда меня взяли на работу, Верочка тоже хотела попробовать, но ей сказали, что две одинаковые модели на подиуме не нужны, предложили сменить макияж и образ, но что-то не получилось.

Еще бы, без грима старшенькая небось сливается с толпой.

— Вы тут поговорите, а я сбегаю в магазин, дома хоть шаром покати, — изобразила хозяйственное рвение Аня.

Девушка явно хотела оставить нас наедине, боясь спугнуть призрак удачи, внезапно замаячивший перед сестрой.

Когда за Аней захлопнулась дверь, я принялась о том о сем расспрашивать Веру. И чем дольше длился разговор, тем больше понимала, что следует быть очень и очень осторожной.

Во-первых, Вера прекрасно знала Валерию Петровну, училась в ее семинаре, во-вторых, бывала у Артамоновых дома.

— Валерия Петровна просто чудо, — откровенничала студентка, — гениальный преподаватель. Попасть к ней в руки — мечта любого, даже коза сумеет у нее звездой стать. Но она берет только тех, кто беспрекословно ее слушается.

Слушая, как Верочка поет нашей общей знакомой осанну, я решила подбираться к цели издалека.

— Фамилию Артамоновых я, кажется, уже слышала, я ведь русская по происхождению, в Москве бываю часто, хожу в театры... вспоминается мне такой актер... Андрей Артамонов, я не ошибаюсь?

— Сын, — пояснила Вера, — ушел сначала в режиссуру, а потом стал продюсером.

— Актриса Ирина Артамонова его жена?

— Не знаю такую, — сказала Вера.

Еще бы, я ее только что придумала!

— Супругу Андрея зовут Лидия, — уточнила девушка.

— Тоже в театре выступает?

— Гримерша, — пренебрежительно заметила собеседница.

— И дети у них есть?

— Две дочки, — охотно сообщила Подушкина, совершенно не удивляясь моему странному любопытству.

— Небось тоже у Валерии Петровны учатся?

— Они совсем маленькие, Полина даже в школу не ходит, — улыбнулась Вера, — рано ей о сцене думать.

— Вы часто бываете у Артамоновых?

— Достаточно, — ловко ушла от ответа девушка.

— Наверное, играете с детьми?

Вера вздернула брови.

— У них няня, а я прихожу заниматься с Валерией Петровной.

Боясь, что вопросы на эту тему могут насторожить девушку, я стала рассуждать о модельном бизнесе.

Глава 5

Пообещав Вере успешную карьеру на подиумах Парижа, ринулась к Артамоновым. Только доставленный сегодня утром из ремонта «Вольво» отчего-то плохо заводился, астматически кашляя и фыркая.

Я ворвалась в квартиру, споткнулась о собак и чуть не упала на Валерию Петровну.

— Дашенька, ты слишком уж стремительная, — весьма неодобрительно заметила та.

Но мне сейчас не до китайских церемоний.

— Нашла девушку, которая увела Полю и Наденьку со двора!

Лера села на диван, лицо ее заметно напряглось.

— Не может быть!

— Очень даже может, — ликовала я, — причем вы великолепно ее знаете!

— Да? — нервно вздрогнула Валерия.

— Вера Подушкина, ваша студентка!

— Вера, Вера... — принялась повторять дама, как бы припоминая, потом вскрикнула: — Верочка! Невероятно, как ты узнала?

— Порасспрашивала кое-кого, — гордо ответила я, — ее видели дети, газетчик на площади, мороженщица.

Валерия Петровна забегала по холлу.

— Вера! Бог мой, но зачем ей девочки? Не поверишь, я очень плохо знаю эту Подушкину. Меня просил ее взять Леопольд Грибов, приятель Андрея и Лиды. Я пригляделась — вроде работоспособная, не без таланта, ну и пригрела! Змею на груди! Ведь в дом ходила. Мне иногда удобнее заниматься здесь, а не в институте! Что же теперь делать?

— Обязательно сообщить в милицию, — твердо сказала я, — пусть допросят девчонку, живо всю правду расскажет. Не такие раскалывались.

— Да, — пробормотала Лера как-то подавленно, — несомненно, признается. — Потом она тяжело задышала, рухнула в кресло и слабым голосом попросила: — Принеси из холодильника нитроглицерин.

Ее руки дрожали так сильно, что пальцы никак не могли подцепить плоскую крышечку. Я отобрала у Леры круглый пластмассовый пенальчик и вытряхнула две белые крупинки.

— Спасибо, — прошептала Артамонова.

Мы посидели минуту-другую в молчании. Потом Валерия Петровна шумно вздохнула:

— Кажется, отпустило.

— Давайте прямо сейчас звонить в милицию!

— Дашенька, пойми меня правильно, дело непростое, речь идет о судьбе детей, я не могу одна принимать столь важное решение, — засопротивлялась эта актриса, — лучше подождать родителей.

— Где они? — спросила я, удивляясь отсутствию Лидочки.

— Андрюша на репетиции, — пояснила Лера, — а Лида просто неразумное существо! Ведь просила ее не делать глупостей. Так нет, ни в какую, поеду, и все тут!

— Куда?

— Вбила себе в голову, что сама найдет Надюшу, и отправилась на станцию «Аэропорт» — страшно глупо!

К тому же и опасно. Оставив Леру поджидать сына, я поехала на Ленинградский проспект.

Было около шести вечера, и на платформе метро толпились пассажиры. Я пошла по перрону, напряженно вглядываясь в людей. Люди толкались, бесцеремонно прокладывая себе дорогу... Ну просто удивительно, в парижской подземке подобного не увидишь — человеческая масса вас плавно обтекает. Чувствуя, что начинаю заражаться всеобщей суетой, я присела на скамейку, и тут под своды взметнулся дикий, нечеловеческий вопль. И женский крик:

— Упала, помогите, остановите поезд!

Вой нарастал. В противоположном от меня конце платформы творилось что-то невероятное. Визжали женщины, бежали со всех ног милиционеры и дежурные. Выезжавший из туннеля поезд остановился посередине станции и стоял, не открывая дверей. За освещенными стеклами виднелись встревоженные лица пассажиров.

— Что случилось? — спросила я у пробегавшего мимо мужчины.

— Баба под поезд прыгнула, дура, — ответил тот, почти не останавливаясь, — нашла тоже место! Люди домой спешат, а теперь движение остановят, и неизвестно, когда поезда снова начнут ходить. Хочешь с собой покончить, так сигай из своего окна, нечего другим мешать!

Нехорошее предчувствие проникло в душу. На мягких, почти не слушающихся ногах я подобралась поближе к месту трагедии. Часть перрона оцепили милиционеры, я пробилась сквозь зевак поближе к красно-белой ленте.

— Нельзя, гражданочка, — остановила дежурная.

Я во все глаза глядела туда, где лежало нечто, закрытое одеялом. Рядом валялись туфли... красивые темно-синие кожаные лодочки, привезенные Андрюшкой из Испании.

«Нет, только не это!» — пронеслось в моей голове.

Я отпихнула дежурную.

— Ну нельзя же, куда прешь? — грубо одернула меня та.

Но я уже подлезла под ленту и уставилась на несчастную. В абсолютно серой женщине, распростертой на полу, трудно узнать Лидочку, но сомнений нет — передо мной лежала она.

— Лидуша! — выкрикнула я, кидаясь на колени. — Лидуля, зачем?

— Знаете ее? — спросил один из милиционеров.

Не в силах отвечать, я только кивнула. И тут появились врачи. Один из них принялся ловко приделывать капельницу.

— Она жива? — ухватилась я за надежду.

— Пока да, — сухо ответил доктор, профессионально втыкая в безжизненное тело иголки.

Потом странно провисающую Лидочку положили на носилки, я зачем-то подобрала туфли и побежала за санитарами. Но в реанимобиль меня не впустили. Белый автобусик оглушительно взвыл сиреной и унесся, я осталась стоять на проспекте, прижимая к груди туфли.

Домой добралась только к десяти, абсолютно сама не своя. Не отвечая на вопросы детей, еле-еле доползла до кровати и рухнула лицом в подушку.

Утром меня никто не трогал, но проснулась почему-то около восьми. Аркаша с Машей завтракали в столовой.

— Что случилось? — спросил сын. — Ты вчера пришла зеленая, просто страшно смотреть.

— Лида Артамонова бросилась под поезд метро.

— Боже, — ужаснулся Аркаша. — Почему?

— Не знаю, — пробормотала я и, отодвинув чашку с кофе, взяла телефон.

У Артамоновых трубку схватили сразу.

— Алло! — прокричал Андрюшка. — Говорите...

— Как Лида?

В мембране послышались странные звуки.

— Что? — испугалась я.

— Пока жива, — ответил Андрей, судорожно кашляя, — но очень плоха, в сознание не приходит. Господи, зачем она это сделала?

Бросив трубку на стол, я повторила вопрос:

— А в самом деле, зачем?

Лидочка удивительно стойкое существо. В раннем детстве осталась без отца и матери — погибли в авиакатастрофе. У девочки не оказалось никаких родственников, только двоюродная бабушка где-то в Перми. Женщина не замедлила приехать в Москву и поселиться в просторной квартире сироты. Через год туда перебрались все многочисленные уральские домочадцы: бабкин сын с женой и двумя детьми, дочь с супругом... Лидусю отселили в небольшой чуланчик без окна, но скоро и эта жилплощадь показалась бабке слишком шикарной для мешавшей всем девчонки. Лиду отправили в загородный детдом санаторного типа, причем мотивировали гадкий поступок весьма благородно — якобы у ребенка развилась сильнейшая аллергия и свежий воздух ей просто необходим. Когда завершившая учебу в восьмом классе Лидуся вернулась в Москву, даже чулан в квартире ей давать не хотели. Девочка, увлекавшаяся рисованием и лепкой, поступила в ПТУ и стала учиться на гримера. По вечерам старалась как можно дольше задерживаться в училище, чтобы не возвращаться в неприветливый дом, где к ней все время придирались, выживая из дому.

Однажды учительница математики спросила, отчего Лидуля так засиделась. Девочка не выдержала и рассказала преподавательнице все. Майя Михайловна пришла в ужас и немедленно начала действовать.

В советское время довольно легко было начать кампанию в защиту обиженного ребенка. Майя Михайловна за один день обежала нужные инстанции, и к противной бабке разом заявились проверяющие: из районного отдела народного образования, домовой партийной организации, комсорг ПТУ... Замыкал группу разгневанных женщин местный участковый, грозно потребовавший предъявить паспорта. Родственников сгубила элементарная жадность. Перебравшись с Урала в Москву, они не захотели терять жилплощадь в Перми. В Лидочкиных хоромах оказалась прописана только зловредная бабка.

Разгорелся скандал. Старуху лишили права опекунства, а заодно и московской прописки. Бабуля умоляла внучку не выгонять ее, но Лидочка проявила удивившую даже ее саму твердость. Ни фальшивые слезы старухи, ни угрозы ее снохи, ни вопли сына не подействовали на сироту, и через два месяца она оказалась в хоромах одна.

Директриса ПТУ, тронутая судьбой ученицы, пристроила девушку гримером в популярный московский театр. Лидочка с восторгом окунулась в абсолютно незнакомый, волнующий мир кулис. Наконец-то Лидуля почувствовала свою необходимость. Скоро славную девушку, просто горевшую на работе, выделили, стали поручать работу с капризными примами и стареющими «благородными отцами». Было у нее замечательное, редкое в среде людей театра качество: Лидуля не распространяла сплетен. Все, что говорилось или происходило в гримерной, никогда не выносилось наружу. И в необъятном чемодане гримерши всегда имелись нужные мелочи — нитки, иголки, лекарства, пара колготок, вата и даже... бутылка коньяка. Через год актеры уже не понимали, как до сих пор жили без Лиды. «Наша Флоренс Найнтингейл» — прозвал ее главный режиссер после того, как Лидуся ловко развела за кулисами в разные стороны его законную супружницу и любовницу, намеревавшихся вцепиться друг в друга и учинить скандал.

А потом в театр пришел Андрей Артамонов, и девушка, что называется, пропала. Сказать, что она влюбилась, значит ничего не сказать. Лида потеряла голову. Всем, кто готов был слушать, она восторженно рассказывала о красоте, уме и необыкновенной талантливости актера. За кулисами сначала посмеивались, правда, по-доброму — Лидочку любили. Потом стали сочувственно вздыхать. И наконец настал момент, когда актрисы решили действовать. Одна самая пожилая и маститая позвонила Валерии Петровне и спела хвалебную оду в честь Лидуши. Две другие, помоложе, зажали как-то Андрюшу в угол и грозно посоветовали разуть глаза.

— Ну заведи с ней роман, — требовали коллеги, — трахни в конце концов, совсем девка извелась!

Андрюшка только-только развелся со второй женой и ни о какой женитьбе не помышлял. Но страстное обожание девушки льстило, и он снизошел до гримерши. За полгода Лидочка сумела стать для него незаменимой. В конце концов Андрюшка предложил ей руку, но мне всегда казалось, что прилагающееся в таких случаях сердце он оставил при себе. В его женитьбе было пожалуй больше расчета, чем настоящего чувства. Стоило послушать, как молодожен рассказывал друзьям про жену:

— Она великолепная хозяйка, невероятная чистюля. У меня никогда не было таких белых рубашек...

Лидочка со страстью отдалась семейной жизни. Даже недовольно поджимавшая губы при виде ее Лера не отравила ей жизни. И свекрови пришлось все же прикусить раздвоенный язык. Невестка попалась просто бесценная: часами стояла у плиты, вылизывала комнаты и до полуночи стирала и наглаживала белье. Андрюшка жил как в оранжерее. Когда он в десять утра в тепленьком халатике возникал на кухне, там уже священнодействовала Лидушка. И угощала его не какими-нибудь подгоревшими тостами, а вкусными, горячими кушаньями. Пока он с аппетитом набирался перед спектаклем калорий, жена успевала сбегать на рынок за овощами и парной телятиной...

Лидочкино счастье омрачало только отсутствие детей. Честно говоря, ей было хорошо и вдвоем с Андреем. Но дом без ребенка — не семья. Две предыдущих жены не смогли или не захотели родить, Лидуля же решила завести потомство.

Несколько лет детей все-таки не было. Тогда под протестующие возгласы Леры Лида потащила Андрюшу в консультационный центр «Семья и брак». Неделю спустя объявила, что Андрюша абсолютно здоров, а у нее легкий, быстро устранимый дефект.

Лидуля легла на несколько дней в больницу, потом подлечилась в санатории и благополучно родила сначала Наденьку, а потом и Полину.

Лида боготворила долгожданных детей, превратилась просто в образцовую мать. Но я никак не могла забыть происшествие, случившееся с нами несколько лет назад. Мы ехали к Артамоновым на дачу. Андрюшка за рулем, Лида рядом, я с девочками на заднем сиденье. Внезапно машину занесло в глубокий кювет. По счастью, обошлось только царапинами и ушибами. Кое-как выкарабкались из повалившегося на бок «Мерседеса». Лидуся вылезла последней. Убедившись, что мы невредимы, она прежде всего кинулась к мужу. Не к крохотной Полине, не к Надюше, заходившейся в крике, а к Андрюшке. Лидка принялась ощупывать его, тормошить и расспрашивать. И только удостоверившись, что обожаемый супруг в полном порядке, обратила внимание на дочек. После этого случая мне сразу стало понятно, кто в ее сердце на первом месте.

Нет, не могла она броситься под поезд и оставить муженька. Вот если бы украли Андрюшку, то вполне вероятно, не захотела бы жить. И потом, прошло почти две недели, с чего бы именно сейчас прыгать с платформы?

Чем больше я думала, тем яснее понимала — самоубийство исключается, значит — несчастный случай. Ну, надеюсь теперь, когда Валерия Петровна знает про Веру, они обратились в милицию?

Андрюшка в ответ на мой звонок начал мямлить что-то невразумительное, потом закашлялся и наконец выдавил из себя:

— Давай встретимся в городе, в Доме литераторов, часа в два, сможешь?

В пять минут третьего мы уже сидели в старинном, отделанном деревом зале. Артамонов выбрал самый удобный столик, в углу, у незажженного камина. Здесь нас не сразу увидят знакомые...

Он заказал судак-орли, и я отметила, что последние события не слишком повлияли на аппетит Андрюшки. Во всяком случае, куски запеченной в тесте рыбы исчезали в его желудке с завидной скоростью.

— Так вы сообщили в милицию? — приставала я к нему.

Артамонов покачал головой.

— Почему? — заорала я так, что сидевший за соседним столиком лысый писатель возмущенно оглянулся в нашу сторону.

— Тише, — прошипел Андрей, — не хватало только скандала! Меня тут все знают... Не сообщили, потому что детей скоро вернут, долго не продержат.

Я внимательно поглядела на его сытое, гладкое лицо. Продюсер выглядел, как всегда, превосходно. Дорогой костюм, ослепительная рубашка, подобранный в тон галстук... В отличие от многих деятелей сцены, предпочитавших любым нарядам джинсы и куртки, Артамонов одевался как денди. Даже сегодня, несмотря на исчезнувших дочерей и находящуюся при смерти жену, его волосы аккуратно уложены феном, а руки сияют свежесделанным маникюром. Потрясающее самообладание или невероятное равнодушие. Ей-богу, мне было бы приятней увидеть его растерянным, даже с немытой шеей. И потом, откуда эта странная уверенность в скором возвращении детей!

— Так ты знаешь, где они, — прошептала я, — тебе известно, кто украл девочек?..

Андрюшка слегка изменился в лице и принялся мести хвостом.

— Даже не подозреваю, откуда у тебя такие глупые мысли?

Но по его искривившейся роже я поняла, что попала в точку.

— Вот что, — решительно произнесла я, отодвигая от себя нетронутую тарелку с цыпленком табака, — мне в отличие от тебя кусок в горло не лезет! Немедленно все выкладывай, или я прямо отсюда еду на Петровку. Лиду пожалей, женщина пыталась с собой покончить!

Артамонов залпом опрокинул фужер с коньяком.

— Да это не из-за детей!

— Тогда какая причина? — наступала я на него.

— Знаешь, мне никогда в голову не приходило развестись с Лидой...

Я кивнула. Какой дурак убьет курицу, несущую золотые яйца? От таких жен, как Лидия, не уходят.

— Но женаты-то мы уже десять лет, понимаешь?

— Ну!

— Не то чтобы Лида надоела, но...

Он еще помялся немного, потом выложил все. Лидочка устраивала мужа со всех сторон. За время жизни с ней Андрюша ни разу не переступил порог продовольственного магазина. В любое время дня и ночи к нему могли завалиться друзья. Долгие командировки, возвращение с работы за полночь, частые походы с приятелями в баню — все это Лидочка принимала как должное и никогда не ревновала. Не жена, а золото. Только одно «но»: Лидуля со своей неуемной заботой и патологической любовью надоела мужу просто до колик.

— Всю жизнь на вульгарных стерв тянуло, — каялся Артамонов, — ну вспомни моих предыдущих, Лизку и Ленку!

Да уж, пираньи, иначе не назовешь.

— А Лидуся просто Дева Мария, — усмехался Андрюшка, — абсолютно положительный экземпляр. Первое время еще ничего было, а потом — тоска. С ней даже поругаться невозможно, начнешь орать, а она: «Не волнуйся, милый, ты прав». Представляешь, какой кошмар! И упрекнуть не в чем, и жить невозможно, вот ведь какое дело. Ну жизнь какая-то пресная, вроде геркулесовой кашки на воде без соли и сахара. Полезно, но противно.

Короче, Андрюшка начал бегать налево. «Путь на экран лежит через диван». Данная пословица правдиво определяет дух кулис. Поэтому недостатка в молодых, готовых на все актрисульках богатый продюсер не испытывал. Легкие, необременительные отношения, просто гимнастика для повышения жизненного тонуса.

Угрызения совести не мучили. Семья не ущемлялась. Словно рачительный воробей, Андрюшка вил гнездышко: делал евроремонт, покупал жене шубу и драгоценности, отправлял своих девочек на три месяца к теплому морю.

Любовницы сменяли одна другую, а поскольку Андрея и в самом деле как магнитом тянуло к дамам редкой стервозности, то частенько возникали скандалы. Правда, мужику всегда довольно успешно удавалось погасить пламя. Одна получила главную роль, другая отправилась на фестиваль в Англию, третья утешилась, став обладательницей новенькой машины.

Театральный мир узок до безобразия. И хотя Артамонов старательно избегал романов в коллективе, где работал бок о бок с Лидочкой, слухи расползлись, как тараканы. Позавчера какая-то сволочь позвонила женщине и в деталях описала, что за взаимоотношения связывают Андрея с молоденькой Эльвирой Балчуг. Разговор подслушала Валерия Петровна, взяв трубку параллельного аппарата. Свекровь ожидала, что невестка устроит скандал, кинется бить посуду, но Лидуша выслушала сообщение и коротко ответила: «Эльвира Балчуг? Что ж, ей повезло, Андрюша великолепный любовник».

И все. Ни мужу, ни затаившейся свекрови не сказала ни слова. Просто ушла и бросилась под поезд. Молча. Не оставив записки или письма.

Я потрясенно глядела на Андрея, переваривая информацию. Первые лучи понимания забрезжили в голове.

— Слушай, так ты думаешь, детей похитила какая-то из твоих бывших пассий, чтобы насолить Лиде?

— В общем, да, — признался мужик, — поэтому я и не хотел заявлять в милицию. Представляешь, начнется следствие, станут грязным бельем трясти... Наде с Полиной плохо не сделают, ну подержат на даче недельки две, потом вернут. Даже догадываюсь, кто это сделал!

— Кто? — подскочила я на стуле.

— Маринка Воропаева. Она Эльвире сказала,

что устроит Лидке небо с овчинку. Вот и украла девчонок.

Я глядела на него во все глаза. Чудовищно. С абсолютно спокойным лицом говорит, что знает, где дочки, а несчастная Лида сходила с ума, потеряв покой.

— Почему ты ничего не сказал жене?

— Да только недавно в голову пришло, — оправдывался Артамонов, — вот сегодня ночью и догадался.

Но по его блудливому взору я понимала: беззастенчиво врет.

— Вот что, — решительно сказала я, испытывая большое искушение надеть ему на уложенную голову миску с «Оливье», — говори адрес мадам Воропаевой, поеду разузнавать.

— Ладно, — обрадовался Андрюшка, вытаскивая записную книжку, — да скажи ей, получит роль Офелии, если спокойно отдаст девочек.

Это было уже слишком. Я встала, обошла столик, наклонилась к Андрюшке, пишущему на салфетке информацию, молча сунула листочек в карман и быстрым движением локтя отправила ему на колени чашку с кофе.

— Вау! — завопил продюсер, тряся мокрыми брюками. — Ты совсем сдурела?

— Извини, — мило улыбнулась я, глядя, как он размазывает салфеткой пятно. — Случайно вышло, очень жаль.

Я пошла к выходу. Если чего и жаль, так это того, что кофе пролился на толстые ляжки ловеласа, честно говоря, надеялась угодить горячей жидкостью на другое, более чувствительное место.

Глава 6

Жаждущая получить роль Офелии Марина Воропаева проживала в самом центре, на улице Алексея Толстого. Езды от Дома литераторов пара минут. И по дороге я едва успела вспомнить, что знаю о данной даме. К сожалению, сведения крайне скудные.

Недавно по телевизору показывали очередной дурацкий сериал. Неумелая отечественная подделка под латиноамериканские страсти: брошенные дети, покинутые супруги, неверные любовники... И море слез пополам с соплями. Одну из главных героинь играла Марина. Этакую белокурую крошку с огромными невинными глазами и пухлым ротиком. Подобное создание просто хочется прижать к груди и лелеять. Точеные слабые руки, бледная кожа, хрупкая шейка — меньше всего Воропаева походит на злобную мегеру.

Девушка, открывая дверь, выглядела точь-в-точь как героиня сериала.

— Что вам угодно? — прощебетала она, распахивая огромные наивные глаза.

— Газета «Театральная жизнь», — представилась я.

Воропаева — теперь уже цепким, совсем не наивным взглядом — посмотрела на «журналистку» и посторонилась. Я оказалась в роскошном холле. Вот это да! Все стены обиты белой кожей, по углам стоят васильковые бархатные кресла, на полу мех неизвестного животного, поражающий густотой ворса. Марина грациозно опустилась в одно из кресел и картинно сложила ноги.

— Слушаю внимательно.

— Мы получили много писем от читателей, желающих узнать побольше о любимой актрисе...

Лицо Воропаевой вспыхнуло от удовольствия. Минут десять она рассказывала биографию, делилась творческими планами.

Наконец я подошла к главному вопросу:

— А на личном фронте? Расскажите о супруге, о детях...

Марина развела руками:

— Увы, на личную жизнь нет времени. Да и какой муж станет терпеть жену, целыми днями пропадающую на театральных подмостках... Только если он сам актер. Но среди нашего брата актера практически невозможно встретить настоящего мужика, они либо педики, либо недоумки, да вы сами знаете.

Я согласно закивала головой и решила подобраться к проблеме с другой стороны.

— Статья пойдет со снимками. Давайте посмотрим, где лучше запечатлеть вас, чтобы я могла дать указание фотографу. Знаете, читатели любят разглядывать интерьеры. Сколько в квартире комнат?

— Три, — охотно сообщила Марина, — ну и конечно, кухня.

— Побываем везде, — сказала я, и мы пошли по широкому коридору в спальню.

Небольшую, метров пятнадцати комнату наполовину занимало огромное ложе. Одна стена представляла собой зеркальный шкаф, в углу телевизор.

— Прекрасно, — воодушевилась я. — Одно фото на кровати... Потом покажем, как вы выбираете костюм. Ну-ка, откройте шкаф.

Привыкшая подчиняться командам режиссера, Воропаева безропотно раздвинула створки. Внутри обнаружился склад платьев, брюк и юбок, аккуратно развешанных по плечикам.

Затем двинулись в гостиную. Два огромных окна закрывали тяжелые бархатные гардины темно-фиолетового цвета. Стены обтянуты сиреневым шелком, на полу желтый ковер. Кожаная мебель радовала глаз лимонным оттенком. Тут и там развешаны картины, изображавшие женщин в разной степени раздетости. Две из них — копии полотен Моне, авторы остальных незнакомы. И никаких шкафов, где можно кого-либо спрятать.

Потом отправились на кухню. И опять совершенно новая мебель. Ярко-красные шкафы, холодильник и плита. Сразу заболела голова. Ну как она готовит еду в такой обстановке? Впрочем, небось питается готовыми блюдами, разогревает в микроволновке.

Я заставила Марину продемонстрировать и санузел. Ванна оказалась обычной, а не джакузи, зато унитаз поражал роскошью — розовый с золотом. Естественно, полы с подогревом, и везде, даже в туалете, горы косметики. Только шампуней насчитала семь штук. Одна из стен ванной комнаты сплошь увешана полочками. И они до отказа забиты кремами, масками, дезодорантами, пузыречками, флакончиками, тюбиками...

— Ну, когда придет фотограф? — поинтересовалась Воропаева, вводя меня снова в белый холл.

— Завтра, — пообещала я и спросила: — Помнится, вы говорили о трех комнатах или я ослышалась?

Марина замялась:

— Наверное, хватит того, что вы видели, в кабинете пока беспорядок.

— Все же покажите!

— Право не стоит, там старые газеты и грязь...

Но я уже неслась по коридору к заветной двери. Глубокое разочарование постигло меня, лишь только распахнула створку. Помещение абсолютно пустое. На полу толстым слоем настелена бумага да валяется несколько банок из-под краски.

— Не успела ремонт закончить, — пояснила актриса, — предложили новую роль, вот и сделала перерыв. К зиме надеюсь привести всю квартиру в порядок.

Стремясь скрыть досаду, я вытащила сигареты. Да, во всяком случае, Поли с Надей тут нет! Ладно, суну палку в нору и поверчу, авось лиса выскочит.

— Читатели часто просят нас задать коварные вопросы кумиру. Ведь вокруг актеров так много сплетен!

— Что поделаешь, издержки профессии.

— Читательница Сидорова из Москвы интересуется, правда ли, что у вас был роман с актером, режиссером и продюсером Андреем Артамоновым?

Марина улыбнулась:

— Можно не отвечать?

— Эту часть интервью читатели станут изучать особенно тщательно, поймите их интерес.

— Тогда напишите, что нас связывают прочные дружеские отношения, а роман в прошлом.

— Так он был?

— Весьма недолго.

— Анна Сергеевна Петелина из Петербурга утверждает, что Артамонов не дал вам роли Офелии в новой постановке «Гамлета».

— Скажите, какая осведомленность! — восхитилась Воропаева. — Вопрос еще не решен до конца. Андрей пока колеблется между мной и Эльвирой Балчуг. Но между нами говоря, госпожа Балчуг не слишком подходящая кандидатура.

— Отчего же?

— Из-за внешности. Эльвира смахивает на неумытую цыганку. Смуглая, с карими глазами и черными мелко вьющимися волосами, такие кудри появляются, если передержать химическую завивку. Традиционно Офелию играют светловолосые девушки и, как это ни странно, славянского типа, поэтому, надеюсь, чаша весов склонится в мою пользу.

— Одна маленькая птичка начирикала, что вы предприняли весьма необычный шаг, чтобы получить эту роль.

— Интересно какой?

— Похитили дочек Артамонова и теперь обещаете вернуть их в обмен на контракт. Двух зайцев убиваете сразу: и ангажемент в руках, и Лида в предсмертном состоянии.

Марина секунду просидела с открытым ртом, потом с нежных губ потоком понеслись такие глаголы и существительные, какие не принято употреблять в приличном обществе. Такие слова называются непечатными. Слушая, как робкая Офелия выдает трехэтажные обороты, я подивилась столь глубокому знанию ненормативной лексики.

Актриса высказывалась подобным образом почти пять минут. Наконец этот грязный фонтан иссяк.

— Знаю, знаю, как зовут птичек, напевших про меня эти гнусности, — нервно проговорила Марина, выхватывая из пачки сигарету, — отлично понимаю, кому это нужно!

— Кому же?

— Лягушке Эльвирке, сучке немытой!

— Лягушке?

— Вы эту стерву знаете под именем Риммы Тышкевич.Тоже мне! Полька недоделанная! Да все знают, что она Римка Лягушкина из Подмосковья. То ли в Люберцах жила, то ли в Мытищах. В общем — элита. И отца-то своего никогда не видела, а мать на обувной фабрике подметки клеила... А потом бац — заявляется в театр в прошлом году осенью, прошу любить и жаловать: пани Тышкевич! Оказывается, отыскался ее папулька — будто бы польский граф. Смеху было, все просто уписались! Это надо же — пани Тышкевич!

— За что она вас так ненавидит?

— Послушайте, — топнула изящной ножкой Марина, — не слишком ли вы любопытны? Вы лезете не в свое дело, папарацци чертова!

— Папарацци — фотографы. Однако вы правы, журналист должен сдерживать неуемное любопытство, но сотрудник МВД — нет.

— Не поняла, — насторожилась Марина.

— Придется вам простить меня за ложь, на самом деле я майор милиции, работаю по розыску пропавших граждан.

Марина опять раскрыла рот, но на этот раз удержалась от ругани. Я спокойно пускала дым. Надо как-нибудь спросить у Александра Михайловича, есть ли в системе МВД подобная служба и как она на самом деле называется!

— Девочек в самом деле похитили? — снялась наконец с тормоза Воропаева.

Я кивнула.

— Какой ужас! — воскликнула актриса, и было видно, что она и впрямь поражена, а не изображает по актерской привычке чувства. — Терпеть не могла Лидку, но это уж слишком, даже жалко ее!

— Лида Артамонова пыталась покончить с собой, прыгнула под поезд метро, но, по счастью, осталась жива.

— Боже! — прошептала Марина. — Надо позвонить Андрюше, может, помощь требуется.

Маска популярной актрисы свалилась с лица, и стало понятно, что Воропаева, в сущности, совсем незлая. Я вздохнула.

— Марина! Убедительно прошу вас никому не рассказывать о похищении детей. Преступники предупредили, что убьют девочек, если родители заявят в милицию.

— Конечно, конечно, — закивала головой моя собеседница, — не дура, понимаю. А зачем их украли?

Я пожала плечами:

— Пока теряемся в догадках, думаем, здесь замешана какая-нибудь обиженная женщина.

— А, — протянула Воропаева, — так вот почему вы ко мне заявились! Тогда расскажу, что между нами было, и вы поймете, что пришли не по адресу.

Марина попала в театр, в общем, случайно. Готовилась стать киноактрисой и успешно снялась в нескольких лентах, но тут ее близкий приятель создал театральную труппу «У арки». Естественно, предложил Воропаевой ангажемент. Та согласилась. В одном из спектаклей ее и увидел Андрюшка. Артамонов тогда ставил «Чувство и чувствительность» по Джейн Остин. Белокурая Марина идеально подходила на роль Марианны. Одна из двух главных партий, весь вечер на сцене. То ли народ устал от чернухи с порнухой, то ли добрый рассказ о незатейливой жизни английской семьи растрогал зрителя, но спектакль имел просто невероятный успех. Зрители крушили кассы. Лишний билетик спрашивали уже в метро, что просто невероятно в наше-то время. Как иногда случается с актрисами, Марина сразу стала известна, популярна, любима. И, естественно, начался роман с Артамоновым. Ни к чему не обязывающий, легкий флирт — букеты, конфеты, рестораны, постель. Именно в такой последовательности.

Воропаева и не думала разрушать семью Артамоновых, замуж за Андрюшку не собиралась. Но Лидина позиция злила ее ужасно. Иногда женщины сталкивались в самых разных местах, и Лидка при этом подчеркнуто доброжелательно разговаривала с Мариной. Окончательно возненавидела актриса эту гримершу после совершенно невероятной сцены.

Как-то раз в Доме кино собралась шумная тусовка. Артамонов пришел с Лидой, Маринка подошла к ним. В самый разгар приятной беседы вклинился абсолютно пьяный критик Рогов.

— Лидка, — заорал мужик, брызжа слюной, — зачем ты с этой шалавой щебечешь, она же с Андрюшкой спит, все это знают!

Жадный до скандалов народ радостно замер. Но Лидия лишь усмехнулась, взяла Марину под руку и громко сказала:

— У моего мужа отличный вкус, все, чем он обладает, должно быть высшего качества. И потом, разве может мужчина остаться равнодушным при виде столь совершенной красоты? Но досталась она моему Андрюше. С тобой, Рогов, Марина даже и разговаривать не станет. Ведь так?

Воропаевой осталось только кивать и улыбаться. Тусовка загудела. Странным образом у актрисы сложилось полное ощущение, что ее вымазали с ног до головы дерьмом, и она возненавидела невозмутимо улыбающуюся Лидушу.

— Каждый раз потом, встречаясь с Андреем, чувствовала себя так, будто его хитрая мама меня наняла, чтобы сыночек не шлялся с кем попало, — делилась Марина.

Роман затух сам по себе. Андрюшка принялся обхаживать другую даму — Эльвиру Балчуг.

— Если кому и нужна до усрачки роль Офелии, так это нашей черномазенькой, — злобилась Марина, — у меня уже имя есть и зритель. Ну, подумаешь, в другом спектакле выйду. А у Эльвиры пока одни надежды да амбиции, ей себя показать надо. Да пусть играет, хрен с ней, но просто обидно! Ведь совсем для роли не подходит! Но хитрая бестия. Небось пообещала отблагодарить после спектакля. Кстати, если кто и хотел сделать Лиде вред, так это Эльвирка. Прямо синела, когда ее видела, да и Лягушка тоже...

— Почему?

— Не знаю, — пожала плечами Марина, — скандал там какой-то вышел, вы историю про салат слышали?

— Нет.

Марина оживилась и с удовольствием принялась рассказывать.

Года два назад Артамонов и Лида сидели в Доме актера в ресторане. Все знали, что у Андрея с Риммой романчик, поэтому, когда в зал вбежала Лягушкина-Тышкевич, посетители замерли, предчувствуя интересные события. И не ошиблись! Быстрым шагом Римма подошла к столику, схватила тарелку с салатом «Оливье» и надела эту емкость на голову Артамонова. Народ просто попадал. Сцена напоминала эпизоды из голливудских кинокомедий. Артамонов вскочил. Густой майонез с овощами и мясом медленно стекал по щекам не ожидавшего ничего подобного мужика. Римма хохотала. Из кухни со всех ног бежал одышливый метрдотель. Пока Андрюшку освобождали от миски и отводили в туалет, Лида тихонько исчезла.

На следующий день, когда на самом деле довольные «подруги» принялись звонить и выска-

зывать фальшивое негодование, Лида спокойно
отвечала:

— Ой, девочки, ничего не знаю, я в этот момент вышла, но по секрету мне рассказали, что Римма поспорила с Никитой Богословским. Старик ее подначил, мол, слабо на Артамонова салат вывалить, а та — не слабо. На кону у них как будто бы тысяча долларов стояла, ну Лягушка и польстилась. Хулиганство, конечно, но она вечно в долгах. Мы с Андрюшкой всю ночь хохотали. Жалко, что камеру не захватили. А костюм... черт с ним, ради такого веселья не жаль.

Я вышла от Марины и поглядела на часы — семь. В такое время ни безобразницы Риммы, ни жаждущей славы Эльвиры, конечно же, дома нет. Поеду в Ложкино, отдохну и сделаю несколько звонков.

Глава 7

Уже в холле я почувствовала запах гари и испугалась.

— У нас пожар?

— Нет, — захихикала Маня. — Зайка пирог печет.

— С яблоками и курагой, — уточнил, ухмыляясь, Аркадий.

В кухне стояла дымовая завеса. Сидевшие на пороге собаки отчаянно чихали. Возле мойки, над формой, наполненной чем-то черным, стояла Зайка. Ее фигура выражала отчаяние.

— А все ты виновата, — неожиданно набросилась она на меня.

— Да я только вошла!

— Когда покупали плиту, я хотела «Бош»! А ты приобрела «Индезит»!

— Ну и что? — растерялась я.

— А то, что «Бош» дает гудок, если в духовке начинает дымить, а «Индезиту» на это наплевать. Так что из-за тебя все сгорело.

Я подошла к мойке, понюхала форму.

— Бабушка брала терку и соскребала черноту.

— Да? — воодушевилась Зайка. — Попробуем.

Она потрясла форму, и оттуда шмякнулся на блюдо какой-то непонятный кусок, больше всего напоминающий гранитный памятник. Из шкафчика достали терку, и горелые ошметки полетели в разные стороны. Банди отчего-то завыл, а Снап застонал.

— Цыц, противные! — рявкнула Зайка. — С чего это рыдать задумали?

— А они так реагируют на черный цвет, думают, что у нас похороны, — подал из коридора голос Аркадий.

Не обращая внимания на эти издевательства, Ольга сдула с пирожка черные крошки и оглядела произведение своего кулинарного искусства.

— Прекрасно, — довольно сказала она, — сейчас посыплем пирог сахарной пудрой и станем пить чай, иди в столовую.

Я послушно направилась к столу и в кресле у окна обнаружила Александра Михайловича, ласково поглаживающего Хуча и Жюли.

— Ты чего прячешься?

— Боялся Ольге под горячую руку попасть, — усмехнулся полковник, — она тут на реактивной

метле летала и плевалась огнем, как Змей Горы-
ныч.

Мопс блаженно щурился на его коленях. Вообще-то Хуч принадлежит полковнику. В свое время мы пригласили Александра Михайловича на
лето в Париж и познакомили там с французским
коллегой — комиссаром Жоржем Перье. Как мужчины договорились между собой — понять невозможно. Жорж знает два слова по-русски — «икра»
и «водка», полковник, в свою очередь, может,
слегка путая падежи и предлоги, выдать на французском текст «Москва — столица». Но после двух
бутылок бордо они начали переговариваться
весьма бойко и остались вполне довольны друг
другом. У них много общего. Оба убежденные хо-
лостяки, отдающие все силы любимой работе.
К тому же издали обоих борцов с преступностью
можно принять за близнецов — они лысоватые,
толстенькие, брюшко над слегка мятыми брюками нависает. Вдобавок и тот, и другой любители
вкусно поесть и выпить пива. В день отлета полковника в Москву Жорж привез в аэропорт кор-
зиночку.

— Пусть он напоминает обо мне, — заявил комиссар.

Внутри на голубой подушечке мирно спал ме-
сячный щенок мопса по кличке Хуч. Александр
Михайлович поначалу честно пытался заменить
ему отца и мать. Но собачку такого возраста полагается кормить шесть раз в день, а еще надо утешать по ночам, играть днем... Короче, через две
недели Хуч перебрался к нам, а Александр Ми-

хайлович стал исполнять роль папы по воскресеньям.

Под светлой шерсткой Хуча бьется любвеобильное сердце, и в нашем доме он не только в роли любимого ребенка, но и заботливого отца собственного семейства. Самые нежные взаимоотношения связывают его с йоркширской терьершей Жюли. Плоды брака — щенков невероятной породы «ложкинский мопстерьер» — мы раздаем по знакомым. Делать это каждый раз все труднее, потому что и дальние, и близкие приятели уже, по выражению Мани, омопсячены. Несколько раз полковнику удавалось, используя положение начальника, навязывать «внуков» подчиненным, а в последний раз пришлось стоять с корзиной у «Макдоналдса» на Тверской. Ехидный Кеша издевательски предложил Александру Михайловичу заглянуть в картотеку условно досрочно освобожденных.

— Вот кому нужно предлагать щеночков от полковника, — похохатывал мой сынуля, — хорошо воспитывает, нормально кормит — на свободе гуляет, недоглядел за собачкой — снова мотай на зону.

Приятель мой только крякнул, но ничего не сказал...

— Ну, — запричитала входящая Ольга, — почему еще не сели?

Она поставила в центр стола блюдо, на котором лежал вполне симпатичный пирог. Если не знать, как этот шедевр рождался на свет, съешь за милую душу.

Домашние с подозрением уставились на выпечку, щедро обсыпанную толстым слоем сахарной пудры.

— Приступайте, — распорядилась Ольга и положила мне большущий кусок.

Я принюхалась: легкий запах ванили и чего-то кислого. Была не была. Закрыв глаза, храбро куснула многострадального погорельца. Да, Зайке удалось достичь удивительного эффекта — сверху бисквит почернел, а внутри чуть сыроват. И все же не так уж и плохо. Только странный вкус у пудры — пресный какой-то и на зубах противно скрипит.

Видя, что я, откусив кусок, не свалилась на пол и не забилась в предсмертных конвульсиях, домашние тоже начали пробовать свои порции. Минуту-другую стояла тишина. Потом полковник спросил:

— Сверху-то что?

— Пудра, — ответила Зайка, пока еще не прикоснувшаяся к пирогу.

— Вижу, что пудра, — продолжал Александр Михайлович, — а из чего?

— Как из чего? — обозлилась вконец Ольга. — У тебя во рту вкус пропал? И вообще, какая еще может быть пудра? Сахарная, конечно!

— Нет, не похоже, — засомневался полковник и протянул Хучу кусочек.

Хучик, страстный любитель печеного и сладкого, ловко ухватил подачку и тут же выплюнул. До сих пор он отказывался только от одного вида еды — бутафорских бананов из картона, их Маня купила в магазине «Смешные ужасы».

Воцарилась тишина. Зайка схватила ложку, засунула свою выпечку в рот и ахнула:

— Да это же крахмал! Я обсыпала такой вкусный пирог крахмалом!.. Конечно, несъедобно!..

Она выскочила за дверь, из коридора донеслись всхлипывания. Аркадий понесся следом.

— Заинька, — уговаривал он жену, — страшно вкусно, просто пальчики оближешь, хочешь, съем весь пирог?

Манюня с грохотом отодвинула тарелку и накинулась на смущенного Александра Михайловича:

— Ну кто тебя просил уточнять, что ты ешь? Все-таки профессия определенно накладывает на человека отпечаток! Да какая разница, чем пирог обсыпан, итак понятно — отраву дали, гадость жуткую. Ешь и молчи! Зайка весь день его пекла!

Полковник сконфузился окончательно. Хуч, опасливо нюхавший бисквит, принялся чихать.

Допив чай, я положила несчастный пирог в пакет: выброшу в помойку у ларьков, чтобы Зайка не нашла свое произведение в ведре. Скажу потом, что стряхнули крахмал и съели с превеликим удовольствием.

Александр Михайлович молча брел рядом по улице.

— Не расстраивайся, — пожалела я его. — Скоро Катерина после свадьбы вернется, и Зайка перестанет экспериментировать.

— Да я не из-за этого, — отмахнулся полковник, — день тяжелый выдался, и вообще грустно как-то и противно... и страшно одновременно.

— Почему? — Я присела у ларьков на лавочку.

— Чего только не навидался на работе, — вздохнул полковник, — пора бы вроде ко всему и привыкнуть... Я делю преступников на несколько групп. Одни — просто придурки, не умеющие себя занять люди. Напились, подрались, схватились за ножи или сковородки, или табуретки, или что там еще под руку попалось. В результате один в морге, другой в СИЗО. И жалко их, и зло берет... Других просто довели до преступления. Отец каждый день избивал дочь, в конце концов она его облила спящего кипятком из чайника. Или возьми такую расхожую историю — приехал мужик из командировки на день раньше, жена в кровати с другим. Он ее треснул как следует и убивать-то не хотел, случайно вышло... Этих можно только пожалеть. Есть и такие, кто сознательно шел на преступление, планировал, готовился... В последнее время появились наемные исполнители. Самое интересное, что и этих я понимаю. Как правило без всяких нравственных тормозов — просто зарабатывают, как умеют... мерзкие, словом, личности. Но ужас состоит в том, что по улицам ходят сейчас полные отморозки! Пойми правильно, не душевно больные люди, не маньяки, не клиенты психиатра, а рядовые граждане, готовые на все. И здесь я перестаю что-либо понимать. Мораль у них до крайности проста: не нравится мужик — машину во дворе моет — убью, собака написала возле подъезда — застрелю и ее, и хозяина... Вчера две девчонки, пятнадцать и семнадцать лет, сестры между прочим, убили семидесятилетнего старика, соседа по лестничной клетке. Нанесли двадцать ножевых ранений, просто искромсали дедулю в лапшу. Мотив: им показалось, что дед напустил на их семью порчу! Представляешь?!

Я только развела руками: ну что тут скажешь?

— Сегодня тоже ничего себе история... — продолжал изливать душу полковник, — опять две сестры, но на этот раз одна убила другую, а потом с собой покончила. Мотив — младшая получила роль в кино, а старшая — нет. Налила сестричке в чашку яду, смотрела, как та мучается, не вызвала врача. А потом, видно, испугалась и тоже приняла отраву. Спрашивается, чего им не жилось? Две красавицы, молодые, здоровые. Одна блондинка, другая брюнетка, девочки — просто загляденье! Нет, определенно народ сошел с ума...

— Как их звали, — уже зная ответ, спросила я, — девочек этих?..

— Анна и Вера Подушкины, — произнес ничего не подозревающий полковник.

У меня закружилась голова, хорошо, что сидела на скамейке. Рассказать ему о роли Веры в похищении детей? Нет, пока подожду. Иначе слова больше не проронит.

— Действительно ужасно! Как же такое произошло?

Оказывается, около одиннадцати утра соседка обнаружила, что дверь Подушкиных приоткрыта. Думая, что безголовые девчонки забыли запереть замок, женщина заглянула в холл и позвала их. Но в квартире молчание и запах гари. Испугавшись пожара, соседка прошла в комнату и обнаружила на диване лежащих рядом бездыханных Аню и Веру. Анна аккуратно уложена, Вера вся скрючена. На плите в кухне мирно сгорала на медленном огне кастрюлька с геркулесовой кашей. Кто-то из девочек готовил завтрак.

На обеденном столе белела напечатанная на компьютере записка: «Жить не хочу, все счастье досталось Аньке. Но не играть ей роли в фильме. Прощайте, Вера». Рядом тихо гудел лазерный принтер и кружился на экране красно-белый виртуальный мячик...

Проводив Александра Михайловича, я в задумчивости побрела домой. Неужели Вера решилась на подобный поступок? Было в ее лице что-то злое и порочное, но все равно не похоже, что она способна на самоубийство. А что, если их убили? И это могли быть те люди, которые испугались длинного языка старшей сестры, короче говоря, похитители девочек. Но Аню-то за что? Нет, надо определенно все выяснить. Если оба дела связаны, расскажу обо всем Александру Михайловичу, тогда он получит основания для розыска Поли и Нади.

Я схватила трубку и набрала номер Артамоновых. Подошел Андрюшка.

— Как дела?

— Никак. Лида без сознания, дышит при помощи какого-то аппарата. Зрелище не для нервных.

Вот в этой фразе весь Андрей, не жену ему жалко, а себя, любимого!

— У тебя был роман с Тышкевич?

— С Лягушкой? Ерунда, просто пару раз в ресторане сидели.

— Не ври.

— Ну на дачу съездили как-то, ей-богу, и все. Это не роман, а так... перепихон.

От злости я швырнула трубку, и маленький «Эрикссон» обиженно заморгал зеленой лампочкой «смените батарею». Яростно роясь в телефонных внутренностях, я злобно повторяла: «Перепихон». Тоже мне Казанова!

На следующее утро пришлось решать непростой вопрос. Куда отправиться вначале? Допрашивать Лягушку и Эльвиру Балчуг? Расспрашивать соседку Подушкиных? Навестить Лиду в больнице?

Пораскинув мозгами, решила начать с Лягушки. Новоявленная полька жила в более чем скромном квартале — Теплом Стане.

«Интересно, почему данное место назвали теплым?» — думала я, ежась от принизывающего ветра, который моментально залез под куртку, стоило только вылезти из машины. И подъезд, и лифт, и квартира оказались обычными, без всяких прибамбасов типа волосатых ковров и белой кожи на стенах.

Самый обычный антураж — крошечная прихожая с грудой туфель и шаткой вешалкой. Меня провели сразу на кухню, которая свидетельствовала, как медленно растет благосостояние хозяйки. Стиральная машина «Канди», плита «Электролюкс», зато холодильник и телевизор отечественные, старенькие, и мебель допотопная — серый пластик в розовый цветочек. У самой когда-то то же самое было. Зато Лягушка выглядела ослепительно. Узенькие черные брючки выгодно подчеркивали длинные ноги актрисы, зеленая кофточка удивительно шла хозяйке. Римма оказалась рыжей, с молочной кожей, чуть тронутой редкими веснушками, и светло-зелеными глазами. Волосы она собрала сзади в тугой пучок, спереди легкая челка и колечки волос. Кажется, понятно, чей образ Лягушка взяла за образец. Николь Кидман! Модная голливудская рыжеволосая дива. Получилось довольно похоже, да и возраст у них примерно одинаковый, около тридцати.

Когда я покидала Воропаевых, Марина предупредила — Эльвира просто дура, а Римма — умная и хитрая. Ни той, ни другой ни в коем случае нельзя говорить, что у Артамоновых пропали дочери. Одна по глупости, а другая по злобе растреплет. И теперь предстояло аккуратно выяснить, что за обида на Андрюшку тлеет в душе Риммы.

— Ваш адрес, — начала я с ходу, — дал мне господин Артамонов.

— Да? — вздернула бровь Лягушка. — Что за проблема у Андрея?

— Насколько мне известно, никаких, — бодро ответила я, — просто посоветовал пригласить вас на роль.

— Классика или современная пьеса?

— Абсолютно современная, — заверила я ее, — типа мюзикла, с переодеванием...

— Нет, что он себе думает? — Римма раздраженно забегала по кухне. — Я актриса трагического плана — Медея, ну, в крайнем случае, Чехов. Мне подвластны любые чувства, глобальные, конечно. Мюзикл! Как только ему в голову это пришло!

— Жаль, — притворно огорчилась я, — предполагали потом возить спектакль по нашей области, зритель благодарный: шахтеры, крестьяне. Опять же заработок отличный.

— Так вы не из Москвы! — возмутилась Лягушка.

— Уральские горы, — пояснила я с достоинством, — край самоцветов и металлургов.

От злости у Лягушкиной пропал голос, и несколько секунд актриса шумно дышала. Так сопит обиженный Хуч, когда Маня отнимает у мопса вредное сладкое печенье.

Наконец Римма решила не убивать нахальную провинциалку и сухо заявила:

— Простите, такое предложение не для меня. Кататься по клубам — маленькое удовольствие, поищите сразу менее известных... сходите в «Щуку», ГИТИС, может, кто из студентов захочет подработать.

— Неудачно вышло, — пробормотала я, — Андрей Артамонов меня заверил, что вы сидите без работы и хватаетесь за любое предложение.

Римма побагровела. Видя эффект, я продолжала жать на ту же педаль:

— Абсолютно уверенно говорил, что в Москве, пока он жив, вам не предложат никакой роли, я и подумала, что вы сразу ухватитесь за наш мюзикл!

Лягушкины щеки быстро меняли окраску от светло-розовых до баклажанно-синих.

— Ну скотина, — процедила она, все же стараясь не потерять лицо. — Ну сволочь. Ладно-ладно. Тоже мне Хичкок нашелся. Не один в столице продюсер...

— Еще он всем сообщает, что у вас отвратительный характер, — подлила я масла в огонь, — рассказывал историю про миску с салатом, предупреждал, что вы ради денег готовы на все...

— При чем тут деньги? — удивилась Римма.

— Он говорил, что вы поспорили с Никитой Богословским на тысячу долларов...

— Это Лидка придумала, стервятина, лахудра хитрая, — возмутилась Римма, — да не так все было.

Я поглядела на ее пышущее гневным негодованием лицо, закурила сигарету и стала слушать.

Андрей Артамонов дал Лягушкиной небольшую роль в спектакле «Привидение». Всего два выхода на протяжении двух актов. В общем, «кушать подано», или, как говорят балетные, «седьмым лебедем у пятого пруда». Естественно, Римме хотелось большего. Но ситуация на подмостках сейчас такова, что выбирать не приходится, хватай, что дают!

Но произошло событие, широко описанное в литературе. Актриса, исполнявшая главную роль, за пять минут до выхода на сцену, буквально в кулисе, упала с сердечным приступом! За сценой все заметались в ужасе. Времени, чтобы вызвать из дома дублершу, нет. Зрители уже начали в нетерпении хлопать в ладоши. И тут настал звездный час Лягушки. Она объявила, что отлично знает роль и готова заменить больную. Андрюшка схватился за голову, но отменять спектакль... Скандал! Лягушку срочно переодели, и действие понеслось. Сыграла она, кстати, неплохо.

Вечером все участники, довольные, что спектакль состоялся, отправились к Артамонову на дачу — праздновать премьеру. Хорошо и много выпили, в конце концов Римма оказалась в постели режиссера.

Утром она просто светилась от счастья. Удача пролилась дождем на кружившуюся голову: и роль, и влиятельный любовник. В мечтах Лягушка уже играла весь репертуар московских театров, не хватало только паровоза, который вытащит ее из ямы нищеты и безвестности...

Но радужные надежды оборвались сразу. В пять часов вечера, когда Римма старательно готовилась выйти на сцену главной героиней во второй раз, распахнулась дверь гримерки и помреж сообщил, что больная в полном порядке и Лягушка опять играет «смышленую служанку». Римма кинулась к Андрею. Тот снисходительно похлопал женщину по плечу:

— Ты уж извини, но спектакль ставили для Татьяны. Молодец, конечно, что выручила, но эта роль для другой актрисы.

— А нельзя ли играть по очереди? — попросила Римма.

— Конечно, — не задумываясь, пообещал режиссер, — поставлю тебя третьим составом.

Но в качестве главной героини Лягушкина больше в этой пьесе на сцену так и не вышла. Артамонов пообещал ей всенепременно бенефис в новой постановке. Но следующей премьерой оказался «Севильский цирюльник». Всего одна подходящая роль — Сюзанна. И она досталась Марине Воропаевой. Обозленная Римма ворвалась в кабинет к Артамонову и обозвала его лгуном. Андрей спокойно объяснил трясущейся от негодования девице, что спектакль — дело коммерческое. У Воропаевой имя, на нее охотно пойдет зритель. Римма же пока не популярна. Рисковать огромными суммами ради дамских капризов он не намерен. Вот в следующей постановке обязательно.

— Знаю, где расположено популярное имя Воропаевой — между ног, — завопила Римма. — Или даешь Сюзанну мне, или сегодня же сообщаю твоей жене, какие мягкие матрацы у нее на даче, в спальне...

Но Артамонов только усмехнулся:

— Во-первых, Лида тебе не поверит, во-вторых, у нас контрактная система, актеры набираются на определенную постановку. Твой договор истек вчера, а новый я оформлять не собираюсь.

То есть он практически выгнал Лягушку на улицу. Потерявшая голову актриса тут же позвонила Лиде. Та молча выслушала подробности супружеской неверности Андрея и сказала без всяких эмоций:

— Спасибо, Римма, очень вам признательна.

— За что? — растерялась от такой непонятной реакции несостоявшаяся Сюзанна.

— Видишь ли, после родов все болею, никак не оправлюсь, и мне приятно знать, что Андрюша не ходит по проституткам, а пользуется услугами аккуратных женщин. Очень боюсь заразы — сифилиса, триппера. А ты ведь здорова, так что мне можно не беспокоиться. Да не сомневайся, мы люди благодарные. Поговорю с мужем, попрошу, чтобы подыскал тебе рольку поинтересней.

— Я так трубку швырнула, — поделилась со

мной Римма, — что аппарат пополам треснул. Ну не сука ли?

Да уж, молодец Лидка, спуску никому не давала, и даже мне, лучшей подруге, ничего, порочащего блудливого супружника, не рассказывала.

Пообщавшись с Лидусей, Римма влила в себя бокал коньяка и отправилась в ресторан, чтобы привести растрепанные нервы в порядок. Первые, кого она увидела в уютном зале, оказались нежно улыбающиеся друг другу Артамоновы. В глазах у Лягушки помутилось. Сначала она хотела просто выйти, но потом тихий внутренний голос шепнул актрисе: «Действуй по обстоятельствам». И она с чувством глубокого удовлетворения надела на Андрюшку миску...

Тут входная дверь распахнулась, и из коридорчика донесся приятный голос:

— Кошечка, ты где?

— Здесь! — крикнула Римма.

В комнату вошел мужик лет сорока. Одного взгляда, брошенного на него, было достаточно, чтобы понять, кто таков вошедший. Короткая квадратная шея, миллиметровый слой волос на крупной голове... На груди золотая цепь толщиной почти с мою ногу, на пальцах парочка килограммовых перстней, из-под них высовывались синие следы татуировок.

Огромными, похожими на свиные окорока руками мужик держал пакет, откуда выглядывали банки и горлышки бутылок.

— Кошечка моя, — ласковым, абсолютно влюбленным голосом проворковал вошедший, — познакомь, в натуре, с подружкой.

Вот уж не думала, что подобный монстр способен на такие нежности.

— Это не подружка, — одернула его Римма, — а работодатель. Решила, что я нуждаюсь в ролях и поеду за длинным рублем в тмутаракань.

Кавалер брякнул торбой об стол.

— Римма — звезда, — без тени сомнения заявил он, — мы сейчас станем кино снимать, а она главной будет. Жуткая вещь! Чуть не расплакался, когда прочитал. Страшное дело, из-за любви оба погибли. А все родители виноваты. «Ромео и Джульетта» называется, может, слыхала? Уже со всеми договорился, прямо на днях начинаем...

Он с нежностью поглядел на Лягушку. Та весьма горделиво на меня.

— Так что можете передать Артамонову — не нуждаюсь в его подачках. У нас с мужем большие планы.

— Вы вышли замуж? — немедленно отреагировала я. — Андрей мне говорил, что вы свободны...

— Ровно неделя сегодня, — пояснил мужик, и неожиданно стало понятно, что он очень молод, скорей всего и двадцати пяти еще нет...

Сев в «Вольво», со спокойной душой вычеркнула Лягушку из списка подозреваемых. Конечно, она страшно зла на Артамонова, но достаточно удачно, по ее понятиям, вышла замуж, приобрела, как видно, состоятельного супруга, готового ради нее даже читать Шекспира. Девочки ей явно ни к чему. Теперь надо прощупать Эльвиру Балчуг.

Новая муза Андрюшки обитала на улице с замечательным названием Последний тупик. Наверное, приятно отвечать на вопрос: «Где живете?» Тут, рядышком, в Последнем тупике!

Магистраль и впрямь оказалась тупиком на задах Савеловского вокзала. Вокруг — бесконечные гаражи и автомастерские. Единственный жилой дом выглядел отвратительно — грязно-серая пятиэтажка. Швы между блоками, заделанные черной штукатуркой, издали кажутся измазанными дегтем. В подъезде везде выбиты стекла, а на лестничной площадке третьего этажа похрапывает пьяный мужик. Я переступила через него и позвонила в дверь с номером 28.

Послышался топот и детский голосок:

— Кто там?

— Здесь живет Эльвира Балчуг?

— Что хотите? — упорствовал ребенок, не отпирая замка.

Потом раздались возня, шлепок, негодующий вопль, и на пороге возникла очаровательная девушка, почти девочка. Марина Воропаева права, назвав Эльвиру цыганкой. Копна черных мелковьющихся кудрей, огромные карие глаза, летящие к вискам брови и нежно-оливковый цвет кожи. К тому же на Балчуг — ярко-красное платье с широкой юбкой. Ей бы выступать в ансамбле «Ромэн». Интересно, каким образом Андрюшка намеревался превратить данный персонаж в Офелию?

— Вы ко мне? — спросила девушка.

— Да, — твердо сообщила я и решительно протиснулась в прихожую. Из коридора выглядывали две детские головки с любопытно раскрытыми ртами.

— Я от Артамонова.

— Проходите, — вспыхнула огнем Эльвира.

Мы прошли в комнату. Всего их в квартире две. Из большей, метров двадцати, дверь вела в меньшую, очевидно, совсем крохотную. Не успели мы сесть за покрытый плюшевой скатертью стол, как две любопытные малышки примостились рядом, явно желая поучаствовать в разговоре. Из кухни выглянула древняя бабка.

— Вирочка, — прогундосила она, — гость пришел? Ты стели кроватку-то, чистое белье в шкафу возьми.

Балчуг так и подскочила на стуле, потом, нервно закрывая дверь на кухню, пробормотала:

— Пожалуйста, не обращайте внимания. У бабули был инсульт, и она ничего теперь не соображает, чушь несет.

— Что это ты про меня глупости рассказываешь? — заколотилась из кухни сумасшедшая. — Всегда ведь гостей спать укладываешь!

Девчонки захихикали, одна начала сосредоточенно ковырять в носу, другая принялась грызть кончик карандаша.

— Катя, Таня, пошли бы вы погуляли, — решила избавиться от них Эльвира.

— Нам мама не разрешает одним во двор выходить, — немедленно хором отозвались сестры.

Балчуг вздохнула и уставилась на меня бездонными глазами.

— Я старшая сестра Артамонова.

Услышав это заявление, Эльвира моментально потащила меня в маленькую комнату и закрыла дверь на замок.

— Чего хотите?

— Не хочу, а требую оставить Андрея в покое. Какого черта вы лезете в семью? Там двое детей, между прочим.

Балчуг отбежала к окну и зашипела:

— Вот еще. К вашему сведению, семьи давно нет. Андрей не любит жену и собирается разводиться. Он с ней уже год не спит! Она его не понимает!

Я с сочувствием поглядела на девчонку. По виду ей не больше двадцати. Ничего, скоро поймет, что мужчины страшно не любят разводиться и жениться на любовницах. А сказку про непонятость и одинокую постель рассказывают таким дурочкам охотно.

— Мой вам совет, — начала я наставительно, — оставьте Андрея в покое. Не вашего поля ягода. Поищите другой объект, помоложе. Кстати, у Артамоновых дома полное понимание. Лида на таких, как вы, просто внимания не обращает. Андрей человек поэтического склада, вот и заводит постоянные романы. Но жену никогда не бросит. Знаете, сколько у него в постели перебывало? Тучи. И Марина Воропаева, и Римма Лягушкина... Так что не надейтесь.

Злые слезы выступили на глазах Эльвиры, она топнула ногой и свистящим шепотом стала возражать:

— Ничегошеньки-то вы не знаете! Лидка — гримерша. Только и умеет щеки румянами мазать. А я — творческая личность. Андрей восхищается моим талантом. Между прочим, решил ставить «Гамлета» и Офелию отдает мне. Я — его муза!

Я присвистнула:

— Муза! Офелия! Наверное, принца Датского станет играть Костя Райкин?

— Да вы в своем уме! — оскорбилась Эльвира. — Он же старик и урод!

«А кто сказал, что Гамлет был красавцем?» — подумала я, но вслух уточнила:

— Во-первых, Райкин не намного старше Андрея, а во-вторых, подходит вам внешне — такой же смуглый...

Балчуг прямо задохнулась от злости. Наверное, очень хотела выгнать меня вон, но ругаться со старшей сестрой любовника все же опасалась.

— Артамонов страшно талантлив, — ринулась она отстаивать свою позицию, — он пьесу прочитал по-своему. Нетрадиционно взглянул на текст. Да, обычно Офелию играют голубоглазые блондинки, но в этом-то и весь кайф, чтобы в его постановке на сцену вышла брюнетка. Вам этого не понять. Чтобы оценить подобный замысел, следует быть творческой личностью, а не мещанкой с авоськой! Это революция на сцене, шок, новое видение! И, между прочим, на роль Гамлета приглашен Юрий Костомаров!

Произнеся это имя, девчонка торжествующе поглядела на меня. Костомаров — самый модный сейчас актер, успевший засветиться за последние два года чуть ли не в десятке кинолент. Парню удалось даже принять участие в съемках какого-то фильма в Голливуде, и после этого рейтинг его в Москве подскочил до недосягаемой высоты. Да, Андрюша решил подготовить для своей дамы сердца ослепительную взлетную площадку. Увидав в афише фамилию Костомаров, народ валом повалит в театр и проглотит любую Офелию.

— Ну еще не факт, что вы получите роль, — решила я остудить пыл Эльвиры.

Балчуг рванулась к письменному столу, с треском выдвинула ящик и сунула мне в руки листок бумаги. Контракт!

— Ну что? — торжествующе сверкнула она блестящими глазами. — Видали?

Да уж, Андрюшка не терял зря времени, вот старый греховодник!

— Ладно, — попыталась я изобразить понимание, — вижу у вас с братом все серьезно.

— Очень, — радостно подтвердила Эльвира, — у нас настоящая страстная любовь. Я буду его любимой, единственной, ведущей актрисой, как Мазина у Феллини. Мы поставим десятки пьес — Чехов, Шоу, Ибсен, Шекспир... О, я чувствую в себе столько сил! У режиссера должна быть муза. Только влюбленные могут подняться к вершинам.

Я молча слушала наивные благоглупости. И стало жаль бедняжку. Через два-три месяца Андрей найдет новый предмет обожания, и Эльвире придется туго. Тяжело падать с вершины таких надежд мордой об пол.

— Но как же Лида и дети? — прикинулась я озабоченной.

— Ну... — замялась Эльвира, — станем помогать бывшей семье материально, пусть в гости ходит, возражать не буду. Дети-то уже большие, не младенцы, слава богу.

— Андрей очень девочек любит!

— Я рожу ему сыновей! — заявила дурочка.

Усаживаясь в «Вольво», не переставала удивляться. Ну надо же оказаться такой наивной и всерьез надеяться на брак с Артамоновым. Впрочем, это личное дело Андрюшки, как он станет в данном случае выпутываться. Для меня сейчас важно другое. У Балчуг нет никаких оснований похищать Полю с Надей. Безусловно, существование Лиды ее злит, но Эльвира ощущает себя счастливой соперницей рядом с покинутой женой. Роль уже получила, в любви Андрюшкиной абсолютно уверена, ну зачем ей девочки?

Следовало признать, что и здесь у меня облом.

Тяжело вздохнув, я порулила к Подушкиным. Соседка из квартиры напротив, миловидная женщина лет пятидесяти, с простым, интеллигентным обликом, несколько удивилась визиту «майора милиции».

— Ваши коллеги меня уже посещали, — заметила она.

— Возникли еще вопросы, — ответила я, входя в квартиру.

Такая же комната, как у Подушкиных, только интерьер другой. Повсюду книги, журналы... На огромном письменном столе компьютер и какие-то непонятные приборы.

— Давно знаете соседей?

— Меня зовут Юлия Сергеевна, — представилась женщина, — с девочками знакома с рождения. Их отец, Павел Константинович, мой коллега по работе.

— Это интересно! — сказала я. — Расскажите поподробней.

Юлия Сергеевна улыбнулась:

— Боюсь, что не сообщу каких-либо полезных для вас сведений.

— Нас интересует любая информация.

Юлия Сергеевна стала рассказывать. Она математик, кандидат наук, всю жизнь работает в одном НИИ. Павел Константинович — профессор, доктор наук, заведует отделом, но не тем, где трудится Юлия Сергеевна Фомина, а другим.

Когда институт построил в Бутове кооператив, Фомина оказалась на одной лестничной клетке с Подушкиными. Отношения у них установились хорошие, близкие. Иногда одалживают друг у друга соль, спички, да все, что угодно. Пока девочки ходили в школу, у Юлии Сергеевны хранились ключи от соседской квартиры. Возвращаясь домой, сначала Вера, а потом и Аня звонили в дверь к Фоминой. И Павел Константинович, и мать — Карелия Львовна, просто горели на работе, пробиваясь на самый верх научного Олимпа. Юлия Сергеевна же вполне была довольна статусом кандидата наук и имела только один присутственный день в неделю.

— Аня — хорошая девочка, — вздохнула Фомина. — Добрая, спокойная, отзывчивая. Если видела, что я плохо себя чувствую, всегда бегала в магазин или аптеку и всегда безотказно. Вера обладала другим характером. Очень уж ревновала, когда Аня родилась, — вспоминала Юлия Сергеевна. — И разница в возрасте у них, можно сказать, никакая, а поди ж ты... Все требовала, чтобы ей покупали вещи, игрушки первой. Постоянно кричала: «Я старше!» Даже за столом вечно приглядывала, чтобы сестре, не дай бог, больше не положили... Могла сливы в тарелке пересчитать или клубнику... До смешного доходило — один раз у Анечки посреди зимы сапожки развалились, и ей купили новые. Так Вера не успокоилась, пока такие же не вытребовала. И ведь не нужны были, а все равно — раз Ане купили, и ей подавай.

Юлия Сергеевна как-то прямо сказала Карелии Львовне, что не следует потакать капризам старшенькой. Но мать только отмахнулась. Денег в семье достаточно, и приобретение лишних сапог не обременительно.

Так они и росли. Когда Ане исполнилось двенадцать лет, стало ясно, что девочка становится удивительной красавицей. Все обращали на нее внимание, и Вера страшно злилась. Лицо старшей было тоже приятным, с правильными чертами, но чего-то ей не хватало. Всего лишь милая мордашка, не более того. Старшенькая отпустила волосы до плеч, потом стала пользоваться косметикой... Когда Аня перешла в десятый класс, ее пригласили на съемки телевизионного фильма. Вера, к тому времени студентка театрального вуза, просто перекосилась от зависти. Накануне съемок Вера принесла тюбик с маской для лица и предложила сестре воспользоваться кремом:

— Будешь завтра как бутончик.

Обрадованная Анечка намазала личико и посидела с маской двадцать минут — так написано на упаковке. Когда же смыла белую, резко пахнущую массу, из зеркала на нее глянула физиономия, похожая на кусок сырой говядины. Расстроенная до слез Верочка кинулась накладывать на горевшие щеки сестры питательный крем, но стало только хуже. Аня, утирая слезы, приготовила компрессы из ромашки. Пришедшая Карелия Львовна, хорошо владевшая французским языком, обнаружила, что в картонной упаковке с рекламой «Омолаживающий гель» на самом деле — средство для чистки серебра. Анечка, не читавшая по-французски и не понявшая надписей на тюбике, нанесла на лицо эту едкую массу.

Ни о каких съемках речи идти не могло. Пришлось долго лечиться у дерматолога, но кожа еще полгода казалась воспаленной. Верочка картинно убивалась. Маску, желая услужить сестре, она купила в переходе у лоточницы... Отец с матерью успокаивали старшую дочь, бьющуюся в истерике, но Юлия Сергеевна ни на минуту не поверила актрисе.

— Позавидовала сестре, вот и подгадила ей, — вздохнула женщина.

Потом старшие Подушкины укатили по контракту в Америку, а Ане опять улыбнулась удача. У нее начала отлично складываться карьера в модельном бизнесе. У Веры же, решившей также показать себя на подиуме, дело не пошло...

— Думаете, она могла отравить Аню из-за роли в кино?

— Не знаю, — пожала плечами Фомина, — всетаки убийство, это уж слишком! К тому же у Веры не было оснований...

— Как? А участие Ани в съемках?

Юлия Сергеевна вздохнула. Она ничего не слышала об успехах младшей. Зато Вера приходила к ней, кажется, за спичками и расхвасталась. Ей предложили потрясающую роль в новом спектакле. Трагедийную! Электра!

— Она захлебывалась от счастья, — вспоминала Фомина, — просто упивалась, предвкушала головокружительную карьеру, фото в журналах и баснословные гонорары... А утром я увидела открытую дверь, и гарью тянет...

Юлия Сергеевна вошла в квартиру, позвала девочек. Но ответом послужила звенящая тишина. Соседка сначала заглянула на кухню и обнаружила на плите абсолютно черную кастрюльку, рядом на столике — пакет молока и банка с овсянкой. Ругая на все корки глупых девчонок, едва не устроивших пожар, женщина схватила кастрюльку и залила горячей водой. В комнату зашла случайно, сама не знает почему. Твердо уверенная, что Аня и Вера бегают где-то в городе. Но сестры оказались дома, рядышком, на диване.

— Сразу поняли, что они уже мертвы?

— Да, — кивнула Юлия Сергеевна. — Правда, Аня лежала со спокойным лицом, будто спала. Я даже потрогала ее за руку... А Вера вся скрюченная...

— Значит, вы думаете, что это сначала убийство, а потом суицид?

— Может быть, да, а может, и нет, — неопределенно сказала соседка.

— У вас есть какие-то подозрения?

— Да нет... — покачала головой Фомина, — зависть — страшная вещь, но мне не нравится записка.

— Думаете, Вера не могла такое написать?

— Написать-то могла, а вот воспроизвести на компьютере...

Машина появилась у Подушкиных уже давно.

Павел Константинович любил работать по ночам, когда все спят. По странному стечению обстоятельств, в семье математика родились дети абсолютно гуманитарной склонности. Пошли в мать. И Аня и Вера совершенно не умели работать на компьютере.

— Они даже не умели его включать, — поведала Юлия Сергеевна, — а уж подсоединить принтер для них вообще запредельно.

— Может, выучились, а вы не знали...

— Если и освоили машину, то не раньше чем за двое суток до смерти, потому что Вере нужно было несколько дней назад сдавать реферат...

Девушка пришла к Юлии Сергеевне с просьбой распечатать работу. Та попеняла актрисе:

— У самих компьютер пылится, научились бы, в жизни пригодится.

— Ну не умею я с техникой обращаться, — засмеялась Вера, — даже с кофемолкой... Нет уж, буду к вам ходить, если не прогоните.

— Так что Вера совсем не знала машину, — заключила Фомина, — как же сумела и набрать, и распечатать?

Глава 8

Действительно, как Вера смогла воспользоваться компьютером? Причем не только включить «Виндоуз-95», но и найти программу «Ворд», набрать сообщение, а потом еще и напечатать. Это легко и просто, когда знаешь последовательность действий, а вот если нет...

Я тихо катила в Ложкино. Сентябрьский день

догорал. Уже сворачивая к воротам, пожалела, что не купила в «Макдоналдсе» чизбургеров. Домашние солидарно презирают эту еду, но я бы с удовольствием поужинала. В пылу детективного азарта забыла за весь день хоть разок перекусить, и теперь мой бедный желудок жалобно сжимался. Войдя в холл и перецеловавшись с собаками, я прошла в столовую. Через секунду в дверь просунулась встрепанная Зайкина голова.

— Ужинать хочешь?

— А где все?

— Машка легла спать, говорит, голова болит, а Аркашка в ванной, с близнецами...

Из сына вышел на удивление нежный отец. И хотя наличие профессиональной няни Серафимы Ивановны снимает с родителей практически все тяготы ухода и воспитания, есть обязанности, какие выполняет только Кеша. Бутырская тюрьма вместе со всеми ее клиентами может уйти под землю, но в воскресенье с двух до четырех часов дня Кешка будет обязательно гулять с близнецами. Еще он их купает. Правда, здесь частенько разгораются споры с ортодоксальной Серафимой Ивановной. Няня убеждена, что дети должны укладываться спать ровно в восемь. Стоит стрелкам часов начать подбираться к урочному времени, как Серафима Ивановна выгоняет из детской всех животных, задергивает шторы, включает ночник и уходит в свою комнату. Подобный метод воспитания дал свои плоды. Анька и Ванька твердо знают — к ним никто не зайдет, рыдать бесполезно. Какое-то время они мирно играют друг с другом, потом засыпают. Если Кеша успевает приехать до половины восьмого — прекрасно, если нет... Вот тогда он проделывает фокус «мытье в ванной без звука и плеска». Хитрые близнецы знают: если папа прокрадывается боком в детскую и вытряхивает их из пижамок, не следует издавать радостных кличей.

— Тсс, — шепчет заботливый папуля, — вопить не следует, а то явится Сима и засунет под одеяльце...

После этого они быстренько залезают втроем в ванну и начинают пускать там мыльные пузыри до тех пор, пока не надоест...

— Ну так что, — повторила свой вопрос Ольга, — есть будешь?

— Может, бутерброд какой, — робко заикнулась я, гадая, что наша кухарка состряпала на этот раз.

— Чудесненько, — обрадовалась Зайка и сунула мне под нос миску с непонятным содержимым бело-зеленого цвета.

Я бесстрастно спросила:

— Как такое называется?

— Брынзовая помазка, — сообщила Ольга.

— Какая? — не разобрала я прилагательное.

— Паштет из брынзы, — пояснила Зайка, — ну давай, мажь на хлеб.

— А почему там такие зеленые кусочки?

— Слушай, — обозлилась Ольга, — если не хочешь есть, так и скажи.

Я взяла ломтик черного хлеба, положила сверху крошечку «помазки» и аккуратно откусила. К удивлению, оказалось вкусно — острое, пикантное блюдо.

— Из чего же ты такое соорудила?

— Нравится? — обрадовалась Зайка. — Страшно просто. Берешь коробочку брынзы, пучок укропа и кинзы, несколько зубчиков чеснока. Чеснок пропускаешь через давилку, зелень мелко режешь и все перемешиваешь с брынзой. За десять минут все готово.

Я искренне похвалила ее стряпню. Зайка обрадованно произнесла:

— Ладно тебе, завтра приготовлю салат «Нерон».

Я, тихо посмеиваясь, побрела в спальню. Интересно, помнят ли создатели поваренной книги, что император Нерон отличался буйным нравом и развратным образом жизни?

Утром первым делом поехала в больницу к Лидусе. Но к ней меня не пустили.

— Артамонова находится в палате интенсивной терапии, туда вход запрещен, — сказала хорошенькая медсестричка, сидевшая перед дверью с надписью «Реанимация».

— А этим почему можно? — обиженно ткнула я пальцем в небольшое окошечко.

Внутри реанимационного отделения у чьей-то кровати сидели три женщины.

Медсестра подняла ясные, чистые глаза и тихо сказала:

— Вот уж не стоит завидовать тем, кого пускают в эту палату к родственникам. А у вашей Артамоновой пока не крайняя степень тяжести, может, она и выкарабкается.

— Она пришла в себя?

— Пока нет.

— А какой прогноз?

— Обратитесь лучше к лечащему врачу, последняя дверь по коридору, Владимир Игоревич.

Доктор сидел у письменного стола и быстро писал что-то в толстой папке. Наконец захлопнул работу и равнодушно спросил:

— Чем могу служить?

— Я сестра Лидии Артамоновой...

Доктор снял очки и начал протирать стекла. Он орудовал мягкой замшевой тряпочкой так медленно и обстоятельно, что захотелось завыть от нетерпения. Наконец стекла заблестели, и врач выдавил:

— Пока поостерегусь делать прогнозы. На данный момент находится без сознания, дышит на аппарате...

— Она говорила что-нибудь?

— Нет, и в ближайшее время вряд ли скажет.

Тут дверь распахнулась, всунулась голова в зеленой шапочке:

— Там Хлебникова потяжелела.

Доктор извинился и вышел. Я осталась ждать его возращения и от скуки принялась разглядывать бумаги на столе. Справа лежала история болезни Лиды. Ухватив пухлую папочку, принялась разбирать почерк эскулапа. Через две минуты стало понятно, что Лидуся была скорее мертва, чем жива, когда поступила в больницу. Просто удивительно, как она не скончалась на месте. Ей перелили безумное количество донорской крови, хорошо, хоть не было проблем — в карточке отмечалось, что у Артамоновой кровь первой группы, резус положительный.

Вернулся доктор. Я спросила у него:

— В карточке написано, что у Лиды первая группа крови, тут не может быть ошибки?

— Нет, конечно, — усмехнулся доктор, — здесь же не школьный медпункт. Первая, резус положительный. Кстати, такая же оказалась и у супруга. Мы всегда просим родственников стать донорами. В случае Артамоновой идеально подходил муж, тоже первая, резусположительная кровь.

Интересное дело, подумала я, усаживаясь в «Вольво». В прошлом году Надюша пошла в школу. Учительница рассказывала им о строении человека и даже предложила самим определить свою группу крови. Есть сейчас какие-то экспресс-полоски. Наденька гордилась тем, какая у нее редкая кровь — четвертой группы. Андрюшка еще сказал ей, что тут как раз хвастаться нечем.

— Попадешь в больницу, врач посмотрит — четвертая группа, и перельет тебе бензин!

Надюша страшно обиделась, и Андрюшке пришлось объяснять, что он пошутил. Лидуша тогда сказала, что у нее тоже четвертая группа и бензин тут ни при чем. И вот теперь выясняется, что на самом деле все не так. Может быть, Лидуся не знала точно? Это родив-то двоих детей и перенеся небольшую гинекологическую операцию? Моловероятно. Сказала, чтобы утешить Надюшу? Просто глупо. Зачем придумала себе другую группу крови? Интересно, может ли у обоих родителей с такими данными родиться ребенок с четвертой группой?

Я схватила телефон и принялась названивать Женьке. Это еще один мой приятель в системе МВД. Женюрка работает много лет вместе с Александром Михайловичем. Он эксперт, или паталогоанатом, или уж не знаю как правильно называть человека, который получает удовольствие, ковыряясь в трупе, чтобы установить причину смерти. Профессия наложила на него соответствующий отпечаток: Женька всегда и во всем сомневается.

— Послушай, — закричала я, услыхав тихое «алло», — может ли у отца и матери с первой группой крови быть ребенок с четвертой?

— Запросто, — ответил Женька.

Я вздохнула, ну и глупости лезут иногда в мою голову.

— Если взяли ребенка из детского дома, какая разница, что у него за группа, — продолжал Евгений.

— При чем тут детский дом! — завопила я. — Ты с ума, что ли, сошел! Может ли у них родиться такая дочь?

— Ни дочь, ни сын, — уточнил Женя, — если у родителей первая группа, у ребенка практически никогда не получится четвертая.

— Что же ты сначала мне брякнул?

— А ты не уточнила, что ребенок родной.

— Если все же такая семья существует, о чем это говорит?

Женька захохотал.

— В таких случаях предпочитают как раз по-

малкивать. Вариантов несколько — либо взяли
ребенка на воспитание, либо прибегли к услугам
донора, либо...

— Что?

— Жена изменила мужу и скрыла сей факт, такое часто случается...

Забыв поблагодарить этого зануду, я развернулась и на всей возможной скорости понеслась к
Артамоновым. Может, Наденька перепутала? Потому что если нет, это меняет все дело.

Я влетела в холл и накинулась на Валерию
Петровну:

— Какая группа крови у Нади?

— Не помню, — удивилась Лера, — сейчас погляжу. — И сообщила через пять минут: — Четвертая, как у Лиды, а зачем тебе?

— А у Полины?

Валерия Петровна вытащила второй альбом-
чик и задумчиво произнесла:

— Тоже. Да что за интерес?

— В милицейском морге лежит девочка, похожая на Надю, у нее первая группа крови, — с ходу
придумала я.

— Господи, — перекрестилась Лера, — слава
богу, не наша.

Я выпила у нее кофе, узнала, что таинственные похитители так и не объявились, и вышла на
улицу. Откуда ни возьмись набежали тучки, замо-
росил противный дождик. Сидя в «Вольво», я наблюдала, как прохожие бегут по тротуарам, при-
крываясь кульками и газетами.

Неужели Артамоновы взяли девочек на воспитание? Нет, это невозможно. Хорошо помню свой

приезд к Лидуське как раз накануне рождения На-
дюши. Был май, стояла немыслимая жара, и подруга, извинившись, осталась только в одной ко-
ротенькой футболочке. Тугой круглый животик
со спускающейся от пупка темной полоской бес-
стыдно вылез наружу.

— Сил нет, как тяжело, — вздохнула Лидуля,
показывая на опухшие щиколотки, — прямо не
дождусь, когда все закончится.

Она на самом деле была беременна, такое не
подделаешь. Потом Лида приезжала к нам в Париж. Ее по утрам мучительно выворачивало в ванной, и я узнала о второй беременности.

Неужели прибегли к искусственному оплодо-
творению? Андрюшка был невероятно заботлив
по отношению к жене, когда та носила Надюшу.
Он тер морковку и давил сок, жарил печенку, но-
сился по всему городу за предписанными врачом
гранатами... А потом с гордостью демонстрировал
всем Надюшу, приговаривая:

— Вы только посмотрите, как на меня похожа:
и глаза, и губы, и нос...

Стал бы он так себя вести в случае донорского
оплодотворения? Да никогда. Конечно, ему хотелось детей, но только своих, кровных. Скорей всего и не согласился бы на такую процедуру! Правда, когда ожидалась Полина, отцовский пыл слегка угас. Соков он уже не выжимал и на рынок не
бегал. Но все равно — гордился новорожденной
чрезвычайно!

Да, в деле наметился новый поворот. Нужно
узнать, можно ли зачать ребенка от донора без того, чтобы поставить в известность законного му-

жа. Существовал только один способ проверить, и я понеслась в Институт акушерства и гинекологии.

Заплатив в кассу целую тысячу рублей, получила талончик и влетела в просторный кабинет с гинекологическим креслом. Приятная дама, по виду лет пятидесяти, делая вид, что не замечает моего возбужденного состояния, ласково сказала:

— Садитесь, и давайте сначала заполним карточку!

Я принялась рассказывать придуманную на ходу историю. Вышла замуж поздно, детей иметь не могу, но муж, как назло, мечтает о ребенке. Признаться в бесплодности невозможно. Мужа подцепила, сообщив, что беременна, и супруг не простит обмана. Нельзя ли воспользоваться донорской спермой?

Врачиха взглянула на меня и удивленно спросила:

— Ничего не понимаю! Если у вас не может быть детей, зачем донор? Муж здоров?

— Абсолютно, — заверила я ее.

— Ну и прекрасно, а у вас, наверное, непроходимость труб?

— Именно, — закивала я.

— Тогда вопрос решаем просто. Возьмем сперму у мужа и введем искусственным путем.

— А от донора можно? — настаивала я.

Гинеколог решила, что перед ней сумасшедшая.

— Зачем вам донор, когда есть супруг?

— Не хочу, чтобы он узнал об обмане.

Врач взглянула на меня.

— Но ведь в случае обращения к донору он обязательно будет в курсе дела.

— Почему?

— Потому что и жена, и муж заполняют соответствующие документы.

— Зачем?

— Это сделано для того, чтобы потом отец не стал отказываться от сына или дочери на основании того, что это не его кровь. И вообще, так просто подобные дела не делаются. Придется соблюсти много формальностей. Ну сами подумайте, ведь не щенка на Птичьем рынке покупаете.

— Значит, я не могу завести младенца тайком от родственников?

— Ну свекрови, матери, сестрам можете ничего не говорить, а мужу обязательно.

— Как поступить, если не желаешь вводить супруга в курс дела?

Гинеколог нервно теребила пустую карточку.

— Я здесь вам не помощница. Договаривайтесь об усыновлении, хотя и в этом случае тоже потребуется согласие обоих супругов. Можно еще, конечно, забеременеть от другого мужчины, но вам такой путь не подходит.

— Почему?

Врач окончательно потеряла терпение и довольно резко ответила:

— Да ведь ваш муж здоров, а неполадки у вас. На такую уловку идут, когда все наоборот: сама в полном порядке, а муж бесплоден. Не хотят травмировать мужчину или боятся обращаться к нам.

— А что тут страшного?

— Разные попадаются люди, — вздохнула гинеколог. — В особенности мужчины. Сначала готов на все, чтобы получить наследника, а потом начинает бить ребенка и разводится с женой... А когда выясняется, что еще и алименты платить придется...

— Предположим, я не скажу ни матери, ни свекрови, а вдруг родится совершенно непохожий на нас младенец, начнутся сомнения...

— Мы стараемся, чтобы так не получилось, — пояснила доктор. — Во всяком случае, подбираем донора, максимально похожего на отца — цвет глаз, волос, форма носа...

— Показываете будущей матери фотографии донора-отца?

— Никогда, — отрезала гинеколог, — это дело только врача.

Она уставилась на меня круглыми глазами, всем своим видом демонстрируя, что ее время дорого и пора бы мне прекратить глупые разговоры.

Я вышла на улицу и с удовольствием закурила любимые «Голуаз». Надо каким-то образом выяснить, мог ли Андрюшка зачать ребенка и что за болячка обнаружилась тогда у Лидуши. Она говорила об этом как-то вскользь, не заостряя внимания...

Пришлось опять связываться с Артамоновыми. Трубку снял Андрюшка.

— Послушай, — бесцеремонно спросила я, — помнишь, Лидочка лечилась у гинеколога?

— Да, — ответил приятель.

— Не помнишь фамилию врача?

— Нет, конечно, обращались в консультацию «Семья и брак» на Планетной улице, это вот точно.

Глава 9

Я поехала в консультацию. Опять регистратура и милая старушка за стойкой. Пришлось изобразить смущение.

— Право, не знаю, как начать...

— Ничего, ничего, — ободрила санитарка, — многие конфузятся и абсолютно зря. У нас прекрасные врачи, психологи, любые проблемы решат. Ну, к кому пойдем?

— Знаете, — зашептала я, — такая деликатная проблема...

— Не волнуйтесь, — тоже зашептала регистраторша, — начните с психолога.

Зажав в руке талончик, я двинулась по коридору в кабинет 22. Прием вел молодой парень, отпустивший для солидности бороду. Он усадил меня в мягкое кресло, угостил чаем с печеньем и принялся заботливо расспрашивать. Жаль обманывать такого милого мальчика, но ведь не расскажешь же ему правду? И я стала излагать свою домашнюю заготовку. Вкратце события выглядели так.

Несколько лет замужем, а детей нет. Моя подруга в подобной же ситуации обращалась в эту консультацию, и ей помогли. Теперь я хочу попасть к тому же врачу, который лечил ее, но фамилию доктора она не помнит.

— Когда ваша знакомая обращалась сюда и как ее зовут? — спросил психолог, с готовностью включая компьютер.

— Лидия Артамонова, а приходила девять лет назад.

— Видите, как хорошо, что компьютеризировали картотеку, — улыбнулся доктор, — раньше хранили карточки только восемь лет, а теперь, пожалуйста, — все в памяти. Я тогда только-только в университет на психфак поступил, а документы — вот они! Все-таки техника — великое дело!

На экране заметались фамилии.

— Артамонова, Артамонова, — бормотал услужливый мальчишка, — нашел! Доктор Евсеева, Галина Михайловна, если хотите, можете у нее проконсультироваться, третий кабинет...

Я понеслась назад по коридору. Гинеколог Евсеева выглядела обычно. Усталого вида женщина лет около шестидесяти. Простое платье с вещевого рынка и ниточка индийских бус на шее. Небось к пенсии подрабатывает, чтобы внукам шоколадки покупать. И вид не слишком-то здоровый: кожа желтая, волосы тусклые.

— Только вы способны мне помочь! — выкрикнула я с порога, пусть думает, что пациентка — истеричка. Здесь, наверное, каждая вторая такая.

— Успокойтесь, — произнесла врач, — конечно, поможем.

Я принялась тереть платочком ненакрашенные глаза и шмурыгать носом.

— Такое неприятное положение...

— Рассказывайте, — довольно участливо поинтересовалась Галина Михайловна.

Нет, в платной медицине есть своя прелесть! Представляете, какая буря упала бы на мою голову, приди я с таким видом к районному врачу! А здесь терпят, слушают и носятся, как курица с яйцом. А все потому, что каждый визит — денежная прибавка к небольшой зарплате. Так что до поры до времени позволяют устраивать истерики...

— Ой, не могу говорить, — заладила я, — боюсь, не хочу...

Евсеева, достав из шкафа пузырек, накапала коричневую жидкость в одноразовый стаканчик. Резко запахло валерьянкой.

— Выпейте и успокойтесь.

Я проглотила противную микстуру:

— Спасибо, вижу, Лида не обманула, вы и впрямь добрейший человек.

— Что? — не поняла Евсеева.

— Девять лет назад вы лечили мою сестру, Лиду Артамонову, так вот теперь я попала точь-в-точь в такое же положение, а Лидочке вы так помогли, дали совет...

— Да расскажите же, что с вами, — логично потребовала Галина Михайловна.

Я потупилась, стыдливо опустив глаза. Со стороны такое поведение могло вызвать сочувствие — сорокалетняя дама, не первый раз замужем, а стесняется врача, причем ладно бы прием вел мужчина... Очевидно, та же мысль посетила и Евсееву, потому что доктор деловито осведомилась:

— Как зовут сестру?

— Лида Артамонова.

Гинеколог включила компьютер. Мальчишка-психолог прав. Техника — великая сила. На мониторе возникла история болезни Лидуши, и Галина Михайловна принялась читать. Наконец она сказала:

— Кажется, понимаю, в чем ваша проблема.

Давайте сделаем так, я начну задавать вопросы, а вы станете просто отвечать «да» или «нет». Идет?

— Идет.

— Уверены, что у вас дело обстоит так же, как и у сестры?

— Абсолютно.

— Значит, сами по гинекологической части полностью здоровы и способны к зачатию?

— Да.

— Проблема в бесплодии супруга?

— Да.

— Не понимаю, — удивилась Галина Михайловна, — почему вы этого стыдитесь. Обычная проблема. Поговорите с супругом, посоветуйтесь, приходите к нам вместе. Сделаем необходимые анализы, направим в Институт акушерства и гинекологии, там успешно решают такого рода дела.

Жаль, что я практически не краснею, потому что сейчас это бы не помешало.

— Понимаете, — пролепетала я, — Лида развелась со своим супругом, и он женился на мне.

— Такое случается, вы не первая, — ободрила меня Галина Михайловна, снова обратившись за информацией к компьютеру. — Так... у вашего мужа положение, к сожалению, неизлечимое. Нежизнеспособность спермы.

— Отчего такое бывает?

Евсеева пожала плечами.

— Наука пока на сей счет молчит... возможно, из-за неправильного питания, плохой экологии, но истинная причина неизвестна.

— Может случиться так, что мужчина не знает о своей болезни?

— Безусловно, более того, в большинстве случаев и не подозревает, пока супруги не решают завести ребенка.

— Это не влияет на интимные отношения?

— Способность к зачатию и возможность вести половую жизнь — разные вещи. Ваш муж — состоятелен как мужчина, но отцом ему никогда не стать!

— И что же мне делать?

— Я уже говорила, приходите вместе...

— Нет-нет, Лида уверяла Андрея, что родила дочку от него, якобы больна она, и вы ее вылечили...

Евсеева побарабанила пальцами по столу, поглядела в окно и сказала:

— Некоторые мужчины, узнав правду о своей бесплодности, не верят докторам. Разводятся с женами, думая, что причина в женщине. Имеют на руках компетентное заключение и тем не менее винят супругу. У половины пар нарушается интимная жизнь. Мужчина создан таким образом, что во время полового акта его голова должна быть пуста. Стоит задуматься о чем-нибудь, и эрекция пропадает. И вообще, как правило, после неутешительного диагноза в семьях начинаются неприятности. Не у всех, но у многих. Женщины переносят подобное известие намного легче. Поэтому я всегда сообщаю результаты обследования сначала жене, предоставляя той право решать: говорить супругу правду или нет? В конце концов, при определенной хитрости можно и исправить ситуацию.

— Но как? Ни усыновить, ни прибегнуть к помощи донора нельзя без согласия второй половины!

Евсеева опять побарабанила пальцами по столу, потом сказала:

— Не как врач, а как женщина, мать двоих детей, могу посоветовать: хотите и дальше жить с этим мужчиной, не рассказывайте ему о бесплодии. Купите путевку в санаторий, заведите там роман и родите. Ребенок скрепляет семью, а муж никогда об этом не узнает. Только подыщете мужчину, похожего на вашего мужа. Если супруг славянской внешности, не следует иметь дело с лицом, так сказать, кавказской национальности. Поверьте, многие жены проделали подобный фокус и живут счастливо, в любви и покое.

На улице сыпал дождь. Я доехала до «Макдоналдса», вошла в зал и пристроилась в самом углу у окошка. Пока челюсти жевали роял-чизбургер, мозги просто кипели.

Похоже, доктор Евсеева дала Лидуше девять лет назад точно такой же совет. Хорошо помню, как Лидуша рассказывала, что делала пустяковую операцию. Потом она отправилась в санаторий и очень быстро родила Надюшу... Кстати, перед рождением Поли отдыхать не ездила... Второго ребенка она завела, когда у Андрюши разгорелся роман с Линдой Мон, красавицей-художницей из Петербурга. Андрюшка все мотался без конца в город на Неве, ставил там спектакль.

Я допила обжигающий кофе и принялась разглядывать бегущих под дождем прохожих. Лида отлично знала, что Андрюшка бабник. Знала, но закрывала глаза, потому что такое поведение —

единственная возможность остаться супругой Артамонова. С двумя предыдущими Андрюшка развелся из-за регулярных скандалов. Но те особенно не переживали. Обе очень скоро опять выскочили замуж и утешились. Для Лиды же Андрюшка — роковая любовь. Даже сейчас, после одиннадцати лет брака, она глядит на мужа влюбленными глазами...

Поэтому и родила детей, чтобы связать мужика, потому что любовницы любовницами, но девочек Аратамонов любит. Как умеет...

Значит, и Надя и Поля от другого мужчины. Может, именно поэтому Лидуша и бросилась под поезд? Вдруг девчонок похитил донор? Лида, естественно, не могла рассказать правду Андрюшке. Как все мужчины, Артамонов собственник и измены, да еще обмана с детьми не простит никогда! Что, если настоящий отец каким-то образом вычислил истину и, украв Надю и Полю, пригрозил рассказать все Артамонову? То-то Лидка не хотела обращаться в милицию! Оно и понятно. Она великолепно знала, где девочки, и боялась. Пикантная, однако, получается ситуация!

Артамонов опасается обращаться в органы, так как подозревает кого-то из своих многочисленных любовниц, а Лидушка не желает связываться с милицией, боясь, что раскопают правду про отца дочерей... Потом, наверно, встретилась с любовником, тот не отдал детей, пригрозил рассказать Андрюшке... Вот, бедняжка, запутавшася во лжи, и решила разом покончить с неприятностями. И вовсе не в Андрюшкиных амурах дело, она о них всегда знала. Значит, теперь следует каким-то образом узнать, где отдыхала Лидуля.

Дома у Артамоновых была только Валерия Петровна.

— Андрюша поехал к Лиде, — сообщила она. — Ей становится хуже, позвонили из больницы.

— Как это все печально!..

Лера устало махнула рукой:

— Ну зачем она бросилась под поезд! Может, еще обойдется, и девочек найдут...

— Похитители звонили?

— Как в воду канули.

Тут вошел Андрюшка, растрепанный и усталый.

— Пока жива, — ответил он на мой немой вопрос, — и никто не говорит, как долго это продлится. Врачи сообщают: организм борется.

Он налил себе рюмку коньяка.

— Андрей, ты же за рулем, — напомнила мать.

— Никуда больше не поеду, устал.

— Хочешь, посижу с тобой? — предложила я.

— Давай, — обрадовался Андрюшка, — а то Лера сейчас в театр уходит, одному как-то не хочется оставаться.

Мы проводили Валерию Петровну и уютно устроились в гостиной за чашечкой чая. Говорили, естественно, о Лиде. Расчувствовавшийся Артамонов приволок семейные альбомы и, листая тяжелые страницы, вспоминал:

— Это в Чехии, еще до рождения детей, а эти фото делал в Испании... Тут дачные карточки...

— А это где? — ткнула я пальцем в большой групповой снимок. Сплошь толстушки средних лет. Лидуша во втором ряду, выглядит среди них просто девочкой — худенькая, хорошенькая, с аккуратной стрижкой.

— А, — улыбнулся Андрюшка, — она лечиться ездила в санаторий, одна. Там гинекологический профиль, всякие процедуры, ванны, грязи. К тому же в Подмосковье, сервис еще тот. Вот я и не поехал, а Лиде надо было обязательно. Кстати, это здорово помогло, сразу забеременела потом и родила Надюшку.

Он шмыгнул носом и начал закуривать сигарету. Я попросила:

— Андрюшка, принеси из сумочки мой «Голуаз».

Мужик вышел. Я быстренько выхватила из альбома фото и, сунув под кофточку, перелистала несколько страниц. Андрюшка вернулся, и мы продолжили наше занятие.

Выйдя от Артамоновых, я принялась разглядывать добычу. Четырнадцать теток, так сказать, бальзаковского возраста. Только почему-то русские люди считают, что это сорок лет. На самом деле великий француз писал о проблемах тридцатилетних красоток. В девятнадцатом веке дама, справившая тридцатилетие, считалась старухой. Причем не только во Франции. Вспомните Льва Толстого — «в салон вошла Анна Павловна, старуха тридцати девяти лет».

Так что на снимке мило улыбались в объектив бабули по прежним меркам и вполне молодые дамы по-нынешнему. И если я правильно их поняла, все они приехали лечиться от бесплодия, то есть надеялись в дальнейшем забеременеть. В углу мелкими буквами напечатано: «Санаторий «Медовая поляна», второй заезд, сентябрь

1990 г.». Так, день рождения у Надюшки, как у меня, 7 июня. Отсчитаем девять месяцев назад, как раз получается сентябрь, причем именно девяностого года, потому что Наденьке сейчас восемь лет, а на дворе у нас, слава богу, последний год тысячелетия. Выходит, именно в данном санатории и нашелся эрзац-папа.

Я развернула «Вольво» и понеслась к себе в Ложкино. Хватит с меня на сегодня, попью в тишине чайку с вареньем и найду телефон здравницы. Есть у нас на полках чудная вещь — «Справочник профсоюзного работника» за 1985 год. Бог знает, как попал потрепанный томик в Ложкино, но я не раз убеждалась, что телефоны остались прежними.

Дома опять пахло гарью.

— Что сгорело на этот раз? — шепотом спросила я у Маши.

— Курица на бутылке, — так же тихонечко сообщила дочь.

— Господи, — искренне изумилась я, — как же Зайка ухитрилась засунуть бройлера в бутылку?

— Да не в бутылке, а на бутылке, — прыснула Маня. — Такой рецепт. Берешь пол-литровую емкость из-под нарзана, например, и натягиваешь на нее курицу, вроде как на кол сажаешь!

— Зачем мучить и без того убитую птичку?

— Ну, мамуля, — простонала Маня, — рецепт такой! Потом ставишь все в духовку, и хоп... цыпленок-гриль.

— Но ведь можно запечь его в микроволновке, быстро и вкусно...

— Вот поэтому из тебя, мамуля, фиговая хо-

зяйка и получилась, — вздохнула Маня. — Важен
не результат, а процесс. Ну есть такие женщины,
которым доставляет удовольствие самим делать
творог из кефира, солить капусту и огурцы... Вот
для них и бутылка...

Я вздрогнула от ужаса, представив себе необходимость домашнего приготовления творога, и
решительным шагом двинулась в кухню. В по-
мойном ведре лежала тушка цыпленка, и выглядел он по крайней мере странно. Сверху почти
совсем сырой, а изнутри черный. Может, Зайка
жарила его посредством паяльника? Или засунула
в брюшко ни в чем не виноватой птицы щипцы
для завивки волос?

— Ну что за манера все рассматривать, —
возмутилась Ольга, открывая коробку с пюре
«Кнорр», — подгорелой птички не видела?

— Такой нет, — абсолютно искренне ответила
я. — Что случилось с бедняжкой?

— И как только люди готовят по поваренным
книгам, — с возмущением всплеснула руками Зайка, — ни слова правды, вот гляди...

Она сунула мне в руки роскошное издание
«Кулинария» 1951 года. Том открывался обраще-
нием к трудящимся женщинам самого Иосифа
Виссарионовича Сталина. Настоящий раритет.

— Дай сюда. — Ольга в нетерпении перелистала страницы: — Вот, читай.

«Возьмите пустую бутылку из-под минераль-
ной воды «Ессентуки», «Нарзан» и т. д. Хорошенько вымойте и наденьте на нее ощипанную и вы-
потрошенную тушку курицы. Поместите бутылку

в духовку и запекайте сорок минут при 200 градусах Цельсия».

— Сделала все точно, как написано, — сокрушалась невестка, — бутылку мыла целых три раза!

Я оглядела батарею пустых пластиковых бутылей с пепси, колой и спрайтом.

— Такую бутылку брала?

— Нет, специально купила нарзан, — Ольга ткнула в сторону пол-литровых пластмассовых фляжечек.

— Видишь ли, — стараясь не расхохотаться, стала я объяснять ошибку, — рецепт, наверно, очень хороший, только ты неправильно бутылку...

— Мыла ее три раза, — возмущенно перебила меня Ольга, — три!

— Да дело не в мытье, а в самой бутылке. Она пластиковая и, естественно, сначала просто расплавилась от высокой температуры, а потом и сгорела. Небось запах стоял!

— Изрядный, — подтвердила Ольга. — Ну не придурки ли писали книжку! Ведь ни словом не обмолвились, что бутылка должна быть стеклянной!

— В 1951 году пластиковых бутылей не существовало в природе.

— А все Кеша виноват, — обозлилась вконец Ольга, — купил это дурацкое издание у букинистов, нет чтобы пойти в нормальный книжный магазин...

И, размахивая «Кулинарией», она понеслась убивать мужа. Я, тихо посмеиваясь, поднялась в кабинет и стала изучать справочник. «Полян» нашлось штук пятнадцать, но «Медовая» одна.

Трубку сняли сразу. Приятный женский голос сообщил, что санаторий работает, места есть и путевку можно купить на месте.

— Ваша специализация осталась прежней?

— Да, — подтвердила собеседница, — женские заболевания. Вы не сомневайтесь, врачи первоклассные, бассейн, ванны... Белье раз в неделю обязательно меняем, питание трехразовое, библиотека... Ну в какой Турции такое найдете? И цена, право слово, смешная, неделя всего 500 рублей стоит. Приезжайте, не пожалеете. К нам, знаете, многие годами ездят...

Договорившись, что мне забронируют на завтра люкс, я призадумалась. Как объяснить домашним, что я собралась отдохнуть в дешевой здравнице Подмосковья? Соврать про болячки? Мигом велят отправляться в Швейцарию или, на худой конец, в Карловы Вары. Придется изобразить, что еду на недельку в Париж. Кстати, повод есть! У комиссара Перье двадцатого сентября день рождения. Скажу, что хочу поздравить толстячка!

Глава 10

Услыхав, что мать решила ненадолго съездить в Париж, никто из детей не удивился.

— Только не задерживайся, — велел Кеша.

— Не более чем на недельку, — заверила я его, — заодно кое-что из одежды привезу и обуви, а то в Москве одеваться никаких средств не хватит.

— Я тебя в аэропорт отвезу, — вызвалась Зайка.

— Ни в коем случае, — испугалась я, — что я,

сама не доеду? Оставлю «Вольво» на стоянке.
Сколько раз так делала, ну зачем тебе рано вставать? Самолет в десять утра вылетает!

— Как хочешь.

На следующий день, чтобы подтвердить легенду, пришлось выехать из дома в семь. Глаза с трудом раскрыла, и ноги отказывались слушаться. Интересно, как ощущают себя в первый час на рабочем месте водители трамваев и машинисты метро? Небось ведут составы как под наркозом.

«Медовая поляна» уютно расположилась в березовом лесу. Вокруг приятно пахло прелыми листьями и дымом, где-то жгли костер. Административный корпус помещался в полукруглом двухэтажном доме с изрядно облупившейся штукатуркой. Типичная подмосковная усадьба XIX века. Зайдя внутрь, я словно вернулась в семидесятые годы. От тяжелых деревянных дверей вела красная ковровая дорожка с зелеными полосками, непременный атрибут советских учреждений «высшего класса». Справа — гардероб, слева длинный коридор, по нему и велено идти до двери с табличкой «Главный администратор».

Полная дама со старинной «халой» на голове просто расцвела, увидав посетительницу. Без лишних хлопот мне выдали путевку и отправили к врачу.

Тоже женщина, только совсем молодая. Черненькая, востроносая, она походила на парижанку, но одета просто, а на ногах домашние тапочки. Вот уж чего не позволит себе ни одна француженка — сидеть на работе без стильной обуви.

Отложив кроссворд, девица померила давление и изрекла:

— Вы здоровы, идите к гинекологу.

— А нельзя обойтись без этого? — спросила я, удивляясь, что вердикт об отличном самочувствии вынесен только на основании показаний тонометра.

— Нет, — отрезала терапевтша, — у нас санаторий, а не дом отдыха, сюда лечиться приезжают. — И добавила, кинув взгляд на мой костюм и туфли: — А не наряды демонстрировать!

Удивительное хамство в столь юном возрасте.

Гинеколог, естественно, тоже оказалась женщиной, правда весьма пожилой.

— Давайте направление, — сказала она, вытаскивая из стола какие-то бумажки. — Сейчас оформлю карточку, и к завтраку как раз успеете.

— У меня нет направления.

— К нам, как правило, поступают после предварительного тщательного обследования. Будет трудно назначить правильное лечение без анализов.

— А я приехала отдыхать.

Гинеколог быстро взглянула поверх очков.

— Вас не беспокоят проблемы по моему профилю?

— Нет, — радостно сообщила я, — вот решила чуть-чуть в себя прийти после московской суматохи.

— Прекрасно, — обрадовалась докторша, — а почему именно к нам?

— Цена подходящая, потом сестра здесь лечилась, очень ей понравилось. Лида Артамонова, не помните?

Гинеколог покачала головой и протянула беленький листочек:

— Идите к сестре-хозяйке.

Минут через пятнадцать я получила комнату-люкс.

«Да, — думала я, таща на второй этаж сумку с вещами, — тут не отель «Ритц». Ни носильщиков, ни шоферов, отгоняющих машины до стоянки. И врачи не слишком-то приветливые, можно и улыбнуться вновь прибывшим».

Люкс состоял из двух комнат. Одна — поменьше, спальня. Обстановка простая, если не сказать аскетичная. Допотопная деревянная кровать, тумбочка и скрипучий гардероб образца пятидесятых годов. Подушка плоская, как блинчик, одеяльце тонюсенькое, байковое, и ветхое белье. Вторая комната — гостиная. Круглый стол, четыре стула, кресло, торшер и оглушительно дребезжащий холодильник «Бирюса». Санузел совмещенный. Естественно, никакого мыла, шампуня и одноразовых тапочек с халатом, просто два довольно маленьких полотенчика — льняное и вафельное.

Я вздохнула и, прихватив кошелек, снова спустилась к сестре-хозяйке. Спустя минут двадцать номер стало не узнать. Постель украсилась еще двумя подушками и теплым верблюжьим одеялом. На тумбочке появилась настольная лампа с зеленым абажуром. Белье поменяли, выдав безукоризненно чистые и абсолютно новые простыни с пододеяльником. В ванной появились две махровые банные простыни...

Оглядев похорошевший пейзаж, я прилегла на кровать. Черт с ним, с завтраком. Встала в несусветную рань. Посплю чуть-чуть. Ничего не случится, если начну расследование через час.

Проснулась я в полумраке и тут же схватилась за часы. Бог ты мой! Девятнадцать ноль-ноль! Вот это да! Расслабилась и продрыхла без задних ног весь день, хорошо, хоть к ужину успеваю.

Нацепив темно-коричневые вельветовые джинсы и бежевую бархатную рубашечку, я побежала искать столовую. Большое помещение, заставленное столиками, украшалось двумя гигантскими копиями полотен великих художников. Над входом — «Переход Суворова через Альпы», в простенке между чисто вымытыми окнами «Апофеоз войны». Странный выбор для столовой. Хотя, может, как раз специально повесили, чтобы отбить у отдыхающих аппетит.

Меня разместили за трехместным столиком у стены.

— Давайте знакомиться, — весело сказала густо-накрашенная блондинка с толстыми руками, — Алина, а это Софья Евгеньевна.

Вторая соседка, смахивающая на школьную учительницу математики, дружелюбно кивнула головой.

— Даша, — представилась я, в тоске оглядывая стол.

Тарелка с манной кашей, два куска серого хлеба и стакан жидкого кефира.

— Что у вас за проблема со здоровьем? — бесцеремонно осведомилась Алина.

— Просто отдохнуть приехала, — объяснила я.

— Не хотите говорить, не надо, — обиделась женщина, — только здесь скрывать болячки бесполезно. Или врач растреплет, или на группе сами расскажете.

— Где? — удивилась я.

— Мы занимаемся с психологом в группе, — пояснила Алина, — каждая вновь прибывшая должна рассказать присутствующим всю правду о себе. Это помогает избавиться от комплексов и ведет к выздоровлению.

Я вздохнула. Представляю, как отреагируют эти бабы, если узнают обо мне всю правду...

Алина истолковала услышанный вздох по-своему:

— Совершенно не стоит смущаться, вот у меня, например, непроходимость труб. С этим здесь, говорят, запросто справляются. Для них это пустяк.

Я зачерпнула ложкой вязкую липкую кашу. Вообще-то я отличаюсь всеядностью, а если что и ненавижу, так это комковатую манку. Однако эта Алина говорит о себе, как о засорившейся трубе в ванной. Не обращая внимания на мое молчание, блондинка добавила:

— Впрочем, сюда и здоровые приезжают, вот Софья Евгеньевна, например!

«Учительница» резко встала и, бросив на ходу: «Приятного аппетита», пошла к выходу.

— По-моему, она на вас обиделась, — заметила я.

— Софа? — захихикала Алина. — Да нет. Просто не в настроении. Послезавтра уезжать, а кавалера так и не нашлось. Есть один, но, похоже, пустой номер. Софа в школе работает, мужиков вокруг нет, а возраст подпирает, вот и приехала сюда, чтобы кого-нибудь подыскать.

Я оглядела переполненный зал. Одни бабы от двадцати пяти до шестидесяти. Представителей мужского пола в самом деле не видно. И как несчастной Софье Евгеньевне могло прийти в голову ловить супруга в санатории, специализирующемся по гинекологии!

— Здесь, кажется, невозможно найти кавалера, — вздохнула я.

— Ой, ой, ой, — погрозила пальцем Алина, — у тебя тоже, вижу, колечка нет. Так что не прикидывайся, что не знаешь, куда приехала.

— Куда?

— Правда, что ли, не слышала?

— Нет.

— Ну ты даешь! — восхитилась Алина. — «Медовая поляна» по всей Москве известна. Во-первых, на самом деле здесь хорошо лечат, а во-вторых, здесь проще простого найти кавалера. Конечно, если хочешь замуж, можешь и не выйти, но просто для тонуса — раз плюнуть. Бабы сюда некоторые годами ездят и ни на какую Турцию «Поляны» не променяют.

— Да где же они мужчин-то находят?

Алина покатилась со смеху.

— Тут в двух шагах, только через лесочек пройти, — санаторий Министерства обороны. Так вот там одни мужики, причем на любой вкус — и молодые, и старые. Наш главврач — человек понимающий. Никаких проверок после одиннадцати не устраивает. А дежурная только до десяти сидит. Женские болячки, воспаления всякие лучше всего знаешь как лечатся? И вообще — здоровый левак укрепляет брак. Так что по ночам тут охи да вздохи. Да ты не волнуйся. Каждый вечер в двадцать ноль-ноль дискотека в клубе, обязательно кого-нибудь себе найдешь!

В начале девятого я вошла в огромный зал, битком забитый танцующими парами. Алина оказалась права: мужиков здесь — на любой вкус. Я подошла к стульям у стены и села на свободное место. Ну и как прикажете искать любовника Лидуши? Надя и Поля — голубоглазые, светловолосые, белокожие. Значит, брюнетов отметаем сразу. Что же, подходить к блондинам и всех допрашивать: «Это не вы девять лет назад трахались с Лидой Артамоновой?» Потом, где гарантия, что нужный мне экземпляр здесь! Может, вообще только раз в девяностом году и отдыхал? Нет, надо идти другим путем — искать сплетниц, видевших Лидулю. От ревнивого женского ока мало что укроется. Кстати, и врач, и Алина говорили, что большинство женщин ездят сюда годами...

— Алина такая бесцеремонная, — услышала я за спиной.

Я повернулась и увидела Софью Евгеньевну.

— Скоро уезжаю, а вам с ней мучиться, — продолжала женщина, — просто репей...

— Да, не очень-то воспитанная особа, — согласилась я.

Софья снова открыла рот. Но тут к ней подошел коренастый мужичок лет пятидесяти и, нежно обнимая за талию, повел в центр самозабвенно танцующей толпы.

— Зря Софка надеется, — пропел справа сладкий голос. Незнакомая женщина в аляповатом бордовом костюме, расшитом «бриллиантами», смотрела мне в глаза. Короткая стрижка, чуть крупноватый рот и невероятная жажда посплетничать.

— Почему? — решила я поддержать разговор.

— Хорошо знаю Женю, — усмехнулась тетка, — слава богу, двенадцатый раз приезжаю, и он, кажется, столько же. Каждое лето заводит новый роман. И выбирает себе подруг как под копирку — старые девы с комплексом неполноценности. Причем до постели у них никогда не доходит. Прогулки, пляски... Жениться обещает. Потом бац — на будущий год все сначала. Может, он просто импотент? Сейчас Софку обхаживает. Кстати, я ее предупредила, а она пропустила мимо ушей... Ну да бог с ней. Меня зовут Светлана, а тебя?

— Даша.

— Лечиться приехала или как?

— Или как, — усмехнулась я, — сестра здесь побывала, очень нахваливала.

— А сестру как звать? — оживилась Света.

Я вытащила из сумочки фотографию и протянула женщине.

— Ну надо же, — восхитилась та, — 90-й год! Меня не узнаешь? — И она ткнула пальцем в блондинку около Лиды.

— Вы с тех пор изменили цвет волос и похорошели!

— Скажешь тоже, — отмахнулась моя польщенная собеседница.

— А это моя сестра, — показала я на Артамонову.

— Лидушка? — переспросила Света. — Вот здорово! Она у тебя бойкая. Мы с ней целый месяц дружили, потом в Москве ей позвонила, а мне отвечают: «Такая не живет». Номер, видно, неправильно записала... Неудобно все вышло...

— А в чем дело?

— Да так, — многозначительно сказала Света, постукивая лаковой туфелькой.

— Послушай, — спросила я, оглядывая зал, — тут буфета нет?

— За колоннами.

— Пойдем, угощаю, раз ты Лидкина подружка.

Мы устроились за небольшим столиком. Я купила бутылку отвратительного греческого коньяка «Метакса», бутерброды с колбасой и пирожные. По тому, как загорелись глаза Светы, поняла, что попала в точку. Мы разлили алкоголь по граненым стаканам, чокнулись и выпили за знакомство. Едва стакан Светы опустел, я моментально наполнила снова. Щеки женщины порозовели.

— Ты только не подумай, что я алкоголичка, просто расслабиться хочется,— пояснила она.

— Сама с удовольствием оттягиваюсь, — я мучительно пыталась справиться с напитком.

После второго стакана Свету понесло. Сначала она с удовольствием перемыла косточки почти всем присутствующим, сообщая о них такие подробности, что я диву давалась. Потом плавно перешла к Лиде.

— Ну и пройда твоя сестрица, — доверительно зашептала моя захмелевшая собутыльница. — С виду воды не замутит, а на деле...

Лидушка приехала в санаторий в начале сентября. Вела себя тихо. Так как большинство женщин прибывает в «Медовая поляна» не лечиться, а гулять, на Лидку никто не обращал внимания. Посадили ее за один столик со Светой. У той как раз начался очередной роман. Первую неделю Лида осматривалась, не отдавая никому из кавалеров предпочтения. А потом выбрала парня со смешным именем Аристарх Аполлонович.

— Ходила с ним в кино, — смеялась Света, — здесь бабы отрываются по полной программе, а Лидуся под ручку с кавалером по лесу прогуливалась. Смех да и только. Даже не знаю, дошло ли у них до постели... Аристарх просто сосунок был.

Светлана думала, что Лида старая дева, решившая подыскать кавалера. Но где-то в середине месяца Лидуська, спустившись к завтраку, попросила соседку:

— Будь другом, сходи в военный санаторий и скажи Аристарху, что я уехала на день в Москву. Пусть думает, что на работу вызвали.

— Чего так? — поинтересовалась Света. — Надоел?

— Нет. Муж на сутки приехал, не хочу, чтобы столкнулись.

У Светланы отвисла челюсть. А за обедом, увидав Лидулиного супруга, она просто потеряла дар речи.

— Красавец, одет с иголочки, богат. Господи, зачем ей любовник понадобился? — недоумевала собеседница.

Муж пробыл день и ночь, потом уехал. Лида возобновила отношения с парнем. 20 сентября в санатории устраивали бал «Здравствуй, осень», и Лида одолжила Свете свои золотые серьги, браслет и цепочку. Но когда 21-го Светлана спустилась к завтраку, на месте Лиды сидела другая. Изумленная женщина пошла разыскивать подружку и выяснила, что та, заказав на семь утра такси, внезапно уехала домой.

— Что-то у нее случилось, — пояснила администраторша. — Муж, что ли, заболел...

Света разволновалась — Лидино золото осталось у нее.

Сначала женщина принялась названивать по телефону, но оказалось, что неправильно записала номер.

Вернувшись в Москву, Светлана поехала в парикмахерскую на улице Волкова. Лида говорила, что работает там мастером. Но никто не слышал про Лидию Мамонову. Тогда неутомимая дама принялась искать подружку через Мосгорсправку. Каково же оказалось ее удивление, когда выяснилось, что в столице среди всех Мамоновых ни одной Лиды нет. Так золотые украшения до сих пор находятся у Светы.

— Думаю, правда, они ей не нужны, — сокрушалась подвыпившая дама, — у нее записан мой домашний и рабочий телефоны, но не позвонила...

— Можете со спокойной совестью оставить

комплект себе, — сказала я. — Лидуша просто хотела отблагодарить вас за молчание. Надеялась, что не станете сплетничать о ее романе.

— Я никогда не выдаю чужих тайн, — икнула, наливая по четвертой, Светлана.

Ага, только выбалтываю все первому встречному.

— Котеночек, вот где ты скрываешься, — обрадовался огромный красномордый мужик, подходя к нашему столику.

Глядя, как милая парочка, покачиваясь и распространяя удушливый запах алкоголя, движется в сторону танцплощадки, я решила, что завтра же отправлюсь в военный санаторий искать Аристарха.

Глава 11

Алина не обманула. Военные и впрямь устроились в двух шагах от женской здравницы. Минут пять быстрого хода по вьющейся между деревьями дорожке. Судя по отлично утрамбованной почве, этим путем ежедневно ходили десятки человек. Интересно, санатории специально построили рядом? Впрочем, навряд ли, в советские времена в нашей стране секса не было. Просто случайно получилось.

Военная здравница выглядела привлекательней, чем наша. Семиэтажный корпус из блочных плит. У входа курили мужчины. Я пригляделась к урне около двери и улыбнулась. На железном контейнере красовалось — «Праздник вкуса, кофе «Элит». Да уж, более подходящего места для рекламы продуктов просто не придумаешь.

— Девушка, — игриво окликнул меня один служивый лет шестидесяти, — не меня ли ищете?

Я никогда не славилась особой красотой, и хотя умудрилась четыре раза выйти замуж, до сих пор не понимаю, как это произошло. Ни волосы, ни глаза, ни кожа — ничто не выделяет меня из толпы женщин. Фигура, правда, осталась девичья. Те, кто плохо знает мою семью, удивляются, как можно сохранить талию в 57 см, родив двоих детей. Но весь фокус в том, что и Кешу, и Маню я получила готовыми. Аркашка — сын моего первого мужа от предыдущего брака. Но после развода ни его родная мать, ни отец не захотели возиться с мальчишкой, и он достался мне в качестве имущества после разрыва с Костиком. Маню принесло четвертое замужество, тоже благополучно закончившееся крахом. Последний муж, распрощавшись со мной, сразу же связал себя брачными узами. У его избранницы оказался двухмесячный младенец. Через полгода молодожены собрались эмигрировать в Америку. Ну не тащить же с собой незнамо куда грудничка? Восьмимесячная Маня осталась у меня.

— Только устроимся, сразу заберем, — пообещал Генка.

Через год из крошечного городка Юм, штат Пенсильвания, пришло коротенькое письмецо. Гена сообщал, что Машина мать умерла, а он пока не устроен и ребенка взять не может. Из конверта выпала еще ксерокопия свидетельства о смерти его жены, заверенная в советском посольстве.

Побегав полгода по инстанциям, я удочерила

Маню. Основная сложность была в том, что Генка не оставил метрики ребенка и девочка вроде как и не существовала в природе. Имени и фамилии ее настоящего отца я не знала. Рената, мать Маруси, кратко обмолвилась только, что он бросил ее беременной. В конце концов помог Александр Михайлович — взял Кешкино свидетельство о рождении и через неделю принес зеленую книжечку, выписанную на девочку. Отцом ее поставили моего первого мужа Костика, матерью — его первую жену. То есть по документам дети стали братом и сестрой.

— Здорово! — обрадовалась я. — Как тебе удалось уговорить загс?

— Наши ребята из техотдела еще и не то могут, — похвастался полковник. — Удочеряй девчонку, и дело с концом.

Как орал и бесновался Костик, когда я просила его оформить отказ от родительских прав, — описать невозможно. Поутихнув, он заявил:

— Тогда и от Аркадия откажусь, нечего приблудыша на мои алименты кормить!

Так я превратилась в мать-одиночку, не получающую ни копейки на детей. И Кеша и Манюня знают, что я им не родная, но Маруська однажды коротко заявила: «В конце концов, все равно, из чьего живота я вылезла на свет». Аркадий согласно кивнул головой.

Не отличаясь особой красотой, я тем не менее привыкла к тому, что мужчины в метро, увидев меня, опускали газеты и книги. Кое-кто потом пытался навязаться провожатым до дома. Но мне стукнуло тридцать пять, и лица противоположного пола перестали оказывать знаки внимания. Не скажу, что очень огорчилась, однако все чаще стали навещать глупые мысли о грядущей старости.

Однажды ехали с Зайкой в метро. На нее, хорошенькую, белокурую и кареглазую, моментально уставилась вся мужская часть вагона.

— Фу, — сказала Ольга, когда наконец вылезли у нужной станции, — ну надоели...

— Мне бы твои печали, — усмехнулась я, — на меня уже никто не глядит.

Невестка промолчала. Перейдя на другую ветку, мы снова очутились в поезде. Минут через пять Зайка зашептала:

— Послушай, ты не права. На тебя тоже поглядывают, только... — она замялась, подбирая нужные слова, — люди постарше.

Я повертела головой. Да, приходилось признать, что потенциальные кавалеры — пятидесятилетние мужики, а я-то по привычке обращаю внимание на молодых парней. И вот теперь, судя по реакции отдыхающих, пора уже мне заводить знакомства с другой возрастной группой кавалеров — постарше.

— Ну, девушка, — продолжал настаивать бывший защитник Родины, — кого ищем?

— Аристарха Аполлоновича!

— Кого? — усмехнулся престарелый ловелас. — Ну и имечко! Впервые слышу!

Полная дурных предчувствий вошла в кабинет администратора.

— Аристарх Аполлонович? — удивилась женщина. — Отдыхающего с таким именем нет.

— Не помните, может, в прошлом году приезжал?

— А зачем вам? — подозрительно осведомилась служащая.

Я присела на венский стул и, понизив голос, зашептала:

— Тут такая история, право не знаю, могу ли рассказывать!

— Да что случилось? — уставилась на меня горящими от любопытства глазами собеседница.

Бесконечно вздыхая, я рассказала трогательную историю. Моя сестра отдыхала тут девять лет назад. Молодая, глупая девчонка влюбилась в мужика со странным именем Аристарх Аполлонович. Естественно, гуляла с ним при луне, а результат прогулок явился на свет седьмого июня. Таня — женщина скромная, она ни разу не обратилась к бывшему возлюбленному и даже не поставила того в известность о рождении сына. Мальчик вырос, ничего не зная об отце. Но тут случилось непредвиденное: Таня заболела туберкулезом и умерла. Вот я и решила отыскать Аристарха Аполлоновича. Конечно, он может откреститься от ребенка, а вдруг нет? Тогда бедный сиротка обретет дом, иначе придется отправлять мальчика в приют.

Выслушав эту мешанину из мексиканских сериалов, администраторша сочувственно закивала:

— Бедный пацан, вот уж кому не позавидуешь. Записываем всех постояльцев в книги, храним три года, потом уничтожаем!

— Какая жалость!

— Впрочем, можно спросить в библиотеке.

— В библиотеке?

— Ну да, писчая бумага такая дорогая, вот Зинаида Николаевна и забирает регистрационные книги себе. Они исписаны только с одной стороны, вторую можно использовать, пойдемте.

Мы прошли через холл с буйно ветвящимися фикусами и оказались в просторном помещении, сплошь заставленном стеллажами. Пахло пылью и старыми газетами.

— Зинуля, — выкрикнула провожатая, — выгляни!

— Иду, — из-за полок вынырнула хорошенькая толстушка с роскошными черными кудрями. — Галочка, что случилось?

Галя словоохотливо стала пересказывать мои небылицы о сироте. Зина моментально загорелась желанием помочь. Давно заметила: если в коллективе одни бабы — обязательно грызутся и ругаются. Но поместите их же в мужское окружение, и они станут доброжелательны и приветливы. Когда вокруг столько кавалеров, подсиживания и интриги ни к чему.

— Книги давно использовала, — сообщила Зинуля.

— Когда же столько бумаги успела исписать! — огорчилась Галя.

— Да так, все по мелочи. То объявление, то отчет, — пояснила Зина.

— Значит, не найти Аристарха Аполлоновича? — отчаялась я.

— А вот и неверно! — возвестила Зинуля. — Адрес этого фрукта я наизусть выучила.

— Зачем? — не поверила я в такую невероятную удачу.

— Затем, что он вор, — сердито сказала Зинуля.

Выяснилась интересная подробность. Уезжая в девяностом году домой, мужчина «забыл» сдать в библиотеку томик Анны Ахматовой. Попросту украл издание — в те годы было трудно приобрести такую книгу в книжном магазине. Зиночка тогда еще не работала, но Ася Павловна, прежняя библиотекарша, несколько раз писала «книголюбу» домой, взывала к порядочности, просила, грозила... Ответ так и не пришел. Тогда старушка занесла отдыхающего в «черный список». И этот листок лежит прямо перед глазами Зины.

— Вот смотрите, — щебетала женщина, — как только приходят записываться в библиотеку, сначала проверяю, не злостный ли должник...

Я приблизилась к письменному столу. Под стеклом и в самом деле листок. Сверху на нем резолюция красной ручкой: «Этим книг не давать никогда!» Всего пятнадцать фамилий, и среди них седьмым Косопузов Аристарх Аполлонович. Ну скажите, что движет родителями, когда они называют своих детей подобными именами? Папу звали Аполлон Косопузов, а сыночка — Аристарх. Смешно, ей-богу. Но главное — адрес: Светлый проезд, дом девять.

Назад в санаторий я просто летела. Как здорово вышло, всего за два дня я все узнала. Завтра со спокойной совестью поеду домой, а сегодня проведу вечер в приятном безделье: почитаю книжечку, поплаваю в бассейне. Никуда господин Косопузов от меня теперь не убежит. День пролетел незаметно. Сначала погуляла в лесу, потом с удовольствием попила кофейку в буфете, понаслаждалась обожаемым Ниро Вульфом, поужинала и даже поплясала на дискотеке. Часов около одиннадцати, проходя через холл, зацепилась взглядом за голубой экран. Я не слишком люблю телевидение. Раньше смотрела новости, но теперь информационные выпуски все больше и больше напоминают фильмы ужасов. От юмористических шоу мне не смешно, а развлекательные программы вызывают раздражение. Вот и сейчас по экрану со свистом носилась белая машина, корреспондент замогильным голосом рассказывал о количестве сбитых сегодня на дороге граждан. «Дорожный патруль», если не ошибаюсь...

Я решила не терять около ящика времени, как внезапно перед глазами появилась очень знакомая фотография.

— Ушла из дома и не вернулась, — сообщил мужской голос.

Я, оторопев, глядела на собственную физиономию.

— Вчера в районе аэропорта Шереметьево пропала Дарья Ивановна Васильева. Приметы — на вид лет сорок, волосы светло-русые, глаза голубые, рост метр шестьдесят восемь, вес сорок восемь килограммов. Васильева находилась за рулем «Вольво», номерной знак 625 КЕ. Знающих что-либо о местонахождении данного лица просим сообщить по телефону.

Высветились цифры нашего номера в Ложкине, мобильные Аркадия, Ольги и Мани. Затем рабочий телефон Александра Михайловича.

— Гарантируется вознаграждение, — закончил голос. Экран померк.

Я застыла с разинутым ртом. Потом стали возникать разнообразные чувства. Вначале искреннее возмущение. «На вид сорок лет»! Да мне больше тридцати пяти никто не дает! Потом появился ужас. Бог мой, они, конечно же, позвонили Наташке в Париж и узнали, что мать не приезжала. Следует признать: идея соврать про поездку во Францию оказалась на редкость глупой. И как смешно составлен текст — «местонахождение данного лица». Пропало-то не только лицо, а все тело.

Как бы то ни было, следовало позвонить домой. Но, уезжая рано утром в санаторий, я спросонок забыла положить в сумку мобильник. Пришлось идти к дежурной.

— Ни за что, — категорично замотала головой женщина, — в Москву звонят через восьмерку, потом счет придет.

Я вытащила сто рублей.

— Возьмите за разговор.

— Ладно, — сменила гнев на милость дежурная, — только по-быстрому и чтобы никто не видел.

Я схватила трубку и набрала номер Зайки.

— Алло, — донеслось сквозь шипение и треск: аппарат в санатории времен Куликовской битвы.

— Сейчас смотрела телевизор...

— Если знаете, где Даша, немедленно приезжайте! — закричала не узнавшая меня Ольга. — Пишите адрес. Заплачу любые деньги.

— А вдруг я попрошу пятикомнатную дачу?

— Куплю вам двухэтажный дом, — заверила Ольга. Да, приятно, когда тебя так любят.

— Ты что, меня не узнала, Зайка? — огороши-
ла я невестку.

— А-а-а! — завопила Ольга, и трубку перехватил Кеша.

— Мать, — злобно прошипел он, — ты что себе позволяешь?

— Только не надо ругаться.

— Ругаться?! — завизжал сынок как ненор-
мальный. — Ну погоди, явишься домой, убью.

Нет, вы посмотрите на них! Только что собирались за любые сведения обо мне купить незна-
комому человеку двухэтажный дом, а стоило мне
позвонить, как сразу недовольны.

— Ты где? — орал Кеша.

— В санатории «Медовая поляна».

— Какого черта?

— Отдохнуть решила.

В трубке воцарилось молчание. Потом Зайкин
голос ледяным тоном произнес:

— Как ты могла?! У меня инфаркт, у Кеши инсульт, у Мани истерический припадок, у Александра Михайловича...

Понос, надо полагать.

— Язва открылась, — докончила Ольга, — немедленно возвращайся!

— Но уже одиннадцать вечера, — начала я вяло сопротивляться, — темно, страшно, на дороге
разбойники и насильники.

— На тебя никто не польстится! — Ольга
швырнула трубку.

Домой добралась только к часу. Несмотря на
поздноту, первый этаж сиял огнями. Я загнала
«Вольво» в гараж и тихонько вползла в холл. До-

машние с каменными лицами сидели на диване. Выглядели как актеры, загримированные для фильма «Трагическая смерть матери». Аркадий в мятой рубашке. Маня и Зайка с красными от слез глазами и растрепанными головами. Довершал пейзаж Александр Михайлович, почему-то в разных ботинках: левый — черный, правый — коричневый.

— Не спите? — попыталась завести я разговор.

— Ты тоже не уснешь, пока не объяснишься, — свирепо заявил сын.

— Небось опять частным сыском занимается, Мегрэ в юбке, дилетантка хренова, — заявил полковник.

Я возмутилась:

— В конце концов, я имею право на личную жизнь?

— Что ты имеешь в виду? — изумилась Зайка.

— Да, — поддержала ее Маня. — Какая еще личная жизнь?

— Обычная личная! — пожала я плечами. — Поехала в «Медовую поляну» вместе с ухажером, хотела познакомиться с ним, так сказать, поближе. Конечно, зря я соврала вам про поездку в Париж, но решила сразу не посвящать...

— Ну и как зовут Ромео? — заинтересовался Александр Михайлович.

— Аристарх Аполлонович Косопузов, — ляпнул язык помимо моей воли.

Полковник и Маня захохотали в голос. Кешка посинел от злости, а Зайка сердито произнесла:

— С меня хватит! Вы же видите, Дарья над нами просто потешается.

Глава 12

Утром я предпочла не высовываться из спальни до двенадцати дня. Похоже, домашние объявили мне бойкот. Никто не стучался в дверь, не орал истошным голосом «мама», не требовал внимания, любви и ласки.

Наконец в начале первого я робко спустилась в столовую и попыталась подольститься к Зайке.

— Ой, какая вкусная каша! — лицемерно похвалила я.

— Обычный растворимый пакетик, — с каменным видом заметила Ольга.

— Надо же! А вот паштет неудачный, больше такой не покупай, неаппетитный какой-то...

— Жаль, что не пришелся по вкусу, — отчеканила Зайка, — а вот Кеша и Маня пришли в восторг от сделанного лично мной паштета!

Она встала и, громко стуча каблучками, вышла на кухню. Ну вот, хотела как лучше, а вышло как всегда. Ладно, дети народ отходчивый, скоро забудут неприятности. Поеду-ка я к господину Косопузову — к сожалению, его телефона в списке должников не было.

Светлый проезд — продолжение улицы Крутикова. Прежде чем до меня дошел сей факт, четыре раза проехала по кругу. Дом девять стоял в глубине большого захламленного двора. Поломанные качели, грязная песочница и ярко-голубые, очевидно, только что выкрашенные скамейки. Нужная мне квартира оказалась на первом этаже.

— Кто там? — просипел за дверью странный голос.

— Косопузов Аристарх Аполлонович тут проживает?

Загремели замки, цепочки, и на пороге появился мужик двухметрового роста. Белокурые волосы вились картинными кудрями. Явно красивые голубые глаза сегодня походили на розовые очи ангорского кролика. Сразу стала понятна хриплость голоса — хозяина трепала простуда.

— Из поликлиники?! — скорей утвердительно, чем вопросительно заявил хозяин.

— Косопузов кто? — вместо ответа осведомилась я.

— Проходите, проходите, — засуетился мужик, — вот заболел некстати. Мне и больничный без надобности, фирма все равно не оплатит. Присоветуйте, как поскорей от простуды избавиться. Оплата сдельная, каждый нерабочий день по карману бьет.

Похоже, что в маленькой квартирке живет куча народа. Во всяком случае, я увидела четыре незастеленных спальных места, горы разбросанных вещей и сильно замусоленного плюшевого мишку.

— Вот, — принялся оправдываться Аристарх, — жена на работе, дочки в школе, прибраться велели, да голова болит — просто страсть! Чего бы принять для поправки здоровья?

Я вытащила из сумки блокнот и строго спросила:

— Год рождения?

— Тысяча девятьсот шестидесятый.

— Место работы?

— ООО «Хлеб и баранки».

— Что? — не поняла я.

— Пекари мы, — пояснил Аристарх, — работаем с женой в обществе с ограниченной ответственностью, булки мастерим всякие, хотите угощу? Небось с утра по вызовам мотаетесь, с голодухи живот подвело? Да вы не сомневайтесь, они не купленные, нам с собой брать разрешают...

Сраженная наповал последним аргументом, я пошла за гостеприимным хозяином на кухню. Там тоже следы поспешного бегства домашних Косопузова. На столе тарелка с остатками яичницы и три чашки с недопитым чаем. Здесь же в пакетике лежали и обещанные «калорийки».

— Понравились? — спросил хозяин, видя, как я моментально уничтожила выпечку.

Еще бы не понравиться! Невзрачная на вид булочка по вкусу напоминала праздничный сдобный кулич.

— Эх, жаль, с кремом не принес, — сокрушался Аристарх, — те лучше. К нам со всей Москвы ездят, все потому, что секрет знаю. У меня дед работал калачником у Филиппова.

— Кем? — не поняла я.

— Калачи пек, — пояснил Аристарх. — Отец на хлебозаводе семьдесят лет вкалывал. В пятнадцать пришел тестомесом, в восемьдесят пять на покой отправился. Знаете, у пекарей отличное здоровье, живут долго, наверное, потому, что работа у нас радостная. Вы вот только больных и видите, а я людям счастье дарю. Пришел домой, устал, съел кусок хлеба свежего с маслицем или вареньем, булочку за щеку отправил — и хорошо, душа радуется!

Чем больше слушала я бесхитростные рассуждения Косопузова, тем явственней понимала, что этот мужик не способен украсть детей. Весь как на ладони, со своими калачами и булочками. Может, он не тот Аристарх?

— Честно говоря, удивлена, что вы пекарь, думала, что военный, — пошла я в атаку.

— Почему?

— Отдыхали в девяностом году в военном санатории?

— Откуда знаете-то?

Я пожала плечами:

— Меня попросила зайти к вам библиотекарь и напомнить про сборник Анны Ахматовой.

— Еж твою налево, — возмутился Аристарх, — а я думал — вы из поликлиники... Да не брал книгу бабы этой. Уже объяснять надоело. Не брал. Только газеты читаю, ну на кой шут мне любовные стихи! Перепутала бабка, не на того книжку записала, и меня сколько лет напрасно совестит... Теперь вот вас прислала. Ну, коза старая! Ведь не ближний путь отмахали из-за ерунды такой...

— Ничего, — успокоила я его, — честно говоря, хотелось на вас посмотреть.

— Что я, витрина, чтоб разглядывать!

— Много слышала о вас от моей сестры. У вас с ней когда-то роман был...

Аристарх так и подскочил на табуретке.

— Да ты чего! Хорошо, Ленки дома нет, ляпнула бы при ней глупость, она б меня убила! Какой роман! Всю жизнь с одной женой живу, на сторону ходить некогда, надо дитев на ноги ставить. Целый божий день в муке по ноздри колупаюсь. Мне вечером не то что бабу, жить не хочется — руки-ноги ломит.

Ишь как испугался, а ведь только что хвастался отменным здоровьем. Сейчас еще больше припугнем.

— Врать нехорошо, — назидательно произнесла я, вытаскивая из сумки фотографию, — книжечку уперли, и сестричку мою прекрасно знали. Глядите!

Аристарх вспотел, потом засопел, наконец открыл рот и заявил:

— А денег у меня все равно нет вам за молчание платить. Лида обещала, между прочим, никому не рассказывать...

— К сожалению, Лида Артамонова в тяжелейшем состоянии, находится в больнице, — пояснила я. — И врачи разыскивают отца девочек.

На Аристарха было просто неловко смотреть. Вот уж не думала, что такой огромный красивый мужик может испугаться до полной отключки.

— Какие еще дети, — забормотала загнанная в угол жертва. — Ерунду несешь. Мои дочки в школе, на стороне никого не имеем...

Я вытащила из сумочки красивые корочки с золотыми буквами МВД и повертела перед носом вконец поверженного Аполлоновича.

— Хватит врать. Не хотела вас пугать, думала, честно признаетесь. Не хотите — не надо. Собирайтесь!

— Куда? — как под наркозом спросил пекарь.

— В отделение. Да не забудьте кружку, ложку, миску, мыло и тапочки. Кстати, имеете право позвонить защитнику.

— Кому?

— Адвокату.

— Нет такого закона, чтоб за пропавшую книжку арестовывать! Ну навязала мне ее библиотекарша, дура старая. Попросил что-нибудь интересное, вот она мне и сунула. Открыл в номере, просто читать невозможно, любовь, да еще в стихах, понес назад, а бабки нет. Оставил том на столе и ушел. Если ее кто потом упер, я не в ответе, — занудил мужик.

— Да забудьте вы про Ахматову. Что было у вас с Лидой Артамоновой?

Аристарх нервно задергал шеей, но промолчал.

— Знаете что, — принялась я искать к нему подход,— вы мне нравитесь почему-то, я вижу, человек вы положительный. Сделаем так: чистосердечно рассказываете правду, и я оставляю вас в покое. Показания оформлять не стану, просто выслушаю — риска для вас никакого. Откажетесь — отвезу в СИЗО, устрою очную ставку с Артамоновой в присутствии вашей жены.

— Значит, если выложу все как было прям сейчас, арестовывать не станете? — уточнил бедняга затравленно, глядя на бордовые корочки, купленные мной на Митинском рынке за двадцать пять рублей.

Да, теперь понятно, почему красивой и рослой Надюше так трудно учиться в школе. Мозги девочке достались от глуповатого папеньки. Другой давным-давно поймал бы меня на несуразицах. Ну какая очная ставка, если только что я упомянула о предсмертном состоянии Лиды? Однако Аристарх Аполлонович совершенно ничего не заподозрил. То и дело утирая кухонным полотенцем лоб, он начал каяться в содеянном.

С женой Леной Аристарх познакомился, когда после восьмого класса пошел в ПТУ учиться на хлебопека. Школу закончил с трудом. Ни литература, ни иностранный язык, ни математика — ничто его не интересовало. В дневнике двойки да тройки. Но Аристарх совершенно не волновался по этому поводу. Его предки из поколения в поколение пекли хлеб, и паренек готовился пойти по их стопам. Ленка тоже не блистала умом и образованностью. Зато обладала другими качествами, очень нужными для жизни, — спокойствием, добротой, домовитостью. Она оказалась единственной среди сверстников, не дразнившей Аристарха из-за дурацкого имени.

Окончив училище, они подали заявление в загс и вот уже много-много лет живут в любви и согласии. Семейный союз скрепляют две девочки.

За долгую совместную жизнь Аристарх только два раза ездил отдыхать без жены. Первый — в 1980 году, когда премировали путевкой в Сочи, второй раз ровно через десять лет, в «Медовую поляну». То ли от ежедневного общения с мукой, то ли от постоянного вдыхания запаха ванили и корицы, у Аристарха начался жестокий, непрекращающийся кашель. Один его знакомый, майор по званию, устроил Косопузова в ведомственный санаторий, пообещав за мизерную плату отменное лечение.

Так и вышло. Уже на третий день пребывания

в здравнице кашель прекратился, и Косопузов от души наслаждался чудесным воздухом, хорошим питанием и приветливостью персонала. Настроение портил только сосед по комнате, грубоватый и бесцеремонный полковник Иван Никитович. Тот целыми ночами пропадал где-то, потом спал до обеда. Однажды Иван Никитович принялся тормошить Аристарха.

— Как тебе здесь?

— Здорово! — ответил пекарь. — Кормят отлично.

— Ты чего, импотент? — не выдержал полковник.

— Почему? — оторопел Аристарх.

— Харчи только волнуют, — усмехнулся знакомый, — гляжу, ни разу к бабам в санаторий не сбегал. Тут такие цыпочки... на любой вкус и цвет, только выбирай.

— Да я женат, — простодушно ответил Аристарх.

Иван Никитович засмеялся:

— Точно, импотент! Раз без супружницы приехал, значит, холостой. Ты что, бабе своей ни разу не изменял?

Аристарх промолчал.

— Во дает! — поразился военный. — Да ты хоть разок попробуй, какие другие бабы на вкус, а то перед смертью и вспомнить нечего будет.

Косопузов призадумался. Ему никогда не приходили в голову мысли о походах налево. Лена устраивала мужа со всех сторон, и он считал себя счастливым. Десять лет назад Аристарх оказался в

Сочи зимой, и отдыхающие были сплошь семейные пары пенсионного возраста.

Вечером Иван Никитович продолжил подначивания и в восемь часов потянул Аристарха на дискотеку.

Когда смущенный мужик вошел в переполненный зал, ему показалось, что он попал на первомайскую демонстрацию. Так было много нарядных женщин разных возрастов. Иван Никитович моментально бросил приятеля и кинулся в центр благоухающей духами толпы. Стеснительный от природы и не слишком общительный Аристарх робко просидел весь вечер у стены. Дамы ему не докучали, никто не приставал к одинокому кавалеру.

На следующий день Косопузов снова отправился на дискотеку.

— Правильно, — одобрил полковник. — Времени у тебя полно, выбирай спокойно. Только узнай у своей бабы аккуратненько, она лечиться приехала или отдыхать.

— Спасибо за совет, — поблагодарил Аристарх, — неохота с больной дело иметь.

— Да ты совсем дурак! — заржал, как полковой конь, Иван Никитович. — Бабы сюда от бесплодия лечиться слетаются. Как раз такую и ищи.

— Почему? — плохо соображал Косопузов.

Полковник поглядел на соседа с жалостью.

— Проблем меньше. А то забеременеет и начнет шантажировать, деньги на аборт требовать или, еще хуже, станет младенца навешивать...

Аристарх вздохнул. В душе он твердо решил ни с кем не связываться, а на дискотеку отправился совсем с другой целью — зайти в буфет. Там продавали бутерброды с копченой колбасой, редкое для того времени лакомство.

Косопузов удобно устроился за столиком и, слушая оглушительную музыку, с удовольствием жевал сервелат.

— Нечасто встретишь в санатории мужчину, пьющего лимонад, — раздался голос за спиной.

Аристарх обернулся. Милая молодая женщина с тарелочкой пирожных спросила:

— К вам можно?

Это была Артамонова. Лида сразу сообщила Аристарху, что замужем, приехала лечиться, а присела за его столик, потому что увидела там не коньяк, не водку, а напиток «Буратино».

— Не люблю горячительного, — признался Косопузов, — пива еще могу хлебнуть, а от спиртного просто мутит.

Лида улыбнулась:

— Вы курите?

— Нет, — покачал головой Аристарх, — не пристрастился, да и жена не одобряет.

Вечер они провели вместе в приятной беседе. Лида рассказала о своей работе парикмахером и о муже, Аполлонович похвастался дочерьми и булками.

На следующий день погуляли в лесу. Лида дотошно допросила Аристарха о здоровье. Бесхитростный и простодушный мужик подробно ответил на все вопросы: никогда и ничем не болел, давление в норме, аллергии нет. Почему-то известие о том, что Аристарх является почетным донором, привело Лиду в полный восторг, и она предложила подняться к ней в номер выпить кофе.

Артамонова жила одна. Вынув банку растворимого кофе, коробку конфет и палку сухой колбасы, женщина извинилась и вышла в ванную. Аристарх включил кипятильник и через пару минут наслаждался ароматным напитком. Он совсем расслабился, но тут в комнату вернулась Лида. У Косопузова чуть не выпал из рук стакан. На женщине красовался полупрозрачный халатик, под ним просвечивало абсолютно голое тело. Даже в состоянии, близком к шоку, Аристарх отметил, что Лида намного красивее Лены.

Закрыв дверь на ключ, Артамонова подсела к Аристарху, взяла мужика за руку и изложила невероятную просьбу. Она просила Аристарха лечь с ней в кровать.

— У мужа не может быть детей, — рассказывала Лидушка, — вы очень на него похожи: глаза, цвет волос, рост... К тому же не пьете и не курите... Никто не узнает, ни одна живая душа. Сами понимаете, ни вам, ни мне не нужны неприятности. Помогите мне.

Аристарх растерялся. Но Лидочка начала плакать, положив голову на его плечо. От нее чудесно пахло незнакомыми духами и женским телом. Косопузов, утешая бедную бабу, обнял ее за талию. Халатик свалился на диван. Все получилось как-то само собой.

Целую вечность они просто не вылезали из постели. Бедному Аристарху и в голову не приходило, что женщина может выделывать такое. Его Лена всегда тушила свет и тщательно задергивала шторы в спальне. Да и позу предпочитала одну — самую распространенную и простую. Лида же оказалась изобретательной. В номере не осталось места, где бы они с Аристархом не побывали: в кресле, на письменном столе, в ванне, на ковре...

Ровно через четырнадцать дней Лида засобиралась домой. На прощанье она протянула Аристарху конверт и сказала:

— Заглянешь в письмо после моего отъезда. Забудь все, что между нами было. Надеюсь, что ребенок получился. Если нет, позвоню тебе, и встретимся в Москве. Давай телефон.

Загипнотизированный Косопузов нацарапал на бумажке цифры и посадил любовницу рано утром в такси. По дороге в санаторий открыл конверт. Там обнаружилось три тысячи долларов и записка.

«Купи Лене кольцо да держи покрепче язык за зубами».

В первый и последний раз Аристарх обманул жену. По приезде из санатория приобрел старенькую машину. Они с Ленкой давно мечтали об автомобиле, чтобы ездить всей семьей за грибами. Когда удивленная супруга стала пытать, где муженек раздобыл гигантскую сумму, Аристарх отмахнулся:

— Копил втихаря, хотел сюрприз тебе сделать.

Бежали месяцы. Косопузов потихоньку успокоился. Приключение, пережитое в санатории, стало казаться чем-то нереальным. Потекла привычная, размеренная жизнь с мелкими радостями и огорчениями. Аристарх совершенно не думал о Лидином ребенке, просто не воспринимал его как своего. Родными были лишь дочки-красавицы, рожденные Леной.

Но через некоторое время он страшно перепугался, услыхав в трубке:

— Здравствуй, Аристарх. Лида беспокоит.

— Какая Лида? — похолодел Косопузов, тихо радуясь, что дочки гуляют, а Лена в магазине.

— Забыл меня? — усмехнулась собеседница.

— Такое не забудешь, — брякнул мужик.

— Ну, раз помнишь, так приезжай сегодня к восьми часам к памятнику Пушкину на Тверской. Знаешь, где это?

— Зачем? — поинтересовался Аристарх.

— Там и объясню.

— Да Ленка скоро придет...

— Придумай что-нибудь.

— Может быть, завтра?.. — заныл Косопузов.

— Только сегодня, — категорично ответила Лида, — обманешь, сама к твоей жене приду. Так и знай, жду до 20.10, а потом прямиком на Светлый проезд прикачу.

Пришлось Косопузову нестись в центр. Бывшую любовницу он с трудом узнал. Роскошная, богатая женщина на новенькой иномарке.

— Здравствуй, дорогой! — ласково проворковала Лида и рассказала, что опять требуется от Аристарха.

Собственно говоря, ничего нового. Еще один ребенок. Дочка уже есть, теперь нужен второй. Но дети должны быть похожи друг на друга, поэтому опять приходится тревожить Косопузова. К тому же первый ребенок получился отличный — здоровый и красивый.

Аристарх обомлел и хотел идти на попятную. Но Лида вытащила мобильник, потыкала в кнопки и сказала:

— Можно Лену?

Мужик выхватил телефон. Лида засмеялась:

— Да он и не включен. Но если не согласишься — все жене расскажу. Что с тебя, убудет? Едем в гостиницу, я номер сняла.

— А Ленке как объяснить, где я? — растерянно забормотал пекарь.

— Скажи, тетка проездом из провинции с одного поезда на другой. В гости к дорогим родственникам не успевает, вот и пришлось тебе на вокзал ехать.

У Аристарха Аполлоновича и впрямь существовала тетка в Кемеровской области, и он взялся за телефон.

И опять вечер он провел чудесно: вкусно поужинал, а к часу ночи Лида доставила его почти до дома. Лена и не заподозрила ничего. Любовники встречались еще четыре раза, потом женщина исчезла и больше, слава богу, не объявлялась!

— Надеюсь, третьего раза не будет, — сокрушался мужик, — от каждого звонка прямо вздрагиваю — боюсь, Ленке расскажет. Жена мне никогда измены не простит, из дома выгонит.

На улице начался мелкий дождик. Я влезла в «Вольво» и с удовольствием закурила «Голуаз». Встречаются же подобные экземпляры! Всем хорош — красив, без вредных привычек, отличный семьянин, но круглый дурак. А Лидка-то какова! Ай да Артамонова! Все предусмотрела и мужа в санаторий вызвала, чтобы у того сомнений не возникло, отчего это жена беременная вернулась, и Косопузова запугала до потери речи. Стоило только Андрюшке всерьез увлечься дамой из Петербурга, как моментально Лидуся предъявила мужу вторую беременность. И ведь очень точно рассчитала. В списке любовниц Артамонова Алина Мон стояла особняком. Отношения ее с продюсером длились около двух лет, невероятная вещь для ветреного Андрюшки. К тому же вышеназванная дама отличалась не только экзотической красотой, но и незаурядным умом. Кое-кто уже потирал руки, предвидя скорый развод и связанный с ним скандал. Но рождение Полины склонило чашу весов в пользу Лиды, и Артамонов остался с женой. У Лидушки все получилось просто отлично, а вот у меня нет. Потому что, кажется, обрывается последняя ниточка. Косопузова можно смело вычеркнуть из списка подозреваемых в похищении девочек. Он ни за что бы не стал красть детей, более того, страшно боится любимой супруги и сделает все, чтобы правда о существовании Полины и Нади не выплыла на поверхность.

Мне еще предстояло помириться с домашними. И поэтому я поехала по магазинам. Путь к сердцу Маруси лежит через желудок, Зайка растает при виде новой книги, а Кеша прекратит дуться, получив что-нибудь из автомобильных принадлежностей. Так и вышло.

— Мусечка, ты чудо, — обрадовалась Маня, увидев коробку с обожаемыми пирожными-корзиночками, набитыми доверху взбитыми сливками.

Зайка довольно хмыкнула, перелистывая «Кулинарию для гурманов». Кешка еще не пришел, поэтому роскошные темно-синие замшевые чехлы я до поры до времени из сумки не вынула.

— Тебя к телефону, — позвала Манюня.

— Слава богу, застал наконец, — обрадовался Андрюшка, — разыскиваю с утра, почему мобильный не снимаешь?

— Да он и не звонил, — ответила я.

— Слушай, тут такое дело, — сказал Артамонов. — Получил письмо, кажется на французском, понял только два слова «Мадам Артамонова», а обратный адрес... город Марсел.

— Марсель, — машинально поправила я.

— Будь человеком, переведи.

— Ладно, завтра подъеду.

— Может, прямо сейчас?

Я взглянула на часы — половина восьмого, еще не поздно. Так и быть, помогу этому неучу.

Сразу на пороге приятель сунул мне в руки длинный белый конверт, обклеенный марками. Послание из адвокатской конторы.

«Марсель. 23 августа.

Глубокоуважаемая госпожа Лидия Артамонова! Мы получили ваше письмо от 20 июля и прилагающиеся документы. Вы отправили нам нотариально заверенную копию вашего российского паспорта, дубликат свидетельства о браке, а также завещательное распоряжение. В связи с последним у нас возник ряд вопросов. Вы сообщаете, что в случае кончины принадлежащие вам средства должны быть переданы господину Артамонову. Однако хотим сообщить, что по законам Французской Республики вы не можете ущемить в правах несовершеннолетних детей. Поэтому господин Артамонов обязан будет выделить дочерям определенную сумму. В своем письме вы интересовались, в каком случае девочки могут быть лишены наследства. Лиц, не достигших совершеннолетия, лишить наследства невозможно. Равным образом они не могут и распоряжаться деньгами самостоятельно. В подобных случаях назначается опекун. Мы советуем вам дело упростить. Готовы в любой момент выплатить причитающуюся вам сумму, и вы сами распорядитесь ею наилучшим образом. Мы понимаем ваше желание не трогать капитал и передать его после вашей кончины в руки родственников. Но в случае размещения средств во Французской Республике возможны осложнения, о которых и предупреждаем. Если вас волнуют налоговые тяготы в России, то мы можем по первому вашему требованию перевести средства в любой из банков стран, не берущих налогов с завещательных сумм, к примеру, в Саудовскую Аравию, Арабские Эмираты или Монако.

Надеемся, что, несмотря на тяжесть переносимого вами заболевания, ваше здоровье улучшится. Что касается вопроса о личности, оставившей вам капитал, то, к нашему сожалению, она пожелала остаться инкогнито. Завещатель особо настаивал на выполнении данного пункта. Примите заверения в нашем глубоком уважении. Мэтр Роже Кассис, адвокатская контора, Марсель, улица Акаций, 7. Т. 88699964».

— Ты что-нибудь поняла? — спросил вконец обалдевший Андрюшка, когда я закончила переводить.

— Не очень. Вроде кто-то оставил Лиде деньги

по завещанию, а она решила передать их тебе после своей смерти. Только никак в толк не возьму — что за тяжелое состояние здоровья имеет в виду адвокат. Лидушка что, чем-то болела?

— Нет, — ответил Андрей. — Всегда отличалась отменным самочувствием. Интересно, кто завещатель?

— Инкогнито, — напомнила я.

— Такое возможно?

— Запросто.

— Даже адвокат не знает?

Я пожала плечами. Надо у Кеши спросить, он хорошо ориентируется в юридических крючкотворствах.

— А много ли денег?

— Не пишет.

Андрюшка в волнении забегал по комнате.

— Надо же, оказывается, Лидия имела от меня секреты.

«И не только денежные!» — подумала я.

— Нет, все-таки интересно, какая сумма, — ажиотировался Артамонов, — и кто оставил?! Родственников у нее практически нет, а те, кто существует, бедны, словно церковные мыши. Очень интересно...

— Можно позвонить в контору, — предложила я.

— Гениально, — Андрюшка всучил мне трубку. — Действуй!

Мы отыскали в справочнике код Марселя, и протяжные гудки застучали в ухо. Наверное, все ушли домой. В Москве сейчас девять вечера, значит, во Франции — семь. И тут откликнулись:

— Алло.

На меня словно пахнуло чесноком, специями и необыкновенно вкусным рыбным супом буайбес, который варят в этом портовом городе.

— Говорите, — продолжал голос с неистребимым южным акцентом. — Мэтр Кассис у аппарата.

Мы болтали минут десять. Не понимавший ни слова Андрей только хлопал глазами. Наконец я повесила трубку.

— Ну? — налетел на меня приятель.

Я пожала плечами.

— Не хочет ничего сообщать по телефону, только подтвердил, что Лидуше завещана крупная сумма.

— Господи! — в нетерпении завопил Андрюшка. — Ну как же узнать подробности?

— Ехать в Марсель и разбираться.

Артамонов хмыкнул.

— Это ты, французская гражданка, можешь хоть завтра в Париж лететь, а мне визу почти месяц ждать.

Я в задумчивости повертела письмо в руках. И в самом деле, интересно. Единственный человек, способный прояснить ситуацию, — Лида. Но она без сознания в палате реанимации.

Глава 13

Рано утром во вторник я вылетела в Париж. Недоверчивый Аркашка лично довез меня до Шереметьева и глядел вслед, пока мать проходила таможенный контроль. В аэропорту Шарля де Голля села в такси и через полчаса оказалась дома.

— Мадам, — кинулась ко мне экономка София, — страшно рада вас видеть.

— Взаимно, София. Луи здоров?

— Что ему сделается.

Наш повар Луи, по совместительству муж Софии, улыбаясь, вышел в холл, разводя руками:

— Мадам, вы в своем репертуаре, опять только с маленькой сумочкой, без вещей и не позвонили! Ну, ничего, сейчас София приготовит вашу спальню. Желаете тосты?

— Некогда, — отмахнулась я от повара. — Лучше скажи, «Рено» заправлен?

— Конечно. Хотите сразу куда-то ехать?

— В Марсель!

— В Марсель?! — воскликнули супруги в один голос. — Может, лучше на поезде, а там взять автомобиль напрокат?

Благоразумные старики, как всегда, правы. Позвонила на вокзал и, узнав, что экспресс отправляется в семь вчера, спокойно переоделась, выпила кофе с булочками, а потом, впервые после отъезда кухарки Катерины, съела вкусный обед.

— Так нельзя, мадам, — с укоризной заметила София, глядя, как я глотаю форель под соусом. — Ешьте медленно, спокойно, никто ведь не отнимет. Что-то вы совсем отощали. Правда, никогда особой полнотой и не отличались, но сейчас похожи на зубочистку. Знаете, мадам Натали выпустила новую книгу!

Я так и подскочила. Ну и скорость! Наташка по-прежнему пишет любовные романы. Причем подруга ваяет свои произведения на французском языке, а сюжеты черпает из российской жизни. Простой французской женщине, любящей перед сном почитать про любовь, подается совершенно невероятное блюдо. Этакая мешанина из ужасов советской действительности. Наташкины герои все, как один, люди искусства и диссиденты. Любовные приключения переживают в казематах КГБ, зонах и тюрьмах. Слезы льются из глаз француженок уже на третьей странице. Нечего и говорить, что все заканчивается, как правило, свадьбой, и несчастные страдальцы играют ее в Париже.

Пишет Наташка по десять страниц в день и раз в полтора-два месяца выдает на-гора новый шедевр.

Когда она только прорывалась на книгоиздательский рынок, то заставляла меня читать свои рукописи. Честно говоря, каждый раз я расстраивалась. Казалось мне, подобная литература никогда не найдет читателя. Но Наталью ждал ошеломляющий успех. Сначала парижанки, а потом и провинциалки принялись расхватывать книжки, словно горячие пирожки. А недавно «Пари суар» назвала ее Солженицыным в женском образе. По-моему, это уж слишком. Но подруга загордилась чрезвычайно и удвоила скорость письма.

— Да, — гордо продолжала София, — вышла новая книга, и я видела в парке женщин, читающих ее. Знаете, куда мадам отправилась сейчас? В Лондон, издательство «Пеликан» собирается переводить на английский язык четыре романа.

Ничего себе! Наталья выходит на международную арену!

Марсель — город на море. Но это не праздная, шикарная Ницца, а порт, не замолкающий ни днем, ни ночью. Улица Акаций в старой части Марселя, а контора мэтра Кассиса оказалась в глубине большого тенистого двора. Я пришла рано и в нетерпении ждала десяти утра, пока симпатичная женщина в бежевом костюме не открыла приемную. Господин Кассис встал из глубокого черного кресла и церемонно раскланялся:

— Весь к услугам мадам.

— Это письмо отправили вы? — спросила я, показывая конверт.

— Да, — подтвердил мужчина.

Я устроилась поудобней и объяснила, что Лидия Артамонова находится в больнице, состояние женщины критическое, сознание отсутствует. Муж очень удивился, узнав о наследстве, и хочет, чтобы ему объяснили, кто, какую сумму и почему оставил жене.

Роже Кассис закурил. Как все адвокаты, говорил он много и цветисто, ловко уходя в сторону от сути проблемы. Вкратце дело выглядело так.

В контору обратилось некое лицо, пожелавшее остаться неизвестным. Оно оформило завещание на гражданку России Лидию Артамонову. Потом инкогнито скончалось, и мэтр Кассис отправил в Москву уведомление. Через месяц он получил письмо от Артамоновой. Женщина писала, что тяжело больна, онкология в последней стадии. Жить осталось недолго, какие-то недели. Поэтому она не хочет забирать деньги, пусть сумма полежит до ее смерти в банке, а потом капитал должен перейти супругу. В конверт она вложила официально оформленное завещание, переведенное на французский язык, копию свидетельства о браке, справку из онкологического диспансера и ксерокопию российского паспорта, подтверждавшего личность.

Изучив документы, Роже отметил, что у клиентки двое несовершеннолетних детей, и поспешил сообщить женщине о возможных сложностях.

— Лучше как можно быстрей перевести деньги, например, в Монако, тогда супруг получит все и не заплатит налогов, если же капитал останется во Франции, придется раскошелиться, причем в тройном размере.

— Почему?

— Для того чтобы вступить в права, следует заплатить пошлину и налог.

— Все равно не понимаю.

Мэтр Кассис принялся терпеливо растолковывать. Законы Французской Республики тщательно оберегают права детей. Если вашему ребенку исполнилось восемнадцать лет, можете смело лишать его наследства, а вот если дитя моложе... Тогда даже при условии, что не желаете давать наследнику ни копейки, им обязательно, в судебном порядке, выделят определенный процент. И пошлину с налогом заплатят все. В случае с Лидой — сначала она, а потом и Поля, и Надя, и Андрей.

— Поэтому советую побыстрей переправить деньги в страну, где подобного закона нет, — советовал адвокат, — согласитесь, лучше заплатить один раз, а не четыре...

— Из этого правила не бывает исключений?

— Иногда дети специально, чтобы избежать лишних налогов, отказываются от денег в пользу отца или матери, но поскольку госпожа Артамонова является иностранкой, подобное невозможно. После ее смерти супруг и дочери заплатят тройную цену. Если только...

— Что?

— Не дай бог, конечно, но в случае смерти девочек господин Артамонов останется единственным наследником.

На обратной дороге в Париж голова у меня шла кругом. Ни сумму, оговоренную в завещании, ни имени таинственного благодетеля адвокат не сообщил. Но, судя по его почтительности и советам, деньги Артамонову достанутся не копеечные. Однако, что за чушь про онкологическое заболевание написала Лидия! Она ведь совершенно здорова. Почему не рассказала о неожиданном богатстве домашним? Конечно, они с Андреем состоятельные люди, но лишние деньги еще никому не мешали. А что, если... девочек похитили именно из-за этой истории! Нет, узнать имя того, кто оставил капитал, просто необходимо!

Приехав в Париж, я стала развивать бешеную деятельность. Сначала позвонила близкому приятелю комиссару Жоржу Перье и решительно потребовала:

— Прошу тебя, немедленно узнай у господина Кассиса из Марселя, кто и какую сумму завещал Лиде Артамоновой. Мне этот пройдоха врет, что не знает имени завещателя.

— Дорогая, — восхитился комиссар, — ты всегда на себя похожа! Как, по-твоему, могу я это сделать? Кстати, когда ты приехала? Одна или с детьми?

— Машка и Зайка учатся, а Кеша работает. Приехала только что, специально выяснить про наследство...

Минут пять толстячок еще сопротивлялся, но мне всегда удается вить из Жоржа веревки, поэтому в конце концов он вздохнул и сдался:

— Ладно, попробую, позвони завтра.

Остаток дня я носилась по магазинам со списком. Следовало купить множество вещей. Конечно, мы не испытываем денежных затруднений, но просто рука не поднимается приобретать в Москве туфли за сто долларов, когда точно такие же стоят во Франции вдвое меньше.

Жорж не подвел. Уже к полудню следующего дня я знала, что сумму в три миллиона франков и квартиру в Париже оставила Лидуське мадам Ребекка Д'Обиньон. И адрес ее апартаментов — Мари-Роз, 14.

Улица, носящая женское имя, — скорей небольшой переулок, чем шумная магистраль. В приземистом доме на первом этаже восседала грузная консьержка с типично парижской укладкой на седой голове.

— Мадам Ребекка Д'Обиньон тут жила? — осведомилась я любезно.

— Умерла, бедняжка, — охотно откликнулась консьержка, — квартира на третьем этаже, а вы кто будете?

— Из адвокатской конторы, поручено сделать опись имущества.

Привратница чрезвычайно удивилась:

— Первый раз про такое слышу.

Я показала ей бумажку. Женщина водрузила на нос очки, повертела в руках «ордер» и сказала:

— Ну, раз документы в порядке, сейчас принесу ключи.

Слушая, как она роется в ящиках, я подумала, что парижане еще более беспечны, чем москвичи. «Документы» я сделала при помощи цветного лазерного принтера и графического редактора. Честно говоря, даже не знаю, существует ли такая вещь в природе, как придуманный мной «ордер на опись вещей». Однако подействовало, потому что ключи у меня в руках.

Я открыла дверь и вошла в темноватый холл. Пахло пылью, комнаты давно не проветривались, окна закрыты тяжелыми портьерами. Я не стала раздвигать занавески, просто зажгла свет. В глаза сразу бросился большой конверт, лежащий на столике.

«Лиде лично в руки. Просьба к другим — не вскрывать» стояло на письме по-русски и по-французски. Поколебавшись, я все-таки разорвала бумагу, достала записку.

«Лидочка, поезжай к госпоже Эллен Фош, улица Сезара, дом 8, и покажи ей это письмо».

Нужная мне улица располагалась возле кладбища, а мадам Фош вкушала дневной кофе. Голубой молочник со сливками, блюдо с пирожными и приятная передача по телевизору — ну скажите, что еще требуется пожилой женщине для счастья? Протянутую записку Эллен изучила внимательно:

— Значит, вы Лидия Артамонова?

— Да, — храбро соврала я.

— Это надо доказать, — заявила пожилая дама.

— Могу съездить за паспортом, — пообещала я, судорожно думая, где взять такой документ.

— Паспорт очень легко подделать, — засомневалась подозрительная старушка.

— Как же тогда быть? — растерялась я. — Что, кроме паспорта, может удостоверить мою личность?

— Ребекка на протяжении многих лет была моей лучшей подругой, — вздохнула Эллен. — Перед смертью она попросила меня передать Лидии Артамоновой письмо. Мадам Д'Обиньон страшно боялась, что послание попадет в чужие руки, поэтому придумала небольшой вопросник. Ответить на него может только подлинная Артамонова. — Эллен притащила листок и задала первый вопрос: — Какие шрамы имеете на теле?

Я задумалась лишь на секунду, потом уверенно заявила:

— От операции аппендицита, которую сделали в раннем детстве.

Госпожа Фош удовлетворенно кивнула.

— Кто вас воспитывал?

— Дальние родственники.

— Назовите адрес квартиры, где жили вместе с родителями.

— Полярная улица, девять.

— Какое домашнее животное было у вас в детстве?

— Собачка Зефирка.

— И последнее, — торжественно провозгласила Эллен, — на вашей правой ноге на внутренней стороне бедра имеется большое родимое пятно специфической формы. Опишите, как оно выглядит.

Я потрясенно молчала. В свое время не раз ходили вместе с Лидой в баню, и шрам от аппендицита на ее животе помню прекрасно. То, что Лидушку «воспитывала» двоюродная бабка, тоже факт, известный близким друзьям. Собачку Зефирку она вспоминает с умилением до сих пор. А принадлежащую ей квартиру на Полярной улице несколько лет назад купили за копейки общие знакомые.

Так что ответить на вопросы оказалось очень легко. Но родимое пятно, да еще на таком интимном месте! Ног я ей не раздвигала и между ними никогда не заглядывала. Да, здорово придумала мадам Д'Обиньон! Придется отступать! От злости я чуть не разревелась и, наверное, поэтому излишне горячо воскликнула:

— Не могу описать пятно!

— Почему? — Эллен сняла очки и сложила листок.

— Потому что у меня его нет, — с отчаянием сказала я.

Ну вот, сейчас старушка выгонит наглую самозванку, надеюсь, хоть полицию не вызовет.

— Правильно, мадам Лида, никакого пятна на ноге у вас нет. — Ребекка страшно гордилась, что вопросы придуманы так ловко. — Если бы ко мне пришла нахалка, выдающая себя за вас, уж она бы точно принялась описывать пятно! А вы сразу ответили — никакой родинки нет и в помине!

От неожиданности я захлопала глазами, но

старушка уже вытаскивала из секретера пухлый конверт, запечатанный сургучными печатями.

Спустившись на улицу, опрометью бросилась в одно из многочисленных парижских кафе и дрожащими от возбуждения руками отодрала сургучные нашлепки. Письмо оказалось на русском языке и состояло из огромного количества страниц.

Глава 14

«Дорогая доченька!

Надеюсь, что сейчас, когда ты выросла и вышла замуж, поймешь меня и попробуешь простить за все плохое...»

Прочитав письмо, я потрясла головой. Нет, такого не может быть, потому что такого не может быть никогда! Руки опять схватили послание, глаза понеслись по строчкам. Передо мной развернулась картина давным-давно происшедших событий.

Зоя Геннадьевна Мягкова, мама Лиды, оказалась несчастлива в семейной жизни. Замуж вышла рано, едва стукнуло восемнадцать. Молодой муж был всем хорош: веселый, статный, ласковый. Да и работу имел отличную — инспектор ГАИ. Сначала, отслужив в армии, махал жезлом на дорогах, потом пошел в гору и за один год проделал восхождение наверх — стал начальником отдела по разбору происшествий. Вскоре после этого назначения и сыграли свадьбу. Виктор имел две комнаты в коммунальной квартире, зато в самом центре. У Зои малометражная однокомнатная, с кухней в три квадратных метра. Начальник ГАИ подсуетился и пробил через Моссовет для молодоженов отдельные апартаменты из трех комнат в тогдашней новостройке — Медведкове. Артамоновы сдали свои коммунальные метры государству и, бурно радуясь, вселились в новенький дом. Зоя уже была беременна Лидой. Жить бы им да поживать, тем более что муж неплохо зарабатывал и оброс нужными знакомствами. Но такая работа и сгубила Виктора. Почти все нарушители, приходившие к нему, приносили бутылки. В ГАИ вообще собрались любители выпить, но Артамонов выделялся даже на этом фоне.

Полгода хватило мужику, чтобы спиться окончательно. Если первое время он еще приходил на работу вовремя и, распространяя отвратительный запах перегара, пытался читать документы, то к зиме уже не мог и этого. Еще несколько месяцев Зоя приносила в ГАИ больничные листы, полученные правдой и неправдой в районной поликлинике. Но настал момент, когда начальник категорически заявил женщине: «Пусть либо лечится, либо увольняется. Мне такие пьянчуги не нужны».

Виктор взъерепенился и с воплем: «Я вам не алкоголик!» — бросил на стол заявление об уходе.

Месяц после этого он пил по-черному. Деньги закончились, и Артамонов стал таскать у жены из кошелька рубли. Зоя рыдала, видя, как муж с каждым днем теряет человеческий облик. Она пробовала не давать ему денег, но тогда Виктор начинал драться, а годовалая Лидочка заходилась в истерическом плаче. Девочка вообще росла слабенькой, часто просыпалась по ночам, и бедная Зоя, которой едва исполнилось двадцать лет, стала тихо ненавидеть дочку. Виктор и Лида слились для нее в единый образ мучителей — один бил и не давал житья днем, другая изматывала нервы по ночам. Радость доставлял только щенок неизвестной породы, прозванный Зефиркой.

Русские женщины отличаются необыкновенной терпимостью к алкоголикам. Ни англичанка, ни француженка, ни немка не потерпели бы подобного положения вещей больше двух месяцев. Зоя же несла свой крест с покорностью водовозной клячи. В ее подъезде мужья пили почти у всех женщин, били супружниц и детей. «Надо терпеть, — вздыхали глупые бабы, — все-таки родной отец, нельзя разводиться и сиротить дите». И никому в голову не приходило задаться вопросом: «Может, лучше одной воспитать ребенка, чем терпеть пьяную сволочь?» Зоя вписалась в «коллектив». Закрывала синяки на лице платком, просила иногда в долг три рубля мужику на опохмелку, донашивала старые вещи, кое-как сводила концы с концами. Виктор давно не работал, а ее зарплаты воспитательницы детского сада едва-едва хватало на хлеб и молоко.

В жизни каждого человека обязательно звучат трубы судьбы, но только не все их слышат. Для Зои они заиграли промозглым, слякотным ноябрьским днем. Девятого числа, к тому же в воскресенье. Виктор не просыхал несколько дней: сначала отмечал день Великой Октябрьской социалистической революции, потом опохмелялся, затем подоспели выходные... Лидочка, как все ясельные дети, не вылезала из простуды, и до получки, которая будет только пятнадцатого, осталось всего пять рублей...

Едва сдерживая слезы, Зоя дождалась, пока отчаянно капризничавшая дочь наконец уснет, и пошла гулять с Зефиркой. Стоял слякотный московский вечер, вернее, уже ночь, потому что часы показывали почти полночь. На улице никого. Даже собачники давно отгуляли. Зоя тихонько брела по улице, в голове пусто, на душе камень. И тут Зефирка, отчаянно лая, бросилась на идущего навстречу мужчину. Тот испуганно ойкнул.

— Не бойтесь, — крикнула Зоя, — она не кусается, просто резвость показывает.

Но мужик то ли не расслышал, то ли хотел ускорить шаг — он споткнулся об юркую собачонку и со всего размаху грохнулся в глубокую грязную лужу. Поднялся фонтан черных брызг. Ошалевшая Зефирка пробежалась по поверженному противнику, окончательно измазав белый плащ парня.

Зоя подбежала к упавшему и начала извиняться. Вот тут-то и заиграла труба судьбы. Ведь женщина могла просто свистнуть собачке и поскорей убежать домой, но она наклонилась над прохожим и участливо сказала:

— Простите, пожалуйста, ужасно вышло.

— Ничего, ничего, — ответил из лужи парень, — сам виноват, споткнулся.

Он ловко встал на ноги, вода стекала с него ручьем. Брюки, плащ, даже волосы несчастного оказались в грязи. Чувствуя себя виноватой, Зоя предложила:

— Пойдемте ко мне. Почистим одежду, а то вас милиция за пьяного примет и арестует.

Парень улыбнулся, и они поднялись в квартиру. Зоя застирала вещи незнакомца, отметив, что они все импортного производства, и налила случайному гостю чай. Из угощения в доме оказались только сушки.

Пострадавший вымыл голову, зачесал назад волосы, и Зоя увидела, какое у него хорошее лицо, некрасивое, но доброе и очень располагающее. Говорил гость с легким акцентом, и Зоя подумала, что он, наверное, из Прибалтики.

Не успел завернутый в плед мужчина отхлебнуть чай, как на кухне возник плохо соображающий Виктор.

— Дай бутылку, — прохрипел он.

— Нету, — покраснела от стыда Зоя.

— А я говорю, дай! — заорал пьяница и со всего размаху треснул жену по голове.

Зоя коротко вскрикнула, из рассеченной брови потекла кровь. В ту же секунду неизвестный парень вломил Виктору по первое число. Негодяй свалился на пол и захрапел. Гость с отвращением посмотрел на хозяина и спросил:

— Почему ты, красивая женщина, терпишь такое обращение?

Никто прежде никогда не защищал Зою. И она, разрыдавшись, неожиданно выложила незнакомцу все — про детство в приюте и вечно пьющего мужа, про дочку-хныксу и постоянное безденежье...

Проговорили они почти до утра. Около семи парень натянул непросохшие вещи и ушел. Только тогда Зоенька и сообразила, что забыла спросить его имя, да и не представилась сама...

Виктор очнулся часам к девяти, он ничего не

помнил. Лидка принялась, как обычно, орать, пьяница снова стал требовать выпивку, и день покатился по привычному сценарию.

Однако вечер принес сюрприз. Как только Зоя в одиннадцать вышла с Зефиркой на улицу, из подворотни появился вчерашний незнакомец.

— Муж спит? — с ходу спросил он.

— Нет, — горько вздохнула Артамонова. — Ему выпить надо, а деньги кончились.

— Возьми. — Парень вытащил из-за пазухи роскошную дорогущую бутылку водки. — Дай мерзавцу, а как заснет, дай мне знать, я поднимусь.

Минут через двадцать они опять сидели на кухне, и парень завел неожиданный разговор.

— Веришь в любовь с первого взгляда? — спросил он оторопевшую Зою.

Женщина только вяло отмахнулась, ни о чем подобном она и думать сейчас не могла. Сергей же, так представился парень, стал рассказывать о себе. Ему двадцать шесть лет, и он... француз. Вернее, русский, но живет во Франции с рождения. Бабушка и дедушка эмигрировали в 1917 году. Дома всегда говорили только по-русски, поэтому языком предков владеет в совершенстве, выдает его лишь легкий акцент. Сергей, или, на европейский манер, Серж, прибыл в Москву в качестве переводчика на ярмарку легкой промышленности. В пятницу французский павильон закроется, и он уедет.

— Я полюбил тебя сразу, — признался Серж, — когда дурацкая собака втаптывала меня в грязь, видел только твои чудесные глаза и виноватую улыбку. Дорогая, стань моей женой!

— Ты в своем уме? — подскочила Зоя. — Я же замужем!

— Пьяная свинья, которая лежит в соседней комнате, не может считаться супругом, — решительно отрезал Серж.

— Хоть понимаешь, в какой стране я живу? — попыталась втолковать ему Зоя. — У нас не Париж, замуж за иностранца непросто выйти, да и разводить целый год станут...

Серж радостно заулыбался:

— Значит, согласна?

Зоя опять тяжело вздохнула.

— Какая тебе разница? Это ведь невозможно.

— Нет, скажи, — настаивал Серж. — Ты согласна?

— Да, — созналась Зоя. — Хоть на край света убегу от такой жизни...

— Тогда пойдем. — И Серж встал.

— Куда? — оторопела Зоя.

— Со мной, — просто ответил парень.

— Прямо сейчас? — продолжала удивляться женщина. — Вот так взять и уйти?

— Именно, — без колебаний заявил Серж, — решайся, завтра будем в Париже.

— Но как?.. — начала вяло сопротивляться Артамонова.

— Обыкновенно, — улыбнулся Серж, — ногами...

— У меня ребенок...

— У нас будут другие дети, — заявил мужчина.

Зоя несколько секунд смотрела в его открытое лицо, вдыхая исходящий от кавалера запах дорогого одеколона, и труба судьбы пропела в последний раз.

— Хорошо, — заметалась женщина. — Только вещи соберу!

— Они тебе не нужны, — остановил ее жених.

Молодости свойствен авантюризм. Зое едва исполнился к тому моменту двадцать один год, а Серж оказался не намного старше.

Вот так ледяной ноябрьской ночью Артамонова села в такси с мужчиной, которого знала всего два дня и за которого собиралась выйти замуж в далеком неизвестном городе. Но до Парижа еще нужно как-то добраться.

Серж привел Зою в квартиру. Хозяев не было, и женщина провела всю ночь одна. Утром часов в пять пришла незнакомка и протянула чемодан. Внутри оказались вещи, только импортного производства — от трусов до элегантного пальто. Пришедшая показала Зое записку: «Делай все, что она скажет. Серж».

Сначала женщина коротко постригла Зою, затем выкрасила русые волосы в темно-каштановый цвет. И все молча, лишь знаками показывая, что делать. Так же беззвучно велела переодеться и побрызгаться терпко пахнущими духами.

Потом появились гипс и бинты. Гримерша ловко приладила на нижнюю челюсть Зои лангетку и обмотала голову бинтами, гипс лег и на правую руку.

Они спустились вниз. У подъезда стояла машина с дипломатическим номером. За рулем мужчина лет шестидесяти с пронзительно-синими глазами. Оцепеневшая от ужаса Зоя влезла в автомобиль. Гипс плотно давил на челюсть и говорить женщина не могла.

— Вы — госпожа Ребекка Дюруа, — пояснил на отличном русском языке шофер, — секретарша советника. Позавчера упали на улице и сломали челюсть и руку. Первую помощь оказали в Институте Склифосовского, но вы решили лечиться на родине, так как процесс выздоровления займет три-четыре месяца. Говорить не можете, челюсть жестко фиксирована, письменно отвечать на вопросы — тоже. Поэтому вас сопровождает господин Серж Д'Обиньон, он и станет общаться с пограничниками. Вот ваши документы.

И водитель подал ошеломленной Зое билет, паспорт и справку из Склифосовского. На фотографии — худенькая темноволосая женщина, а справка подтверждала факт перелома.

Зоя не помнила, как, почти приседая от ужаса, дошла до стойки паспортного контроля. Серж крепко держал ее под руку. Но серьезный пограничник только глянул на дипломатические паспорта, бросил мгновенный взгляд на замотанную бинтами до самых глаз «француженку» и открыл шлагбаум.

Через четыре часа та же процедура повторилась в Париже. Серж, радостно хохоча, рассказал, что организовать побег помог близкий приятель его покойного отца, работающий в посольстве. Это он придумал загипсовать челюсть и руку, чтобы не владеющая французским языком Зоя не попалась случайно, проходя контроль. Паспорт Ребекки Дюруа остался у Зои. Всем приятелям Серж рассказал, что встретил свою любимую в Хорватии. По-русски она говорит, а по-французски ни бум-бум. В окружении Д'Обиньона не было ни одного хорвата, в паспорт никто не заглядывал. Легенду приняли безоговорочно. И через несколько недель Серж и Зоя без шума поженились. Женщина получила новый паспорт и стала Ребеккой Д'Обиньон.

Жизнь ее сказочно переменилась. Она жила, как в счастливом сне. Вместо побоев и колотушек — цветы и подарки. Серж не был очень богат. Но спокойная, размеренная жизнь рантье среднего уровня казалась Зое прекрасной. Она готова была мыть ноги Сержу — такая ее переполняла благодарность. В доме все сияло чистотой, к обеду подавалось три блюда, а деньги молодая жена тратила крайне расчетливо. Так что Серж тоже не прогадал, и за многие годы брака супруги ни разу не поругались.

Первое время Зоя просыпалась по ночам в ужасе, вздрагивая от каждого шороха. Ей казалось, что идут полицейские арестовывать самозванку. Но месяцы летели, никто не собирался обвинять мадам Д'Обиньон в подлоге. Через два года она заговорила по-французски, московская жизнь стала постепенно забываться.

Единственное, что омрачало ее счастливую жизнь, — отсутствие детей. Зоя старалась не вспоминать противную плаксу Лиду, дочь ненавистного алкоголика. Какое-то время в ее душе еще теплилась жалость, но со временем воспоминания угасли.

Лет через пятнадцать супруги смирились с отсутствием потомства, даже стали находить в этом свои положительные стороны. О брошенной девочке они никогда не заговаривали.

Потом внезапно заболел Серж. Сначала легкая простуда, потом бронхит, следом воспаление легких... Кашель душил мужчину, и, когда наконец поставили диагноз — рак, меры принимать оказалось поздно, метастазы расползлись по всему телу.

Зоя преданно ухаживала за мужем несколько лет, Серж тоже старался не падать духом. Было испробовано все — облучение, операция, химиотерапия. Несколько лет господин Д'Обиньон мужественно боролся с болезнью, но в конце концов настал момент, когда он слег и стало понятно: конец его близок.

Как многие чувствующие приближение смерти, атеист Серж стал думать о душе, о боге. Частыми гостями в уютной квартире стали священники. В конце мая Серж исповедался и после ухода священнослужителя позвал жену.

— Мне осталось жить несколько часов, — сказал он, когда на пороге появилась Зоя.

Та замахала руками, заплакала, но супруг остановил ее:

— Право, дорогая, не стоит так печалиться. Наша земная жизнь — всего лишь краткий путь к могиле. Ты останешься одна. Я позаботился о деньгах, все вложено в ценные бумаги, естественно — ты единственная наследница капитала и квартиры. Обратись после моей кончины в Марсель, к мэтру Роже Кассису. Еще мои родители пользовались услугами его отца. В честности этого семейства я уверен. Но выполни одну, последнюю просьбу. Найди в России свою брошенную дочь. Сейчас она уже взрослая женщина. Попробуй связаться с ней и поддержать. Но будь осторожна, не открывайся. Наш брак с тобой может быть признан недействительным, если кто-то узнает о тебе всю правду.

— Стоит ли искать девушку? — засомневалась Зоя. — Ведь я ее совсем не знаю. Не знаю, что она за человек.

Серж попытался, как всегда, улыбнуться жене.

— У нас не было детей, по никому не ясной причине. Помнишь, как удивлялся доктор Жанвиль, он не мог понять, в чем дело. В конце концов он объяснил это так: «С точки зрения медицины все в полном порядке, наверное, господь решил вас таким образом за что-то наказать».

Серж с Зоей тогда легкомысленно отнеслись к подобному утверждению. Но сейчас умирающий был твердо уверен — бог наказал их за брошенную девочку.

— Искупи нашу вину, — попросил он супругу, — отыщи свою дочь, вдруг она нуждается, у нас немалые деньги, пусть лучше достанутся ей, чем государству. Поклянись, что выполнишь мое желание.

Отказывать умирающему в последней просьбе не принято. И Зоя подняла вверх правую руку, но Серж остановил ее:

— На Библии, на Священной книге.

И она торжественно поклялась на Библии. К утру господина Д'Обиньона не стало.

Зоя осталась одна. Хорошо обеспеченная, ни в

чем не нуждающаяся, но одна. Рухнул привычный уклад жизни — не для кого готовить теперь еду, не с кем гулять в парке... Иногда женщина, забывшись, вскакивала утром с кровати и неслась на кухню. На пороге вспоминала — Сержа нет и варить кофе не нужно.

Зоя любила мужа, но всерьез не собиралась выполнять данную ему клятву. К неизвестной ей женщине она не испытывала материнских чувств. К тому же Лида скорей всего замужем. А вдруг алкоголик Виктор еще жив и потребует сбежавшую супругу к ответу?

Через пять лет Зоя заболела. По странному совпадению на нее набросилась болезнь Сержа — рак легких. Теперь уже облучение, операции и химию пришлось переносить самой. Однажды женщине приснился сон. Покойный муж в белом хитоне укоризненно качал головой и грозил ей пальцем. Больная проснулась с криком. Таким сердитым она при жизни никогда Сержа не видела. Но это, как оказалось, только начало. Муж стал являться каждую ночь и пугать Зою. Измученная мадам Д'Обиньон перестала спать. В конце концов она обратилась к священнику, исповеднику Сержа, справедливо полагая, что муж рассказал тому перед смертью все. Пожилой священнослужитель молча выслушал Зою и сказал:

— Большой грех нарушать клятвы, данные человеку на его смертном одре. Муж напоминает вам о невыполненном долге.

Помаявшись еще с недельку, Зоя отправилась в агентство «Пинкертон» и наняла детективов. Она решила узнать о девочке Лиде Артамоновой все.

Шел 1997 год. Берлинская стена давно пала, «холодная» война закончилась, и агенты «Пинкертона» могли без особых трудностей выехать в Москву. Пары недель хватило профессионалам, чтобы выяснить всю подноготную.

Зоя читала и перечитывала подробный отчет, снабженный фотографиями, несколько раз принималась плакать. Оказывается, ее побег лишил ребенка детства. Виктор не бросил пить и спустя буквально месяц после таинственного исчезновения жены попытался ограбить продовольственный магазин. Наверное, полез за горячительным.

Его судили, и из тюрьмы мужик не вышел, отравился самодельной водкой, которую зеки пытались гнать из перебродившего черного хлеба.

Лидочку сначала пригрела старшая сестра Виктора, но у нее самой по лавкам сидело семеро голодных ртов, а супруг каждый вечер приползал на бровях. Женщина отыскала дальних родственников и, сообщив им про большую московскую квартиру, сплавила девочку «бабушке».

Зоя судорожно рыдала, узнав о том, как росла, училась и выбивалась в люди дочь. Сердобольные соседи и проявившие неожиданное благородство родственники не рассказали Лиде правду о непутевых родителях. И хотя все знали, что мать сбежала незнамо куда от «хорошей» жизни, а отец сгинул в тюрьме, Лидочке сообщили, что папа и мама погибли в катастрофе. Самое удивительное, что даже под горячую руку никто не проговорился, и девочка пребывала в уверенности, что родители похоронены где-то на краю света.

Узнав все о дочери, Зоя тем не менее побоялась встречаться с Лидой. Да уже и не могла — здоровье не позволяло. Единственное, что она решилась сделать, — оформить завещание и написать объясняющее все письмо. Послание было надежно спрятано у верной подруги. Зоя была уверена, что честная мадам Фош никогда не полезет в конверт, к тому же документ написан по-русски.

Глава 15

На обратной дороге в самолете я даже рискнула выпить коньяку. Что «Эр Франс», что Аэрофлот — всегда подают пассажирам какое-то пойло, полагая, что бедным людям негде взять другие напитки. Но следовало привести нервы в порядок, и я опрокинула рюмку.

Ай да Зоя! Интересно, смогла бы я решиться на подобный поступок? Вот так сразу, не раздумывая, почти голой, уйти из дома с незнакомым мужчиной? Наверное, все же нет. Скорее всего в голову полезли бы дурацкие мысли: а вдруг врет? Вдруг маньяк-убийца? Сейчас завезет в лес и... А Зоя побежала, ни о чем не думая, и выиграла. Во всяком случае, жизнь ее прошла в полном удовольствии, и муки совести ее не тревожили. Лишь в конце своей жизни решила наградить Лиду. Да и то только потому, что детей больше не было. Неизвестно, как все сложилось бы, родись у нее парочка ребятишек от Сержа.

Она даже побоялась съездить в Россию, чтобы повидаться с единственным ребенком, настолько страшилась потерять приобретенное благополучие и душевный комфорт... Нет, Зоя не вызывала у меня добрых чувств. Скорей легкое непонимание... К тому же баба оказалась неумной. Придумала дурацкий вопросник, но забыла предупредить подругу, что Лида Артамонова не владеет французским... Да и внешне, честно говоря, мы не слишком похожи. Правда, если опираться только на словесное описание, то мы обе субтильные блондинки с голубыми глазами. Но ведь «Пинкертон» присылал Зое фотографии. Почему не оставила хотя бы одну подруге? Непостижимо.

Но больше всего меня занимал сейчас не моральный облик мадам Д'Обиньон-Артамоновой и не ее умственные способности, а все, что связано с наследством.

Просто не могу поверить, что Лида знала о больших деньгах, а три миллиона франков — это примерно пятьсот тысяч долларов — и не рассказала об этом мужу. Да, она обожает Андрюшку до беспамятства и готова ради его благополучия пожертвовать и наследством девочек. Это вполне укладывается в структуру ее личности — отказать все муженьку. В конце концов, дочки служили только той веревкой, которая должна была покрепче привязать Андрея к Лиде. И ему она бы первому сообщила о богатстве. Однако, судя по обалделому виду Артамонова, он ничего не знал...

Дикое, невероятное предположение пришло мне в голову. Что, если кто-то, пока неизвестно как, узнал о наследстве? Перехватил первое послание мэтра Кассиса, потом отправил от имени Лиды завещание... Значит, этот кто-то вхож в дом Артамоновых, к тому же абсолютно уверен, что, получив деньги, Андрюша поделится с ним... И что из этого следует?

От ужаса я покрылась липким потом. Да это же просто, как апельсин: надо избавиться от девчонок и Лидки. И ведь так и произошло. Поля с Надей пропали, и Лидушка в больнице. И вовсе она не покушалась на самоубийство, ее пытались убить и почти преуспели. Значит, следует искать близкую знакомую Артамонова, скорее всего любовницу, бывающую в доме. Это она организовала похищение девочек и «самоубийство» Лиды, а мотив вечен, как мир, — деньги, огромное для российского человека состояние — пятьсот тысяч долларов!

Теперь надо быть очень осторожной. Неизвестная преступница умна и хитра, спугнуть ее ничего не стоит. Сейчас она ждет Лидиной смерти. К сожалению, возможно, и девочки давно мертвы. А Надя в инвалидной коляске? Голова окончательно пошла кругом. Да и было отчего!

Когда самолет коснулся земли и, подрагивая, понесся по взлетной полосе, я наконец приняла решение. Не стану сообщать Артамонову о Зое. Скажу, что ничего не узнала, что адвокат отказался беседовать с посторонней бабой и выдавать ей информацию. Андрюшке же до Парижа быстро не добраться, у меня самое меньшее месяц в запасе. И за это время надо найти злодейку. Совершенно уверена, что это женщина. Во-первых, подобный дьявольский план мог прийти в голову только бабе, а во-вторых, она явно рассчитывает прибрать к рукам и вдовца, и денежки...

В Москве шел дождь. Ну почему в отечестве

так часто плохая погода? Стащив с вертящегося круга четыре неподъемных баула с вещичками, я нагрузила тележку и еле-еле дотолкала ее до дверей, а за ними уже возвышался Аркадий и подпрыгивала радостно щебечущая Маня.

Дома дети принялись потрошить сумки, я же пошла звонить Артамоновым. Подошла Валерия.

— Как Лида?

— Стабильно тяжелое состояние, — пояснила Лера, — но врачи говорят, раз ухудшения нет, могут появиться положительные сдвиги. А пока она в коме.

Прогнав из головы мысли об одной француженке, пролежавшей перед кончиной двенадцать лет без сознания, я спросила:

— Где Андрюша?

— В театре, репетирует «Офелию».

Ну да, конечно! Не станет же он, как иногда показывают в кинофильмах, сидеть у изголовья умирающей жены и держать ее за руку! У Андрея работа на первом месте, впрочем, у Леры тоже, о чем она и поспешила заявить:

— Я сейчас тоже убегаю, на лекцию опаздываю.

— Подождите, — успела я задать еще один вопрос, — что с девочками?

— Ничего, — коротко ответила Валерия. — Пока никаких сведений, видно, придется все-таки обратиться в милицию...

Я пошла варить кофе. Наконец-то заботливая бабушка решила искать внучек, да и то, наверное, только потому, что приставучая Дашка Васильева без конца названивает!

Я выкатила из гаража «Вольво» и поехала в

центр. На завещании, которое показал мне мэтр Кассис, стояла печать нотариуса и адрес конторы — Ленинградское шоссе, дом 64.

Побегав минут пять вокруг огромного серого здания, нашла лестницу, ведущую на второй этаж, и небольшую дощечку «Нотариальная контора».

Обычная трехкомнатная квартира, превращенная предприимчивыми людьми в учреждение. Полноватая женщина подняла глаза от бумаг.

— Никифорову Анастасию Леонидовну можно видеть?

— Это я, — приветливо ответила дама. — Вы по какому вопросу?

— Да вот небольшая неприятность получилась, — я изобразила смущение.

— Слушаю внимательно, — сказала нотариус.

— Во Франции умерла тетя и завещала деньги, большую сумму, моей сестре, Лидии Артамоновой. Мы специально просили ее упомянуть в бумаге только Лиду, чтобы не платить большую пошлину.

— Очень разумно, — кивнула головой женщина, — если в семье нормальные отношения, так делают часто.

— У нас все в порядке, — заверила я ее. — Но, к сожалению, случилось несчастье, Лида сильно заболела и попала в реанимацию. За несколько недель до этого сестра составила завещание в пользу мужа. Я съездила в Париж, показала бумаги, но местные правоведы утверждают, что завещание оформлено не строго по правилам, могут возникнуть осложнения.

— За чем же дело стало? — удивилась нотариус. — Давайте напишем новый документ, учтем все местные требования.

— Лида-то без сознания в реанимации...

— Право, не знаю, как вам помочь, — растерянно произнесла Анастасия Леонидовна.

— Очень просто. Французская сторона успокоится, если нотариус, удостоверивший подпись, даст письменные показания, причем очень лаконичные. Просто напишет: «Я, Никифорова Анастасия Леонидовна, подтверждаю, что госпожа Лидия Артамонова подписала бумаги в моем присутствии».

Никифорова забарабанила пальцами по столу.

— Странное требование, никогда не слышала ни о чем подобном.

— Мы заплатим, — пообещала я, — не волнуйтесь, тут нет ничего противозаконного.

Анастасия Леонидовна двинулась к огромному шкафу.

— Когда, говорите, приходила Артамонова?

— Точно не могу ответить... Летом, но не позже июля.

— Мертвый сезон, — пробормотала нотариус и вытащила тоненькую папочку, — кажется, нашла. Действительно, заглядывала ваша сестра. Даже помню ее хорошо, такая интересная девушка, в светлом парике. Я, честно говоря, даже удивилась, зачем с такими чу́дными волосами носить парик...

— Какая у вас память! — поддержала я разговор.

— Просто то, что я видела, оказалось смешным, как в кинокомедии, — заулыбалась Никифорова.

Артамонова появилась в разгар душного летнего полдня. Вообще-то в контору приходит немного народа, а летом бывают в основном родители, оформляющие документы детям, отъезжающим на отдых за рубеж. Но в тот день перед кабинетом Никифоровой сидели три женщины, одна из них держала на руках отчаянно выворачивающегося годовалого ребенка. Малыш вспотел и устал. Он капризничал, хныкал и в конце концов, улучив момент, вцепился липкими ручонками в волосы Лиды. Мать стала разжимать цепкие ладошки, Лида невозмутимо улыбалась. Никифорова стала случайной свидетельницей этой сцены. Дверь в ее кабинет была открыта. Непорядок, конечно, но не погибать же от жары в помещении с окнами на солнечную сторону.

Малыш издал победный крик и сдернул парик. На плечи посетительницы упали восхитительные темные волосы. От неожиданности ребенок разрыдался еще громче. Мать отобрала у малыша растрепанный парик и стала извиняться. Моя «сестра» скрылась в туалете.

— Я еще подумала, — откровенничала Никифорова, — чего только не делают женщины, чтобы выглядеть модно! Ведь жара стояла, как в Сахаре, в парике душно, некомфортно, да и свои волосы у нее такие чудесные! Нет, раз модно в накладке, надела, несмотря ни на что! А еще ребенок ей, наверное, губу расцарапал, потому что в углу рта появился кусочек пластыря. Родители обязаны приглядывать за детьми, и надо было наказать шалуна как следует...

Она продолжала излагать свои взгляды на воспитание, но мои мысли уже понеслись в другом направлении. У Лиды никогда не было длинных, густых, темных волос. Насколько помню, она всегда коротко стригла пряди цвета сливочного масла.

Перед глазами сама собой возникла Верочка Подушкина. Изумительная прическа темно-каштанового цвета и пикантная крупная родинка над пухлым капризным ротиком... Сдается, именно она, нацепив фальшивые кудри блондинки, приходила в нотариальную контору, а пластырь прикрывал приметную, выступающую родинку...

Прямо от нотариуса отправилась в больницу к Лиде. На этот раз доктор разрешил поглядеть в небольшое окошко. Но лучше бы этого не делать — так мне стало нехорошо. Маленькое личико, похожее на мордочку кошки. Запавшие глаза и ввалившиеся щеки. Лежит почему-то почти голая и со всех сторон в тело воткнуты трубки и шланги. Особенно страшно выглядел какой-то аппарат у изголовья. Внутри стеклянной емкости с громким чавканьем ходила взад-вперед гофрированная резина.

— Видите? — с гордостью сказал доктор. — Насколько нам сегодня лучше.

Я уставилась на него с ужасом. Лучше? Тогда что же было раньше? Ведь сейчас Лидуся похожа на покойницу.

— Она не может говорить?

— Нет, конечно.

— А меня услышит?

— На этот счет не могу дать точного ответа, — вздохнул хирург. — Может, да, а может, нет. Кстати, некоторые больные, находящиеся в коме, приходят в себя, когда с ними постоянно беседуют родственники, не отпускают их, так сказать. У нас был случай, парень один умирал, молодой совсем. Мать две недели рядом сидела, за руку держала, а потом вызвала девчонку, в которую мальчишка был безнадежно влюблен. Вот они вместе по бокам кровати встали, заговорили с ним, и он открыл глаза... А к вашей подруге особенно не приходят. Муж, правда, раз в два дня наведывается, ничего не хочу плохого сказать. Заботливый, просит, чтобы ухаживали получше, медсестер благодарит... Вчера свекровь приезжала, тоже внимательная, лимонов привезла, яблок! Ну скажите мне, на кой черт сейчас Артамоновой фрукты?! Кстати, дети у нее есть?

— Дочери... две.

— Сколько лет?

— Восемь и полтора года.

— Приведите сюда, часто матери реагируют на детские слезы. Жестоко, конечно, показывать ребенку маму в таком состоянии, но все же рекомендую.

Я только вздохнула. Знал бы этот славный доктор, что случилось у Артамоновых!

— А мне можно зайти?

Врач поколебался, потом разрешил:

— Бахилы наденьте на ноги и шапочку.

Я послушно надела все, что положено, и вошла в палату. Вблизи зрелище оказалось еще более страшным. Сразу стало понятно — надеяться на то, что Лида что-нибудь скажет, не следует. В горле у несчастной торчала какая-то отвратительная на вид трубка.

Я взяла Лидочку за безвольно лежащую руку и с облегчением ощутила тепло и легкое, как крылья бабочки, трепетание пульса.

— Лидуля, — тихонько позвала я.

В палате стояла неприятная тишина, нарушаемая только попискиваньем и почавкиваньем разнообразных аппаратов.

— Ну почему, — почти закричала я, — почему такое должно было случиться именно с тобой! Ну кому это надо!

Не успел мой голос отскочить от стен палаты, как Лидуша медленно распахнула веки. Огромные бессмысленные глаза прошлись взглядом по моему лицу и, не сфокусировавшись, снова захлопнулись.

— Доктор, — заорала я, кидаясь к выходу, — кто-нибудь, скорей сюда!

На крик влетела пожилая медсестра и первым делом кинула взгляд на разноцветные лампочки и стрелочки. Строго спросила:

— Ну и что тут происходит?

— Она открыла глаза, — возбужденно сообщила я, не обращая внимания на ее недовольный тон, — вот только что смотрела на меня.

Медсестра не поверила:

— Вам показалось.

— Нет, абсолютно точно!

Женщина профессионально приветливо посоветовала мне:

— Идите-ка лучше домой, палата интенсивной терапии не место для слабонервных.

Сняв бахилы и шапочку, я направилась к выходу. Да, скорей всего медперсонал, автоматически ухаживая за Лидой, решил, что Артамоновой не долго осталось жить. Но я-то видела открытые глаза Лидуси. Поеду в самом деле домой, выпью кофейку, расслаблюсь и раскину мозгами в тишине и покое.

Подъехав к дому, я оторопела. Во дворе натянуты веревки, на них болтается невероятное количество наших пледов и одеял. С другой стороны вывешены ковры из гостиной, столовой и кабинета. Не понимая, что происходит, вошла в холл и чуть не упала на скользком полу. Посередине помещения мыльные лужи, а Маруся старательно возит тряпкой.

— Привет, мамуля! — Девочка поглядела на меня отсутствующим взглядом.

— Господи, — испугалась я, — ты что, заболела?

— Нет, — угасающим голосом ответила Манюня. — Устала, как раб на плантации.

— Что случилось-то?

Маруська отставила швабру и, понизив голос почти до нуля, горячо зашептала:

— У Зайки крыша поехала, совсем не соображает!

— Да что, в конце концов, происходит?

В холл влетела растрепанная Ольга с тряпкой в руках.

— Явилась, — грозно отметила она. — Ты хоть представляешь, в какой грязи мы живем с тех пор, как заболела Ирка! Кругом ужас и микробы!

Я уставилась на нее во все глаза. Честно говоря, я никогда особо за чистоту не боролась. Двухкомнатную «хрущобу» в Медведкове убирала раз в месяц. Да какой смысл вытирать каждый день пыль, если назавтра она опять лежит везде ровным слоем!

К тому же я близорука и не вижу сора на полу, а развешанные по стульям брюки, колготки и рубашки никогда меня не раздражали...

И, конечно, с появлением Ирки совсем перестала брать тряпку в руки, впрочем, и Зайка не слишком убивалась на ниве домашнего хозяйства.

— Надо навести чистоту, — заявила Ольга.

— Может, лучше нанять женщин, — робко предложила я, оглядывая грязные лужи на полу и пыхтевшую от усердия Машу.

— Ну что за барство! — возмутилась Ольга. — В стране кризис, нужно во всем экономить. Сами вымоем!

Я оглядела ее двухсотдолларовые брюки, простенькие туфельки от Гуччи... Да продав одни только баретки, можно нанять поломойку на целый год!

— Говорю же, у нее крыша поехала, — громко зашептала Маруся. — Недавно читала: при климаксе такое случается!

Я захохотала: у двадцатичетырехлетней Ольги климакс? Нет, тут дело в другом.

— Мы с Аркашей вычистим наши комнаты и кухню, Манюня гостевые спальни, кабинет, столовую, ну и холл! Тебе остается совсем чуть-чуть. Сразу начнешь?

— А где Кеша? — робко поинтересовалась я.

— Ковры во дворе выбивает!

— Зачем? Есть ведь пылесос!

— Ты совсем ничего не понимаешь! — всплеснула руками Ольга. — От пыли следует избавляться радикально, а пылесос только гоняет ее с места на место! Вот посмотри!

И она сунула мне в руки роскошно изданную книгу «Идеальное домашнее хозяйство». Я плюхнулась в кресло и принялась перелистывать глянцевые страницы. С ума сойти! Авторов подобных пособий следует убивать мучительной смертью. Книга требовала вполне серьезно — влажную уборку проводить каждый день, а перед тем как застелить кровать, перетряхивать на свежем воздухе белье. Унитаз, раковину и мойку на кухне чистить дважды в сутки. Особое место уделялось стирке и глажке. Дочитавшись до совета гладить носки с двух сторон, я с отвращением захлопнула фолиант и тут обнаружила на титульном листе крупный подзаголовок: «Лучший подарок молодой жене». Ну конечно, если хочешь видеть ее либо в гробу, либо в клинике для умалишенных!..

Не обращая внимания на Зайкины призывы немедленно хвататься за тряпки и ведра, я поднялась к себе и внимательно оглядела комнату. По-моему, здесь полный порядок. Ну лежит на тумбочке кожура от банана, подумаешь, беда, выкинем... И вообще, если чуть прикрыть шторы, и пыли никакой не заметно... Среди моих знакомых до сих пор я знала только одну психопатку, вылизывавшую квартиру до невероятного блеска, — Лиду Артамонову.

Я села на кровать и осторожно закурила — авось, постоянно борющиеся за чистоту воздуха некурящие родственники не унюхают ароматный дым. Завтра попробую разузнать как можно больше о Вере Подушкиной.

Глава 16

Около одиннадцати я уже бродила по гулким коридорам театрального института. В учебной части узнала, что Вера училась в 307-й группе. Я отыскала девятнадцатую аудиторию, попробовала сунуть туда голову, но прозвенел звонок. Группа юношей и девушек вышла в коридор. Я приблизилась к тощенькой, похожей на страусенка девице и спросила:

— Вера Подушкина из вашей группы?

— Ага, — подтвердила замухрышка, подводя тоненькие губы яркой помадой, — тут уже из милиции приходили, всех допрашивали.

— Иногда приходится обращаться к свидетелям не один раз, — туманно намекнула я на свою причастность к органам.

— Толку-то? — справедливо заметила девчонка, не отрываясь от текущего редактирования своей мордочки. — Я, например, про нее ничего не знаю, только на занятиях встречались. Мы ведь люди простые, из провинции, а она столичная штучка, все время подчеркивала, что не царское это дело с нами ручкаться...

— Так-таки ни с кем и не дружила?

— Почему? Вот с Лизой Костиной, Настей Мартиросян и Олегом Фадеевым очень даже зналась. Ну это понятно, у одной папа — секретарь Союза кинематографистов, у другой — известный актер, а у Олега вообще все близкие родственники народные да заслуженные, его и в институт, можно считать, без экзаменов приняли. Не то что нас — по два раза заваливали.

Лиза Костина отыскалась в библиотеке. Рыхловатая девушка с белесыми ресницами и бровями альбиноса. Ну что делать такой в театральном институте? Если не талантлива до зубовного скрежета.

— Вы близко дружили с Верой Подушкиной? — накинулась я на студентку.

Со всех сторон зашикали. Пришлось выйти в садик. Солнышко пригревало не по-сентябрьски жарко, и Лиза сняла курточку.

— Вы дружили с Подушкиной? — повторила я вопрос, мгновенным движением руки демонстрируя «удостоверение».

Лиза замялась.

— Не слишком.

— А если подробней?

Девушка вытащила пачку «Вог» и любезно предложила мне сигарету, помолчала немного и добавила:

— Нас в группе оказалось четверо москвичей — Настя, Олег, Вера и я. Остальные из провинции, причем поступали по нескольку раз, вот и не любят нас, мягко выражаясь. Уверены, что мы приняты по блату, что таланта нет... Ну, в общем, понимаете.

Я кивнула. Все, как обычно.

На первом курсе группа сразу разделилась на два лагеря, перебежчиков не принимали. За удачами и неудачами друг друга следили пристально, не гнушались порой сделать мелкую гадость. Когда зимой Оля Коростылева, необыкновенно красивая девочка из Вологды, к тому же с чудесным голосом, сдавала зачет по вокалу, Вера и Настя сели в первом ряду и, пользуясь тем, что комиссия расположилась в пятом, демонстративно сосали лимоны. Попробуйте хорошо спеть, если рот неправильно наполняется слюной. Оля не осталась в долгу: на премьере зачетного спектакля по танцу Насте в балетные туфли насыпала сахарного песку. Результат — стертые в кровь ноги и жирный «неуд» хромоногому лебедю. Потом кто-то из мальчишек затянул прозрачной пленкой унитаз в туалете, а Олег как раз пришел помочиться. Мокрый почти с головы до ног парень был вынужден ехать домой переодеваться, кличка Сыкун прилипла к нему намертво.

Вот так обстояли дела, но внутри своей стаи они дружили. Вера же наплевала и на эти отношения.

Зимой Лизе неожиданно предложили небольшую рольку в телесериале. Работа не такая уж интересная, но это ее самая первая роль, и Костина обрадовалась до потери пульса.

Естественно, придя в институт, стала рассказывать друзьям о необычайной удаче. Настя и Олег порадовались за девушку, Вера же поджала губы.

Через два дня Лизе позвонил администратор и извиняющимся голосом сказал, что кто-то наябедничал режиссеру о... беспробудном пьянстве Костиной. На всякий случай, по принципу нет дыма без огня, постановщик решил не связываться со студенткой. Роль отошла другой.

— Это Верка позвонила, — уверенно сказала Лиза.

— Почему так решили?

— Больше некому.

— А вдруг ошибаетесь? Может, кто-то из иногородних решил сделать вам навредю. Сами же рассказали, как изводите друг друга.

— Так-то оно так, — вздохнула Лиза, — только, видите ли, никто, кроме Насти, Олега и Веры, не знал об этом предложении. Наши педагоги не одобряют съемок, причем на телевидении особенно. Поэтому больше никому не сказала. И еще: режиссер Афанасьев — знакомый моих родителей, не близкий, но все же... Честно говоря, поэтому роль и предложил. Так вот, через какое-то время он случайно проговорился, что Подушкина просилась в сериал на мое место. Дескать, Лиза — пьяница, с ней одни мучения, а я трудолюбивая и талантливая... Но Афанасьеву Вера не подошла по типажу.

С тех пор Лиза здоровалась с Верой сквозь зубы. Но той как с гуся вода. Подушкина будто не замечала неулыбчивого лица Костиной и вела себя так, словно ничего не случилось.

— Она гадкая, хотя о покойниках плохо не говорят, — утверждала Лиза, — ничего святого в душе, абсолютно бесчувственная, эгоистичная особа.

— Вы не совсем правы, — возразила я. — Вера покончила с собой, значит, что-то с ней такое происходило...

— Ха, — выкрикнула Лиза, — да не верю я ни на минуту в ее добровольный уход из жизни. Скорей всего ее придавили за вредность. И потом у нее такие знакомые были!..

— Какие?

Лиза пошла пятнами.

— Лучше к Мартиросян обратитесь, та с ней дружила, прямо в рот глядела, да поинтересуйтесь про Никиту. Так и спросите, где найти Никиту? Уж он-то про эту фифу все знает.

Насти Мартиросян не оказалось в институте, прогуливал занятия и Олег Фадеев. Но услужливая Лиза сообщила адрес девушки и, недвусмысленно улыбнувшись, добавила с хитрым видом:

— Небось дома оттягивается, пока папашка с мамашкой на гастролях. Да вы поезжайте, там и Олега найдете. — И она противно захихикала.

Я села в «Вольво» и повертела бумажку с адресом: Хлебный переулок... Славное место, самый центр и тихо. Престижный район с дорогими квартирами, старые московские дворы. Но тут затрещал телефон.

— Мать, — сурово произнес Аркадий, — немедленно дуй домой.

— Что случилось? — испугалась я.

— Увидишь! — коротко пообещал сынуля и бросил трубку.

Полная дурных предчувствий, я, конечно, покатила в Ложкино.

Телефон позвонил опять. На этот раз Зайка.

— Аркадий всегда так мерзко разговаривает, — пожаловалась она, — небось гадаешь, что случилось? Не волнуйся, просто приехала гостья из Америки, говорит, наша близкая родственница, а мы не понимаем, кто она и что с ней делать.

— По-русски хоть изъясняется, — спросила я, мгновенно успокаиваясь, — а то я по-английски ни уха ни рыла.

— Нас с тобой за пояс заткнет, — утешила Зайка.

Я перебралась из левого ряда в правый и медленно покатила в потоке. Слава богу, ничего не произошло, а в нашей семье все привыкли уже к неожиданным визитам.

Быть богатой женщиной, конечно, приятно, но у любой медали есть оборотная сторона. В нашем случае — это постоянные гости. Где бы мы ни жили — в Москве или Париже, визитеры тянутся косяком, словно журавли на юг. Про нас с Наташкой вспомнили все мыслимые и немыслимые родственники. Не слишком общительный Аркадий их терпеть не может, вот и вызвал меня срочно из города.

Солнечный сентябрьский день тихо катился к вечеру.

Установилась теплая погода, настоящее бабье лето. Я притормозила возле метро «Динамо» и вышла купить бутылку минералки, пить хотелось невыносимо. Рядом с ларьками пристроился шаткий столик с книжками. Обожаю детективы, поэтому стала шарить глазами по разноцветным обложкам, выискивая новинки. И вот тут началось!..

На небольшую площадку выскочили матерящиеся парни, в мгновение ока они взломали дверь ларька и вытряхнули оттуда продавца. Тот отчаянно орал и плевался. Нападавшие потащили его к машине. Жертва рухнула на землю и зацепилась руками за железный бордюр, ограждавший газон. Послышался хруст, потом нечеловеческий вопль — очевидно, бедолаге что-то сломали. Притихшая площадь с ужасом наблюдала за происходящим. В этот момент из-за киоска «Мороженое» вылетела группа мужиков. Увидев, как один выдергивает из-за пояса револьвер, я моментально рухнула головой под столик с книжками, мысленно вознося молитвы на всех известных языках. С другой стороны в той же позе лежал продавец — щуплый мужичонка с мутными красноватыми глазами. Секунду мы глядели друг на друга, потом лоточник неожиданно приветливо сказал:

— Здрасьте. Какой роскошный сентябрь, не находите?

— Изумительный, — откликнулась я, слушая, как над головой свистят пули и носится разгоряченный мат. — Бабье лето, как и положено.

— Книжечку желаете приобрести... любовный роман?

— Детективчик.

— Замечательно, — возрадовался мужичонка, — сейчас вылезем и подберем по вкусу, у меня, знаете ли, цены дешевле на целый рубль, чем у других. Считайте, вам повезло, что именно ко мне под столик забрались.

Он заулыбался, я тоже. Мы лежали под прикрытием и корчились от смеха, а вокруг носились стреляющие братки.

Внезапно воцарилась тишина. Энергично работая задом, я вылезла наружу и перевела дух. Посреди площади, странно вывернув ноги, лежали двое, а в сторону стадиона убегали парни. Один обернулся и что-то крикнул. Я запомнила его красивое порочное лицо с крупными чертами и неприятным шрамом на лице. Лоточники стали выползать из укрытий. Большинство, как и я, лежали под столиками и теперь отряхивались. Продавщица хот-догов подняла упавший набок пластмассовый короб и принялась собирать рассыпавшиеся по земле булки с торчащими из них сосисками. Нет, все-таки хорошо, что я не рискнула купить у нее «лакомство», небось не в первый раз по грязи катает. Вдали раздался вой сирены, и к площади подскочило несколько милицейских машин. Я купила парочку детективов и, размазав по костюму грязь, пошла к машине. Здесь меня ждал сюрприз — простреленная шина. Еще полчаса ушло на поиски умельца и замену колеса. Так что в Ложкино я, грязная и усталая, добралась как раз в тот момент, когда домашние усаживались за стол.

— На кого ты похожа! — ужаснулся Аркадий, он ткнул пальцем в большое пятно на юбке: — Описалась, что ли?

Пришлось вкратце объяснить, что произошло. Дети разинули рты.

— А все из-за дурацкого пристрастия к детективам, — констатировала Ольга, большая любительница любовных романов. — Как можно читать эту макулатуру!

— Вот у Саши Хейфец мама никогда ни во что не вляпывается, — вставила Маня.

— Чем ты вообще целыми днями занимаешься, — вскипел Кеша, — опять у милиции под ногами путаешься? Да нормальные люди видят покойников только на похоронах! А моей мамуле стоит только выехать в центр — пожалуйста, парочка кадавров[1].

Да, детки в своем репертуаре.

— Вы, наверное, ушиблись и сильно перепугались? — участливо спросила хорошенькая темноволосая женщина, сидевшая возле Мани. — Может, коньяку налить?

Я с благодарностью посмотрела на говорившую.

— Познакомься, — протянул Кеша, — Капитолина приехала из городка Юм, штат Пенсильвания. Вот только никак не сообразим, кем она нам приходится.

Капитолина доброжелательно улыбнулась:

— Я третья жена Геннадия.

— Это кто же такой? — полюбопытствовала Маня.

— Мой последний муж, — объяснила я. — Гена.

— Ах Гена, — ехидно повторил Кеша, — четвертый папочка... Так он вроде в Америку эмигрировал, а его жена нам Маньку подкинула... Постойте, постойте — значит, вы биологическая мать Мани?

Нет, какой все-таки паршивец, надо же выискать такой оборот — «биологическая мать». На всякий случай Манюня подошла ко мне и ухватила за руку. С самого раннего детства делает так, если чего-нибудь боится. Во всяком случае, когда мы иногда смотрим по телику «Секретные материалы», она вцепляется в меня хваткой бульдога.

---

[1] Cadavre — труп *(фр.)*.

Увидав перепуганные и насторожившиеся лица домашних, я поспешила внести ясность:

— Рената давно умерла, а Генка опять женился, правда?

Капитолина закивала. Выяснилось, что она дочь эмигрантов первой, так сказать, «колбасной» волны. Ее родители ухитрились попасть в Америку в самом начале пятидесятых. Был такой короткий период, когда Сталин отпускал на постоянное жительство в Израиль евреев. Мать Капитолины — иудейка, вот семья этим и воспользовалась... Капа родилась уже в Пенсильвании и никогда не видела России. Но как многие эмигранты, считала себя, несмотря ни на что, россиянкой, мечтала побывать в Москве. А тут возникло одно дело...

Женщина замялась, потом сказала:

— Гена сказал, что я могу положиться на вас, только не хочется обсуждать проблему при ребенке...

— Марья, выйди вон, — велел Кеша.

Самолюбивая Маруся терпеть не может, когда ее считают маленькой, и ни за что бы не послушалась Аркадия, но присутствие незнакомой женщины обязывало к вежливости. И со словами:

— Больно нужны мне ваши секреты, — девочка выскочила в коридор.

Я отметила, что дверь она не прикрыла до конца. Все ясно: сейчас, по выражению Кеши, «греет уши» возле щелки.

Капитолина стала рассказывать. В Америке у ее родителей маленький, но хорошо налаженный бизнес — торговля бакалейными товарами. Генка, педиатр по профессии, сначала бедствовал, работал водителем такси, но затем поднатужился, бросил пить, сдал необходимые экзамены и получил разрешение на частную практику. Врач он божьей милостью, ребят понимает, берет недорого, и скоро почти все детское население небольшого Юма понесло ему свои болячки. Капитолина преподает в местном колледже музыку. У них хороший дом, сад, новенькая машина и солидный счет в банке.

Одна беда — нет детей и не будет, у Капы неисправимый дефект — детская матка.

Семья без детей — не семья, особенно в провинциальной Америке. Вот Генка с Капой и решили взять ребенка из приюта. Но в Соединенных Штатах подобную операцию провернуть трудно. Им предложили очаровательную негритянскую девочку, но супруги уже решили поступить по-другому. Капа приехала в Москву, чтобы усыновить русского ребенка. В России получить младенца проще.

Мы молчали, переваривая информацию.

— У нас практически не осталось в России знакомых, — вздохнула Капитолина, — родители во время «холодной войны» боялись писать в Москву, не хотели портить жизнь приятелям. Сейчас спохватились, а никого уже нет. Одни умерли, другие уехали.

— Иных уж нет, а те далече, — неожиданно уточнила из-за двери начитанная Маня.

Капа нервно вздрогнула.

— Ладно уж, возвращайся, — проворчал Аркадий и пояснил: — От нее все ровно ничего не скрыть.

— Вот тут Гена и посоветовал обратиться к вам, — продолжала гостья. — Сказал, что обязательно поможете, и потом, мы все-таки родственники, хоть и бывшие.

И она улыбнулась широкой американской улыбкой, обнажив безупречные зубы. Невольно вспомнив о двух не заделанных дырках в резцах, я все же сказала:

— Однако вы рисковали: вот так, без звонка, просто как снег на голову...

— Почему? — удивилась Капа. — Мы отправили вам подробную телеграмму, указали день и час прилета. Честно говоря, я немного растерялась, когда никто не встретил, но, слава богу, адрес оказался правильным...

— Мы ничего не получали! — в голос воскликнули Зайка с Аркадием.

— Телеграмма могла не дойти, — предположила я растерянно, чувствуя, как Капитолина нам не верит и скорей всего думает, что гостеприимные хозяева поленились съездить в аэропорт.

— Ой, — закричала Маня, — была, была телеграмма!..

— И где она? — осведомилась Зайка.

Манюня виновато заморгала:

— Куда-то делась, а я забыла сказать...

— Право, не стоит переживать, — стала утешать девочку воспитанная гостья. Потом повернулась ко мне: — Я ненадолго, надеюсь, не обременю. — И бесхитростно добавила: — А то, вижу, у вас ремонт.

Зайка покраснела, оглядела перевернутую вверх

дном гостиную с одним вымытым окном и успокоила Капитолину:

— Да нет, просто генеральная уборка.

Уж не знаю, что подумала американка, разглядывая царящий кругом беспорядок, к тому же на ужин подали сосиски с картошкой и кефир. Ольга решила временно прекратить кулинарные эксперименты и перешла на те блюда, в съедобности которых была уверена. Во всяком случае Капа после трапезы смущенно произнесла:

— Не хочется сидеть у вас на шее. С удовольствием оплачу расходы на мое питание.

— Что вы, — возмутилась Ольга. — Мы одна семья, какие тут счеты!

Глава 17

К Насте Мартиросян я попала в середине дня. Сначала пришлось повозить Капитолину по разным инстанциям. Наконец, избавившись от нее в министерстве, где женщине обещали показать список детских домов, понеслась в Хлебный переулок.

На звонок долго не открывали, но в «глазке» мелькнула быстрая тень, и я поняла, что меня разглядывают. Наконец послышался голос:

— Кто там?

— Открывайте, — как можно более резко проговорила я и поднесла к глазку красные корочки с золотыми буквами МВД.

Раздалось сдавленное ойканье, и за дверью воцарилась тишина. Я звонила, стучала в створку ногами — бесполезно. Поднявшись чуть выше по лестнице, села на подоконник и закурила. Подожду немного, может, хозяйка выйдет за покупками. Однако то, что она побоялась открыть дверь служителю закона, наводит на подозрение.

Минуты текли, за дверью тишина. Наконец створка тихонько приотворилась, и на площадку выскочил красивый парень, смахивающий на молодого Алена Делона.

В два прыжка, чуть не сломав немолодые уже ноги, я подскочила к нему и приказала:

— Стой, милиция.

Парень вздрогнул и неожиданно разрыдался. Напуганная столь сильным действием своих слов, я тронула этого молодца за плечо:

— Что случилось?

Парень поднял красивенькое личико с мужественным подбородком, хлюпнул носом и занудил:

— Не виноват, ей-богу, она сама. Ну кто мог подумать, что так выйдет...

— Иди в квартиру! — прикрикнула я.

Юноша порылся в карманах, достал ключи, отпер замок. Мы оказались в темноватой прихожей. Откуда-то издалека неслись странные звуки, словно засорившаяся раковина никак не может проглотить воду, затем послышался протяжный стон. Парень безвольно сел на стул. Рыдать он перестал, зато начал трястись. Стон повторился. Я пошла на звук. В большой, шикарно оборудованной ванной, на полу в какой-то блевотине лежала тоненькая девочка, по виду совсем ребенок.

Тощенькая шейка, руки-веточки и синеватое личико. Землистый цвет лица, прерывистое дыхание явственно показывали, что ей очень плохо. Но это явно не алкоголь.

— Ну-ка, быстро рассказывай, что тут происходит, не то арестую, — пригрозила я, набирая 03.

Парень опять стал рыдать, как баба, повторяя на все лады про свою невиновность. Похоже, ему не помешает хорошая порция тазепама.

«Скорая помощь» прибыла на удивление быстро. Молодой румяный врач посмотрел на девчонку брезгливо:

— Здорово ее ломает... Обязан сообщить в милицию, да и лекарств нужных нет.

Я вытащила сто долларов. Вопрос о вызове патруля отпал сам собой, и тут же появились ампулы. Какой-то укол вкатили и парню. Наверное, лекарство было действенным, потому что «Ален Делон» прекратил судорожно всхлипывать и обрел дар речи.

Через час «пейзаж» изменился. Девчонка спала на кровати в уютной спальне, заваленной мягкими игрушками, мы с парнем устроились на кухне.

— Так вы не из милиции, — обрадовался мальчишка.

— Почему ты так думаешь?

— Будет легавка сто баксов лепиле давать, — усмехнулся юноша.

— Ты что, на зоне сидел?

— Нет, — оторопел «Ален Делон».

— Тогда разговаривай нормально, а не по фене. Да, я не из милиции, работаю частным детективом. И меня наняли родственники Веры Подушкиной, чтобы раскрыть тайну ее смерти. Ты ведь знал Веру?

— В одной группе учились.

Прекрасно, значит, вижу Фадеева?

— А разве она не покончила с собой? — поинтересовался Олег.

Я посмотрела в его глаза труса на мужественном лице.

— Здесь вопросы задаю я.

— Хотя, — продолжал парень, — если вспомнить, какой она вела образ жизни, так не удивительно...

— Что же странного было в этом образе?..

Олег закурил и начал с удовольствием сплетничать. Весь их курс мечтал попасть в руки Валерии Петровны Артамоновой. Преподавательница вообще-то беспощадная. Две-три неудачные работы, и студента выгоняют. Ни слезы, ни просьбы не трогали каменного сердца профессорши. Она не терпела лентяев. «Даже курицу можно научить, если та регулярно станет посещать занятия», — приговаривала Артамонова, муштруя слушателей. Опоздать на репетицию все боялись до ужаса. Именно за опоздания была отстранена от курсового спектакля Илона Быкова.

— Бог наградил тебя талантом, но без трудолюбия и аккуратности это бесценное качество пропадет зря, — отчеканила Валерия Петровна, вводя вместо Илоны не особо одаренную, зато старательную Галю Соломатину.

Артамонова настаивала на безоговорочном повиновении. И если приказывала повелительным тоном: «Немедленно смени прическу и макияж», девчонки без разговоров неслись в парикмахерскую. Ее слушатели лишались всего — личной жизни, вечеринок, съемок в эпизодах и даже прогулок. Только работа, работа, работа. Валерия Петровна сама трудилась как динамо-машина, того же требовала и от избранных ею студентов.

Не все выдерживали такой прессинг. Многие ломались и уходили к другим педагогам. Но выстоявшие пять лет с Валерией в конце концов получали царский подарок — ее расположение. Над своими выпускниками Артамонова тряслась, как наседка. Устраивала на работу в лучшие театральные коллективы, всячески способствовала карьерному росту, помогала готовить сложные роли. Ей ничего не стоило набрать номер какого-нибудь главного режиссера и потребовать для одного из своих мальчиков ангажемент. Именно мальчиков, потому что девочек Валерия брала менее охотно.

— Стараюсь, выучиваю выскочку, — рассуждала Артамонова, — а она сразу же норовит замуж, обзаводится младенцами, расплывается, как русская квашня... Столько труда псу под хвост.

По институту ходили слухи, что с девчонок, принятых под крыло, Валерия Петровна требовала расписку в том, что они в течение десяти лет замуж не выйдут. Возможно, это неправда, а вот то, что молодые актрисы, вымуштрованные Артамоновой, взлетали на гребень успеха — видели все. Совершенно не талантливая и малоинтересная внешне Роза Крымова после получения диплома снялась разом в трех лентах и получила «Нику». Чуть прихрамывающая Ольга Сизова блистала в новом спектакле, заставляя зал рыдать. Портреты далеко не красивой Ольги заполнили почти все журналы и газеты. Ну а Маша Богданова, про которую другие преподаватели с сочувствием говорили: «Славная девушка, но сцена не для нее», даже снялась в Голливуде и вернулась в Москву победительницей.

Десятки других девочек, красивых, умных и даже талантливых, сгинули в безвестности. Но их учила не Валерия.

С курса Олега Фадеева Артамонова отобрала Веру Подушкину и Настю Мартиросян. Лизу Костину отвергла сразу, не помогли никакие просьбы влиятельных родителей.

— У нее слишком сытый вид, — заявила она отцу Лизы, решительно отклонив его протекцию.

Вера работала как ненормальная. Смотрела преподавательнице в рот и выполняла любые, даже нелепые требования. Однажды Валерия Петровна дала ей задание разыграть на улице перед Центральным телеграфом сюжет «НЛО». Вера уставилась в небо, принялась размахивать руками, кричать от ужаса. Собралась толпа, люди задирали вверх головы.

— Вы что, не видите? — бесновалась студентка. — Ну вот же он летит, сейчас всех уничтожит.

Какая-то женщина истерически завопила:

— Вижу, вижу!

В толпе началась страшная паника. И тут подоспел патруль. Но наставница выручила Веру и велела Насте на следующий день изобразить перед входом в «Макдоналдс» припадок эпилепсии.

Настя храбро вышла на улицу, но... не смогла преодолеть скованность. Разрыдавшись, она бросилась к педагогу. Но та не собиралась утешать застенчивую девушку.

— Актер должен уметь все, — отчеканила преподавательница. — Даю один день для подготовки, не сыграешь завтра, уходи к Михайлову.

Настя зарыдала еще пуще. Старик Михайлов подбирал тех студентов, от которых обычно отказывались преподаватели. Так сказать, отсев.

Вечером Вера приехала к Насте. Бедняжка Мартиросян с распухшим носом безнадежно махнула рукой.

— Не смогу я биться в корчах на улице. На сцене — другое дело, а на проспекте, среди дня не получится.

— А ты представь себе, что улица — это зрительный зал, — посоветовала Вера.

— Бесполезно, — обреченно прошептала Настя. — Жаль, конечно, но у Валерии мне не учиться, видно, придется у Михайлова курс заканчивать, а потом всю жизнь говорить на сцене «кушать подано».

Она заплакала.

— Не реви, — оборвала ее Вера. — Смотри, что я тебе принесла. — И она протянула подруге небольшой кусочек розовой жвачки размером с почтовую марку.

— Это что? — не поняла Настя.

— Волшебное средство, — усмехнулась Вера. — Завтра, когда к «Макдоналдсу» подойдем, съешь его.

— И что дальше? Поможет?

— Еще как, — заявила Вера.

Так и вышло. Настя проглотила рыхловатый кусочек. Солнце вдруг стало ярче, листва зеленее... Все вокруг показалось прекрасным, милые приветливые люди, ласково улыбаясь, ждали, когда Настенька сыграет роль.

С дурным криком Мартиросян рухнула оземь и стала биться в корчах. Она не остановилась даже, когда два милиционера кинулись ей на помощь. Разноцветные шарики прыгали перед глазами, и из головы подошедшей Леры почему-то росли рога. Затем наступила темнота.

Настя пришла в себя на лавочке в парке. Встревоженная Валерия Петровна лила ей на голову воду из бутылки. Рядом стояли перепуганные студенты, и Вера с довольным лицом.

— Великий актер Кин, — сказала преподавательница, увидав, что Настя пришла в себя, — был вынужден отказаться от роли Гамлета. Каждый раз в финальной сцене он настолько входил в образ, что мог умереть. Так что, Настюша, играй да не заигрывайся... Но все равно — молодец!

Мартиросян покраснела, услышав нечастую в устах строгой наставницы похвалу. Потом ей досталась сложная роль Медеи. Греческая трагедия, мать убивает своих детей, чтобы причинить боль бросившему ее мужу... Молоденькая, незамужняя и бездетная Настенька никак не могла войти в образ, и Артамонова выходила из себя, заставляя девушку репетировать с утра до ночи. В конце концов Настюша попросила Веру:

— Дай мне еще раз такую же пластинку, розо-венькую...

Подушкина ухмыльнулась:

— Понравилось?

И снова пластинка мгновенно растаяла на языке, вызвав взрыв ярких эмоций. Валерия Петровна пришла в восторг:

— Деточка, ты, конечно, страшно долго раскачиваешься, зато, когда дозреешь, бываешь феноменальна.

Чтобы хорошо отыграть премьеру, Настя опять прибегла к странной пластинке. Потом еще, и еще, и наконец настал день, когда Вера сказала:

— Слушай, мы, конечно, подруги, но знаешь, сколько это стоит?

— Ой, — испугалась наивная Настя, — я сама покупать буду, только дай рецепт.

От такой наивности Вера просто обомлела. Странно, как студентка театрального вуза ухитрилась ничего не знать о наркотиках. Подушкина прочитала Насте короткую лекцию о пропитанных ЛСД бумажных пластинках, о героиновых уколах и маковой соломке... Мартиросян почему-то не испугалась.

— Столько раз пробовала, и ничего, не привыкла, — наивно рассудила Настя. — Мне нужно отлично отыграть спектакли... Потом оставлю это запросто.

Вера пожала плечами:

— Дело твое.

Она свела Настю с поставщиком, и Мартиросян начала без ограничений поглощать эту «дурь». Но скоро для достижения эффекта на сцене наркотических пастилок стало недостаточно, в ход пошли таблетки, уколы... Через полгода Настя превратилась в настоящую наркоманку. Очевидно, ей от природы достался крепкий организм, потому что, обколовшись до одури, она все же не теряла форму, а исправно трудилась. После хорошей дозы могла, как автомат, репетировать по двадцать часов кряду.

Валерия Петровна, никогда не имевшая дела с наркоманами, не понимала, в чем дело, и ставила Настю всем в пример.

В институте, конечно, встречались разные люди. Попадались между ними алкоголики и наркоманы. Но и тех и других было видно сразу. Одних по красным мутным глазам, других по истерическому поведению. Настя же камуфлировалась изо всех сил. Институтские «торчки» отоваривались «дурью» все вместе у одного поставщика, услужливо привозившего зелье прямо к дверям учебного заведения. Настя же предпочитала мотаться к своему барыге. Она стала носить кофты с длинными рукавами, а когда поняла, что следы от уколов могут выдать ее тайну, решила колоться в пупок. Конечно, невыносимо больно, зато никакой любопытный не спросит: «Что это у тебя за синяки на руках?»

Постоянную жажду она объясняла всем неизвестно откуда взявшимся диабетом. На эту же болячку кивала и тогда, когда кто-нибудь из педагогов сетовал:

— Настенька, кушай побольше, уж больно ты похудела...

По институту поползли слухи, что первая ученица, любимица Артамоновой, тяжело больна, но все равно работает в полную силу.

— Значит, Вера посадила Настю на иглу? — уточнила я. — Зачем?

Олег пожал плечами:

— Может, и в самом деле помочь хотела... Настька так убивалась, что Валерия ее отчислит!

— Вера сама употребляла наркотики?

— Никогда, — уверенно ответил Фадеев. — Не пила и не курила. Она, знаете, вообще была Железный Феликс, к тому же без всяких моральных принципов. И такая странная! Сделает гадость, а потом через некоторое время тебе же и рассказывает, что это она нагадила.

— Очень странно...

Олег хмыкнул.

— Ну конечно, нормальному человеку это трудно понять.

Веру приняли в институт непонятно как. Во всяком случае, Фадеев возмущенно сообщил, что никаким талантом там и не пахло.

— Наверное, родители хорошо заплатили, — ехидничал Олег. — Они у нее не бедные.

В конце первого семестра студенты стали определяться к преподавателям актерского мастерства. Естественно, самая длинная очередь выстроилась к Валерии Петровне. Та, просмотрев «материал», объявила, что берет несколько мальчиков и всего лишь двух девочек — Настю и Катеньку

Малахову. Вера осталась за бортом. Она и в самом деле не годилась ни той, ни другой в подметки. Распределение произошло примерно в конце ноября, а тридцатого декабря одаренная и необыкновенно красивая Катюша погибла.

— Что с ней случилось?

— Попала под поезд метро, — сообщил Олег. — Кто-то в давке с платформы столкнул, а поезд не успел затормозить. Катьку просто размазало, хоронили в закрытом гробу... Самым ужасным было то, что в тот трагический день она вышла из института вместе с Валерией Петровной и несчастье произошло на глазах у преподавательницы.

Впервые за свою преподавательскую деятельность Артамонова на следующий день не пришла на работу. Зато, появившись в среду, объявила, что берет к себе... Веру Подушкину. Студенты посудачили немного по поводу странного выбора, но спорить, естественно, не осмелились.

Вера же принялась трудиться как ненормальная.

— Выполняла любые дурацкие указания Валерии, — рассказывал Олег. — Просто в рот смотрела, таскала ей до квартиры сумки с продуктами, чуть ли не полы у Артамоновой напрашивалась мыть. И знаете, высидела-таки свое!

Несколько недель тому назад ей досталась роль. Но какая! Ни в студенческой постановке, ни в курсовом спектакле, а у самого Фреда Кройнева, решившего воплотить на московской сцене великую «Электру». За роль Электры сражались почти все столичные актрисы от двадцати до пятидесяти. Но Фред хотел новое, наивное, «неза-мусоленное» лицо, и Валерия Петровна предло-жила Веру. Все недоумевали, почему роль доста-лась не Насте.

Мартиросян тяжело пережила удачу подруж-ки. Плакала несколько дней. Олег тщетно пытал-ся ее успокоить. А позавчера окончательно сошла с катушек, к тому же у нее кончился героин и на-чалась ломка.

— Ей было так плохо! — вспоминал Фадеев. — Думал, коньки отбросит!

— И поэтому решил убежать, бросив ее одну, даже не вызвав врача, — возмутилась я. — Хорош друг!

Олег покраснел и стал оправдываться:

— У меня завтра начинаются репетиции! А вдруг бы «Скорая» вызвала милицию? Вам хо-рошо, сунули им сто баксов, те и отвязались. А у меня таких денег нет. Приехали бы менты и заса-дили меня — оправдывайся потом. Нет, я так не могу.

Я глядела на «Алена Делона» изумленно. Он что, всерьез это все говорит?

Из спальни раздался протяжный стон.

— Подожди здесь, — велела я и пошла в ком-нату.

Настя сидела, покачиваясь на кровати. Цвет ее лица напоминал первую весеннюю траву, глаза, обрамленные темными полукружьями, совершен-но ввалились, но взгляд был осмысленный.

— Вы кто? — простонала девушка.

— Милиция.

Мартиросян рухнула на подушку.

— А, все равно, арестовывайте, только пить принесите.

— Где твои родители? — спросила я, подавая воду.

Жадными глотками опустошив стакан, девушка пояснила:

— На гастролях.

— А ты, значит, тут оттягиваешься, пока надзирателей нет.

— Да пошли вы, — огрызнулась Настя, закрывая глаза. — Мне теперь все равно, хотите сажайте, хотите вешайте...

В коридоре хлопнула дверь. Я вышла в прихожую. Трусливый «Ален Делон», боящийся пропустить завтрашние репетиции, поспешно бежал.

— Твой любовничек сделал ноги, — сообщила я, возвращаясь в спальню.

Мартиросян лежала лицом к стене.

— Слышала? Удрал твой Ромео.

— Скатертью дорога... — отмахнулась Настя. — И вам тоже.

Я разозлилась:

— Послушай, могла бы и повежливей. Тебе просто повезло, что я пришла.

Девушка хрипло засмеялась и повернулась ко мне скукоженным личиком.

— Да уж, сказочное везение, попасть в руки легавки... Живо заметете.

Однако выраженьица у будущей актрисы!

— Посмотри сюда, — велела я, садясь на кровать.

Привыкшая повиноваться приказам, студентка уставилась на меня лихорадочно блестевшими глазами.

— Ну?

— Во-первых, срок дают не за употребление наркотиков, а за их распространение. Тебе грозит лишь больница, но, если раскинешь оставшимися мозгами, поймешь, что подобная перспектива не так уж и плоха. По крайней мере избавишься от зависимости, человеком станешь.

— Я не наркоманка, — стала уверять Мартиросян. — Всего несколько раз и попробовала, могу соскочить в любой момент.

Знакомые песни! Что алкоголики, что наркоманы — все на одно лицо!

— Да ты погляди на себя! На мумию ведь похожа. Еще несколько недель, и в институте станет все известно. Артамонова тебя тогда выгонит!

— Она меня уже выперла, — всхлипнула Настя. — Порекомендовала на Электру Верку. Знаете, какая это роль? И что ожидает ту, которая сыграет у Кройнева? Да разве вы можете это понять!

И она опять зарылась носом в подушку.

— Вера умерла, — напомнила я, — и, если приведешь себя в порядок, роль может достаться тебе. Хочешь, поговорю с Лерой, она моя хорошая знакомая?

Настя выскочила из одеяла, словно выброшенная пружиной, и упала передо мной на колени. Вытянув вперед молитвенно сложенные руки, она заголосила:

— Миленькая, любименькая, родненькая, да я все для вас сделаю, на животе от Москвы до Вашингтона проползу, только помогите.

Я вздохнула. Да, девчонка, как все актрисы, не упустила возможности устроить спектакль. Малый театр на дому!

— От Москвы до Вашингтона невозможно проползти на животе.

Не ожидавшая подобной реакции девушка растерялась и совершенно нормальным тоном спросила, демонстрируя подростковое упрямство:

— Почему? Сказала проползу, значит, проползу!

— Нас разделяет океан, — спокойно напомнила я, — часть пути придется плыть.

Глава 18

Остаток дня я провела вместе с Мартиросян, наблюдая, как девушка постепенно приобретает человеческий облик. Надеясь, что я не обману и переговорю с Валерией Петровной, Настя выложила все, что знала про Веру. Много пикантных деталей.

Подушкина страстно хотела выбиться наверх. В мечтах видела себя Сарой Бернар или по крайней мере Шарон Стоун... ну на худой конец, Любовью Орловой. Ей была нужна ни больше ни меньше как всенародная известность, а еще лучше всемирная. Однажды, слегка подвыпив, она стала делиться с Настей мечтами. Ее речь походила на монолог Хлестакова. Вера воображала повсюду афиши с ее именем, буклеты, иллюстрированные журналы, толпы режиссеров в прихожей и гонорары — тысячи, нет, миллионы долларов! Яхты, дома, собственная киностудия, где она, Вера Подушкина, снимает шедевры.

Настя захохотала и напомнила не в меру размечтавшейся подруге, что во ВГИК-то ее не приняли, мотивируя отказ полной некиногеничностью Веры.

— У нее было красивое лицо в жизни, — сплетничала Настя, — а на экране она абсолютно невыразительна. Парадоксально, но такое случается.

Вера тогда отмахнулась и пообещала:

— Ты еще про меня услышишь!

Когда Артамонова взяла в свою группу Настю и Катеньку Малахову, Мартиросян не упустила случая подколоть подружку:

— Похоже, Верунчик, через четыре года в Голливуд отправится Катька...

Подушкина промолчала. Потом случилась неожиданная, страшная кончина Катеньки. Вера рыдала на похоронах, заходилась в истерике. Впрочем, так же бились рядом и другие девчонки с их курса. Что поделать, артистические натуры!

Так Вера оказалась с Настей у Валерии Петровны.

— Знаете, — разоткровенничалась девушка, — Верка, ей-богу, была ненормальной. Конечно, все стремятся угодить Валерии, но чтобы так!.. Да Подушкина кидалась выполнять все желания преподавательницы по первому свисту. Стоило той намекнуть на жажду, Верочка неслась в буфет. Едва Валерия обронила, что в студенческом театре завелись комары и мешают на репетициях, как наутро в каждой розетке торчало по тлеющему «Фумитоксу». А в профессиональных делах Верочка существовала просто как зомби. Да прикажи ей ее кумирша раздеться донага и пойти в Кремль, Подушкина, не сомневаясь, выполнила бы данное указание. Полное, безоговорочное подчинение.

— Это она свела тебя с поставщиком?

— Да, — подтвердила студентка.

— И кто он? Где живет?

Настя помялась немного, но раскололась.

— Никита Коростылев, на бульваре Карбышева.

Взяв с нее твердое обещание отправиться завтра к наркологу, я спустилась в машину и почувствовала, как от голода у меня подвело живот. Однако интересная информация... не слишком ли много женщин падает в этой истории под поезд метро? Носом чую, смерть Кати Михайловой как-то связана с покушением на Лиду. А барыга Коростылев, представитель криминального мира, не он ли похититель девочек? И что за отношения связывали его с покойной Верой? Ясно, Подушкина находилась в центре всей истории. Увела Надю и Полю из дома, и, возможно, она, и именно она, побывала у нотариуса. Интересно, кто и за что убил сестер Подушкиных? Я ни на минуту не верю в самоубийство старшей. И дело даже не в том, что она не могла набрать и отпечатать записку, дело в другом: исполнилась ее мечта — Вера получила потрясающую роль, и в такой момент уходить из жизни? Настолько неправдоподобно и невероятно, что...

Раздался громкий треск. Задумавшись, я не заметила, что джип передо мной затормозил, и вломилась ему прямо в багажник.

Левая передняя дверь распахнулась, высуну-

лась нога в безупречном ботинке из кожи антило-
пы, следом показался ее владелец — немного рых-
лый мужчина лет шестидесяти. Так-так, на «пар-
нишек» такого возраста я еще могу производить
впечатление.

Мужчина подошел к «Вольво» и хорошо по-
ставленным голосом поинтересовался:

— Уважаемая, вы ушиблись?

— Абсолютно цела, — успокоила я его. —
Страшно жалею о случившемся, оцените ущерб,
немедленно заплачу. Не желаете деньгами, могу
заняться ремонтом...

Мужчина улыбнулся и принял весьма театральную позу. Выглядел он и впрямь эффектно.
Красивое породистое лицо плейбоя, чуть тронув-
шаяся жирком, но все равно отлично сохранившаяся фигура. Да и как воспитан! Случай ведь
очень неприятный, я кругом виновата, а он не ру-
гается, не кричит...

— Давайте решим проблему до приезда ГАИ, —
предложила я, но тут, воя сиреной, возник бело-
синий «Форд».

Пожилой милиционер с нахмуренными бровями двинулся в нашу сторону. Но при виде постра-
давшего водителя восторженно заулыбался:

— Феликс! Что случилось?

Пострадавший развел руками:

— Вот, «поцеловались».

— Ну сейчас я этой бабенке врежу, — пообещал мент. — Будет знать, как нарушать правила.

— Что вы, спасибо, конечно, но не надо, — за-
протестовал Феликс. — Дама готова заплатить за
ущерб.

— Ну-ну, — буркнул гаишник, раздраженно поглядывая на «Вольво», он явно жаждал моей крови. — Сами, значит, разберетесь?

— Конечно, конечно, — засуетился Феликс. — Отправляйтесь по своим делам.

Патрульный вздохнул, потом с неожиданной робостью попросил:

— Автограф не дадите? А то ребята ни в жисть не поверят, что с вами разговаривал.

Феликс достал визитную карточку и спросил:

— Как тебя зовут?

— Николай, — потупился кабанообразный страж дорог.

Я во все глаза глядела на происходящее. Похоже, подбила какую-то знаменитость, только вот кого? Осчастливленный мент умчался. Феликс артистично тряхнул роскошной гривой и вопросительно посмотрел на меня.

Я полезла в кошелек:

— Сколько?

Он замялся.

— Багажник, наверное, менять придется. Может, сначала в сервис скатаемся, оценим?

Я пришла в полный ужас. Потерять столько времени в мастерской, лучше я заплачу вдвое дороже.

— Нет-нет, называйте вашу сумму.

Феликс замахал руками:

— Ну не знаю, вдруг ошибусь...

— Назовите бо́льшую, нет у меня времени никуда ездить!

— Даже со мной? — кокетливо прищурился мужчина.

— А что в вас такого особенного, чтобы я меняла свои планы?

Вид у плейбоя стал растерянный.

— Разрешите представиться — Феликс Лазарев.

— Дарья Васильева, — ответила я, — так говорите скорей, сколько я вам должна, и разъедемся побыстрей.

— Вы, наверное, не поняли, — окончательно растерялся и удивился потерпевший, — я — Феликс Лазарев!

— Меня только ноги плохо слушаются, а уши в полном порядке, — успокоила я его, — я слышу вас прекрасно и, кажется, тоже представилась — Даша Васильева...

Лазарев очумело посмотрел на меня и ткнул пальцем куда-то под капот.

— Вам все равно придется побывать в сервисе.

Я вылезла и обнаружила под машиной лужу. Так, все ясно, пробила радиатор. Пнув ни в чем не повинный «Вольво» ногой, я с досадой прошипела:

— Черт бы вас побрал с вашим дурацким джипом, придется теперь мою машину в гараж на тросе катить.

— Вы же сами в меня въехали, — стал почему-то оправдываться Феликс.

Но мне было недосуг терять здесь время, поэтому я вытащила визитку:

— Вот адрес и все телефоны, составьте смету и сообщите.

Затем села в «Вольво» и вытащила мобильник.

Надо звонить в техпомощь. В стекло поскреблись.

— Ну? — рявкнула я.

— А вам не хочется получить мою визитку? — кокетливо осведомился Феликс.

— Как-нибудь обойдусь, — брякнула я, тыча пальцем в кнопки и выходя из себя от того, что в техцентре наглухо занято.

Мужчина отошел, а я висела на телефоне, тихо радуясь, что происшествие случилось в крайнем правом ряду и на мою голову не сыплются проклятья водителей, вынужденных объезжать место происшествия.

Тихий стук в боковое стекло, это опять Феликс.

— Давайте дотащу вас до дома, — предложил Лазарев.

— Есть трос?

Мужчина кивнул. Мы сцепили машины и покатили в Ложкино.

У дверей дома прогуливалась с близнецами Серафима Ивановна.

— Что случилось? — испугалась няня.

— Радиатор пробила, — пояснила я, но Серафима Ивановна уже не слушала, она закатила глаза и ахнула:

— Бог мой, господин Лазарев, это вы!

Мой «тягач» приосанился и бархатным голосом пророкотал:

— Феликс к вашим услугам.

— А у нас, как назло, Катя с Ирой уехали, — невпопад сообщила старушка, — побегу заварю вам чаю сама, Ольга так не умеет.

И она с невероятной резвостью понеслась в дом, забыв про коляску с близнецами. Я недоумевала. До сего дня Серафима Ивановна ни разу не предложила нам что-нибудь приготовить! Пришлось пригласить Лазарева в гостиную.

Маня и Ольга, сидевшие в креслах, подскочили, как наскипидаренные.

— Феликс! — вскричали они в один голос.

— Муся, — возопила Маня, — откуда ты его знаешь?

Все это надоело мне до зубовного скрежета, поэтому я весьма невежливо огрызнулась в ответ:

— Я совершенно незнакома с данным господином. Въехала случайно в его багажник, а он оказался настолько любезен, что дотащил меня до дома на тросе. Совершенно не понимаю, почему все так млеют при его виде!

— Ну ты даешь! — восхитилась Зайка, потом спросила моего спутника: — Можно звать вас просто Феликс?

— Конечно, мой ангел! — ласково сказал гость.

— Не обращайте внимания на Дарью, — пустилась в объяснения невестка, — она у нас человек дикий, телевизор не смотрит совсем, так, иногда новости глядит... Пойду чай приготовлю, а ты, Машка, — бегом за пирожными.

Глядя, как они проворно понеслись на кухню, я обозлилась окончательно и полюбопытствовала:

— Так кто вы такой?

Лазарев замялся, он явно не привык быть неузнанным.

Все объяснялось просто. По первому каналу

вот уже год демонстрируется российский сериал, рассказывающий о непростой жизни дворянской семьи в конце восемнадцатого века. Так сказать, наш ответный удар Санта-Барбаре. Популярность серий просто феноменальная, к тому же их показывают в пиковое время — 21.30. Можно сказать, вся страна сидит у телевизора, только я одна составляю исключение. Я, если приползаю к этому времени домой, предпочитаю читать в кровати детективы. Лазарев играет в ленте главную роль — богатого, знатного и благородного Феликса Оболенского. Каждая женщина нашей необъятной России, не задумываясь, отдала бы правый глаз, чтобы познакомиться с актером, но господин Случай выпал на мою долю, а меня, честно говоря, данная встреча совершенно не колышет.

Примчались Серафима Ивановна, Зайка и Маня. Откуда ни возьмись появились закуски и блюда с пирожными.

Домашние принялись с пристрастием допрашивать актера. Феликс обворожительно улыбался и раздавал комплименты. Мне он нравился все меньше и меньше — он напоминал сладкую карамельку.

В разгар веселья вошли Капитолина и Аркадий.

— Посмотрите, кто у нас в гостях! — заходясь от восторга, завопила Маруся.

— Кто? — спокойно спросила Капа, подсаживаясь к столу.

— Да сам Феликс, это страшно популярный актер, вроде Брюса Уиллиса.

— В самом деле? — вежливо отреагировала Капитолина. — Простите, но я не смотрю фильмов и редко включаю телевизор.

Сразу две придурочные в одной семье! Такое показалось для телезвезды уж слишком, и он стал откланиваться.

Не успел джип отъехать, как Маня накинулась на усталую Капу:

— Ну, достали младенца? Когда дадут?

В глазах американки сначала появилась легкая растерянность. Может, в этот момент в ее голову впервые пришла простая мысль — дети не всегда приносят только радость. Но потом вздохнула и, обратившись к Манюне, как к взрослой, сказала:

— Просто кошмар. Ваши чиновники — жадные гарпии.

Весь день Капа провела, бегая по длинным коридорам разных учреждений. Разные-то они разные, но люди в них вели себя одинаково. Стоило им увидеть паспорт американской гражданки, как моментально требовалась мзда. Без ста долларов невозможно миновать даже секретаршу.

— У нас в Америке тоже берут взятки, — возмущалась Капа, — но уж если приняли деньги, то обязательно выполнят просьбу. А у вас совсем не так. Забирают купюры и отсылают с легким сердцем просителя куда подальше.

Миновав с десяток кабинетов и лишившись почти всей наличности в кошельке, Капа наконец набрела на чиновницу, не взявшую ни копейки и принявшуюся решать проблемы весьма деловито. Все оказалось легко и сложно одновременно. Да,

Капитолина могла получить ребенка хоть завтра, следовало только соблюсти несколько условий. Во-первых, младенцу нужно быть полным сиротой или отказным, во-вторых, его никто не берет на воспитание в России...

— Что-то не понимаю, — напряглась Зайка.

— Сама сначала не сообразила, — вздохнула Капа. — Если девочка воспитывается в детском доме, но у нее есть мать или отец, не отказавшиеся от родительских прав, удочерить ее нельзя. А таких, оказывается, большинство.

— Я тоже не врубилась, — влезла Манюня, — отдали ребенка в приют, значит, не нужен! Почему не хотят совсем отказаться?

— Боятся потерять статус многодетной семьи и денежное пособие, — пояснил Кеша, — некоторые дамы из, так сказать, определенных социальных слоев рожают по восемь, девять младенцев и всех спихивают государству. Но все равно считаются по закону многодетными. А это льготы при оплате жилья, бесплатный проезд в транспорте и многое другое...

— Возмутительно! — вскипела Маня. — А о детях кто-нибудь подумал? Так и проживут без ласки!

— Dura lex, sed lex, — заявил наш адвокат.

— А попроще нельзя? — совсем обозлилась Маня.

— Закон суров, но это закон, — перевела я крылатое латинское выражение и спросила: — Значит, никаких шансов? А что, круглых сирот нет?

— Почему? Есть, — ответила Капа, — только их берут российские граждане, иностранцам отдают тех, кто никому не нужен. Это, как правило, тяжело больные дети. Вот завтра должна ехать в детский дом, там покажут таких. Очень прошу кого-нибудь из вас меня сопровождать, одной тяжело разобраться.

Она обвела нас умоляющим взглядом. Так, сейчас каждый из домашних быстренько придумает повод, чтобы отделаться от «родственницы», — и Капой придется заниматься мне. Так и вышло. У Кешки уже назначена встреча, у Зайки — зачетная контрольная по арабскому языку. Полную готовность смотреть младенцев высказала только Маня, но ей велели отправляться завтра в колледж. Я вздохнула:

— Ладно, когда выезжаем?

Глава 19

Для поездки пришлось взять Зайкин «Фольксваген». Травмированный «Вольво» с утра отправился в техцентр залечивать раны. Мы влезли в пропахший любимыми Ольгиными духами салон и покатили на Третью Пролетарскую улицу.

Лучшего района для детского приюта, кажется, не придумаешь. Со всех сторон торчат трубы, вдоль дороги тянутся ряды разнокалиберных гаражей. Четырехэтажное типовое здание школы стоит в глубине большого, плохо заасфальтированного двора. Ворота и калитка заперты, но между прутьями дырка. Мы с Капой легко проникли внутрь.

Кабинет директора на первом этаже — словно напоминание о шестидесятых годах. Я вошла внутрь большого, застеленного линолеумом помещения и ощутила себя шестиклассницей, вызванной на ковер. На стене бессмертная картина «Ленин и дети», в углу у окна примостился гипсовый пионер с горном и настоящим галстуком, вдоль стены стеклянные шкафы с табличкой «Подарки шефов». Сейчас из-за громадного письменного стола грозно поднимется директор из моего детства — Игорь Павлович и недовольно скажет:

— Васильева, ты что себе позволяешь? Явилась в школу в красных чулках! Здесь тебе не танцплощадка.

Отгоняя непрошеное видение, потрясла головой и увидела директрису, крупную даму в синем кожаном костюме. На столе табличка: «Анна Степановна Мирная».

— Меня прислали из министерства, — на безупречном русском сообщила Капитолина и вынула из сумочки паспорт и какую-то бумажку.

Начальница повертела документы в руках и весьма любезно сказала:

— Могу предложить шесть детей. Возраст от трех с половиной до семи лет.

— Лучше совсем маленького, — поспешила заявить Капа. — А годовалых нет?

— Такие в Доме малютки, а вы приехали в детский дом, — пояснила Анна Степановна.

— Понятно, — кивнула Капа. — Как посмотреть детей?

Мирная повернулась на вертящемся стуле и вытащила тоненькую папочку.

— Так, Леночка Филимонова, три с половиной года, рост семьдесят сантиметров, вес одиннадцать килограммов. Правый глаз отсутствует.

— Как?! — оторопела Капа.

Анна Степановна развела руками:

— Малышка упала лицом на железную игрушечную машину и лишилась глаза. У ребенка бронхиальная астма, энурез, задержка развития и дефект привратника. Это клапан в желудке. Станете смотреть?

— Ну да... — пробормотала растерянно Капитолина. — Впрочем, подождите, а другие, ну те, чуть постарше... у них что?

— Эти еще хуже, — махнула рукой Мирная, — Леночка самая здоровенькая.

По огромной лестнице забрались на третий этаж. Директриса распахнула дверь. Поражала тишина. В комнате, на большом, довольно потертом ковре, среди редких разбросанных игрушек молча сидели и лежали дети. Некоторые беззвучно ковырялись с машинками и лысыми куклами, другие просто пребывали в ступоре — этакие юные старички с неулыбчивыми личиками и потухшим взглядом.

Откуда-то издалека слышался плеск воды и недовольный голос:

— Ну, Володина, я тебя убью, опять обосралась, дебилка недоделанная.

— Маргарита Львовна, у нас посетители, — громко одернула ее директриса.

Из туалета выплыла тучная баба в грязном белом халате. Под рукой у нее повисло тоненькое существо с крохотной мордашкой.

— Где Филимонова? — осведомилась Мирная.

— Вон, у окна сидит.

Мы подошли к девочке. Сосредоточенно сопя, та выковыривала ворс из ковра.

— Лена!.. — позвала воспитательница.

Ребенок поднял личико. Меня передернуло. Через всю ее щеку шел уродливый шрам — наверное, хирург, зашивая крайне неаккуратно рану, забыл, что работает с лицом. Правая глазница со сжатыми запавшими веками, рот полуоткрыт, беспрестанно двигающиеся руки.

— Ну, — спросила Анна Степановна, — берете?

Не в силах говорить, мы затрясли головами.

Минут через десять, сидя в машине, пытались успокоиться.

— Как это ужасно! — смогла наконец выдавить из себя Капа. — И почему дети там молчат?

— Разговаривать не умеют, — пояснила я, — отстают в развитии.

Кто-то постучал в дверцу. Мы увидели толстую, неопрятную воспитательницу, но на этот раз на ее грубоватом лице сияла улыбка.

— Откройте.

Мы впустили тетку в салон. Распространяя удушливый запах пота, гостья плюхнулась на сиденье и осведомилась:

— Иностранка кто? Только с ней говорить буду!

— Мы обе гражданки других государств, — поспешила я заверить женщину, вытащив из сумочки свой французский паспорт. Хорошо, что ношу его с собой, документ не раз выручал меня из щекотливых положений.

Капа показала свой. Воспитательница изучила его и осталась довольна.

— Эмигрантки, что ль?

Мы кивнули.

— Вот и хорошо, — повеселела тетка, — а то настоящие штатники не сразу врубаются в суть. Значит, ребеночка хотите, а Ленка убогая не понравилась? И правильно, ей до Америки не долететь, не сегодня-завтра помрет...

Мы слушали потрясенно, не в силах вставить словечко.

— Могу предложить нормальный вариант, — сообщила женщина.

— Что это значит? — удивилась я.

— А вот что... — ответила бабища, — есть тут неподалеку одно местечко. Дети — на выбор, абсолютно здоровы, медицинские карты на руках.

— А как же юридические формальности?

— Все берем на себя. Абсолютно законным путем получаете нужные документы, осечек до сих пор не случалось.

Капа напряженно молчала.

— И сколько такое стоит? — практично поинтересовалась я.

— Десять тысяч долларов, — сообщила воспитательница. — Если сейчас вы берете ребенка, через три дня можете улетать. И потом, у нас нет детей от алкоголиков и наркоманов или из многодетных семей. Вот у Филимоновой Лены, которую вам сейчас Анна Степановна всучивала, три брата и две сестры. Все старше, двое в колонии для несовершеннолетних... Представляете, узнают такие, что сестричку американцы удочерили? Ведь прохода не дадут, письмами забросают, а то и в гости соберутся...

— Хорошо, — взяла я инициативу в свои руки. — Посмотреть можно?

— За просмотр денег не берут, — отреагировала тетка. — Давайте прямо по шоссе, у первого светофора свернем налево.

Она долго мотала нас по улицам и переулкам, пока наконец не остановила у большого серого дома постройки тридцатых годов. Набрав на домофоне номер, наша провожатая крикнула в окошечко:

— Откройте, это я, Маргарита Львовна!

Мы поднялись на второй этаж и попали в огромную квартиру с большими коридорами и высокими потолками.

Худой, похожий на Мефистофеля мужчина провел нас в прекрасно обставленную гостиную и, не представившись, потребовал:

— Покажите паспорта!

Мы вытащили книжечки. Чуть ли не попробовав документы на зуб, мужик вернул их и уже другим тоном произнес:

— Извините, вынужденная предосторожность. Имеем дело только с иностранцами, вот и приходится проявлять бдительность, вы и не представляете себе, какие фрукты иногда встречаются. Кого желаете — мальчика?

— Девочку, — сказала Капа.

— А возраст?

— От года до двух, боюсь, с очень маленьким будет трудно.

— Прекрасно, — оживился мужчина, — есть у нас такие.

И мы пошли по коридору в глубь помещения.

Большая комната выглядела совершенно иначе, чем игровая в детском доме. Огромное, чистое, светлое помещение. На полу мягкий пушистый ковер, вокруг горы дорогих импортных игрушек: мишки, собачки, конструкторы, кубики. Полно книжек на маленьких столиках. Да и сами дети другие — толстенькие, с розовыми мордашками, они весело что-то лопотали, бегая по комнате. На всех аккуратная красивая одежда и памперсы. Волосы на детских головенках блестят.

— А что мы должны сказать, когда приходят гости? — ласково пожурила малышей пожилая воспитательница в безупречном брючном костюме.

— Здласти, — произнесло несколько тоненьких голосков.

— Молодцы, — похвалила няня, — ну играйте пока сами.

— Здесь только девочки, — пояснил мужчина, — у мальчиков другое помещение. Посидите, приглядитесь.

Мы устроились в удобных креслах и принялись разглядывать «товар». Пять малышек на любой, так сказать, вкус. Две брюнетки, две блондинки, одна рыжая. На вид все одного возраста, года примерно по полтора. Воспитательница стала подводить к нам поочередно каждую, демонстрируя ум и сообразительность детей. Последней оказалась русоголовая девчоночка.

— Как тебя зовут, скажи-ка тете, — потребовала няня.

— Оля, — ответила девочка, и я почувствовала, что сейчас потеряю сознание. Передо мной стояла улыбающаяся и абсолютно всем довольная Полина Артамонова.

«Господи, помоги! — пронеслось в моей голове, затем я, как Карлсон, стала про себя повторять: — Спокойствие, Дарья, только спокойствие, ты, наверное, обозналась. Дети этого возраста очень похожи друг на друга. Ну блондинка, ну голубые глаза...»

Был только один способ проверить догадку, и я спросила:

— Можно девочку раздеть?

Воспитательница не усмотрела в моей просьбе ничего странного и ловко стащила с ребенка одежду, не забыв и памперс.

— Оля голая, — засмеялась девчушка.

— Ох и озорница, — ласково проворчала нянька.

Я приподняла правую ручку ребенка и опять почувствовала дурноту. Под мышкой виднелась крупная родинка на ножке, похожая на спелую вишню.

— Не сомневайтесь, ребенок здоров, — произнесла нянька, — такое «украшение» элементарно удаляется.

Те же самые слова сказал хирург Лиде, когда она показала ему родинку малышки. Тогда еще специалист предложил подождать и посмотреть, станет ли родинка увеличиваться, и только потом принимать решение об операции...

— Мне блондинка не подойдет, — извиняющимся голосом сказала Капа, заметив мой интерес к Полине.

Она права. Генка шатен, Капа брюнетка, лучше выбрать из двух темноволосых девочек.

Я попросила одеть Полю и, чтобы не вызвать подозрений, стала внимательно разглядывать других малышек. Язык нес какую-то ерунду, губы улыбались, а мозги просто кипели. Что делать? Позвонить Александру Михайловичу? Не пройдет и часа, как сюда прибудет ОМОН. Полину-Ольгу, конечно же, вернут родителям. Но что будет с Капитолиной? Придется ей уезжать с пустыми руками. И кому от этого лучше? Вон как Капе понравилась одна из девочек, уже целуются. Так-так, что же делать? Ладно, попробуем взять хитростью.

— И когда можно забрать детей? — спросила я у няни.

Та позвала мужика.

— Выбрали ребеночка? — растянул «Мефистофель» в улыбке тонкие злые губы.

— Хочу вот эту, — сказала я, ткнув пальцем в Полину.

Только бы Капа не удивилась и не принялась расспрашивать.

Но американка и глазом не моргнула.

— Мне по душе толстушечка, — заявила она.

— Прекрасно, — возликовал продавец.

— Так когда можно забрать девочку? — настаивала я.

— Не терпится? Понимаю. Оплачивайте наличными, и сразу же завернем, — пошутил торговец живым товаром.

— Прямо так? — растерялась Капа. — А документы?

— Встретимся через три дня и передадим, только скажите нужные имена, отчества и фамилии. Если хотите, выбирайте и дату рождения, — пояснил «бизнесмен». — Да вы не сомневайтесь, у нас все четко, как в аптеке, формальности соблюдем, не в первый раз. Впрочем, если боитесь, что обманем, оставляйте детей здесь и получите потом сразу вместе с бумагами... Просто некоторые тут же увозят.

— Возьму свою сейчас, — заявила я, думая, что бумаги мне ни к чему.

— Хорошо, я тоже, — решилась Капа, — только вот денег-то с собой нет!

Мы вышли в холл, и я стала названивать в банк. Управляющий Константин Сергеевич — славный человек, но такие суммы просит заказывать заранее. Короче, около шести вечера мы сели в машину. Девочки начали капризничать, но купленное мороженое вернуло им хорошее расположение духа.

— Вот что, Капа, — решилась я, — сейчас скажешь дома, что взяла двух девочек.

— Идет, — кивнула американка, — я еще там поняла: ты что-то затеваешь.

Капитолина нравилась мне все больше и больше. Мы подрулили к «Макдоналдсу», и, пока малышки жевали «макчиккен», я неожиданно рассказала гостье все. Капа слушала не прерывая, потом очень разумно заметила:

— Мне кажется, ребенка не надо сейчас возвращать. Человек, который руководит этим бизнесом, уверен, что все идет удачно, пусть пока так и думает. Мать в коме, радостную весть ей все равно не узнать, а отец с бабушкой не слишком-то беспокоятся. Согласись — несколько дней ничего не решают. Я бы попробовала потрясти не няньку, которая возится с детьми, и не продавца, надо проследить за воспитательницей из детского дома, за этой толстой Маргаритой Львовной. В конце концов можно напугать ее или подкупить... В полицию ты ведь из-за меня не стала обращаться?

Я пришла в полный восторг:

— Ты рассуждаешь, как профессионал!

— Я и есть профессионал, — заявила Капа, — закончила полицейскую академию и работаю в участке. Конечно, Юм — маленький провинциальный городок, но у нас тоже случаются сложные дела.

— Так ты же говорила, преподаешь музыку?

— Не знала ведь, — усмехнулась Капитолина, — как вы отнесетесь к моей настоящей профессии. Некоторые копов недолюбливают, а учительница пения — так хорошо звучит: женственно и красиво.

Мы засмеялись, и моя нога машинально надавила на педаль.

— Стой, — охнула Капа, но было уже поздно.

Любимый Зайкин «Фольксваген» влетел в троллейбус. Послышались звон и скрежет. «Рогатик» затормозил, и водитель двинулся к нам. Честно говоря, троллейбус совершенно не пострадал, лишь

крошечная вмятинка на гигантском бампере. Нашей малолитражке досталось куда больше — рас-
колотая фара, помятое крыло и капот... Перепуганные девочки заревели. Шофер оглядел все по-
вреждения и задал вопрос:

— Дама, чем я вам помешал?

— Ничем, — успокоила я его, вытаскивая из
кошелька приятную зеленую бумажку, — вот, возьмите за беспокойство...

Троллейбус снова покатил по маршруту. Я тихонько завела, слава богу, работающий мотор и
двинулась в Ложкино.

— Знаешь, — как ни в чем не бывало продол-
жила разговор Капа, — нужно найти поставщика
детей. Выяснить, каким образом и откуда дети попадают в «магазин». И таким путем можно выйти
на того, кто украл девочек. Правда, от исполните-
ля до заказчика может быть долгая дорога, но это
уже нитка... Только очень прошу, не сообщай
властям ничего, пока я не уеду, а то ведь отберут
девочку...

— Конечно, не скажу.

— Через три-четыре дня улечу, и действуй, как
хочешь, — закончила Капа. — Кстати, ты ведь не
работаешь?

— Да ну, — махнула я рукой, — преподаю четыре часа в неделю группе директоров книжных магазинов. Разве это нагрузка! Честно говоря, столько вкалывала раньше, что сейчас и думать об учи-
тельской деятельности противно.

— Может, сменишь профессию? — поинтересовалась Капа.

— Да ничего не умею делать, вот только детективы читаю!

— Возьми лицензию частного детектива и открой контору.

Вот это мысль! Ничего подобного никогда не приходило в голову. А ведь замечательный бизнес, можно заниматься расследованием на легальном основании... Надо срочно узнать, обязаны ли мне помогать органы милиции. Представляю, какую рожу скорчит полковник, когда я... Нога опять самопроизвольно нажала на педаль, правда, на этот раз не газа, а тормоза, и едущий впереди джип благополучно укатил, зато сзади раздались толчок и звон...

— Это просто черт знает что такое, — завопил все тот же водитель троллейбуса, выпрыгивая из кабины, — сначала подбила мою машину, а теперь подставила свой зад! Ты открыла сезон охоты на троллейбусы, что ли?

Теперь я осмотрела поле битвы. У троллейбуса, конечно, опять никаких повреждений, а у многострадального «Фольксвагена» разбиты габаритные фонари и багажник. Интересно, что скажет Зайка?..

Приехав домой, я трусливо затолкала «Фольксваген» в гараж, надеясь, что Ольга не скоро увидит машину. Так и вышло. Домашние кинулись причитать над девочками, удивляясь, почему Капа выбрала двух столь непохожих друг на друга детей.

— Захотелось, и все! — отвечала на вопросы Капитолина.

Спать пошли рано, девочек устроили в гостевой спальне. Полина по-прежнему называла себя Олей, а другой ребенок откликался на имя Аня.

— Аня так Аня, — согласилась Капа, — вполне удобно, дома станет Энн — простое и весьма распространенное имя.

— Можно Анетт, — вставила Маня.

— На французский манер? Тоже хорошо, — одобрила американка.

Я легла в кровать около десяти и предалась откровенному разврату. Сначала покурила возле открытого окна, и никто не унюхал дым, потом залезла под одеяло с изумительной книжкой — абсолютно нечитанным романом Нейо Марш. Рядом на столике лежала коробка конфет...

Гром грянул утром.

Глава 20

Пробуждение оказалось ужасным. В девять часов дверь широко распахнулась и оглушительно треснулась о стену. Зайка, сравнявшаяся по цвету с астраханским помидором, завопила почище Мани:

— Как ты могла!..

Спавший со мной мопс Хуч от ужаса забился под одеяло и принялся мелко дрожать жирным тельцем.

— Заинька, — совершенно искренне изумилась я, — что произошло, тебя Кеша разозлил?

— Мать, — раздался за спиной невестки басок сына, — заканчивай дурочку из себя корчить! Как ухитрилась так измордовать несчастный автомобиль?

Черт, совсем забыла. Я рывком села на кровати:

— Оленька, прости, нечаянно вышло.

— Если бы подозревала, что ты сделала такое специально, — отрезала Зайка, — и разговаривать бы не стала. Ну-ка, рассказывай.

— Собственно и говорить-то нечего: въехала в троллейбус.

— А зад?

— Это уже в меня троллейбус врезался.

— Они что, за тобой по проспектам гонялись? — заинтересовался Кеша. — Неужто машину не жаль?

Я вздохнула. Кешина любовь к автомобилям — притча во языцех. Первый раз он сел за руль в одиннадцать лет. Сосед по двору дал порулить. Никогда раньше не видела его в состоянии такого восторга и счастья. Потом он начал клянчить мопед, но здесь мы с Наташкой стояли насмерть — никаких средств передвижения на двух колесах.

— Ты мне дорог, как память о молодости, — вразумляла подруга мальчишку, — не хочу остаток жизни поливать слезами твою могилку!

Пришлось Кеше толкаться по воскресеньям во дворе возле одержимых автомобилистов. В четырнадцать лет он мог не только разобрать, но, что значительно труднее, собрать мотор. Скоро почти все мужское население «хрущобы» бегало к нам с одной и той же фразой:

— Кешка, посмотрел бы, мотор не заводится.

Аркадий залезал под капот, что-то дергал, и «покойник» оживал.

— Просто мистика, — поражался один из автовладельцев. — Я ведь делал то же самое, но проклятая тачка даже не чихнула. Парнишка — автомобильный гений.

Первое, что сделал сын, получив богатство, — купил «Мерседес». Именно этой марке безраздельно принадлежит адвокатское сердце. Драгоценный «мерин» моется, полируется и вытирается лично хозяином. Не дай бог тронуть эту священную драгоценность. Как-то раз, проходя мимо гаража, я услышала, как сынок, протирая любимца дорогим шампунем, нежно воркует:

— А сейчас, мой глазастенький, помоем крылышки...

Стоит ли говорить, что не только со мной или Маней, но даже с Зайкой он никогда так не щебечет. Но раны, нанесенные другим автомобилям, ему тоже не нравятся. Поэтому Кешка продолжал грозно вопрошать:

— Ты что, влезла меж двух троллейбусов? Ну сколько раз повторять, крайний правый ряд так же опасен, как и крайний левый... Неужели за столько лет не выучилась водить! Просто смерть на дороге!

Я молчала, опустив голову.

— Ладно, — смилостивилась Зайка, — нет никакого смысла ее ругать, уже отключилась и витает в облаках. Но так и знай, машину больше тебе не дам!

Она повернулась ко мне спиной и, уходя, выпустила последнюю каплю яда:

— Ты бы перестала есть шоколад в постели, у стариков, как и у младенцев, бывает диатез. Обсыплет вот всю прыщами...

С этой доброжелательной фразой Ольга выскочила в коридор, потянув за собой Аркадия. Я перевела дух — пронесло! Ногами не били, просто отругали. Но как она догадалась о конфетах? Ни одной бумажки на столике нет, а пустую коробочку сунула вчера под матрас.

Я слезла с кровати и обнаружила на подушке шоколадные пятна. Ну как такое могло получиться? Хуч все еще продолжал трястись, зарывшись в постели.

— Вот что, самый храбрый из мопсов, — я сдернула пуховое одеяло, — вылезай-ка из укрытия, гроза унеслась, солнышко вновь засияло...

Но Хучик только поглубже зарылся уже в простыню. Так и есть, под толстеньким тельцем расплылась большая лужа. Я только вздохнула, стаскивая на пол храбреца вместе с постельным бельем. Ну кто виноват, что мопсик панически боится громких голосов? Представляю, как возликовала бы Зайка, заметив эту лужу. Всю жизнь потом бы издевалась надо мной и говорила, что это я от страха описалась. В ванной, не глядя в зеркало, попыталась расчесать спутанные больше обычного волосы. С правой стороны образовался колтун, как у пуделя. Подергав себя за космы, уставилась в зеркало и обомлела — в прядях запуталась растаявшая шоколадная конфетка. Следовало признать: день начинается — лучше не бывает!

Идея поговорить с воспитательницей Маргаритой Львовной показалась плодотворной. Наверное, обслуживающий персонал детского дома работает сменами с восьми до пятнадцати, а потом с пятнадцати до двадцати двух. Поэтому около половины третьего я уютно устроилась возле железных ворот. Догадка оказалась правильной. В начале четвертого на улицу стали выходить тетки с набитыми сумками. У кого сверху лежал пакет молока, у кого — пачки сливочного масла.

«Небось детям кашу на воде сварганили», — машинально подумала я, стараясь не упустить толстую Маргариту.

Она вышла последней.

Я приоткрыла дверцу и негромко позвала:

— Маргарита Львовна, садитесь, довезу до дома.

Бабища, тяжело переваливаясь, доковыляла до полученного сегодня утром из починки «Вольво» и устало спросила:

— Ну? Чего еще? Не сговорились?

— Спасибо, все устроилось отлично.

— Ну так в чем дело?

— Да вы садитесь, — успокоила я воспитательницу, — сумки у вас тяжелые, небось все руки оттянули...

— Ваша правда, — пробормотала толстуха, морщась, — артрит замучил, проклятый, косточки огнем горят...

Кое-как она впихнулась в салон, и я повезла ее к метро «Выхино». По дороге беседовала только на нейтральные темы. Поболтали о погоде, поругали депутатов, посетовали на дороговизну и курс доллара...

Возле низенького кирпичного дома Маргарита сказала:

— Ну спасибо, вот я и дома.

Отдуваясь, она вылезла наружу и пыхтя вытягивала набитые крадеными продуктами торбы.

— Погодите, я помогу, — услужливо ринулась я на помощь.

Сумки и впрямь оказались тяжеленными, и моя спина стала совершенно мокрой, когда мы взобрались без лифта на пятый этаж.

Дверь открыла девочка лет десяти. Я дотащила баулы до просторной кухни и попросила воды. Маргарита Львовна налила стакан, девочка же уселась у стола и принялась заполнять какую-то анкету. Увидав мой интерес, воспитательница пояснила:

— Вот, мечтает в Париж поехать, в Диснейленд. Пятый раз в конкурсе участвует, а толку? Выигрывают небось только свои. Твержу ей, брось. Нет, хочу в Диснейленд!

— Ну бабушка... — укорила ее девочка, собрала свои бумажки и ушла в комнаты.

— Думала, ваша дочка, — совершенно искренне сказала я.

— Дочку мою, Леночку, — с неожиданной теплотой в голосе сообщила Маргарита, — муж убил. Пьянь поганая, ударил кухонным ножом, денег она ему на бутылку не дала. Теперь на зоне сидит, письма пишет, а мне девочку на ноги ставить, но пятьсот рублей зарплаты, какой уж тут Диснейленд! Ей же, бедняге, так хочется! Подружки из ее класса ездили, рассказывают, хвастаются, моя только плачет да на конкурс надеется!

Я села на табуретку.

— Хотите отправлю вашу внучку в Диснейленд на осенние каникулы? Моя дочь полетит в Париж и возьмет девочку с собой. Десять дней за наш счет, поживет у нас дома. Оплачу все! Билеты, проживание, и подарки купим, и на карманные расходы дадим...

— Да кто вы такая? И чего от меня хотите? — попятилась Маргарита Львовна.

— Не надо бояться.

— Никто и не боится, — заявила толстуха, но ее голос предательски дрожал.

— Небось врете? — раздался за спиной голос ребенка.

— Даже и не думаю, — заверила я девочку, — если твоя бабушка мне кое-что расскажет, собирайся первого ноября в Париж.

— Женя, выйди, — велела бабка.

— Не верю я вам ни капельки, — заявила со слезами на глазах девочка, — одним везет — другим же нет. Как посмотришь, кругом люди выигрывают телевизоры, видики и поездки всякие. А я — никогда. Баба Рита, ну расскажи ты ей все...

— Женя, уходи, — повысила голос Маргарита и, когда та наконец повиновалась, с укоризной добавила: — Ну не стыдно ли вам? Зачем ребенку душу травить?

— Вот что... — сказала я. — У девочки есть загранпаспорт?

— Нет.

— Срочно делайте, — я достала сто долларов, — дайте в ОВИРе взятку, выпишут за два дня...

— Кто вы такая? — поразилась толстуха, настороженно глядя на купюру.

— Частный детектив.

— Ничего не знаю, ничего не скажу, — в ужасе заладила воспитательница, вспотев еще сильней.

Резкий запах поплыл по кухне, обрюзгшее лицо покраснело.

— Не надо волноваться, — тихо сказала я и крикнула: — Женя, поди-ка сюда!

Девочка моментально возникла на пороге. Все ясно, еще одна любительница подслушивать под дверью.

— Что ты больше всего любишь есть?

Ребенок призадумался.

— Жареную картошку и сосиски.

— Да нет, — отмахнулась я, — что бы ты съела, если бы могла не экономить, а купить, что хочется?

— Пиццу, чипсы, импортное мороженое, «Киндер-сюрприз»...

Я прервала этот поток желаний и сунула Жене в руку пятьсот рублей.

— Ну так купи себе то, что хочешь.

— Только из продуктов? — деловито осведомилась девочка.

— Все, что угодно.

— Прикольно! — завопила Женя и унеслась.

Я посмотрела на Маргариту Львовну. Бордовый румянец сменился на лице чахоточной бледностью.

— Мы одни, — успокоила я бабку. — Предлагаю сделку: отвечаете на мои вопросы — Женя едет в Париж, молчите — прямо сейчас отправляюсь на Петровку.

Видно было, как в непривычной к умственной работе голове толстухи ворочаются тяжелые мысли. Наконец она решилась:

— Ладно, спрашивайте.

— Каким образом дети попадают в «магазин»?

Маргарита Львовна вытащила из недр облупленного кухонного столика пачку «Примы» и, пуская вонючий дым, стала рассказывать.

Как все гениальное, афера проста. Аркадий оказался прав. Большинство детей, живущих в детском доме, не являются круглыми сиротами. Почти у всех есть матери. Но горе-родительницам совершенно не нужны сыновья и дочери, однако статус многодетной семьи терять не хочется, поэтому «кукушки» подбрасывают новорожденных государству, не лишаясь при этом никаких льгот.

— Просто удивительно, как легко можно плодить нищету и горе, — злопыхала Маргарита Львовна, — у нас целыми выводками малыши живут, а матери все рожают и рожают. Одна мне так и заявила: «Аборт плохо отражается на здоровье». Я бы приказала таких женщин стерилизовать, если от двух детей отказалась.

Я только вздохнула: подобная практика существовала в нацистской Германии...

Чаще всего дети больны. Это и понятно. Родительницы, как правило, наркоманки и алкоголички, никакой режим во время беременности не соблюдают: пьют, курят... Вот и появляются на свет больные младенцы с целым букетом неприятностей. Но попадаются и совершенно замечательные детишки — крепенькие, смышленые, контактные...

И тогда в дело вступает директриса — Анна Степановна Мирная. Она отбирает самых здоровых и... объявляет умершими. Смертность в детском доме большая, парочкой покойников больше, парочкой меньше... Специально подкупленный врач выдает свидетельства, и «покойничков» уже с другими документами переправляют в семейный детский дом. То есть в такую организацию, где живут в квартире десять-двенадцать детей и пара, исполняющая роль родителей. В данном случае Алексей Николаевич Пискунов и его жена Берта. Дети в их семействе разновозрастные, но не старше пяти лет. Малыши нежного возраста, еще несмышленыши, поэтому никаких проверок не боятся. На место взятых детей тут же поступают новые. Любопытным соседям Пискуновы объяснили, что работают в новой системе «Дом для сироты», и почему-то ни у кого не возник вопрос, куда деваются дети, достигнув школьного возраста. Время сейчас такое — никому ни до кого нет дела. А любой комиссии покажут десять «братьев и сестер».

Отобранных у Мирной детей содержат в особом помещении, хорошо кормят, учат, тщательно следят за здоровьем. Иногда, если желающие не находят «товар» у Пискунова, ребятишек привозят прямо из детдома.

Дело имеют только с иностранцами. Такса стабильная — десять тысяч «зеленых». Процедура привлечения клиентов разработана до мелочей.

Сначала Анна Степановна показывает желающим кого пострашней, например, Лену Филимонову. Отсутствие глаза и шрам сильно действуют на впечатлительных иностранных граждан. Есть еще Володя Седых, у того совершенно нет волос на голове и страшные ожоги на теле. Непутевая мамаша уронила в свое время на полугодовалую кроху бак с кипящим бельем.

Как правило, люди пугаются, правда, иногда случаются неожиданности. Не так давно американская семья увезла с собой тяжело больную Вику Ветрову. Приемных родителей не смутили ни заячья губа, ни язва на шее.

— Сделаем операцию, — спокойно сказала женщина.

Но такие варианты все-таки редки, и чаще всего люди со слезами на глазах выскакивают в коридор. Тут в дело вступает Маргарита Львовна. Если иностранцы приехали одни, без переводчика, она сразу предлагает отвезти их к Пискуновым. Ну а ежели будущие родители не владеют русским, их ненавязчиво провожают до гостиницы, а вечером в номер приходит старший сын директрисы Мирной — двадцатитрехлетний студент иняза, свободно владеющий английским, немецким и вполне прилично французским.

Несмотря на размах дела, в нем участвует не так много народа. Сама директриса, Маргарита Львовна, Пискуновы, сотрудница загса и врач. Каждый имеет свой кусок. Доля воспитательницы составляет всего двести долларов. Конечно, сотрудники детского дома догадывались о происходящем. Но Анна Степановна не жадничала и «выписывала» педагогам каждый месяц премии. Двадцать сотрудников получали по тысяче рублей каждый. Сумма не слишком накладная для мошенников, но вполне достаточная, чтобы все окружающие ослепли и оглохли.

— А как попала к вам девочка, беленькая Оля? — спросила я.

Маргарита Львовна развела руками:

— Понятия не имею, девочку даже не видела. В моей группе только ущербные дети, у Пискуновых не бываю, довожу людей до квартиры, и все, чао бамбино!

Хлопнула дверь. Влетела счастливая Женя, обвешанная пакетами и кулечками.

Маргарита Львовна быстро сказала:

— Все.

Но я уже сама понимала, что больше из женщины ничего не вытянуть, все нити сходятся в руках любезной директрисы Анны Степановны Мирной. Но прежде чем еще раз встретиться с предприимчивой дамой, следовало хорошенько подготовиться.

Я вышла на улицу и в задумчивости заглянула в небольшой продуктовый магазин. В самом конце торгового зала бойкая девушка предлагала пирожки и кофе. Я купила и то, и другое. Отхлебнув из пластмассового стаканчика, попробовала разложить по полочкам всю известную информацию.

Полину сдало в детский дом пока неизвестное лицо. Скорее всего именно тот человек, который упорно преследует семью. Если так, то всего один шаг отделяет меня от цели, но следует быть осторожной: противник хитер и не отягощен моральными принципами. Подобраться к нему можно еще через Веру, к сожалению, покойную. Но ведь кто-то велел девушке увести со двора сестричек! А может, это все придумала сама Подушкина?

Каким-то образом узнала про наследство, сбегала к нотариусу, отдала Полину, а куда дела Надюшу? Может, Никита Коростылев, торговец «дурью», в курсе дела? Что, если Вера была наркоманкой и согласилась украсть девочек за дозу? Да и Лиза Костина уверяла, что молодой человек все про Веру знает.

Глава 21

Обиталище Никиты я нашла сразу. Настя Мартиросян подробно объяснила дорогу. Шикарный дом светлого кирпича, современные стеклопакеты, на входной двери домофон.

— Кто? — сипло осведомился динамик.

— Я.

Дверь немедленно распахнулась. Ну надо же, как просто! В холле лежала ковровая дорожка, стояли кадки с искусственными растениями. Я тихонечко присвистнула. Последнее время все больше попадаю в блочные пятиэтажки с удушливой вонью кошачьей мочи и кислых щей. А здесь даже в лифте витал аромат хороших духов, дорогих сигарет и элитного коньяка. На просторной лестничной площадке оказалось всего две двери. Одна распахнута, на пороге возвышался парень с красивым, но каким-то недобрым и порочным лицом. Безупречные черты портил шрам через всю щеку. Физиономия хозяина показалась мне знакомой, где-то я уже видела такие глаза — круглые и настороженные, как у рыси.

— Никита? — спросила я, выходя из лифта.

Парень кивнул и скорей утвердительно, чем вопросительно, сказал:

— Вы Арина от Николая?!

Я молча потупилась.

— Пойдемте, — парень повернулся спиной. Потом обернулся, шагнул... и я узнала его. Это Коростылев убегал тогда с площади возле метро «Динамо», оставив там убитого продавца из коммерческого ларька. Он тогда как раз так же откинул голову...

Мы прошли через несколько безупречно обставленных холлов и оказались в огромной комнате, скорей всего гостиной. Не предлагая мне сесть, Никита вытащил небольшой пакетик:

— Первый сорт. Дрянью не торгую. Цена известна?

Я отрицательно покачала головой.

— Для кого берете-то? — удивился Коростылев.

— Ничего я не беру.

— Не понял! — Никита быстро спрятал упаковку с наркотиком. — Вы Арина от Николая?

— Нет, Даша от Веры Подушкиной.

Никита поглядел на меня в упор своими красивыми, но неприятными глазами.

— И когда же Верушка вам подставку сделала?

— Как раз перед смертью, только мне наркотики без надобности, лучше скажите, вы хорошо знали Веру?

Никита засмеялся. Надо же, внешне парень хорош, хоть на обложку снимай, а смех противный, какой-то квакающий, да и в целом он производит более чем неприятное впечатление.

— Дорогая... — весьма нагло заявил нарень, и тут я поняла, что ему не двадцать, а хорошенько за тридцать.

Возле глаз собрались мелкие морщинки, подбородок чуть обвис.

— Дорогая, — продолжал Никита, — гостей не жду, извините, занят.

— А мы с вами знакомы...

— Не припомню...

— Несколько дней назад видела вас убегающим от метро «Динамо».

На лице Никиты проявилась явственно читаемая мысль: «Придавить дуру-бабу прямо сейчас или дать ей высказаться?»

Но потом благоразумие взяло верх, и он с усмешкой заявил:

— «Динамо»? Не бываю там, обознались, наверное.

— Маловероятно, — утешила я его, — есть фотографии. Очень интересные, всего четыре снимка, зато какие! На одном вы вместе с приятелем взламываете ларек, потом тащите продавца, затем убиваете, наконец убегаете прочь. Прямо-таки гангстерский фильм...

Коростылев опустил веки и стал похож на марабу. Потом спросил:

— Сколько хотите?

— В деньгах не нуждаюсь.

— Тогда что?

— Информация о Вере Подушкиной.

Никита спокойно возразил:

— Да я о ней мало что знаю.

Я развернулась и пошла к двери.

— Погодите, — остановил парень, — куда заторопились? Давайте потолкуем!

И тут снаружи позвонили.

— Черт побери! — выругался Никита и пошел к двери, я машинально последовала за ним.

— Кто? — поинтересовался хозяин, глядя в «глазок».

— Никитушка, — послышался старушечий голос, — это я, Леокадия Константиновна, позволь мне, деточка, по телефону позвонить, мой-то сломался... Сделай милость.

— Чтоб тебя разорвало, дуру старую, — тихо ругнулся Коростылев и загремел запорами.

В холл ворвалась группа людей в камуфляже и черных масках. Они как-то разом заорали:

— Лечь на пол!

— Ноги раздвинуть!

— Руки за спину!

— Послушайте, — попыталась я открыть рот, но мне незамедлительно дали чем-то под коленки и со стуком швырнули на ковер. Спустя секунду на вывернутых за спину руках защелкнулись наручники. Никита лежал в той же позе около меня.

— Слушай, — еле слышно шепнул он, — молчи про фотки, а то худо будет.

— Куда уж хуже, — буркнула я.

— А ну заткнулись! — раздался над головой голос, и кто-то пребольно двинул меня в бок ботинком.

— Послушайте, — возмутилась я, — во-первых, позвоните полковнику Дегтяреву, во-вторых, я являюсь иностранной гражданкой, сейчас паспорт покажу!

— Ишь, распелась, — разозлился один из мужиков, пока другие выворачивали на пол шкафы, — молчи лучше, в отделении разберемся.

В этот момент кто-то ухватил меня за волосы и приподнял лицо. Было не больно, а обидно.

— Вы Дарья Ивановна Васильева? — спросил вежливый голос. — Следуйте в машину.

По дороге спутники молчали, но больше не дрались. Я сидела тихо, чувствуя, как дергается ушибленная бровь.

В отделении меня довольно вежливо, но весьма решительно впихнули в небольшую камеру.

— Посидите покуда до выяснения, — коротко сообщил суровый милиционер.

Хорошо хоть наручники сняли.

— Приветик, — раздался тоненький голосок.

На деревянных нарах без одеял и подушек лежала прехорошенькая девочка в красной мини-юбке. Густые каштановые волосы падали на очень миленькое личико. Вторая девушка, чуть постарше, полноватая и веснушчатая, добавила:

— Прошу к нашему шалашу. Сигаретки не найдется?

Я развела руками.

— Менты поганые, — лениво процедила хорошенькая. — Ну, давай прописываться.

— Чего? — не поняла я.

— За что огребли?

— Понятия не имею, — совершенно искренне сообщила я, — ворвались, на пол покидали, вон в глаз дали...

— Ну и ну... — пробормотала толстенькая.

— Жрать охота, — сообщила хорошенькая.

— Курить еще больше, — добавила соседка.

— Ладно, — сказала симпатяшка, взбивая кудри, — придется на заработок идти.

Не успела я сообразить, что она имеет в виду, как девочка стала колотить в дверь ногой.

— Хорош, кончай базар, бабы! — раздалось из коридора.

— Пусти в туалет! — взвыла девка.

Лязгнули запоры, и появился белобрысый милиционер лет тридцати с прыщавым лицом.

— Чего стучишь? — недовольно прикрикнул он на буянку. — Обосралась, что ли?

— Это нам запросто, — захохотала девчонка, выскакивая в коридор.

Дверь закрылась. С полчаса мы сидели в полном молчании. Толстенькая пристроилась на нарах и закрыла глаза. Наконец в коридоре послышались шаги — это вернулась наша сокамерница.

— Во, — сказала она, вытягивая пачку «Золотой Явы», — угощайтесь.

— Ну ты даешь, Ксюха, — восхитилась толстенькая.

— Да что там, — махнула рукой Ксения, — в первый раз, что ли? Только грязный очень, я ему так прям и сказала: «Ты жопу когда-нибудь моешь или просто раз в году лопатой откапываешь?»

Девчонки захохотали в голос. Я вздохнула: да уж, милые порядки в этом отделении. Страшно хотелось пить.

— А воду тут дают? — поинтересовалась я.

— Ага, — ухмыльнулась Ксюша, — нарзан со льдом и крем-соду.

Девки вновь заржали, но тут дверь распахнулась, и прогремел железный бас:

— Васильева, на выход!

В небольшом кабинете с надписью «Начальник» сидели двое — незнакомый мне человек лет пятидесяти и Александр Михайлович.

— Она? — спросил хозяин кабинета.

— Нашлась дорогая потеря, — вздохнул полковник, — сокровище мое... Спасибо, Олег Васильевич.

— Чего уж там, — отмахнулся начальник, потом поглядел на меня: — Как вы оказались в квартире Коростылева?

Я пожала плечами:

— Совершенно случайно. Пришла к Леокадии Константиновне, а ее дома нет. Позвонила в дверь к соседу, попросила ручку, чтобы записку написать. Он любезно впустил, дал бумагу. Только-только карандаш взяла, слышу, сама Леокадия Константиновна в дверь звонит. Ну я и стала прощаться, а тут ваши ворвались...

— Ну-ну, — явно не поверил Олег Васильевич, — бывают же такие совпадения... Можете идти.

— Сумочку отдайте.

— Виктор! — крикнул начальник.

Появился белобрысый милиционер, тот самый, что водил в туалет Ксюшу.

— Отдай гражданочке вещи.

На улице Александр Михайлович сердито стукнул дверцей старенькой машины и весьма нелюбезно рявкнул:

— Ну?

Я вытащила пудреницу и обозрела остатки лица. Выглядело впечатляюще. Правая бровь опухла, и глаз практически закрылся.

— Ну? — повторил полковник. — Рассказывай, зачем и с какой целью явилась к господину Коростылеву?

— Говорю же, приходила к Леокадии Константиновне.

— Зачем?

— Хотела нанять ее временной кухаркой, вместо Катерины, — на ходу придумала я, — а то скоро с голоду помрем от Зайкиной вдохновенной стряпни.

Приятель молчал. Краем глаза проследив за дорогой, я поняла, что он везет меня в Ложкино.

Наш дом выглядел как клиника для сумасшедших. По всему холлу разбросаны игрушки, в гостиной сняты шторы, кресла почему-то мокрые, на диване непонятные пятна, в воздухе витает запах вареной рыбы...

Александр Михайлович оторопел:

— Вы затеяли ремонт?

Не успела я ответить, как дверь распахнулась, и в комнату легким аллюром влетел Снап. На спине ротвейлера сидела совершенно счастливая Полина. Девчушка просто заливалась радостным смехом. Сзади бежала темноволосая Энн. Правой рукой она крепко держала вниз головой несчастного мопса.

— Хучик! — закричал полковник и вызволил собачку из цепких детских объятий.

Мопс благодарно взглянул на хозяина и лизнул его в нос.

Очевидно, бедолага провел не лучшие часы своей жизни. Снап принялся носиться вокруг стола, Энн выбежала в коридор и через секунду вернулась, неся несчастную йоркширскую терьершу.

— Ава, — сказала девочка, протягивая мне ошалевшую от такого обращения Жюли.

— Ава! — завопила Поля, погоняя Снапа.

Тот с готовностью принялся скакать еще быстрей, наездница упала и издала густой, обиженный вопль.

— Это что за безобразие, — прогремел в коридоре голос Аркадия, — опять работать не даете! Сейчас запру в комнате...

На пороге возник сын в крайней степени возмущения. Не поздоровавшись, он начал жаловаться. Ольга уехала в институт, Маня отправилась в Ветеринарную академию, Капа понеслась в «Детский мир» покупать необходимую одежду... А Кеша остался дома, чтобы поработать над выступлением, с которым завтра должен быть в суде.

Аркадий хороший отец, любит близнецов и вообще к детям относится терпимо... Но с Анькой и Ванькой постоянно нянчится Серафима Ивановна. Родители получают деток в праздничном, так сказать, виде. Чисто вымытые, накормленные и выспавшиеся близнецы радостно играют с отцом и матерью. Как только детки начинают капризничать, родители немедленно суют их няне. И уж, конечно, им никогда в голову не придет изменить планы из-за того, что некому посидеть с детьми. Ни Ольге, ни Аркадию не приходится нестись сломя голову в ясли и униженно просить у суровой воспитательницы прощение за опоздание. К тому же Анька с Ванькой тихие, беспроблемные дети, говорить они пока не умеют...

Поэтому, оставаясь с двумя бойкими полуторагодовалыми девочками, Кеша даже и не предполагал, что его ожидает.

Сначала Поля и Энн мирно рисовали в кабинете фломастерами. Потом сын попытался покормить их обедом. Поля вывернула омлет на одно кресло, а другое пострадало от того, что на Энн «усатый нянь» забыл надеть памперс... Следом оказался обмазан горчицей диван, и Аркашка совершенно не понимал, как баночка попала к ним в руки... Измазюкав гарнитур, Энн облизала пальцы. Вопль, изданный ею, оказался настолько ужасен, что кошки унеслись в сад, а собаки, наоборот, примчались в столовую, и девчонки моментально переключились на животных...

— То есть ты утверждаешь, — недоверчиво спросил полковник, — что весь этот разгром устроили две крохотные девочки? А как они содрали занавески?

— Портьеры сняла Оля, — пояснил Кеша, — у нас генеральная уборка, плафоны тоже она скрутила, хотели с Капой помыть, да не успели...

— Кто такая Капа? — продолжал выяснять ничего пока не знающий полковник, поглаживая мелко дрожащего Хуча.

— Американка, третья жена маминого четвертого мужа Гены!

— Понятно, — захохотал Александр Михайлович, — родственнички прибыли. Поэтому мамаша дочек дома и оставила, знает, что за пройды растут!

— Да она их совсем не знает, — отмахнулся Кешка, — только вчера взяла.

— Где?

— В детском доме!

— Объясните, — оживился приятель, — что тут происходит!

Но Кеша наконец заметил мой глаз и заорал:

— Мать! Это что еще такое!

— Так кому объяснять вначале?

— Мне! — воскликнули мужчины в один голос.

Я прямо схватилась за голову, но тут из коридора послышался стук, потом громкие вопли. Милые детки обвалили декоративный торшер в виде негритенка, держащего над головой лампу.

Обладающей безупречным вкусом Ольге почему-то нравился этот китч, располагающийся между гостиной и столовой.

Слава богу, подумала я, слушая детский рев и ругань Кеши, теперь лампа разбилась, и можно со спокойной совестью выбросить уродца на помойку.

— Долго ли прогостят дорогие родственники? — поинтересовался Александр Михайлович. — И кстати, как насчет перекусить? Конечно, я понимаю, Катя с Ирой уехали... но, может, бутербродик какой найдется?

— Кеша, — крикнула я, — сделай кофе!

Напиток, сваренный сыном, не поддается названию. Не знаю, из каких соображений, но явно не из жадности, сыночек кладет на литровый кофейник две-три чайные ложки ароматного коричневого порошка. Еще ему кажется, что кофе, как суп, должен хорошенько покипеть перед употреблением. В результате в чашках плещется жидкость орехового цвета. Ни сливки, ни сахар, ни шоколадные конфеты с булочками не могут заглушить непередаваемый вкус пойла. Даже Банди, обожающий выхлебывать у зазевавшихся гостей чай и кофе прямо из чашек, при виде Аркадия с кофейником тихо отбегает в угол, всем своим видом как бы говоря: «Это пейте сами».

— Растворимый! — немедленно завопил Александр Михайлович, услышав, что Кеша отправился на кухню. — Обожаю растворимый «Нескафе»...

Я усмехнулась про себя и стала рассказывать официальную версию приобретения детей.

Глава 22

На следующий день я проснулась около двенадцати. Из коридора доносились странные шлепающие звуки. Натянув халат, спустилась в столовую и обнаружила там Маню с двумя неизвестными женщинами в спортивных костюмах. Одна вешала занавески, другая надевала плафоны. Не видя меня, Маруся вовсю командовала тетками:

— Потом отмоете мебель, да не забудьте зеркала в холле.

— Что здесь происходит? — спросила я.

— Да надоело до смерти, — в сердцах ответила Маня. — Весь дом разгромили, а на место ничего не вернули. Уборка называется! Вот наняла бригаду.

Мы пошли на кухню. Там наводила порядок еще одна баба, и кто-то тихонько напевал в столовой, шумя пылесосом.

— Где ты их взяла и неужели Зайка согласилась?

— Она и знать не знает, — усмехнулась Маня. — Все продумано. Капа с девчонками в девять утра отправилась в детскую больницу, договорилась о комплексном обследовании. Хочет узнать, как лучше подготовить девочек к полету, все-таки почти одиннадцать часов в воздухе, смена часовых поясов... Так что их до вечера не будет. Кешка унесся в суд, еще восьми не было, а у Зайки сегодня коллоквиум по арабской литературе. Маловероятно, что раньше ужина заявится... Все схвачено. Купила «Из рук в руки» и позвонила. Никто и знать не будет, если ты не выдашь.

— Никогда, — пообещала я, — самой надоел разгром.

— Знаешь, уезжай-ка ты лучше по делам, — предложила девочка. — Быстрей закончат, если никто под ногами путаться не станет, их здесь девять человек, живо управятся...

— Так ты пропустила школу! — возмутился во мне педагог.

— Мусек, — напомнила Маня, — сегодня суббота...

Первым делом я, поймав такси, добралась до дома Никиты Коростылева и обнаружила «Вольво» спокойно стоящим возле ларька «Мороженое». Тихо радуясь, что на него не польстились ни угонщики, ни эвакуаторы, я села за руль. Есть у меня хороший повод для встречи с предприимчивой директрисой Анной Степановной, вот только окажется ли она на месте в выходной?

Но госпожа Мирная восседала в кабинете, сосредоточенно изучая что-то в толстенном гроссбухе.

— Большое спасибо, — от души сообщила я с порога, — девочка просто прелесть, муж придет в восторг. Документы отдадите?

— Не понимаю, — начала придуриваться Анна Степановна, — какие такие документы?

— Как это?! — завопила я, радостно отмечая, что секретарша в маленьком предбанничке перестала болтать по телефону. — Десять тысяч долларов отдала сразу, обещали бумаги сделать моментально, а теперь обманываете...

— Я ничего не обещала, — директриса быстро встала, поплотнее закрыла дверь, — свидетельство о рождении, акт об усыновлении, медицинскую карту получите у Алексея Николаевича Пискунова. Неужели вас не предупреждали?

— Простите, я не поняла, — сбавив тон, принялась я оправдываться, — думала, обращаться следует к вам... А можно еще ребеночка получить?

— Пожалуйста, — пожала плечами Анна Степановна, — хоть десяток берите.

— Мне-то больше не надо, но в Париже живут две бездетные подруги...

— Что ж, — улыбнулась Мирная, — пусть приезжают. К сожалению, у нас в России такие дети обречены на нищету, и мы делаем благородное дело, меняем сиротам судьбу.

Ага, и еще получаем неплохие дивиденды от этой, так сказать, благотворительности.

— С удовольствием посоветую Жаклине и Франсуазе обратиться к вам, но вот только...

— Что? — спросила Анна Степановна.

— Сейчас столько пишут, что гены являются определяющим обстоятельством в характере человека! Хотелось бы все-таки знать, что за родители у крошек. Конечно, мы с Капитолиной их уже купили и назад отдавать не собираемся, но... Подскажите, на что в нашем случае лучше обратить внимание при воспитании: спрятать алкоголь, особо подчеркивать порочность воровства... Какие-нибудь вредные пристрастия были у биологических родителей?

Мирная секунду рассматривала меня в упор немигающим взглядом, потом, очевидно, сделала вывод — богата, но глупа и не опасна.

— Вы же понимаете, — пустилась она в объяснения, — какие люди отдают ребенка в приют. Сейчас ведь не война, когда в сиротских домах оказываются самые обычные дети. Я, между прочим, тридцать лет кручусь в этой системе и не припомню благополучных родителей у воспитанников. Либо уголовники, либо наркоманы и алкоголики...

— И все-таки, — с упорством носорога двигалась я к цели, — вот Аня, например, темноволосая девочка, кто у нее в анамнезе?

Анне Степановне надоела приставучая и дотошная иностранка, и, очевидно, директриса решила поскорее от меня отделаться. Она встала, раскрыла большой шкаф, порылась на полках, вытащила довольно объемную папку, сунула мне в руки.

«Аня Бороздина. Родилась 1 ноября 1997 года, скончалась 12 июля 1999-го» — стояло на желтой обложке. Я невольно вздрогнула и открыла дело.

Мирная оказалась права. Отец Анечки, уголовник со стажем, из своих тридцати пяти лет почти двадцать провел за решеткой. Оставалось только удивляться кротости и терпению Аниной мамы, Раисы Михайловны, безропотно поджидавшей муженька и исправно беременевшей во время его кратких пребываний на воле. У Анечки было четыре брата и одна сестра. Дети у Бороздиных получились, как ни странно, хорошие. Старшая, пятнадцатилетняя девочка, училась на парикмахера, мальчики ходили в школу. Дома жила только будущая парикмахерша, остальные мотались по детским домам. Раиса Михайловна объясняла это просто — денег нет прокормить такую ораву. Однако рожать не переставала, с упорством дворовой кошки производя на свет никому не нужное потомство. Анечка — последыш. К Мирной попала в мае, до этого воспитывалась в Доме малютки номер триста шестьдесят два.

— Очень хорошее место, — пояснила Анна

Степановна, — просто удивляюсь, как тамошней директрисе удалось создать такой коллектив. Из этого дома приходят в основном здоровые и с нормальным развитием дети.

У Анечки и впрямь не нашлось пока никаких болячек, так, легкий диатез на рыбу, а в остальном — полный порядок.

Бороздиным сообщили о смерти дочки, но они, как видно, не сильно расстроились. Раиса Михайловна опять ждала очередного ребенка.

— Ладно, — пробормотала я, — а моя Оля?

— Пожалуйста, — протянула Мирная еще одну совсем тоненькую папочку.

Внутри обнаружились разнообразные медицинские справки, из которых стало ясно, что у девочки Верещагиной никаких хронических болячек нет. Но ни слова о родителях или родственниках.

— Она что, в капусте родилась? — съехидничала я.

Мирная покачала головой:

— Нет, конечно, девочка поступила от Савостиной Жанны Яковлевны. Слышали про такую?

Я покачала головой.

— Удивительная женщина, — сказала Анна Степановна, — я вот тоже пытаюсь добрые дела делать. Ну не отдавай я детей на воспитание в семьи иностранных граждан, какова будет судьба несчастных здесь? Детский дом, профессиональное училище, пьянка... А так совершенно иная судьба ждет.

«Ну надо же, — подумала я, — до чего же

странное существо человек! Оправдает любые, даже самые гадкие свои поступки».

— Но до Жанны Яковлевны мне далеко, — продолжала Мирная, — правда, говорят, у нее большие связи в администрации президента, якобы ее курируют на самом верху...

Несколько лет назад Савостина, энергичная врач-педиатр, подняла в прессе удивительную кампанию. Началось с небольшого объявления, опубликованного в газете «Из рук в руки».

«Дорогие женщины! Если вы родили нежеланного ребенка, не убивайте дитя, принесите его нам. Вас ни о чем не спросят. Мы просто возьмем малютку и устроим его судьбу. Не берите греха на душу».

Так начинался кризисный центр «Милосердие». Жанна Яковлевна несколько раз выступала по телевидению, убеждая матерей никогда не идти на детоубийство.

— Мы полностью сохраняем тайну, — сообщала она, — никогда не спрашиваем у пришедших имен и фамилий. Боитесь показаться на глаза, оставьте младенца у дверей. Мы устраиваем их судьбы.

Дело благословил сам патриарх, московский мэр выделил здание, телефоны и адрес центра регулярно печатались в газетах...

— Значит, узнать о родителях Оли невозможно? — спросила я. — Но ведь там берут только младенцев.

Мирная развела руками:

— Ничего не знаю, девочка поступила из центра, вот сопроводительная бумага.

Взяв адрес центра, я немедленно отправилась на Рязанский проспект. Большое типовое двухэтажное здание детского сада окружено железным забором. В воротах специальная площадочка и табличка: «Положите ребенка и нажмите кнопку».

Я надавила на красную пупочку, во дворе истошно зазвенело, и минут через пять вышла пожилая женщина в голубом халате.

— Что вам угодно? — спросила она.

— Газета «Мир новостей», хочу видеть Савостину.

— Жанна Яковлевна отсутствует, — ответила няня, — если желаете, главный врач тут.

Я пожелала, и мы вошли в пахнущее молочной кашей помещение.

Не знаю, как сама Савостина, но Римма Федоровна Кочеткова произвела на меня самое приятное впечатление. Простое, слегка усталое лицо, чуть тронутое косметикой, более чем скромное платье и никаких украшений.

— Хорошо, что пресса нас не забывает, — сообщила врач. — Хотите подробно написать или коротенькую заметку?

— Очень подробно! — пылко воскликнула я, радуясь, что мне повезло на добрую, но, судя по всему, не очень далекую женщину.

— Давайте проведу по помещениям, — предложила Римма Федоровна, и мы пошли в комнаты. — Центр существует несколько лет, и за это время к нам обратились сотни женщин. Кто-то принес младенца сам, кто-то положил в «приемник» на воротах. Во всяком случае, от смерти спасли не один десяток ни в чем не повинных детишек.

— А какова их судьба потом?

— Выписываем документы, даже словарь имен купили, — улыбнулась Римма Федоровна, — потом отдаем на усыновление. Огромная очередь стоит, даже не представляете себе, какое количество бездетных людей обращается к нам!

— Неужели не спрашиваете у матерей паспортные данные?

— Анонимность — непременное условие, — пояснила Кочеткова, — никто никогда не интересуется в нашем центре никакими сведениями. Бывает, правда, что посетительницы сами рассказывают о себе, делятся проблемами. В центре работают не только детские врачи и воспитатели, но и психологи, гинеколог и адвокат.

— А вдруг принесут украденного ребенка? — поинтересовалась я.

Римма Федоровна спокойно пояснила:

— К нам иногда обращается милиция. Вот, помните, полгода тому назад шум большой был — пропал из коляски трехмесячный мальчик. Так сразу с Петровки приехали. Пока господь миловал, криминальных историй не случалось. У нас ведь в большинстве случаев новорожденные. Наш контингент знаете какой? Родит где-нибудь втихаря и сюда бежит, рада-радешенька, что сейчас от ребеночка навсегда избавится.

— Годовалые дети редко попадают?

— Всего два случая, — сообщила Кочеткова, — один раз мальчика привезли, на вокзале подобрали. Вообще говоря, полагается в приемник
сдавать, но Тема оказался у нас. Родителей не нашли, хотя милиция основательно занималась этим
делом. А совсем недавно девочку подбросили.
Жанна Яковлевна шла на работу, а та тихонечко
на пороге сидит. Года полтора-два по виду. Практически не говорит, только имя сумела произне-
сти — Оля. При ней записка.

— Какая? — в нетерпении вскрикнула я.

Римма Федоровна вытащила большую книгу и
прочла: «Извините, люди добрые. Мы сами не
местные, денег никаких нет, зарплату не платят.
Отказываемся от ребенка. Девочку зовут Оля».

— И все? — разочарованно протянула я.

— А что же еще? — удивилась врач. — Более
чем понятно.

— Но разве вы оставляете у себя таких больших?

— Вообще, — пояснила Римма Федоровна, —
никогда не говорили о возрасте детей. Но подумайте сами, около двух лет малыши начинают
более или менее объясняться. И потом, ребенок
должен был где-то жить до этого возраста. А наши клиенты, как правило, те, кто не хочет, чтобы
окружающие знали, что у них был ребенок, —
жертвы насилия, малолетние, проститутки, даже
замужние женщины из обеспеченных.

— Эти-то почему подкидывают детей?

Кочеткова грустно улыбнулась.

— Муж уехал по контракту на год деньги зарабатывать, а жена оказывается беременной, да мало ли что бывает в жизни. Вот не так давно положили к воротам мальчика. Сразу видно — из богатых. Пеленки, памперс, распашонка, чепчик — все высшего качества. Да и сам младенец крупный, видно, мать хорошо питалась... А через неделю на наш счет поступила от неизвестного спонсора ну очень внушительная сумма! Вот и думайте, зачем подобным людям от ребенка избавляться.

— И девочку Олю отправили в детский дом?

— Полагается сначала в приемник-распределитель, — пояснила Кочеткова, — но тут Жанна Яковлевна постаралась и сразу оформила ребенка к Мирной. У Анны Степановны хорошие условия, а нам хотелось, чтобы девочке жилось нормально.

Я посмотрела на милое, простодушное лицо. Скорей всего приветливая врач ничего не знает, но Жанна Яковлевна! Носом чую, что не случайно отправила она Полину по этому адресу.

— Все-таки хочется поговорить и с директрисой, — сказала я, — материал очень выиграет от такого интервью.

— Да вы ступайте к ней домой, здесь рядом совсем, через два дома, — и Римма Федоровна объяснила мне дорогу.

Очевидно, дружбой с властями Жанна Яковлевна пользовалась только в служебных целях. Потому что жила она в абсолютно аварийном доме. Объявление возле подъезда взывало: «Жильцы, приближается осенне-зимний сезон. Будьте людьми, не бейте окна на лестничных клетках, самим же холодно будет!»

Но обитатели «хрущобы» не собирались внимать жалобному призыву. Практически на всех этажах зияли пустые рамы. Я подивилась подобному поведению, ну не дураки ли, ведь замерзнут! Дверь в квартиру Савостиной выглядела ново и даже щеголевато. Красная обивка из кожи молодого дерматина и «золотой» номер — семьдесят восемь.

Красивая створка распахнулась сразу, и меня впустили, даже не спросив: «Кто там?»

— Не боитесь жуликов? — спросила я, пытаясь развернуться в прихожей размером с птичью клетку.

— Да ну, — махнула рукой Жанна Яковлевна, — покажите, что здесь украсть можно?

И правда нечего. В узкой комнате дешевая болгарская стенка, довольно обтрепанная мягкая мебель, допотопный телевизор «Рубин». На предмет роскоши тянет только аляповатая напольная гжельская ваза с надписью синими буквами на белом фоне: «В день юбилея от коллег по работе».

— Что у вас за проблема? — с готовностью спросила Савостина.

Прежде чем ответить, я внимательно изучила внешний вид хозяйки. Возраст стремительно катится к пятидесяти. Слегка полновата, волос не красит, и шевелюра напоминает шкуру зебры — белые и темные полосы вперемешку. Крупный мясистый нос, полные губы, густые, не тронутые пинцетом брови. Зато глаза удивительно хороши — темные, бездонные, в таких можно утонуть. Причем огромные, занимают почти пол-лица.

И вся Жанна Яковлевна производит удивительно располагающее впечатление.

Хочется положить голову ей на плечо и рассказывать обо всех проблемах. Из таких женщин получаются отличные педагоги, врачи, кстати, жены и матери тоже. Но Савостина, судя по всему, живет одна. Да и деньгами в нищей квартирке не пахнет. Хотя, кто знает, может, хранит в банке стеклянной на огороде... Делает же она какие-то гешефты с Мирной, следовательно, не так проста и бедна, как кажется.

Я вытащила из сумочки удостоверение МВД:

— Майор Васильева из прокуратуры.

Москвичи удивительно юридически безграмотны. Разницы между участковым инспектором, оперуполномоченным и следователем простой человек не видит. А уж чем отличаются органы милиции от прокуратуры, вообще не понятно никому. Но майор из прокуратуры звучит, по-моему, солидно и страшновато.

Очевидно, так же показалось и Савостиной, потому что она села на диван и растерянно спросила:

— Что случилось?

«Надо же, как напугалась», — подивилась я, глядя, как серая бледность наползает на встревоженное лицо хозяйки.

— Что произошло? — повторила Жанна Яковлевна, безотчетно дергая пальцами бахрому накидки.

— Нас интересует полуторагодовалая Оля, найденная возле центра «Милосердие».

— Ах это! — почти радостно воскликнула директриса. — Очень просто, ее подкинули.

Я отметила, что к Жанне Яковлевне вернулся нормальный цвет лица.

— Поподробней, пожалуйста.

Савостина приветливо предложила кофе, и сдобренная растворимым напитком беседа плавно потекла от факта к факту.

Глава 23

Идея создания центра пришла Савостиной в голову как раз в майские праздники 1994 года. Тогда она подрабатывала врачом на «Скорой помощи». Второго мая вызов поступил из отделения милиции на Дубнинской улице. На столе лежал младенец, заботливо завернутый в потную гимнастерку. Рядом толкались взволнованные молодые парни. Оказывается, дворничиха нашла на помойке крошечного мальчика и прибежала с находкой в дежурную часть.

Жанна Яковлевна сразу определила, что несчастному младенцу всего несколько часов от роду. Пока обрабатывала пуповину да посылала милиционера за детским питанием, привели и преступную мать. Найти ее не составило труда. Служебная собака сразу взяла след.

Перед Жанной Яковлевной предстала испуганная зареванная четырнадцатилетняя девочка. Настолько неопытная и глупая, что решилась выбросить ненужного ребенка прямо под окнами своей квартиры.

— И как у тебя рука повернулась на такое, — укорил девочку один из милиционеров, — отказалась бы уж лучше в родильном доме, раз аборт не сделала.

Размазывая по детскому личику слезы, девочка сообщила, что рожала дома, потому что в больнице спросят документы и вызовут родителей, а те ее просто убьют.

— Да если б можно было просто так ребенка отдать, — всхлипывала дурочка, — чтобы никто ни о чем не спрашивал...

Слова девочки застряли в голове Жанны Яковлевны. Будучи женщиной одинокой, не обремененной ни мужем, ни детьми, она могла себя посвятить неожиданно появившейся идее. Через год были преодолены все административные препоны, и «Милосердие» заработало в полную силу.

— Не хвастаясь, скажу, что спасли от смерти многих детей, — отметила Савостина, — причем не просто сохранили им жизнь, а еще и устроили в хорошие семьи...

— Значит, знаете, чем занимается Анна Степановна Мирная, — в лоб врезала я, — связаны, так сказать, с ее бизнесом...

Жанна Яковлевна попыталась увильнуть от ответа:

— Мирная? Директор детского дома? Встречаемся иногда на совещаниях. Деловая и профессиональная женщина.

— Ну, конечно, — ухмыльнулась я, глядя, как лицо Савостиной опять начинает медленно приобретать серый оттенок.

По-моему, с такими сосудами не следует врать, моментально все выходит наружу — то краснеет, то бледнеет.

— А цена на грудничка та же, что и на, так сказать, подросшего ребенка? — выкинула я из рукава последний козырь.

Жанна Яковлевна затравленно замолчала. Я пожалела, что поспешила назваться работником прокуратуры. Савостина напугана до безумия и ничего не скажет. Надо попытаться успокоить ее...

— Жанна Яковлевна, — завела я, стараясь, чтобы голос звучал убедительно и одновременно ласково, — видите ли, жизнь сейчас трудная, на одну зарплату не прожить, вот и пришлось мне подрабатывать частным детективом. Сразу предупреждаю, ваши дела с Анной Степановной меня совершенно не занимают. Только ответьте, откуда, каким образом попала в центр полуторагодовалая Оля?

Время сейчас и правда смутное. Если уж высокие чины Генеральной прокуратуры не брезгуют по проституткам шляться и при этом продолжают как ни в чем не бывало исполнять служебные обязанности, то рядовой сотрудник, промышляющий частным сыском, совсем не удивляет.

Савостина слегка расслабилась и горячо заговорила:

— Ни копейки из этих денег на себя не потратила. Центр — бюджетная организация. Из государственного кармана нам перепадают крохи.

А планы у Жанны Яковлевны гигантские. Сейчас собирается открыть анонимное родильное отделение. Еще мечтает о создании специальной гостиницы, куда могли бы обращаться женщины, терпящие насилие от родственников, — жены алкоголиков, беременные школьницы...

Во многих европейских странах есть такие дома, где несчастные могут пожить бесплатно недельку-другую, подлечить нервы... В России пока подобные заведения из области мечты.

Конечно, Савостина знала о «бизнесе» Мирной. Анна Степановна присылала к ней иностранцев. Сколько имела от каждой сделки Мирная — Жанне Яковлевне безразлично. Важно только, что ей перепадала ровно тысяча долларов, и все денежки шли в приют.

— На эти деньги мы смогли взять гинеколога, адвоката и еще одну няню. Купили памперсы и новое постельное белье, опять же обзавелись хорошей мебелью, — перечисляла Жанна Яковлевна. — Дело, конечно, подсудное, но, скажите, кому мы сделали плохо? Дети, несчастные, если бы не «Милосердие», погибли бы в помойках. А мы всех спасли и устроили: кого в наши семьи к положительным достойным родителям, ну а некоторых отправили в Америку, Германию и Францию, просто в великолепные условия. Грудничики вырастут и знать не узнают про то, что сопутствовало их рождению. Да за деньги, вырученные за одного такого младенца, я еще десяти смогу помочь, а там, глядишь, и для женщин приют открою... Ну что тут плохого? То, что государство налогов недополучит? Так оно нас и так ограбило. Знаете, сколько денег на ребенка в детском доме отпущено? Двести пятьдесят рублей!

— В день? — спросила я.

— Ха, — фыркнула врач, — в месяц! Вот и крутись как хочешь. Думай, то ли ботинки воспитанникам покупать, то ли чулочки, то ли пальтишки... Про еду вообще молчу. В супе лапша за лапшинкой гоняется с дубинкой. А Анна Степановна старается изо всех сил...

Запыхавшись от страстной речи, женщина перевела дух.

— Неужели никто никогда не интересовался, откуда у центра столько денег?

— Оформляем как пожертвования анонимных спонсоров, — сообщила Савостина, — все просто.

— А девочка Оля откуда взялась?

Жанна Яковлевна снова приобрела пепельный цвет лица и почему-то нервно взглянула на телефон.

— Ей-богу подбросили, иду на работу — смотрю, у дверей спит на старой куртке от тренировочного костюма.

Никакие мои просьбы и увещевания не пробили брешь в глухой защите. Савостина на все лады повторяла, что Оля просто лежала у ворот. Ни угрозы, ни предложение денег не поколебали врача. Она только упорно твердила:

— Клянусь всеми святыми, подбросили.

Устав от бесплодных разговоров, я пошла на выход и на пороге сообщила:

— Я вам абсолютно не верю, приду еще раз завтра и, если не скажете правду, доложу начальству о вашей «торговле».

Но Савостина неожиданно проявила твердость.

— Наговаривайте на меня сколько угодно, у нас все документы в порядке и доказать что-либо очень и очень трудно. А станете пакостить, сообщу, что вы вымогали у меня взятку, и свидетелей приведу. Так что уходите подобру-поздорову, вам незачем больше появляться, ничего я не боюсь.

«Да, — подумала я, закуривая на лестнице, — ничего не боишься, кроме одного — честно сказать, кто велел отдать Полину».

За дверью послышался голос Савостиной:

— Котэ?

Ага, звонит по телефону. Я приложила ухо к филенке. Ну, спасибо вам, московские строители, за двери из картона. Слышно так, будто стою в прихожей.

— Послушай, — взволнованно говорила Жанна Яковлевна, — во что ты меня втравил? Говорил, никаких сложностей не будет, а сейчас приходила баба из прокуратуры, въедливая такая, интересовалась девочкой.

Воцарилось молчание. Потом Савостина ответила:

— Нет, не сказала, но пообещала завтра опять появиться. Сейчас к тебе приду, не по телефону же говорить.

Я понеслась вниз по лестнице и села в «Вольво», радуясь тонированным стеклам. Примерно через полчаса Жанна Яковлевна вышла из подъезда. На ней был дешевый китайский костюм, на ногах растоптанные тапки из кожзаменителя. Похоже, она и впрямь все деньги вкладывает в центр.

Я завела мотор и последовала за ней. Очевидно, ей не приходила в голову мысль о возможности слежки, потому что она ни разу не оглянулась, а просто села в подошедший троллейбус.

Я пристроилась сзади и медленно двинулась по маршруту, тормозя на остановках. Минут через сорок троллейбус добрался до Крымского и развернулся на кругу. Люди стали выбираться из машины, Савостина вылезла последней и почти побежала к семнадцатиэтажному блочному дому с синими панелями. Я вошла за ней в подъезд и подождала в тамбурчике, пока не услышала скрип поднимающейся вверх кабины. Тогда я приблизилась к лифту и стала смотреть на окошечки над дверью, там мелькали номера этажей. Лифт добрался до шестнадцатого и замер. Отлично! Теперь можно ехать домой, а завтра узнаю, в какой квартире живет этот самый Котэ. Сдается, он не последнее лицо в данной истории.

Вспомнив, что в доме две маленькие девочки, я купила по дороге коробку с пирожными и мягкие игрушки и порулила в Ложкино.

Холл поражал невероятной, просто хирургической чистотой. В гостиной и столовой тоже все сверкало и переливалось. Занавески, ковры, плафоны, окна — нигде ни пылинки. Собаки бросились ко мне, распространяя запах шампуня.

— Одного не понимаю, — поразилась Ольга, отрывая глаза от газеты, — как Маруська за один день ухитрилась все вымыть. Представь себе, она даже за батареями вычистила!

Сидевшая в кресле Маня довольно улыбалась, потом увидела коробку с пирожными и завопила:

— Мусек, а корзиночки с белым кремом купила?

— Чем это у нас так вкусно пахнет и где Капа с детьми? — спросила я, глядя, как Манюня откусывает сразу от двух пирожных.

— Дети спят, ты на часы погляди, — вразумила меня Зайка.

И правда, уже десять, день пролетел незаметно.

— А Капа так устала, — сообщила Манюня, облизывая вымазанные пальцы, — представляешь, девчонки повалили в больнице какой-то шкаф! Небось крику было! В общем, она тоже спит без задних ног, а пахнет курицей, между прочим это я приготовила!

Я мгновенно сдернула салфетку, прикрывавшую большое блюдо, и обомлела! В центре, выставив ножки, лежала аппетитная курочка-гриль с поджаристой хрустящей корочкой. Привлекательную тушку окружали отварные картофелины, посыпанные укропом.

Мой бедный голодный желудок, в который за целый день упала только одна чашка кофе без сахара, судорожно сжался, рот наполнился слюной, как у собаки Павлова.

— Да уж, — заметила Ольга, — приходится признать, что Манька обошла меня по всем статьям. Что в уборке, что в готовке, просто талант! Глянь, какая хорошенькая птичка, это тебе не цыпленок из Сталинграда!

В 1991 году в Москве пропали все продукты. Каких только блюд не изобретали предприимчивые хозяйки в те голодные времена. В одном доме меня угостили самогонкой из томатной пасты, в другом — пирожками с колбасой по два рубля двадцать копеек. А котлеты из хлеба и макароны домашнего приготовления? Поэтому, когда в одно прекрасное утро дверь на наши кафедры распахнулась и секретарша декана прокричала: «На углу дают цыплят!» — все преподаватели помчались в магазин.

Выстроилась длинная очередь, естественно, понеслись крики «На всех не хватит!», «Больше двух не давайте!». Честно отстояв два часа, я получила тушку странного животного. Доставшаяся добыча оказалась темно-коричневого цвета. Мясо как у куропатки, но ноги явно куриные. Худые бедра и угрожающе желтые когти. Маленькая головка с закрытыми глазками безвольно моталась на будто тряпичной шейке. Сквозь пупырчатую жесткую кожу с остатками перьев прощупывались ребра. Несчастную птичку хотелось прижать к груди и пожалеть, она явно скончалась от голода и жестокого обращения. Никаких ассоциаций с едой куренок не вызывал. Но я все равно приволокла добычу домой.

Робкая Оля, тогда еще не жена, а просто невеста, тихо поинтересовалась:

— Его надо съесть? — И прибавила: — Жалко почему-то...

Но мы с Наташкой были полны энтузиазма.

— Подумаешь, — деловито заявила подруга, — он уже все равно умер. Бульон из доходяги не сваришь, а вот пожарить вполне можно. Значит, так —

голову отдаем кошке, когти — собаке, остальное на сковородку.

Она загремела кастрюлями, потом принялась потрошить убогого куренка. Сначала слышался мерный стук ножа, потом вдруг Наталья спросила:

— Дашка, ты помнишь, когда Сталинград переименовали в Волгоград?

— Году в 59-м или 60-м, а зачем тебе?

— Гляди, — сообщила Наташка и сунула под нос тщедушную цыплячью лапку. Ее, как браслет, обхватывал кусочек картона. «Склад номер восемь. Сталинград» — стояло на нем красным шрифтом.

Оторопев, мы уставились на мумию, купленную мной в качестве парного бройлера.

— Это сколько же бедолаге лет? — присвистнула Наташка.

— Если считать, что Сталинград переименовали в 1960 году, то тридцать один, — тут же вычислил Кеша.

— Старше меня, — вздохнула Оля.

— Возьмите энциклопедический словарь, да проверьте, — посоветовала я.

Дети приволокли толстый том и принялись азартно листать тонкие страницы.

— 1961 год, — объявила Оля, — а до 1925-го город назывался Царицын.

— Наташа, покрути его, вдруг где-нибудь на животе стоит штамп «Царицын», — захихикал Аркадий.

— Господи, — ужаснулась подруга, — где же это несчастье пролежало столько лет?

— Стратегические запасы, — важно сообщил

Кеша, — хранили на случай атомной войны, а может, просто забыли про птичек, а сейчас в связи с голодовкой поскребли по сусекам да отрыли...

— Не можем же мы его съесть, — засомневалась я, — как-то неприятно жарить исторический экспонат! А что тогда делать с цыпленком?

— По-моему, — робко сказала Оля, — надо его похоронить с почестями, ей-богу, он это заслужил.

И мы, взяв маленькую лопатку, спустились во двор, где и погребли измученное тельце возле забора.

— Спи спокойно, бедный куренок, — сказал Кеша, — всегда не любил кур поедать, а теперь вообще не смогу. Может, табличку поставить: «Цыпа Сталинградский»?

Так у нас в доме появилось крылатое выражение, обозначавшее несъедобные продукты.

Курица, приготовленная Маней, совершенно не походила на «Цыпу Сталинградскую». Я оторвала крылышко и, пережевывая ароматное сочное мясо, тихонько спросила:

— Повара тоже вызывала?

— Нет, — также шепотом ответила Маня, — это и правда сама.

— Расскажи, как готовила, — потребовала не услышавшая наш диалог Ольга.

— Ну просто. Взяла пачку соли, высыпала на сковородку, а сверху положила тушку.

— Пачку соли?! — изумились мы с Зайкой.

— Именно, — кивнула Маруся, — просто вытряхиваешь килограмм соли, а сверху шлепаешь курицу. Потом в горячую в духовку, и — крэбс, фэбс, пэкс — ужин готов.

— Где же ты взяла рецепт? — поинтересовалась Ольга.

— В Интернете, — ответила Маня, ухватывая пятое пирожное.

Мы переглянулись с невесткой.

— Да, Манюня, — заметила Зайка, — ты в жизни не пропадешь!

Глава 24

На следующий день я приехала в Крылатское — узнать, кто этот Котэ, проживающий на шестнадцатом этаже.

Лифт поднял меня ввысь, и я уперлась носом в стеклянные двери с четырьмя звонками. Интересно, в какой квартире находится нужный персонаж?

Я ткнула пальцем наугад. Створка распахнулась, и я вошла в длинный холл, заставленный велосипедами, коробками и старой мебелью. На лестничную клетку глядели четыре одинаковые, обитые черным дерматином двери. Одна распахнулась, и на пороге появилась личность, при виде которой я почти потеряла сознание.

В проеме, закрывая собой почти все свободное пространство, стоял звероподобный мужик явно «кавказской национальности». По причине теплой погоды он не надел ни майку, ни рубашку, и взору открылась поросшая черными волосами жирная грудная клетка. В зарослях виднелась татуировка — какие-то лица и надписи. Хозяин

почесал огромной рукой плоскую, почти бритую
голову, поскреб в двухдневной щетине и неожиданно вежливо осведомился:

— Вам кого, мамаша?

Я чуть не лопнула от злости. Видали сыночка!
Да он меня всего лет на десять младше, не более.
Обычно в таких случаях тут же ставлю нахалов на
место. Но только не такого типа. Добродушный
голос не может никого обмануть. У мужчины лицо дикого зверя — злое, напряженное и бесконечно опасное.

«Уноси, Дарья, ноги, пока цела», — шепнул
мне внутренний голос, и первый раз в жизни я
решила его послушать.

— Вы отец Алены Верещагиной? — спросила я
и добавила: — Почему она пропускает занятия?

— Не знаю никакой Алены-шмалены, — сообщил верзила, с хрустом потягиваясь. — Ошиб-
лась, дорогая. Тебе какую квартиру надо?

— Двести восемьдесят первую, — быстро сообразила я.

— Не ту кнопку нажала, дорогая, их дверь на-
право.

Щелкнул замок, я же, помня о том, что в двери есть «глазок», пошла в противоположную сторону и позвонила в двести восемьдесят первую
квартиру.

— Кто? — послышался женский голос.

— Из школы.

— Опять на уроках безобразничает? — гневно
спросила молодая женщина и, не дожидаясь ответа, втянула меня в прихожую.

Только когда за моей спиной захлопнулась дверь, я почувствовала, что по спине катится пот, а колени мелко дрожат.

— Что на этот раз натворил? — вопросила женщина, вталкивая меня в комнату. — Вы уж извините, беспорядок у нас, все руки не доходят.

Беспорядок — это скромно сказано. Погром, потоп, буря — будет вернее. По небольшой гостиной словно Мамай прошел. На столе кипа неглаженого белья и утюг, там же пара чашек с засохшей кофейной гущей и объеденные куски пиццы. На полу разбросаны разнокалиберные домашние тапочки, по стульям и креслам валяются интимные предметы туалета — трусы, носки, лифчики и колготы. На диване подушка в довольно засаленной наволочке и старый плед. На одеяле — раскрытая книга и шкурки от бананов, во всю мощь орет телевизор.

Ну надо же, лежит себе посреди такого погрома, жует бананы, читает дамский роман и слушает новости.

— Так что он сегодня сотворил? — настаивала мамаша.

— Извините, наверное, неправильно представилась, я из школьного отдела муниципалитета. Вот ходим по домам, опрашиваем население, выявляем количество детей.

— Зачем?

— Хотим выяснить, надо ли новую школу строить или прежними обойдемся. Вы своей довольны?

— Моему безобразнику везде плохо, — отмахнулась женщина. — Как вас зовут?

— Дарья Ивановна, а вас?

— Изергиль Семеновна.

— Как? — не удержалась я. — Какое редкое имя!

— И не говорите, — вздохнула хозяйка, — мой отец — литературовед, кандидат наук. Всю жизнь изучал творчество Горького. Вот и назвал нас с братом по-дурацки: меня Изергиль, а его — Данко, в честь любимых литературных героев. Представляете, сколько с такими имечками натерпелись?

Я сочувственно вздохнула. Когда-то были у меня два брата студента в группе — Догнат и Перегнат. Сумасшедшие родители обозвали так ни в чем не повинных детей, чтобы увековечить лозунг Никиты Хрущева — «Догнать и перегнать Америку по производству молока и мяса».

Изергиль улыбнулась:

— Я вот сына нарекла Ваней. Просто с детства мечтала: выйду замуж, рожу ребенка и назову проще некуда. Так вы население опрашиваете?

Я кивнула.

Женщина засмеялась.

— Мой мальчишка — жуткий шалун, просто катастрофа. Чего только ему в голову не приходит! Нас уже из трех учебных заведений вытурили. Так что стройте скорее, в новую школу пойдем.

— У ваших соседей тоже дети есть? — спросила я. — Там такой страшный мужчина дверь открыл, я прямо испугалась.

Изергиль опять заулыбалась. Просто патоло- гическая смешливость.

— Это Котэ Вахтангович. Он и в самом деле противный тип, улыбается ласково-ласково, а сам глазами шарит, прямо как раздевает. Недавно здесь живет, год как квартиру купил. Раньше в двести семьдесят девятой очень приличная семья была, Евдокимовы, но у них третий родился, в двух комнатах тесно стало, вот и продали. А у Котэ Вахтанговича — никаких родственников. Прихо- дят, правда, все время гости. Мы сначала боя- лись, думали, одинокий жилец, начнутся пьянки, гулянки, бабы... Да еще лицо кавказской нацио- нальности... Но нет, абсолютно тихо. Приходят, как тени прошмыгнут и тихонько уходят...

Поболтав еще немного с приятной мамой дво- ечника, я уселась у подъезда, среди собачников. Минут через пятнадцать выяснила и фамилию Котэ — Джапаридзе. Теперь следовало узнать, за что и сколько он сидел. А то, что милый Котэ Вах- тангович не в ладах с законом, видно невоору- женным глазом. Собственно говоря, есть только одно место, где мне могут дать исчерпывающую информацию. Я вытащила пудреницу, оглядела лицо и призадумалась — нужно придумать до- стойный повод для встречи с полковником.

Александра Михайловича трудно застать в ка- бинете, но сегодня он мрачно сидел над какими- то бумагами, которые моментально убрал при моем появлении в сейф.

— Зачем явилась? — весьма невежливо встре- тил меня приятель.

Вот странный человек. Вроде любит меня, с удовольствием приходит в гости, но стоит мне заглянуть к нему на работу или случайно столкнуться возле кого-нибудь убитого, моментально злится и цедит слова сквозь зубы.

Решив не обращать внимания на крайнюю невежливость Александра Михайловича, я тяжело вздохнула.

— Кофейком не угостишь?

Приятель полез за банкой. Я не удержалась:

— Зачем кофе в сейф прячешь?

— Коллеги сопрут, — пояснил полковник, — придут и всю банку разом выпьют.

Помешав алюминиевой ложечкой отвратительный растворимый напиток, я отхлебнула небольшой глоточек и попыталась изобразить восторг:

— Какой аромат! Как называется?

— Самый дешевый, индийский, — пояснил Александр Михайлович и перешел к делу: — Хватит придуриваться, выкладывай, зачем пришла, во что влезла? Откуда тебя теперь выручать надо? Насколько помню, в помойке, подвале и милиции ты уже посидела. Что на этот раз?

— Да не во мне дело, тут Кеша...

— Что Кеша? Вполне рассудительный молодой человек, без сдвигов.

— Так-то оно так, — принялась я самозабвенно врать, — только последнее время беспокоит его работа.

— А что с работой?

— Общается с криминальными элементами, целыми днями в тюрьме пропадает...

— Он же адвокат, — ничуть не удивился приятель. — Условия работы такие. Кстати, я тоже не с балеринами время провожу. У тебя что-то конкретное или просто ля-ля?

— Не нравится мне его дружба с Котэ Джапаридзе. Мужик противный, жирный такой, весь в наколках. Что у них может быть общего, просто не расстаются. Лучшие друганы, не разлей вода.

Александр Михайлович нахмурился. В душе я возликовала. Он обожает Кешу, сын платит ему тем же. И профессию адвоката Аркаша выбрал не без влияния полковника.

Мой приятель набрал номер и приказал в трубку:

— Андрей, притащи-ка все про Котэ Джапаридзе.

— Кто он такой? — спросила я.

— Лаврушник.

— Кто?

— Вор в законе грузинской национальности. Из старых, так сказать, кадров. Подобные ему вымирают, как мамонты.

Молоденький Андрюша притащил объемистую папку. Полковник начал выдавать информацию.

Первый раз Котэ попал в поле зрения органов еще в 1961 году, было ему тогда четырнадцать лет. И первый срок за кражу он мотал в «малолетке». Потом понеслось-поехало, два года на свободе, три на зоне, годок дома, пять в тюрьме... Котэ приобрел авторитет. Среди «коллег по работе» слыл безупречно честным человеком. Держал общак.

Его слово на разных сходках могло оказаться решающим, короче говоря — разводящий.

Исповедовал Котэ, так сказать, классические законы уголовного мира. Никогда не работал и заставить его стать к станку в зоне оказалось невозможным. Не имел жены и детей, да вору в законе их и не положено заводить. Это обнаглевший нынешний молодняк, отморозки и беспредельщики, позволяют себе все. Котэ не из таких. Предельно вежлив с женщинами, приветлив с детьми, не употребляет наркотики, не пьет и не вступает ни в какие переговоры с милицией. Последнее время отошел от активной деятельности. Купил квартиру в Москве и ведет тихий образ жизни. Как инвалид второй группы получает пенсию. Но по сведениям Александра Михайловича — Котэ богат и осторожен. Он никогда не связывался с мокрыми делами, занимался только воровством. Причем не подумайте, что резал карманы в метро или вышибал ногой хилые двери на первых этажах «хрущоб». Есть такие «бизнесмены»: вломятся в квартиру, похватают что поближе к входной двери — и скорей на улицу. Не слишком уважаемая категория среди урок.

Джапаридзе действовал иначе. Неторопливо подбирал объект, составлял подробный план и работал не без артистизма и выдумки.

Один раз проник в квартиру известного киноактера, нанявшись делать ремонт его соседям. Те, полные лопухи, оставив Котэ и двум подельникам ключи, уехали на три дня на дачу. Проломив стену, «мастера» пролезли в соседнее помещение и взяли там только одну вещь — альбом с бесценными марками. Ни антикварные часы, ни серебро, ни драгоценности хозяйки — только кляссер. Правда, стоимость содержимого исчислялась тысячами и тысячами, причем не рублей, а долларов. Самое интересное в этой истории то, что, осуществив задуманное, Джапаридзе с приятелями аккуратнейшим образом заделали проем, поклеили обои, побелили потолки и поменяли кафель. То есть сделали полный, качественный ремонт. Вернувшиеся хозяева долго благодарили «мастеров», осуществивших такой большой объем работы за столь короткое время.

Следующая афера оказалась еще красивей. Стоило только известному художнику Андриевскому отправиться с семьей в Испанию, как наутро к подъезду дома, где проживал живописец, прибыл фургон. Два мужика в комбинезонах втащили на лямках огромный холодильник. Лифтер заявил, что хозяев нет, только домработница пришла полить цветы.

— Да мы знаем, — сообщили грузчики, — поехали с нами.

Лифтер проявил бдительность и поднялся в квартиру. На звонок открыла женщина средних лет.

— Валентина Васильевна? — осведомился один из грузчиков. — Хозяин ваш холодильничек новый купил, «Бош», трехкамерный. Велел вам вручить, только просил до его приезда не распаковывать, наверно, подарок кому-то приобрел.

Громко топая, мужики оставили агрегат в холле и ушли. Они не вызвали никаких подозрений ни у лифтера, ни у домработницы. Ведь принесли вещь в дом, а не уносили из него... Через некоторое время, когда прислуга ушла домой, из холодильника выбрался сообщник Котэ. Времени у него на «чистку» квартиры было навалом. Но опять воры взяли только одну вещь — небольшой чемоданчик с коллекцией эмалей XVII—XVIII веков. По самым скромным подсчетам, собрание оценивали в миллион долларов. Сунув кейс в укромную спортивную сумку, грабитель преспокойно открыл двери и беспрепятственно ушел. Художнику в утешение остался «Бош».

— Да, — почти с восторгом сказал Александр Михайлович, — теперь уже нет таких мастеров — артист, можно сказать, виртуоз. Кстати, у него и кличка соответственная — Станиславский. И впрямь, ограбления на спектакли смахивают, все до тонкостей отрепетировано. И подельников нашел, как на подбор, таких же последних из могикан — Савостина Сергея Яковлевича и Онуфриева Андрея Викторовича. Еще на малолетке скорешились и все дела вместе проворачивали, пока наконец Савостин и Онуфриев не погибли.

— А что с ними случилось?

— Онуфриев подцепил туберкулез и просто умер, а Савостина убили в камере заточкой, не поделили что-то с братками.

— И когда это было?

— А тебе зачем? — насторожился полковник.

— Просто любопытно.

— Ладно, — крякнул приятель, захлопывая папку, — скорей всего Котэ хлопочет за кого-нибудь из своих, нанимает Аркадия в качестве адвоката. Думаю, волноваться не стоит, Джапаридзе после гибели приятелей отошел от дел и сейчас выполняет роль «свадебного генерала».

Он вежливо довел меня до выхода на первом этаже. Кто-нибудь другой воспринял бы подобное поведение как любезность, но только не я! Хорошо знаю, что Александр Михайлович просто не хочет, чтобы я шлялась по бесконечным коридорам без присмотра.

Сев в машину, закурила и призадумалась. Ясно теперь, что связывает милейшую Жанну Яковлевну и благородного вора в законе Котэ Джапаридзе. Ведь ближайший друг и подельник авторитета — Савостин Сергей Яковлевич, скорей всего брат предприимчивой директрисы. Как бы разузнать о нем побольше? Полковник уже что-то заподозрил и не станет ничего сообщать. Может, поехать к Жанне Яковлевне и пугануть бабу как следует? А что, ценная идея...

Я развернулась и понеслась по знакомому адресу. Но на звонок в дверь никто не ответил. Наверное, пошла в свой центр. Запарковав «Вольво» возле ворот, я принялась трезвонить в «Милосердие». Выглянула пожилая женщина в халате. Наверное, больна — глаза красные и нос распух. Вот ведь — допускают к младенцам с насморком, а еще порядком хвастаются!

— Жанна Яковлевна на месте?

— Проходите, — шмыгнула носом тетка и стала вытирать платком слезящиеся глаза.

Я пошла по коридору и, постучав в дверь с табличкой «Директор», обнаружила в кабинете главного врача Римму Федоровну, тоже отчаянно шмурыгающую носом.

Да что у них тут, эпидемия гриппа?

— Уже знаете? — всхлипывая, спросила Кочеткова.

— Что? — удивилась я.

— Жанна Яковлевна сегодня утром упала с платформы и попала под поезд метро!

Я так и села.

— Погибла?!

— К счастью, жива и даже почти не покалечилась... Так и не понимаю, как это произошло. Мы здесь все прямо с ума сходим...

И она громко зарыдала, сморкаясь в отвратительного вида мужской платок в крупную клетку.

Абсолютно нелогичное поведение. Чего убиваться, если Савостина жива! И опять я почувствовала запах опасности. Не слишком ли много народа в этой истории падает в метро под электровоз! Сначала Катя Малахова, студентка театрального вуза, потом Лидуся, теперь, пожалуйста, — новое падение.

— Где Савостина сейчас?

— В Склифосовском.

Я понеслась на Садовое кольцо. Жанну Яковлевну поместили в маленькую палату-бокс, скорей всего платную. Находилась она в самом конце длинного, застеленного желтым линолеумом коридора. Очевидно, почти все врачи вечером ушли домой. Двери палат закрыты, молоденькая медсестра, читавшая на посту книгу, даже не подняла голову при моем появлении.

В коридоре встретился только один мужчина, быстрым шагом двигавшийся навстречу. Что-то в его больших карих глазах и крупном мясистом носе показалось мне знакомым. Но вспоминать было недосуг, и я толкнула дверь.

Савостина полусидела в большой кровати, держа в руках ветку винограда. Выглядела она не самым лучшим образом. Лицо в ссадинах и кровоподтеках, левая рука забинтована. Но сидит и даже ест фрукты, следовательно, не так уж ей и худо. Увидав меня, директриса вздрогнула и хриплым голосом спросила:

— Кто сказал, что я в больнице?

Проигнорировав вопрос, я задала свой:

— Как вам удалось спастись от поезда?

Савостина опять вздрогнула:

— Господь спас, сама не понимаю, сгруппировалась как-то.

В ее изложении версия происшествия выглядела так. Вчера вечером она договорилась о встрече с приятельницей на «Театральной». Когда на «Павелецкой» сегодня утром поджидала поезд, в толпе возникла какая-то полусумасшедшая старуха с толстой палкой в руках. Пенсионерка тащилась по платформе, бормоча что-то под нос. Не успела Жанна Яковлевна удивиться тому, как такая рухлядь добралась до метро самостоятельно, как бабуля с невероятной силой дала ей палкой по ногам. Савостина кулем полетела вниз, поезд, как раз вырвавшись из тоннеля, стремительно въезжал на станцию. Но в человеке иногда в момент опасности просыпаются невероятные силы. Жанна Яковлевна быстрее молнии закатилась в довольно узкое пространство под перроном. Ей дважды повезло. Первый раз, когда не убило током от так называемого «третьего рельса», второй — когда ее довольно полное тело укромно уместилось в маленькой кубатуре. Машинист включил экстренное торможение, пассажиры в вагонах, наверное, попадали, как спелые груши... Савостина лишилась чувств и не помнит, как специальная бригада вытащила ее на поверхность. Очнулась только в «Скорой помощи». Ушибы, ссадины, пара поломанных ребер — вот итог приключения. Можно сказать, просто необыкновенное, сказочное везение. Лиде Артамоновой досталось куда круче, до сих пор в себя не приходит.

Я внимательно посмотрела на жертву и тихо, но четко и убедительно произнесла:

— Не захотели мне правду рассказать, побежали к Котэ Джапаридзе советоваться, вот вас и решили убрать с дороги. Между прочим, все знаю, и про Сергея Яковлевича тоже, и хочу вам помочь. Думаете, убийцы остановятся? Да в этой истории уже полно трупов, ваш будет очередным и, дай бог, чтобы последним. Только выйдете отсюда, сразу ведь под машину попадете. Хотя, можете и не выйти, охраны в отделении никакой, сил у вас мало, в палате вы одна, придушить вас — проще некуда. Приличный киллер такое даже за работу не посчитает, это для него разминка!

У несчастной директрисы при каждом моем

слове все больше серело и вытягивалось лицо, наконец она откинулась на тощие больничные подушки и зарыдала в голос. Я вызвала медсестру и, глядя, как та ловко вкалывает успокоительное, приготовилась ждать эффекта. Наконец-то Савостину проняло. Сейчас все расскажет!

Глава 25

Много лет тому назад, а точнее в 1947 году, в семье школьных учителей Савостиных родились близнецы — мальчик и девочка. Назвали младенцев Жанна и Сережа. Страшно похожие друг на друга внешне, они разительно отличались по характеру. Когда же дети пошли в школу, стало окончательно понятно, что они во всем полярны. Аккуратная, робкая отличница Жанна и нахальный двоечник Сергей, хулиган и школьное несчастье.

Жили Савостины в коммунальной квартире, и был у них только один сосед, зато какой! Многократно судимый вор Степан Анишин. Правда, вел он себя прилично, не пил, не гулял, снимал в коридоре ботинки. По вечерам, заварив невероятно крепкий чай, дымил на кухне вонючим «Беломором» и рассказывал Сереже о необыкновенном братстве воров, о справедливых законах уголовного мира, о загульной жизни и больших деньгах...

Мальчишка слушал развесив уши. Степан был так убедителен и красноречив, что у паренька не возникло никаких сомнений в правдивости рассказов. По вечерам он мечтал о такой красивой жизни. Там музыка, вкусная еда, отличная одежда и всегда полный кошелек. Убогие родители, вечно считающие до получки копейки и без конца повторяющие: «Мы люди честные, лучше маленькие деньги, да заработанные, чем большие, да украденные», — начали вызывать у него сначала смех, потом раздражение. Ну так не знать жизни и всего бояться!

В 1961 году Сергей осуществил свою мечту — стал участником ограбления. Но ему фатально не повезло. Кто-то настучал в милицию о готовящейся «акции». И Степана Анишина вместе с юным «подмастерьем» взяли с поличным. Урка отправился в Республику Коми, Сергей попал в спецПТУ, кузницу криминальных кадров. Оттуда парень вышел законченным уголовником, озлобленным на весь белый свет. Родители поспешили отказаться от непутевого сына, прислав вместо продуктовой передачи письмо, переполненное упреками и моральными наставлениями.

Все люди — враги, такой вывод сделал Савостин, оказавшись на свободе. Не предала его только любимая сестричка Жанна. Несмотря на строгий родительский запрет, девочка ездила на свидания и передавала брату кулечки с карамельками, дешевым печеньем и «Беломором». Писала она и длинные письма, обстоятельно рассказывая нехитрые домашние новости.

В те времена МВД все же пыталось хоть как-то воспитывать сидельцев, поэтому Сергей закончил школу и приобрел специальность токаря. Обучение пошло впрок. В природе просто не существовало замка, которого парень не сумел бы открыть, используя самые простые подручные средства. С такими талантами он скоро опять загремел в СИЗО, но на этот раз уже не в «детскую», а в самую настоящую Бутырскую тюрьму.

Старавшиеся забыть сына родители опять тяжело пережили вторую посадку. С отцом случился инфаркт, и он скончался, так и не оправившись, мать прожила еще недолго, но не дождалась сыночка. Жанна училась в медицинском, старательно скрывая от всех, что брат у нее — вор.

Когда Савостин опять оказался на свободе, Жанночка как раз получила диплом и устроилась работать в поликлинику. Вернувшийся домой брат только присвистнул, увидав почти голые стены и единственное задрипанное платьишко сестры.

— Стипендия была маленькая, — развела руками Жанна, — еле-еле на хлеб и молоко хватало.

— И ты еще посылала мне передачи! — воскликнул Сергей.

— Я же люблю тебя, — просто ответила Жанна.

У Савостина к тому времени появились два верных испытанных друга — Котэ Джапаридзе и Андрей Онуфриев. Подружившись еще в «малолетке», парни держались друг за друга. Главным в этой компании, безусловно, был Котэ — умный, изворотливый и осторожный.

Именно он припугнул нового соседа Жанны и помог разменять квартиру. Впервые в жизни у женщины появилась пусть маленькая и плохонькая, но своя жилплощадь. Брат сделал ремонт, купил мебель, раздобыл ковер, холодильник, притащил сестре кучу одежды и... сел снова.

Так и потекла жизнь. Короткие праздничные моменты на свободе и долгие дни за решеткой...

В один далеко не прекрасный день Жанночке позвонили из Главного управления исполнения наказаний. Милая приветливая женщина усадила Савостину за стол, заботливо приготовила стакан с водой и сообщила, понизив голос:

— Савостин Сергей Яковлевич, 1947 года рождения, вам братом приходится?

Жанна кивнула. Сотрудница помялась и сообщила о... смерти заключенного. Савостина вышла на Бронную улицу и села на скамеечку. Несмотря на официальность заявления, она почему-то не поверила этой приятной тетке.

Между близнецами существовала странная, почти мистическая связь. Каждый раз, когда заболевал один, плохо делалось и второму. Однажды ночью Жанна проснулась от резкой боли в пояснице и боках. Кое-как через некоторое время она все-таки ухитрилась заснуть. А утром обнаружила у себя на теле множество синяков. Потом Сергей рассказывал ей, что его крепко отлупили на Петровке милиционеры и он несколько дней провалялся в больнице.

Поэтому Жанна знала точно — Сережа жив. Ее сердце обязательно бы почувствовало момент кончины брата. Сестра спокойно отправилась на работу и совершенно не волновалась, получив свидетельство о смерти.

Года полтора ее никто не беспокоил, потом

пришел Котэ. История, рассказанная им, выглядела как в романе Дюма — история еще одного графа Монте-Кристо. Шел 1994 год, Бутырская тюрьма была переполнена. О прежних нормах — три квадратных метра на одного заключенного — забыли все. В камерах на шестьдесят человек сидело по сто двадцать, спали на шконках по очереди. Закон предписывал не сажать в одну камеру подельников. Но в кипевшей безумным количеством народа тюрьме это правило частенько нарушалось. Так Котэ оказался вместе с Сергеем. Душной августовской ночью неожиданно скончался их сосед — мелкий мошенник Слава Расторгуев. Очевидно, у мужика было больное сердце, и он не выдержал летней жары в перенаселенном помещении. Умер тихо, просто всхлипнул — и все. Заметили это только Котэ с Сергеем. Камера, где свет не выключался ни днем, ни ночью, привычно занималась делами: курила, читала газеты, храпела...

Котэ тихонько пнул Сергея:

— Глянь-ка, только сейчас заметил, до чего Славка на тебя похож!

Савостин пригляделся и ахнул — впрямь, просто одно лицо. Смерть слегка изменила черты Расторгуева, и неподвижные щеки, нос, лоб и подбородок непостижимым образом стали напоминать черты Сергея. К тому же у обоих густые каштановые волосы, темные глаза, похожее телосложение, и почти полностью отсутствуют зубы.

Не понимая пока, как можно использовать данное обстоятельство, Котэ и Сергей уставились на покойника. И тут в камере началась драка. Что там не поделили два хмурых мужика, не знал никто, но уже через десять минут в побоище втянулись почти все. Громыхая, прилетели охранники. В жуткой сутолоке кто-то воткнул в грудь мертвого Расторгуева самодельный нож, а Сергею сломали руку.

После того как порядок восстановили, из камеры вынесли четыре трупа и вывели нескольких раненых. Охрана страшно торопилась, момент для бунта заключенные выбрали крайне «удачно». На следующее, впрочем уже наступившее, утро в тюрьме ждали комиссию из министерства. Тюремное начальство справедливо полагало, что за беспорядки по голове не погладят, и спешно заметало следы.

Савостина сволокли в больницу, и здесь он... назвался Расторгуевым. В спешке, судорожно боясь проверяющих, местные власти увезли труп «Савостина». Когда через две недели Сергей вернулся в камеру, там почти полностью сменился состав, и никто не уличил его в обмане. Готовясь принимать высоких гостей, охрана быстренько избавилась от трупов, проигнорировав обычные в таком случае формальности.

Расторгуев был мелким мошенником, вернее, брачным аферистом. Срок получил впервые, и ему предстояло отмотать всего два года на общем режиме. Савостину же, рецидивисту и вору, впаяли все тринадцать. Совершив подлог, Сергей преспокойненько «отдохнул» в Коломне и стал жить под именем Расторгуева.

— Это он сейчас приходил к вам? — спросила я.

Жанна Яковлевна кивнула. Мне стало понятно, почему она сначала так явно перепугалась, увидав работника прокуратуры. Решила небось, что обман раскрылся и органы ищут братца!

— Они с Котэ больше не занимаются ничем противозаконным, — тихо объясняла Жанна Яковлевна, — купили автосервис, Сережа талантливый, рукастый мастер. Дело у них отлично пошло!

Вот уж не поверю ни на минуту в подобное! Чтобы Джапаридзе взял в руки инструменты? Да для него это позор! Нет, скорей всего наши дорогие «слесари» занимаются чем-то более выгодным и привычным. Как только Сергей не боится, ведь, если еще раз арестуют, снимут отпечатки пальцев, и все — финита ля комедиа! Ну должен же быть у человека хотя бы инстинкт самосохранения!

— Ладно, — сказала я, — с братцем все понятно, а девочка Оля все-таки откуда взялась?

Оказалось, ребенка попросили взять в центр Сергей и Котэ. Якобы девочка — дочка их старого приятеля, тоже урки. Мать скончалась, а отец убит.

— Чего тебе стоит, — упрашивал сестру Сергей, — пожалей малышку. Отправят в детский дом и клеймо поставят «дочь вора», небось никто из приличных людей и взять не захочет. А так — подкидыш! Устроишь ее получше, мы другу обещали помочь, а слово наше крепкое, нерушимое...

Жанна Яковлевна не смогла отказать брату и согласилась на не слишком законное предприятие. Привела утром Олю в «Милосердие» и сообщила о «находке», а потом с чистой душой сплавила сироту Мирной, зная, что здоровенькая, с нормальным развитием девочка быстро обретет новых родителей.

— Христом богом прошу, — шептала Савостина, хватая меня за руки, — ну хотите, на колени встану! Не губите брата, он теперь честный человек, начал жизнь с нуля, жениться вот собрался, и женщина такая милая попалась — Ирочка, она ничего и знать не знает. Ну не топите человека, дайте ему подняться! Ведь если все узнается, отправят досиживать, да еще прибавят за обман. А хотите, заплачу? Вы не думайте, средства есть, называйте сумму!

Я только поморщилась. Честно говоря, мне глубоко наплевать на законность, совершенно безразлично, что станется с Савостиным. Пусть женится, родит ребенка... Вот только он должен рассказать, откуда взял Олю-Полину — и аллах с ним.

— Дайте адрес брата, — потребовала я.

Директриса помялась немного, но все же сообщила:

— Оружейный переулок, двенадцать. Только вы, если пойдете, поосторожней там, это квартира Иры, а она ну просто ни о чем не подозревает.

Пообещав действовать аккуратно, я поехала домой. Хватит, набегалась, скоро одиннадцать, спать пора.

Но дома никто не собирался отходить ко сну. Первый этаж вовсю сиял огнями. В гостиной на диване сидели Александр Михайлович и Кеша, мне стало немного не по себе.

— Мать, — грозно спросил сынуля, — что за чушь ты несла полковнику, да я никакого Джапаридзе и знать не знаю. Первый раз фамилию слышу!

Я попыталась выкрутиться из дурацкого положения:

— Правда? А такого черненького мужика — помнишь, приходил, еще бумаги какие-то привозил — разве не Джапаридзе зовут?

Кеша фыркнул.

— Откуда только фамилию выдумала! Фантазия у тебя неуемная, это наш шофер из юридической консультации.

— Ну извини, — изобразила я смущение, — все-таки мать, вот и тревожусь!

— И все же, зачем тебе сведения о Котэ? — спокойно спросил Александр Михайлович.

— Мне?! Просто хотела убедиться, что Аркашке ничего не грозит. Говорю же, перепутала, думала бандит, а это шофер.

— Как выглядит водитель? — спросил полковник сына.

— Высокий худощавый брюнет, лет примерно тридцати, — ответил Кеша.

— Ты в моем кабинете сообщила, что Котэ очень неприятный, жирный и весь в наколках. Он и впрямь именно так выглядит, и спутать более чем пятидесятилетнего мужика с молодым парнем весьма и весьма трудно. Где же ты, моя радость, свела знакомство с Котэ, а главное, зачем? Ну, сделай милость, отвечай!

Я затравленно оглянулась по сторонам, неужели конец и придется признаваться? И Александр Михайлович, и Кеша полны желания вывести меня на чистую воду.

Помощь неожиданно пришла от Капы.

— Катастрофа! — закричала она, вбегая в комнату. — Энн проглотила пять рублей.

— Ну и что? — спокойно отреагировал Аркашка. — Дай слабительное, утром получишь бумажку или что от нее останется.

— Да не бумажку, а монету! — закричала со слезами на глазах Капитолина. — Большую круглую серебряную российскую монету!

— В России не делают серебряные деньги, — машинально поправил наш адвокат-зануда.

— Ты бесчеловечное существо, — продолжала паниковать Капа, — уж не знаю, из чего у вас штампуют деньги, думаю, из такой же дряни, как наши центы, а их переварить невозможно! Ребенок может погибнуть.

— Как она вообще получила пятирублевку? — спросил полковник.

— Взяла мой кошелек и стала играть.

— Разве можно давать такой малышке портмоне, — возмутился Аркадий. — Ты, Капа, безответственная личность.

— Ой, да знаю я это, — отмахнулась американка. — Лучше скажите, что делать?

— Очень просто, — раздался из коридора спокойный Машин голос, — надо поехать в детскую больницу на Садовом кольце, они живо вынут. По телику показывали, там магнитом действуют!

— Господи, — засуетилась Капа, — скорей, вдруг она задохнется!

— С чего бы это? — изумилась хорошо знакомая с анатомией Маруся. — Пищевод и дыхательное горло — разные вещи. Дальше желудка не денется!

Я побежала в гараж, Маня схватила ревущую от страха Энн, Капа бросилась за сумочкой. Отъезжая от ворот, я в зеркальце увидела, что полковник и Кеша вышли на крыльцо и мрачно смотрят вслед «Вольво». Ну да ладно, на сегодня пронесло, а завтра, глядишь, все забудут про Джапаридзе.

В больнице мы оказались не одни. На потертых кушетках сидел мальчик лет семи с мамой. Ножка ребенка засунута в узкую железную банку.

— В терминатора играл, — пояснила встревоженная мать, — туда впихнул, а назад никак, а у вас что?

— Пять рублей проглотила, — пояснила Маня. Энн судорожно обнимала ее за шею. Круглые глазки девочки от ужаса стали квадратными.

— Мы тоже глотали, чайную ложку, — обрадовалась мать.

— Зачем? — изумилась Маня.

— На спор! — неожиданно басом ответил мальчик. — Колян привязался в столовой: слабо ложку проглотить. А я говорю: нет, а он опять: слабо, слабо, ну я и съел. Ам — и нету! А училка шум подняла да еще двойку поставила!

— Ну ты и дурак! — восхитилась Маня. — А если бы Колян предложил вилку сожрать, тогда как?

— А че! — не испугался мальчонка. — Если зубцами вверх, запросто пройдет, люди вон шпаги и кинжалы глотают, в цирке сам видел, а ты — вилка! Ам — и нету.

— Молчи уж, терминатор, — не выдержала мать и отвесила парнишке оплеуху.

Тот тяжело вздохнул.

— Ложку как вынули? — спросила я.

— Прикиньте, как прикольно, — оживился «терминатор», — запихнули в рот какой-то шланг и глотать велели. Противно до жути, а потом... раз — и все. Оказывается, всякие приспособления есть особые.

Внимательно слушавшая рассказчика Энн неожиданно громко зарыдала. В ту же минуту распахнулись двери сразу двух кабинетов, и мы гурьбой вошли в довольно просторное помещение с кушеткой, письменным столом и железным столиком, выкрашенным белой краской. Увидав разложенные шприцы, скальпели, ланцеты и бог знает что еще, Энн завопила так оглушительно, что задрожали стекла. Честно говоря, очень хорошо ее понимаю и не одобряю скверной привычки врачей раскладывать повсюду свои жуткие орудия труда. И так страшно, а тут еще перед носом всякие скальпели.

Довольно молодой, но какой-то помятый доктор равнодушно поглядел на бьющуюся в истерике Энн и потребовал:

— Пусть мать успокоит ребенка.

Капа принялась обещать дочери за хорошее

поведение золотые горы и грузовики конфет. Как бы не так. Малышка визжала все громче и громче.

— Вот что, — четко сказал ей врач, — будешь вопить, велю положить тебя в больницу и стану каждый час делать укол, а заткнешься — через полчаса дома будешь, выбирай!

К нашему безграничному удивлению, Энн, вскрикнув в последний раз, захлопнула рот.

— Надо же, она вас поняла! — удивилась я.

— Почему же нет? — ответил доктор. — Это только родители думают, что их чадушки маленькие, на самом деле с ребенком лучше обращаться построже. Прикрикнешь, и разом затнется.

— Да вы просто варвар! — возмутилась экспансивная Маня. — Орать на перепуганного полуторагодовалого ребенка! Что за свинство, даже ветеринарам советуют не пугать животное на приеме, а ободрить его!

— Это ты мать ребенка? — поинтересовался врач, доставая какие-то бумаги.

— Нет, — оторопела Манюня, — мне только четырнадцать.

— Сейчас и в двенадцать рожают, — ухмыльнулся эскулап, — а раз не мать, так помалкивай, пока из кабинета не выгнал.

Пораженные столь пещерным хамством, мы удрученно закрыли рты, и парень смог наконец приступить к работе.

— Имя, фамилия, адрес, — потребовал он сурово.

— Энн Крутов, город Юм, штат Пенсильвания, — охотно сообщила Капа.

— Это где же? — изумился «Гиппократ».

— В Америке, — пояснила Манюня.

Хирург положил ручку, оглядел нас с ног до головы. На неприветливом лице засияла широкая улыбка.

— Так вы иностранцы!

— Да, — подтвердила я, — из США.

Капа вытащила паспорт:

— Вот.

— Если не москвичи, то оказание помощи платное, — продолжал улыбаться парень, — двести рублей в кассу, потом с квитанцией ко мне.

— А где касса? — растерялась Капа.

— Выйдите на улицу, седьмой корпус, третий этаж, только ночью все закрыто.

— Но как же... — продолжала наивная американка, — что же делать?

— Это не я придумал, — усмехнулся доктор.

Мне надоели пререкания, и я вытащила сто долларов.

При виде купюры врач оживился чрезвычайно и сказал:

— Сейчас позову Виктора Павловича, он по таким делам спец.

Призванный коллега в мгновение ока достал из дрожащей от ужаса Энн монетку и, бросив денежку в эмалированный лоток, ласково сообщил:

— Все, и бояться не стоило.

Сразу повеселев, мы двинулись на выход. Но в дверях Манюня притормозила и сердито проговорила:

— Слушайте, господа хирурги, пять рублей-то отдайте, все-таки деньги.

— Маня! — с укоризной сказала я, когда мы шли к машине. — Ну зачем тебе монетка?

— Этому придурку и так довольно заплатили, — сурово отчеканила дочь, — по-моему, он просто рвач. Скорую помощь всем оказывают бесплатно, нечего ему еще и пять рублей дарить.

Глава 26

Утром я дождалась, пока Аркашка уедет на работу, и только тогда спустилась к завтраку. Маруся умчалась в школу.

— Послушай, — сказала Капа, — надо получить у этих людей все документы на девочек.

Я согласно кивнула головой:

— Прямо сейчас и поеду.

Дверь открыл сам хозяин — Пискунов Алексей Николаевич. Еще через пару минут у меня оказались все необходимые справки, бумаги и метрики. Были отданы и две истории болезни.

— Счастливого пути, — пожелал Пискунов, — желаем удачно добраться до дому.

Я села в «Вольво» и закурила. Теперь надо пощупать Сергея Яковлевича Савостина, то есть, простите, Славу Расторгуева. Но прежде следовало провести предварительную работу

Сначала подрулила в центральный офис «Мосгорсправки» и совершенно официально попросила сообщить адрес господина Расторгуева. Я не знала ни отчества, ни года рождения, но пятьдесят долларов подвигли сотрудницу на служебный подвиг, и через полчаса в моих руках оказались три справки с адресами. Справедливо полагая, что Вячеслав Андреевич Расторгуев, 1917 года рождения, староват, а Ростислав Михайлович, 1996 года, чрезвычайно молод, я пришла к выводу, что мой клиент — Святослав Николаевич, 1949 года. Прописан в проезде Стратонавтов.

Обнаружив по карте эту улицу на севере столицы, я в два счета доехала до Тушина. Быстро нашла большой дом желтого цвета с подъездами во дворе. Добралась до сто семьдесят девятой квартиры и позвонила. Зная, что Савостин живет у своей любовницы в Оружейном переулке, совершенно не ожидала никого увидеть, но дверь распахнула убогая бабка в стареньком халате и платке, закрывавшем почти все лицо.

— Чего тебе, доченька? — прошамкала бабуля. — Потеряла кого?

— Слава Расторгуев здесь живет?

— Тута, — подтвердила старушенция, — а ты ему кем приходишься, милая?

— Сестрой, — сообщила я, — вот, навестить приехала.

— А он у жены находится, — пояснила бабка. — Оружейный переулок, езжай туда, эту свою квартирку он моей дочери сдал за триста долларов в месяц. Видала, как люди деньги делают? Ни пахал, ни сеял, а урожай снял, триста долларов, бешеные тысячи...

Провожаемая причитаниями, я спустилась вниз. Так, подготовительная работа проведена,

можно теперь действовать. Осталось только от-
шлифовать кое-какие детали.

Недалеко от проезда Стратонавтов вольготно
раскинулся дешевый вещевой рынок. Я поброди-
ла между рядами и приобрела все необходимое.
Потом отъехала в укромное место, подняла стекла и принялась принаряжаться. Сначала нацепила жуткую плиссированную темно-синюю юбку
турецкого производства. Данный апофеоз швей-
ного искусства превратил даже мою почти маль-
чишескую фигуру в некоторое подобие абажура.
Сверху замечательно выглядела белая блузочка,
купленная у веселых быстроглазых вьетнамцев.
Море рюшечек, кружев и бисера. Из хорошенькой кофточки во все стороны торчали незакреп-
ленные нитки, но это, право, такая ерунда! На голову водрузила темно-каштановый парик. Купила я его в свое время за жуткие деньги, и волосы
выглядели как настоящие.

Теперь пришла очередь лица. Просто удиви-
тельные метаморфозы происходят при использо-
вании самых простых средств. Брови намажем
погуще, подведем жирной линией веки, на щеки
положим свекольный румянец. Помада бешено-
оранжевого цвета...

Я поглядела в зеркало и осталась довольна.
Оттуда глянула усталая тетка лет пятидесяти пяти, изо всех сил старающаяся быть модной. Тушь
с ресниц осыпалась и слегка размазалась, но я не
стала убирать черные пятна.

Уже в Оружейном переулке с омерзением влезла в бесформенные тапки из искусственной ко-

жи, внутри которых написано — «итальянский стиль». Прихватила матерчатую сумку и двинулась к подъезду.

Дверь открыл сам Савостин. Я сразу узнала его и лишний раз порадовалась, что так тщательно подготовилась к встрече. Лицо хозяина казалось добродушным, такой же мясистый нос и безвольные губы, как у Жанны Яковлевны. И глаза точь-в-точь как у сестры, карие, большие. Только у Савостиной они лучистые, ясные, спокойные, а у Сергея взгляд волка — недобрый и тяжелый.

— Кто там, Славик? — раздался женский голос из глубины квартиры.

— Не знаю! — крикнул мужик и спросил: — Вы к кому, гражданочка?

Я изобразила смущение и, переминаясь с ноги на ногу, принялась бестолково излагать суть дела:

— Дык, вот, это самое, понимаете, простите, конечно, за беспокойство, Расторгуева ищу, Славика.

— Я, — ответил спокойно Савостин.

— Расторгуев Святослав Николаевич, 1949 года рождения?

— Он самый, — без тени смущения соврал уголовник и принялся обшаривать меня изучающим взглядом.

Жаль, что не нарисовала себе карандашом варикоз на ногах! Ну, погоди, посмотрим, как тебе понравится продолжение.

— Славик?! — робко спросила я. — Чегой-то ты так изменился, сердешный? Прям не узнать, хотя ведь и я не помолодела. Или не признал?

— Лицо вроде знакомое, — попытался вывернуться Савостин, но я уже зарыдала в голос, стараясь не размазать макияж.

— Ох жисть проклятая, да что же мы с собой сделали, ой, мамонька наша не дожила, вот горе-то, горе.

Савостин, совершенно не понимая, что происходит, маленько прибалдел. Но тут в коридор вышла миловидная женщина лет сорока в фартуке. За ней приплыл чудесный запах жареного мяса.

— Кто это, Слав? — спросила она.

Савостин замялся, и я решила внести в ситуацию ясность:

— Сестра я им единственная, только меня не узнает, да и понятно, сама его еле-еле признала. Был худенький да маленький, а теперь закабанел. Старость-то не красит!

— А вы, часом, не ошиблись? — недоверчиво спросила женщина.

— Вот, — радостно сообщила я, подсовывая ей квитанцию из «Мосгорсправки», — гляньте, адреса-то не знаю, пришлось разыскивать, целых двадцать рублей отдала. Как в Москве все дорого! Поехала на проезд этот, а там бабка сюда отправила...

— Квартиру сдаю, — буркнул Сергей.

Его глаза лихорадочно перебегали с меня на женщину.

— Так что ж мы стоим в дверях, — приветливо улыбнулась хозяйка, — проходите.

Мы направились в кухню.

— Ты, Славик, говорил, что родственники умерли, — удивилась женщина.

— Да у меня, Иришка, и прямь почти никого не осталось, — промямлил Сергей.

— Чтой-то ты несешь, — возмутилась я, — а брательники, а Лизка с Катькой, а снохи — чем мы тебе не родня? Ишь какой, уехал в Москву да загордился! Ясное дело, деревенские уже не нужны! Ты вон сколько годов дома не казался! Меня вот не признал!..

— А вы откуда приехали? — поинтересовалась Ира.

— Деревня Рябиновка, Тульской области, — пояснила я.

— Звать-то твою сестру как? — обратилась Ира к Сергею.

Тот опять почувствовал себя не в своей тарелке, но в мои планы не входило пока разоблачение самозванца.

— Анна Николаевна, мы свои ведь, Нюшей зовите, не привыкли мы к отчеству.

— Вы, Анечка, наверное, проголодались, — хлебосольно заметила Ира и наполнила тарелку удивительно вкусным мясом и картошкой.

Я принялась уничтожать угощенье, походя вываливая нехитрые новости. Лизка без мужа родила троих, Катька при супруге, но лучше б осталась одинокой. У нее семеро по лавкам, а хозяин пьет в темную голову. Зато у брательников полный порядок — оба работают фермерами, свиней разводят, и снохи попались работящие...

От обилия негаданных родственников у бедного Сергея Яковлевича небось голова пошла кругом, а я все сыпала и сыпала подробностями, без конца тормоша очумевшего мужика.

— Дом-то материн еще совсем хороший — помнишь, Славк, там сарай был кирпичный?

— Ну! — буркнул Савостин.

— Весь развалился, — радостно сообщила я, — а вот изба стоит, добрая, пятистенок, печка не дымит, и картошки можно хоть десять соток посадить. Вот из-за дома-то я и приехала. Мать померла, а мы, дети, наследники. У братьев и сеструх у всех по своему дому, да и у меня хороший сруб. Материн продать хотим. Но без Славы никак нельзя. Так что надо ему в Рябиновку ехать и с родными потолковать.

Выпалив последнюю фразу, я поняла, что доконала мужика вконец. Сейчас он постарается отправить куда-нибудь Иру и начнет выпроваживать меня по-быстрому. Так и вышло

— Слушай, Ириш, — пробормотал Савостин, — сходи на угол, будь другом, купи бутылочку, выпьем за встречу.

Ира покорно убежала. Чтобы не дать Сергею расслабиться, я быстренько спросила:

— Слышь, Славик, а она в курсе, что ты сидел?

Савостин заскрипел зубами:

— Нет.

— А ты с ней по-честному жить собираешься или как с теми бабами? Ну, когда брачными аферами промышлял.

Савостин вылетел из-за стола и заорал:

— Слушай, Анька, убирайся назад в свой Зажопинск, никуда я не поеду. Делайте с домом что хотите, меня только не трогайте, столько лет не виделись, и еще век бы не встречаться. Хочешь, денег дам, только уматывай, пока Ира не вернулась, у вас своя жизнь, у меня моя.

Я посмотрела на его слегка порозовевшее лицо и с обидой сообщила:

— Не родственный ты, Славик, а куда же родимое пятно с подбородка дел? Свел, что ли?

Савостин затрясся от злости.

-- Ну, говори, сколько тебе дать, чтобы отвязалась?

Отлично, клиент дозрел, и мы одни. Я посмотрела на него и совершенно другим тоном, голосом человека, который полжизни объяснял людям лексику и фразеологию иностранных языков, произнесла:

— Договориться мы, Сергей Яковлевич, безусловно, попробуем, надеюсь, что достигнем консенсуса, но деньги мне не нужны.

Даже если бы с потолка вдруг хлынул внезапно золотой дождь, Савостин не удивился бы больше. Рот мужика уехал в сторону, словно каретка пишущей машинки, глаза почти вывалились из орбит.

— Вы кто? — только и сумел выговорить он.

— Сестричка, Анна Николаевна, из деревеньки Рябиновки, — ухмыльнулась я, — а где, кстати, ваша родина, знаете, Славик?

Савостин молчал.

— Не знаете, — констатировала я, — а родственники-то живы? Не боитесь, что вот так, не ровен час, прибудут в гости с гостинцами? Если уж, господин Савостин, вы решились поменяться судьбой с Расторгуевым, то хотя бы уточнили кое-какие биографические данные для порядка. А то может случиться конфуз!

Но многократно сидевший Савостин уже успел прийти в себя и спокойно осведомился:

— Так что хотите за молчание?

— Всего лишь имя, фамилию и адрес человека, который попросил вас с Котэ Джапаридзе отправить в «Милосердие» девочку полутора лет.

Сергей Яковлевич помолчал секунду и сказал:

— А зачем вам?

— Ну, господин Савостин, это не разговор! Время идет, сейчас явится Ира, то-то она обрадуется, узнав правду. Ведь кругом тридцать восьмая получается! Если вы Расторгуев, значит, брачный аферист, а если Савостин — то вор-рецидивист, к тому же не отмотавший срок до конца!

На лице собеседника нехорошо заходили желваки. Я поспешила заметить:

— Надеюсь, понимаете, что пришла на встречу не одна? Меня ждут внизу.

Сергей тяжело вздохнул:

— Да вот хотел знакомому помочь.

Оказывается, к нему с просьбой обратился Котэ. У того есть довольно хороший приятель, тоже когда-то сидевший, — Алексей Лесников. Правда, попал Леша в тюрьму только один раз, потом взялся за ум и сейчас занимается коммерческой деятельностью — конфетами торгует. У него завязался роман с молодой женщиной, а у той — дочка Оля от другого мужика.

Лесникову не захотелось кормить чужого приблудыша, вот он и придумал целое дело. Отправил любовницу отдыхать, а сам обратился к Котэ с просьбой увезти девчонку. Убивать ребенка он не собирался, а просто деть куда подальше, чтоб под ногами не путалась. Матери Алексей скажет, что Оля скоропостижно умерла.

Котэ был чем-то обязан Лесникову и взялся помочь. Он тоже не хотел убивать ни в чем не повинного ребенка и, вспомнив про Жанну, нагрузил Сергея этой проблемой. Так Оля оказалась в «Милосердии».

— Узнайте адрес Лесникова, — велела я.

Сергей быстро сообщил:

— Волгоградская улица, семнадцать, туда за девчонкой сам ездил, а зачем она вам?

— Молитесь, чтобы за это дело не взялась милиция, — сообщила я, — меня наняли родители Олечки, чтобы узнать, кто украл ребенка.

— Как украл? — остолбенел Савостин. — Да никогда я таким не занимался, что я, крыса? Сказали, от байстрючки избавиться хотят. Да девке у приемных родителей лучше даже будет. Дома отчим со свету сживет, а мать побоится мужику поперек слово сказать!

Похоже, в этой истории все только и думают о благоденствии детей!

К несказанной радости Сергея, я быстро удалилась. Он не пошел за мной, но занавески на окне заколыхались, когда «сестра» вышла во двор.

Хорошо еще, что догадалась поставить «Вольво» в другом конце переулка. Чувствуя на себе чужой взгляд, заскочила в магазин и, схватив с вешалки первые попавшиеся вещи, влетела в примерочную кабинку. Через пять минут, одетая в черный брючный костюм, стерла бумажными носовыми платками грим с лица, стянула парик и, расплатившись, выскочила наружу. Как раз вовремя. По переулку в сторону магазина почти бежал Савостин. Значит, решил проследить за мной на всякий случай, увидел из окна, куда направилась.

Пока уголовник разыскивал в торговом зале «сестрицу», я преспокойненько села в «Вольво» и отбыла в Ложкино.

Домой попала как раз к чаю. Капа и девочки лакомились домашним кексом, в воздухе витал аромат свежей выпечки.

— Какой аппетитный! — восхитилась я. — Кто испек?

— Капа, — пробормотала с набитым ртом Зайка, — она здорово готовит! Знаешь, оказывается, макароны кладут в кипяток.

Я усмехнулась. Нет, все-таки Кеша любит Ольгу и готов ради нее на геройские поступки. Несколько дней назад Зайка решила сотворить макароны по-сицилийски. Соус из жареного лука и свежих помидор с зеленью ей и впрямь удался. Беда случилась со спагетти. Когда наша повариха, покипятив макароны примерно пятнадцать минут, вывалила их в дуршлаг, перед ее изумленным взором предстал единый монолит. Аппетитные белые трубочки, столь красиво выглядевшие в упаковке, в «умелых» руках Зайки превратились в какую-то странно однородную клейкую массу. Впрочем, так бывает всегда, когда лапшу бросают не в кипяток, а в холодную воду.

Удрученная Ольга попыталась расковырять содержимое дуршлага вилкой, но не тут-то было. Когда-то в давнюю давину в нашей институтской столовой подавали абсолютно несъедобное блюдо — запеканку из макарон. Больше всего приготовленные невесткой спагетти напоминали тот каменный и склизкий «лапшевник».

Бедная повариха, не понимая, каким образом получился столь диковинный результат, зарыдала. Прибежал Кеша. Убедившись, что жена не вылила себе на ноги кастрюлю с кипятком и не отрубила пальцы разделочным топориком, он принялся утешать беднягу. Но Ольга, без конца всхлипывая, твердила о собственной никчемности и невезучести. Исчерпав все мужские аргументы типа «я тебя люблю», «мне другая не нужна», «ты лучшая жена на свете», наш адвокат ухватил каменный скользкий пласт и принялся с аппетитом его кусать, приговаривая: «Но это же страшно вкусно!»

Зайка прекратила рыдать и посоветовала: «Добавь к макаронам соус». Кешка навалил на макароны сверху приправу и мужественно ел кушанье. При этом следует учесть, что он вообще ест мало и по большей части бутербродничает и кусочничает. Правда, очень скоро самоотверженного супруга чуть не стошнило, и он вынужден был призвать «службу спасения». Прибывшая в кухню Манюня тут же разобралась в ситуации и отобрала у

Аркадия остатки. Повеселевшая Ольга уехала в институт. Но у Кешки и Маши конец дня пошел прахом. Примерно через пятнадцать минут у них начались желудочные колики, и потребовались но-шпа, мезим, зантак и другие подручные средства. А вы попробуйте съесть на двоих огромную кастрюлю холодных спрессованных макарон — посмотрите, что будет!

Но сегодня на столе красовался изумительный кекс. Я откусила и пришла в восторг:

— Капа, ты чудесно готовишь!

— Чем же еще заниматься в провинциальной Америке, как не совершенствоваться в кулинарии, — вздохнула Капитолина.

И тут зазвонил телефон.

— Дашка, — заорал Андрей Артамонов, — знаешь, какие у нас новости? Лидуха в себя пришла.

Вот это да! Сейчас же поеду в больницу! Маня с Капой вопросительно уставились на меня.

— Лида Артамонова очнулась, — пояснила я, запихивая в рот огромный кусок ароматной выпечки, — сейчас же бегу к ней!

По коридору к палате реанимации я неслась во весь опор, чуть не потеряв шуршащие бахилы. Все тот же молодой и очень серьезный доктор радостно мне улыбнулся:

— Артамоновой значительно лучше.

— Можно с ней поговорить?

Доктор вздохнул.

— Вот побеседовать пока не удастся, речи нет, и двигательные функции еще не восстановились.

Все-таки нарушение мозгового кровообращения... Вы же видели, какая у нее скальпированная рана...

Я покачала головой. Нет, слава богу, не видела.

— Значит, и написать она тоже ничего не сможет?

— Нет.

— Позвольте, хоть погляжу.

Меня пропустили в палату. По сравнению с прошлым разом аппаратов поубавилось. Исчезла чавкающая банка и уменьшилось количество капельниц. Лицо Лидушки приобрело слегка розоватый оттенок, восковая желтизна исчезла, но нос странно торчит между ввалившимися щеками, и веки опущены.

— Лидуля, — позвала я, — Лидушка...

Подруга медленно открыла глаза. В них ничего не дрогнуло, но я каким-то чутьем поняла, что Лидуська меня видит.

— Как ты себя чувствуешь? — глуповато спросила я.

Лидуля продолжала глядеть на меня. Господи, как же с ней договориться?

— Если хочешь сказать «да» — моргни один раз, если «нет» — два. Поняла?

Подруга медленно закрыла веки, потом снова подняла их. Я возликовала, контакт найден.

Сначала рассказала Лиде, что Полина временно живет у меня. Лицо больной стало странно морщиться. Словно она пыталась что-то сказать, губы вздрагивали, на виске заколотилась жилка. Как же ей помочь, как понять, что она хочет?

И тут меня озарило воспоминание. Метод

Жана-Доминика Бови, мужественного француза, скончавшегося в марте 1997 года. Как жаль, что о подвиге этого человека мало кто знает. Жан владел концерном «Эль», выпускавшим глянцевые издания для дам, пользующиеся невероятной популярностью. Этакая смесь из советов психолога, косметолога и парикмахера, сдобренная кулинарными рецептами, кроссвордами и конкурсами.

Сам Жан-Доминик — отец двух детей, бывший гонщик-любитель, знаток хороших вин, полный, темноволосый, красивый плейбой, всеобщий любимец. Казалось, с его лица никогда не сходит приветливая улыбка. Он всегда находился в центре событий, в водовороте людей, ухитряясь одновременно пить кофе, обсуждать макет обложки, говорить по телефону и назначать вам свидание.

В возрасте сорока восьми лет у него случился инсульт, внезапно, прямо на одной из шумных парижских магистралей.

Современная медицина научилась продлевать страдания таких больных. Человек может полностью сознавать себя, но не в силах пошевелить даже пальцем. Конечно, об этом «приятном» сюрпризе несчастный калека узнал последним. Двенадцать дней Жан лежал в коме, еще неделю в полусне, и только потом до мужчины дошло, что он может шевелить только одним левым веком.

Было отчего сойти с ума. Даже призванный служить для людей моего поколения эталоном мужества Маресьев мог ползти сквозь тайгу, подтягиваясь на руках. В конце концов, у него остался голос и работающее тело. Здесь — ничего, только одно моргающее веко. Оцените теперь мужество

Жана! За полтора года жизни беспомощным инвалидом он создал ассоциацию помощи таким же, как он, и... написал, вернее, надиктовал книгу. Система, которой он пользовался, довольно проста. Вы читаете больному алфавит, а тот моргает, заслышав нужную букву, так получаются слова, фразы... У Жана вышла целая книга. Для тысячи европейцев имя Бови — символ мужества и победы над болезнью.

Я вытащила блокнот и принялась диктовать буквы. Сложилось первое слово — Надя. Пришлось объяснить, что старшая девочка пока не найдена, но я прямо сейчас поеду к одному человеку, который, может быть, прольет свет на ее судьбу.

Лидуша снова наморщилась, я опять стала называть буквы. Постепенно на бумаге возник адрес — улица Баранова, дом шестнадцать, Анатолий.

— Ты хочешь, чтобы я съездила туда?

— Да, — подтвердили веки.

— Не волнуйся, сделаю, только ответь, ты знаешь что-нибудь о письме из адвокатской конторы, о наследстве?

— Нет, — сообщила Лидуля и бессильно закрыла глаза.

По изменившемуся дыханию я поняла, что она заснула от усталости.

Глава 27

С утра, подгоняемая детективным азартом, я отправилась на Волгоградскую улицу. Дом семнадцать оказался огромным заводом по производству металлических цепей. Я обежала вокруг сплошного бетонного забора. Наверное, Савостин ошибся, не семнадцатый, а седьмой дом. Отъехав несколько кварталов, обнаружила под этим номером детский сад. Вот это как раз подходит.

Приветливая директриса встретила корреспондента из «Мурзилки» словами:

— Дети любят ваш журнал. А что вы хотите?

Я начала вдохновенно врать. В садик, оказывается, ходит удивительно одаренная девочка, дочь Алексея Лесникова. В пять лет ребенок, как Моцарт, изумительно играет на фортепиано. Хотелось бы сделать о ней материал.

Директриса глядела на меня удивленно.

— Лесникова, Лесникова... не припомню такой.

— Может, у ребенка фамилия матери, а Лесников, вообще-то, отчим, — предположила я.

Призванные на помощь воспитательницы и нянечки были более чем категоричны. Ни папы, ни отчима с такой фамилией среди родителей нет. Не числился Лесников и среди сотрудников.

— Может, что перепутали? — горела желанием помочь директриса. — Вам точно наш садик нужен?

— Да мне вообще-то не сказали, что тут детское учреждение, — выворачивалась я, — Фонд культуры дал адрес — Волгоградский, дом семь.

— А мы семь «а», — обрадовалась женщина, — дом семь — во дворе школы.

Я побежала туда и уже издали поняла, что снова тяну пустую фишку. Небольшое трехэтажное здание скучно смотрело полуразбитыми стеклами, жильцы выселены, а сами хоромы предназначены на снос.

Разочарованная, залезла в «Вольво» и вытащила атлас. Ну надо же — Волгоградский проспект, Волгоградская улица, Волгоградский переулок, Волгоградское шоссе и проезд Волгина. Все магистрали длинные, на каждой есть как седьмой, так и семнадцатый дом. Может, Савостин ошибся? Я долгое время жила возле площади Марины Расковой и не раз встречала там москвичей, безнадежно ищущих улицу Марины Расковой. Они, бедняги, никак не могли понять, слушая мои объяснения, зачем столице два совершенно одноименных названия. Вдруг Сергей Яковлевич обознался и ездил на Волгоградский проспект?

Решив не сдаваться, отправилась по новому адресу. Солнце припекало совершенно по-летнему, машины вокруг испускали вонючий чад, и голова стала болеть. Пришлось тормозить у аптеки и покупать цитрамон. Запив коричневую таблетку приторно сладким спрайтом, я поехала дальше.

Волгоградский проспект сплошь заставлен красивыми кирпичными домами. Но надо же такому случиться — под седьмым номером почта, а семнадцатый представляет собой бассейн. И ни там, ни там нет сотрудников по имени Алексей Лесников.

Я купила мороженое и тут же уронила кусок шоколадного пломбира на нежно-розовую юбку. Да уж, неприятности имеют обыкновение ходить тучами.

Пришлось ехать утешаться в «Макдоналдс».

Поглощая сочный горячий чизбургер, я почувствовала, как в голову возвращается способность мыслить.

Конечно, Савостин мог неправильно запомнить адрес, но что-то мне подсказывает, что милейший Сергей Яковлевич просто обманщик, гнусный и мерзкий тип, а я-то, лягушка безмозглая, позволила провести себя на мякине! Ну ничего, господин уголовничек, придется вас еще раз побеспокоить.

Хорошо хоть сейчас повсюду можно купить необходимую одежду. Прямо на Тверской купила отвратительные турецкие шмотки, они — кровные родственники вчерашней юбки, приобретенной на «блошке». Только вещи украшают в этот раз бирки «Сделано в Италии», и цена в несколько раз выше.

Продавщицы с изумлением смотрели, как элегантная дама, предъявившая к оплате платиновую кредитку, вылезает из костюма от Лагерфельда и облачается в бесформенное одеяние. Наконец одна из девушек не выдержала и двинулась в мою сторону.

— Не стоит покупать эти вещи, — шепнуло милое создание, понизив голос, — ваш костюм красивее.

— Да вот, — развела я руками, — измазала мороженым...

— Тогда возьмите лучше платье, — предложила продавщица и, порывшись на стойках, вытащила довольно миленькую вещицу.

Ярлык, прикрепленный к воротничку, честно

признавался: «Произведено в Польше», но цвет приятный, пошит неплохо...

— Нет, — каменным голосом произнесла я, вытаскивая расшитую «жемчугами» оранжевую блузку, — хочу эту.

— Отличный выбор, — одобрила вымуштрованная продавщица, не моргнув глазом, и показала на строгую черную юбку с небольшим разрезом — чудесно подойдет к кофточке.

В общем, она была права, сочетание оранжевого и черного — любимая фенька Валентино и поэтому я незамедлительно отобрала ярко-зеленую юбищу, смахивающую на цыганское одеяние. Последний штрих — лимонно-желтые тапки на резиновом ходу. По-моему, нет ничего гаже, чем сочетание лимонного и оранжевого оттенков, и сюда лучше всего подойдет почти белая перламутровая помада, которая делает губы похожими на рот покойника.

Но все тщательные приготовления оказались напрасными. На звонки в дверь никто не открывал. Зато высунулась соседка и, оглядев меня с ног до головы, решила не церемониться:

— Чего расшумелась?

— Иру ищу.

— Уехали они еще вчера, — пояснила все знающая баба, — часов в десять вечера с сумками на поезд пошли. К ейной матери отправились.

— Куда?

— А хрен их знает, теперь через месяц вернутся, мне ключи оставили, чтоб цветы поливала.

Так что иди себе отсюдова, — сообщила тетка и скрылась.

Я отступила в машину. Очень не люблю, когда что-то нарушает мои планы, и готова биться до конца. Значит, убежали, решили спрятать концы в воду! Ну не дураки ли! Разве невиновный станет скрываться!

Я развернула машину и, не снимая дурацкой одежды, понеслась к Джапаридзе. Может, конечно, делаю глупость, но попробую потрясти милейшего Котэ. И снова поджидала неудача. Дверь в квартиру не шелохнулась, внутри «глазка» не мелькали тени. Там явно никого нет, просто наваждение какое-то. А ведь как здорово только что все устраивалось, и нате вам — полный отлуп!

Но я не привыкла складывать руки и поэтому понеслась в Склифосовский к Савостиной. Жанна Яковлевна выглядела уже намного лучше. В глаза вернулся блеск, а на щеки — нормальный цвет, но мой визит не доставил ей абсолютно никакой радости, хотя я купила для нее новые книги Марининой, сливы и минеральную воду «Перье».

— Спасибо, конечно, — процедила директриса, всем своим видом демонстрируя, что лучше бы мне провалиться сквозь землю, — но не читаю детективы.

Нашла чем гордиться, все люди обожают, а она нет. Вы в метро видели хоть кого-нибудь с томиком Пушкина или Гоголя? Нет, у всех в руках Маринина, Дашкова, Серова да еще «Бешеный».

— От слив меня пучит, а из воды предпочитаю

только нашу, «Святой источник», — занудила Жанна Яковлевна.

Я со вздохом стукнула стеклянными бутылками о тумбочку. Люблю квасных патриотов! Да вода «Перье» пьется во Франции уже целое столетие и по своим целебным качествам приближается к нашему «Боржоми». Только где он, настоящий «Боржоми»? Ладно, не хочет «Перье», пусть хлебает водицу из лужи под названием «Московская минеральная».

— Не знаете, куда подевался братец? — без лишних вступлений задала я главный вопрос.

— Дома, наверное, или на работе, — совершенно спокойно ответила директриса.

— А где он трудится?

Жанна Яковлевна пожала плечами:

— В какой-то фирме, где ремонтируют автомобили, но ни названия, ни адреса не знаю. Да и к чему мне? Я же к нему на работу не езжу.

И то верно.

— А с Ирой он давно живет?

Савостина подняла глаза к потолку:

— Да уж около года, наверное...

— Родственников ее знаете?

— Нет, — помотала головой Жанна, — честно говоря, и с ней лично незнакома. Брат только рассказывал, что положительная, аккуратная женщина, вроде уже замужем была, детей нет.

— Где работает?

— Понятия не имею.

Не получив и тут никакой информации, я выскочила из больницы и опять поехала в Оружейный переулок. Сначала забежала в домоуправление и, прикинувшись агитатором партии ЛДПР, в два счета узнала у гориллоподобного домоуправа, что у Ирины фамилия Романова, место работы — библиотека шестьсот шестьдесят девять. В соседней с ней квартире проживала Зинаида Андреевна Творогова. Вооруженная этой информацией, я решила на сегодня успокоиться. День оказался неудачным, закончу лучше его тихонько дома. Попью чаю, потом лягу в кровать, почитаю детективчик...

Жара потихоньку уходила, начался дождь. Застряв в безумной пробке на Садовом кольце, я опустила стекло и вдохнула свежий воздух. Все-таки хорошо, что лето уходит. Я люблю осень, не только сухую и солнечную. Холодный дождь, грязные лужи — словом, все то, что приводит большинство людей в уныние, мне нравится. Люблю самую омерзительную осеннюю погоду!

Машины медленно, черепашьим шагом двигались в сторону Тверской. Я ползла вместе со всеми. Ну какой смысл злиться, все равно быстрей не доеду.

Между машинами, ловко орудуя костылями, прыгал одноногий парень, по виду лет пятнадцати. В руках мальчишка держал большой пакет, на груди болталась табличка: «Помогите на протез». Подавали немногие, но юноша не расстраивался, а скользил между автомобилями. Оставляя без внимания «Москвичи» и «Жигули», он ориентировался в основном на иномарки. Наконец добрался до меня.

Вообще не люблю подавать милостыню, в особенности старухам с жалостливым голосом и цепким взглядом. Стариков должны содержать их дети. Но одноногих мальчишек мне жаль.

Парень взял протянутую сторублевую бумажку рукой, на пальце которой отсутствовала одна фаланга, и тихо сказал:

— Спасибо. Счастливо до дома добраться.

Я взглянула в его простоватое, покрытое мелкими капельками дождя лицо, отметила машинально небольшой шрам в виде полумесяца над бровью и ответила:

— Тебе тоже удачи.

— Она завсегда со мной, — улыбнулся калека.

Надо же, какой молодец, не унывает! Я опять проползла метров пять вперед, потом еще... По ходу движения справа возникло «Русское бистро». Аккуратненько запарковавшись, вошла внутрь, конечно, не «Макдоналдс», но тоже неплохо. Насколько знаю, тут подают чудесные пирожки с грибами.

В кафе оказалось на удивление много народа. Я зашла сюда впервые, до этого только слышала дифирамбы, регулярно отпускаемые Маней: дескать, и выпечка прекрасная, и кофе на уровне...

Добравшись до стойки, была поражена до глубины души. Во-первых, огромным ассортиментом, во-вторых, ценами. Почти двадцать рублей за крохотный пирожок! Даже мне, чтобы наесться, надо как минимум два.

Я брюзжала тихонько, как старуха, откусывая первый кусочек. Машка права, очень вкусно.

— У вас свободно? — раздался за спиной мальчишеский голос. Я обернулась. Возле столика стоял парень, страшно похожий на калеку, который только что получил от меня сто рублей, даже рубашка такая же, ярко-красная.

— Можно к вам? — вежливо осведомился юноша. — Простите, везде занято.

— Да-да, конечно, — поторопилась согласиться я.

Парнишка поставил подносик и принялся за еду. Я поглядела на него повнимательней. Наверное, неплохо зарабатывает, шесть штук пирожков, большой стакан кофе и напиток с названием «Медовуха».

— Вкусная вещь? — спросила я, показывая на бутылку.

— Да, отличный лимонад, — приветливо сказал сосед и, подняв голову, улыбнулся, глядя мне прямо в глаза.

Я, онемев, смотрела на простоватую физиономию и небольшой шрам в виде полумесяца над бровью. Такого просто не может быть! Но парнишка потянулся за салфеткой, и я увидела довольно грязную ладонь с отсутствующей фалангой на указательном пальце.

— Послушай, — не вынес мой язык, — вроде у тебя только что ноги не было!

Юноша поперхнулся, потом повнимательней присмотрелся и протянул:

— А, это вы сто рублей дали, редко столько сразу перепадает, а женщины вообще более жадные...

— Но как же так? — растерялась я. — А нога?

«Нищий» вздохнул, потом рассмеялся:

— Бывает же такая встреча! А деньги не отберете?

— Нет, твои, заработал. Даже еще дам, только объясни свой фокус с ногой.

— Да и объяснять нечего. Подвязываю ее к поясу. Надо только брюки пошире, и рубашку побольше.

— И не болит?

— Да, конечно, не слишком приятно, — согласился мальчишка. — Сначала еле-еле двигался, прям потел весь, а сейчас привык, только надо иногда ногу отвязывать и нормально минут десять ходить, а то вон, Сенька, дозарабатывался, что и правда ампутировали...

— Как же ты «инвалидом» стал?

Мальчишка прищурился.

— А купите мне пельменей, салат и чекушечку!

Через пять минут, получив требуемое, он рассказал нехитрую историю.

Лет ему совсем немного, и профессии никакой в руках нет. Мать день-деньской пьет горькую, а отца Павел не знает. Вернее, у мамки все время меняются кавалеры, и она, сердешная, уж и не помнит, от кого рожала. А наплодила беззаботная алкоголичка целую тучу никому не нужных детей, аж двенадцать штук. Четверо, правда, благополучно умерли, остальные здравствуют. Павлик — самый старший. Естественно, ни о какой школе речь не возникала. Мальчишка с самого раннего детства озабочен заработком. Во-первых, дорогая мамочка пускает его в дом только тогда, когда он приносит с собой бутылку и кусок колбасы, а во-вторых, среди в общем-то безразличных ему братьев и сестер есть восьмилетняя Танечка. Девочку Павел очень любит, кормит, одевает и балует. То «Сникерс» ей притащит, то жвачку. Павлуша строго следит, чтобы сестричка посещала школу. Потому что она должна доучиться до девятого класса и получить приличную профессию — парикмахера, например, или медицинской сестры. Очень хорошие специальности, денежные. При людях. Павлик не хочет, чтобы Танюшка превратилась, как старшие сестры, в проститутку и наркоманку.

Сначала мальчик мыл машины, потом бегал по проспектам в потоке автомобилей, протирая стекла, теперь вот нищенствует.

— И сколько зарабатываешь?

Павлик развел руками:

— А день на день не приходится. Иногда тысячу наберу, бывает и двухсот не наскребается.

— Ну в среднем?

— Где-то семьсот, восемьсот.

— Однако выгодный бизнес.

— Да мне только треть достается, — пояснил «калека».

— Почему? — удивилась я.

— Чего ж тут непонятного, — пояснил собеседник, — браткам надо часть отдавать, гаишникам, да еще иногда патрульные привязываются, вроде не их дело за порядком на дорогах следить,

Еще у него несколько раз отбирали всю выручку.

Однажды из шикарного джипа вылезли четверо и отняли пакет, в другой раз Павлик нечаянно залез на чужую территорию и опять поплатился заработком. Так что теперь он стал умный и, набрав рублей двести, прячет их в укромном месте...

— Погоди, погоди, — прервала я поток информации, — что значит «чужая территория»?

— Моя зона от бистро вон до того поворота, — пояснил нищий, — а дальше двое других стоят — Серенька и Мишка. На пару работают. С ними лучше не связываться, чеченские ветераны, убьют и не чихнут, полные отморозки. Еще ниже дед Степан орудует, тот хоть и старый, но тоже больно дерется...

— И что, вы никогда не конфликтуете?

— Не-а, — помотал головой Павел, — у каждого свой кусок. Петрович все время присматривает, ему скандалы на дорогах не нужны. Вон Петька начал права качать, мол, у кукольного театра больше подают, там мамаши жалостливые с детьми ходят, а у него возле «Красных Ворот» только приезжие, из них копейки не выжмешь! Ну и что?

— Что?

— Машина сбила, и все.

— А Петрович кто такой?

— Старшой.

— Как это? — оторопела я.

— Говорю же старшой, территории распределяет, деньги браткам дает, посторонних на дорогу не пускает. Думаете, так просто можно взять и начать по проспекту с протянутой рукой бегать? Ха! Тут бы не протолкаться было от желающих. А чем больше просят, тем меньше подают!

Он принялся энергично поедать пельмени. Я молча переваривала полученную информацию.

— Наверное, и в метро свой Петрович есть?

— Конечно, — не удивился собеседник, — точно не знаю, но думаю, как у нас.

— Как же в нищие попасть? — вслух подумала я.

Павлик засмеялся.

— Да встань на углу и руку вытяни, тут же кто-то из смотрящих подскочит!

Я глядела, как он ловко подлизывает капли сметаны с тарелки, и смутные мысли начали шевелиться в голове, пока еще неопределенные и неоформившиеся.

Павлик быстро доел оставшуюся еду и умчался на заработок. Мне захотелось пить и, купив бутылочку лимонада со странным названием «Медовуха», выпила ее, уже сев за руль. Честно говоря, новинка не понравилась — вкус странный и почему-то отдает дрожжами.

Бросив пластиковую емкость на соседнее сиденье и пользуясь тем, что пробка на дороге рассосалась, заторопилась к повороту на Тверскую.

Через пару минут в голове стало происходить что-то странное. Сначала сильно зашумело в ушах, потом отчего-то зазвенело. Гул Садового кольца отодвинулся, и окружающее как бы занавесилось белой стерильной марлей. Я потерла виски, может, давление упало? На всякий случай сунула в рот кусочек сахара, но испытанное средство не помогло. Так, надо парковаться. Но тут раздался голос: «Вольво» шестьсот двадцать пять КЕ, немедленно остановитесь!» Выполняя приказ, я нажала на тормоз, машина замерла.

— Чего посреди дороги раскорячилась, отъехай к краю, — велел патрульный.

— Сами велели немедленно встать, — попробовала я огрызнуться, с удивлением чувствуя, как тяжело ворочается во рту ставший почему-то каменным язык.

Постовой внимательно поглядел на меня, подергал носом и радостно, просто сияя от счастья, констатировал:

— Пьяная!

— Да вы что! — искренне возмутилась я, с трудом поднимая тяжелый, как бетонная плита, язык. — Да я вообще не пью, а уж за рулем в особенности.

— «Вообще не пью», — передразнил гаишник и ткнул пальцем с грязным ногтем в бутылку из-под «Медовухи»: — А это чего?

— Лимонад, — начала бормотать я, ощущая, как тяжелый дурман заволакивает голову.

Красномордая физиономия гаишника как-то странно начала кривиться во все стороны, глупый смех вырвался из моей груди.

— «Ситро», значит, — издевался милиционер. — «Буратино»...

— «Айрн-Брю», газировка для взрослых, — радостно подтвердила я, и свет для меня померк.

Глава 28

— Дарья, — послышался голос Александра Михайловича, — открой глазоньки, алкашка убогая.

Я тихонечко пошевелила веками и поморщилась. Свет резал как нож.

— Ну давай, давай, — одобрил приятель.

Я отважно раскрыла глаза и увидела лицо полковника, нависающее в двух сантиметрах от моего носа.

— Ну, — грозно заявил он, — рассказывай, как дошла до жизни такой?

Голова отчаянно болела, во рту все пересохло, и желудок противно сжимался аж у самого горла.

— Дай тазик, — измученно прошептала я, затравленно поглядывая на полковника.

— Может, еще какавы с медом? — вызверился этот негодяй.

Представив себе сочетание данных продуктов, я чуть не умерла.

— Меня тошнит!

— Носи с собой гигиенический пакет, пьяница! — продолжал злобиться приятель, но, увидав мою беспомощность, все же сжалился. — Женский туалет прямо по коридору.

Кое-как приняв вертикальное положение, понеслась по вытертому полу.

Через десять минут сделалось легче, и я стала разглядывать свое отражение в кривом зеркале. Интересно, моя морда лица на самом деле такая?

Холодная вода чуть-чуть уменьшила головную боль, к тому же, наплевав на все правила гигиены, я напилась прямо из-под крана. Стану козленочком, так мне и надо. Но сказки врут, и в комнату я вернулась подчеркнуто бодрым шагом.

— Что случилось?

— Нет, это я должен спрашивать! — взревел полковник. — Это ты сообщи, что случилось, почему наклюкалась за рулем до свинячьего визга и потери пульса?

Сев на довольно продавленный диван и вытянув ноги, я робко поинтересовалась:

— Где мы?

— В кабинете начальника отделения ГАИ! — заорал Александр Михайлович. — Вот позорище...

Оказывается, когда нарушительница внезапно потеряла сознание и на глазах у постового врезалась лбом в баранку «Вольво», гаишник перепугался и вызвал «Скорую».

Прибывшие медики, осмотрев «тело», сообщили, что дама пьяна, а в остальном здорова. Скорее всего вечер закончился бы в вытрезвителе, но врач случайно стащил с головы «алкоголички» парик. И на свет явилась светло-русая голова, явно побывавшая в руках дорогого парикмахера. Отнюдь не дешевый автомобиль не вязался с убогой одеждой, потом постовые полезли в документы. В сумочке нашлись права, французский паспорт и... визитная карточка полковника. К тому же на заднем сиденье лежал пакет с элегантной одеждой и косметичка с дорогой пудреницей. Сопоставив все факты и не тратя времени на чесание затылков, милиционеры сволокли меня в отделение, предоставив начальству самому разбираться со странной дамой, спящей мертвецким сном.

Местный шеф оказался человеком сообразительным и, устроив нарушительницу дрыхнуть на диване, позвонил Александру Михайловичу. И вот теперь полковник применяет ко мне «третью степень», спасибо хоть не бьет по лбу носком с песком. Впрочем, отвечать на его вопросы почему-то не хочется!

— Не знала, что «Медовуха» алкогольный напиток, — оправдывалась я, тихонько вздыхая, — решила — это лимонад такой, ну ты же знаешь, что со мной бывает, если выпью.

И это святая правда. В моем организме есть один существенный дефект — пьянею моментально. Если у всех нормальных людей алкоголь сначала попадает в желудок, то у меня он прямехонько отправляется в мозг. По-хорошему, мне достаточно чайной ложки, чтобы выключиться. Но вот парадокс, такой эффект наблюдается только тогда, когда пробую крепленые вина или ликеры. Сухое вино и коньяк пьются просто превосходно. Поняв эту странную закономерность, я никогда не принимаю портвейнов.

Но кто бы мог подумать, что «Медовуха» — на самом деле довольно крепкий напиток. Вот почему мне так плохо и так ужасно ноет голова! А Александр Михайлович с упорством, достойным лучшего применения, зудит, как настырная осенняя муха:

— Когда тебе пришло в голову дать взятку в

следственной части Бутырской тюрьмы, кто тебя выручал?

— Подумаешь, попался один честный тюремщик... Ну ты!

— А когда пряталась в мусорном бачке, кто помог?

— Ну ты, конечно.

— В конце концов, кто несся в эту дурацкую деревеньку Петухово, чтобы вызволить тебя из плена?

— Ну, здесь Иван Михайлович раньше подоспел!

Но полковник, как все мужчины, совершенно не выносит намека на собственную неудачу. Он хлопнул кулаком по столу и заорал:

— Надоело! Да скоро надо мной вся милиция смеяться будет и пальцем тыкать начнут — это тот самый Дегтярев, приятель полоумной Дарьи Васильевой! Уймешься ты когда-нибудь, наконец! Что задумала опять? За каким чертом парик нацепила?

— Модно просто.

— А вещи уродские для чего?

— Костюм мороженым испачкала, вот и купила первое попавшееся...

— Врешь, — завопил приятель.

Надо же, а еще всегда рассказывает сказки о том, что подследственным просто невозможно вывести его из себя. И чего он так разошелся?

— Ладно, — закипел Александр Михайлович, — собирайся домой, убожество, там и побеседуем.

Приятной эту беседу не назовешь. Почти пол-ночи полковник ругал меня на чем свет стоит, и, как всегда, к этому увлекательному занятию с удовольствием подключились остальные домаш-ние. У каждого обнаружилась куча претензий ко мне. Ольга с обидой заявила, что я обещала хоть иногда готовить, а сама целыми днями где-то шля-юсь. Маруся припомнила, как позавчера я, под-писывая дневник, мечтательно заявила: «Ну как быстро время летит, ты уже в пятом».

— Между прочим, первого сентября я пошла в седьмой, — сообщила дочь, — и у других детей родители это помнят. Уж и не говорю про то, что рефераты им пишут и к учителям все время бегают!

Кеша тоже не удержался:

— Чуть со стыда в понедельник не сгорел. При-кинь, Александр Михайлович, сидят в гостиной мои друзья — Сережка с женой и Коля с невес-той, чай пьют. Тут распахивается дверь и влетает чучело гороховое. Джинсы потертые, футболочка до пупа, стрижечка идиотская... Привет, говорит, всем. И со стола немытыми руками пирожное — цап! «Чай пьете?» Ребята в отпаде — это кто? «Мамуля, — отвечаю, — моя родная мамочка!» — «Сколько же ей лет? — удивился Сергей. — Вот бы не подумал!» Ну не стыд! У всех матери как мате-ри, по сто килограммов весом, и рубашки сыно-вьям гладят...

— Вес тут ни при чем, — не согласился пол-ковник, — а вот в голове ветер дует — несерьез-ный, словом, человек.

— Просто свищет сквозняк, — подхватил Кеша, и они самозабвенно принялись обсуждать мои умственные способности.

В результате в кровать я отправилась около двух и встала около одиннадцати. Надо во что бы то ни стало найти Савостина, ведь именно у него в руках ключ к разгадке. Скорее всего человек, подбросивший Полю, знает и о судьбе Нади.

Несмотря на вчерашние клятвенные обещания детям просидеть сегодня весь день дома, я выкатила «Вольво» и отправилась в библиотеку, где протекала трудовая жизнь Иры Романовой. Смотаюсь только туда и обратно, как раз часов до четырех успею, а раньше у нас дома никого и не будет.

Оказывается, Ира работает в читальном зале. Отпуск свой она уже отгуляла в мае, но позавчера вечером позвонила заведующей домой и сообщила, что вынуждена срочно выехать на похороны скоропостижно скончавшейся тетки.

— А куда? — спросила я у милой, словоохотливой пожилой дамы, заменившей Иру на посту.

— Понятия не имею. Ирочка, конечно, человек приятный, воспитанный, но не слишком откровенный, тут про нее никто ничего практически не знает. Замкнутая девушка. Да зачем вам? — спохватилась дама, сообразив, что сплетничает с незнакомой теткой.

— Книгу должна вернуть.

— Отдайте мне.

— Нет-нет, — отступила я, — обещала в личные, так сказать, руки.

— Тогда приходите дня через три-четыре, —

посоветовала библиотекарша, — навряд ли дольше задержится.

Я тихонько вышла на крыльцо и закурила. Ну надо же, добралась почти до самой развязки, и везение изменило! Обидно. Что же делать? Собственно говоря, остается только два пути, чтобы выяснить, кто же все-таки велел Савостину отвести Полю в «Милосердие» и кто приказал посадить в инвалидную коляску Надю. Сначала пойдем по более простой дороге.

Я вновь прикатила в Оружейный переулок. Перед тем как выйти из «Вольво», щедро полилась духами «Коко» от «Шанель». Пока поднималась по лестнице, аромат тянулся следом, как шлейф. На кнопку звонка соседки Иры палец нажал коротко, но требовательно. Створка распахнулась, и выглянула уже знакомая бабища. Меня она не узнала, да и немудрено. Вместо дурно одетой, старомодно причесанной и аляповато накрашенной деревенщины перед ней предстала молодая дама в безукоризненно сшитом брючном костюме песочного цвета. К тому же пепельно-русая и высокого роста. Вдохнув запах «Коко», баба очень вежливо спросила:

— Вы, простите, ко мне?

— Хочется поговорить с Зинаидой Андреевной Твороговой.

— Я.

— Меня попросила зайти ваша соседка, Ирочка, работаем вместе в шестьсот шестьдесят девятой библиотеке...

— В чем дело?

— Ирочка сказала, что оставила вам ключи от квартиры, цветы поливать просила...

— Верно, — подтвердила Творогова.

— Понимаете, она уехала внезапно и не сдала отчет, а завтра приходит комиссия из министерства с проверкой...

— Ну и что? — спросила ничего не понимающая Зинаида Андреевна.

— Так она позвонила в библиотеку, назвала мне ваше имя и попросила зайти к ней домой, взять папку.

— Прямо не знаю... — замялась подозрительная Творогова, — а почему она мне сама не позвонила?

Краем глаза я заметила в прихожей две битком набитые сумки с продуктами и смело заявила:

— Да пыталась с вами связаться, но никто трубку не снимал...

— На оптовку ходила, — пояснила соседка, — все продукты подчистую подмели, на мужиков не напасешься... Ирка часто и раньше ключи мне оставляла, кошка у ней жила, вот и приглядывала за Баськой... Уж не знаю, можно ли вам доверять!

— Ладно, — покладисто согласилась я, — раз вы сомневаетесь, я скажу заведующей, что Ира уехала, а документы не сдала, пусть сама решает, как быть! Что мне, больше всех надо? Время потратила, приехала, а теперь еще вас уговаривать надо! Ну, уволят ее, подумаешь, дело какое, на биржу труда встанет...

Решительно повернувшись, я пошла к лифту. Творогова засуетилась:

— Погодите, погодите, хоть скажите, как вас зовут.

— Любовь Павловна...

— Сейчас ключики дам. А что, и впрямь в библиотеке вашей такие порядки, что за ерунду уволить могут?

— Запросто.

Зинаида Андреевна протянула простое железное колечко, на котором болтался один маленький блестящий ключик. Дверь свою она не затворила и бдительно наблюдала, как я вожусь с замком. Наконец дверь открылась.

Перед взором предстала маленькая прихожая со встроенными шкафами. Везде полный порядок — нет валяющихся ботинок, домашние тапочки аккуратнейшим образом стоят на специальной подставке. Столь же идеальная чистота и в большой комнате. Недорогая мягкая мебель застелена выстиранными накидками цвета палой листвы, на обеденном столе — турецкая клеенка, имитирующая кружевную скатерть, и ваза с пластмассовыми тюльпанами. Небольшой телевизор «Панасоник», а на нем замерла киска тигровой окраски.

— Баська, — позвала я, — кис, кис...

Но кошка сидела неподвижно, глядя поверх моей головы немигающими глазами. Странное поведение животного озадачило, и я подошла поближе. Боже, да это же чучело! Конечно, я слышала о людях, отдающих своих любимцев после кончины таксидермистам, но воочию столкнулась с таким впервые. Право, и не знаешь, что тут подумать, то ли патологическая любовь к животным, то ли... Представив, как у нас в гостиной выстроились в ряд чучела Банди, Снапа, Хуча, Черри, Жюли, Клеопатры и Фифины, а сверху на нитке свисает выпотрошенный Коко, я вздрогнула и приступила к поискам телефонной книжки. В таком сверхаккуратном доме она, конечно, должна находиться возле аппарата.

Красный телефон обнаружился на вылизанной кухне, рядом довольно толстый ежедневник. Первый раз в жизни встречаю такого педантичного человека! Весь год расписан по графам и распланирован до тридцать первого декабря. Надо же, у Иры не случается непредвиденных ситуаций. Ну-ка посмотрим. 18 сентября: 9.00—15.00 — работа; 15.30—16.30 — купить продукты; 17.00—19.00 — готовить; 19.00—20.00 — ужинать, мыть посуду; 20.00 — посмотреть новости; 20.40 — секс; 21.30 — спать.

Я уставилась на страничку, там так и было написано: 20.40 — секс. Не веря собственным глазам, полистала книжечку. Да, милая Ирочка даст сто очков вперед любому немцу. Любовью она занималась два раза в неделю — по субботам и средам. В пятницу убирала квартиру, четверг посвящался стирке, понедельник отводился глажке, вторник — грандиозной готовке... Воскресенье Ириша проводила культурно: посещала музеи, выставки, театры. Интересно, как уголовник Савостин вписывается в подобное расписание? Я бы на месте любого мужика либо убила, либо сбежала от подобного монстра, просто пассажирский поезд, а не женщина!

На последней странице ежедневника нашлись телефоны. Их оказалось всего два: ее собственный рабочий и соседки Твороговой. Потом стояло: «Мама — Комарова Татьяна Андреевна» и адрес. Ради последнего я и полезла в квартиру. Списав названную улицу, водрузила склерозник на место, потом снова открыла. Интересно, поездку к родственникам она тоже заранее запланировала?

Но на глянцевых страничках не было никакого упоминания о визитах к матери или тетке. Скрупулезно записаны будущие посещения каких-то Лены и Светы, но про мать ничего. Сегодняшний день тоже выглядел обычно — работа, магазин, покупка газет... Что же произошло, если такой человек неожиданно сорвался с места?

Я закрыла дверь и отдала ключи по-прежнему стоящей в дверях своей квартиры Твороговой.

Мама Иры находилась в Красногорске на Зеленой улице.

Хотя Красногорск и называется городом, на самом деле он давно пригород Москвы. Правда, очень провинциальный, уютный. Зеленая улица полностью соответствовала своему названию. Даже сейчас, в самом конце сентября, деревья еще не потеряли листвы, впрочем, тут почему-то практически одни ели, а они не меняют наряд даже зимой. Странно, что такой крохотный проезд считают улицей. «Вольво» с трудом втиснулся в пространство между приземистым желтым домом и гаражом-ракушкой. Больше на Зеленой не было ничего.

Я обошла здание и на торце, возле входа заметила вывеску — «Клиника №3». Толкнула дверь и оказалась в большом пустом холле. Справа — неработающий гардероб, слева — справочная, но окошко заперто. Постучав безуспешно несколько минут, пошла на второй этаж и увидела там глухую железную дверь без ручки, «глазок» и устройство с двумя кнопками, напоминающее домофон. Нажала одну пупочку, потом другую, затем еще раз — никакого эффекта. Потыкав еще несколько раз в звонок, решила уходить, но тут из динамика донеслось:

— Кто у нас такой нетерпеливый? Ишь, обзвонились!

— Я к Комаровой Татьяне Андреевне.

— Ну да? — изумился голос, и дверь распахнулась.

Толстая-претолстая, но очень молодая женщина возникла в проеме.

— Зачем вам Комарова?

— Поговорить хочу!

— Поговорить... — усмехнулась медсестра, — а вы кто будете-то?

— Родственница.

— Надо же, — продолжала ухмыляться женщина, — первый раз слышу, что у наших больных родственники есть. Как свезут сюда, так, считай, похоронили, даже мертвых не забирают. Только имейте в виду, если хотите, чтобы Комарова подписала завещание, так не надейтесь, у нее в голове никогда не светлеет. Впрочем, идите, полюбуйтесь!

Полная дурных предчувствий, я двинулась за бранящейся теткой по коридору. Внутри отделение выглядело более чем странно — широкий коридор и полное отсутствие дверей в палатах.

Стояла невероятная, какая-то зловещая тишина. На железных койках под синими и розовыми байковыми одеялами виднелись больные. Сразу и не разберешь — мужчины или женщины, потому что головы обриты наголо. Пройдя коридор, мы уперлись в другую железную дверь, снова без ручки. Провожатая достала из кармана халата железный универсальный ключ, вроде того, которым в поезде проводник отпирает купе, и, вставив его в скважину, быстро повернула. И снова коридор, опять палаты без дверей. Только около одной комнаты пост и сидит девушка, читающая любовный роман.

— Скажи, Леночка, Комарова в поднадзорной? — осведомилась спутница.

— В третью перевели, успокоилась, — ответила девица.

И мы снова двинулись по коридору. Наконец возле отвратительно воняющей палаты притормозили, и медсестра, вталкивая меня в тесное помещение, сообщила:

— Глядите, Комарова у окна слева.

На плоской подушке без наволочки покоилась маленькая, размером с кулачок голова старушки. Волос, как и у всех, практически нет, блекло-голубые глазки без всякого выражения смотрят в одну точку, изо рта тянется струйка слюны. Разговаривать с такой невозможно.

— Это Комарова Татьяна Андреевна? — на всякий случай уточнила я.

— Она самая, — подтвердила медсестра.

Больная открыла рот и издала жуткий воющий вопль.

— Вера, — крикнула толстуха, — кольни Комарову, возбуждаться начинает! — Потом повернулась ко мне и спросила: — Ну как? Понравилась? Поговорили? Может, еще побеседуете?

Я в ужасе затрясла головой:

— Не надо! Что у вас за больница?

— Психушка, — спокойно пояснила баба, — отстойник для отбросов, никому не нужных.

— И что, к Комаровой никто не приходит? — спросила я, пока мы тем же путем шлепали назад.

— Ни к Комаровой, ни к Федоровой, ни к Ваняшиной, вообще ни к кому, — пояснила гренадерша. — Кто о своих родственниках заботится, давным-давно по приличным местам устроили, деньги платят за уход. А у нас... — Она безнадежно махнула рукой.

Я отъехала подальше от скорбного места и трясущимися руками закурила. «Не дай мне бог сойти с ума, нет, лучше посох да сума». Сколько лет тому назад написал поэт эти строки! По-моему, лучше попасть под троллейбус или поезд метро, чем так лежать день-деньской с потухшим взглядом на продавленной казенной койке!

Я курила вторую сигарету, чувствуя, как постепенно отступает противная дрожь и разжимается желудок.

Похоже, узнать, куда отправились Савостин с Ирой, не представляется возможным. Концы обрублены. Обидно пройти такой путь и ткнуться носом в запертые двери. Хорошо хоть Полину удалось разыскать! А бедная Надюша? Неужели девочку так и станут в полусонном состоянии таскать по метро? И вообще, кто столкнул с платформы Лиду и Жанну Яковлевну, кто, в конце концов, убил сестер Подушкиных и почему двоих сразу? Кто украл девочек и, главное, зачем все это сделано? Я не знаю ни одного ответа на эти вопросы. Неужели так и не разберусь? Как же быть? Искать пропавшего Савостина? Сдается, он постарался удрать. Начать розыски неизвестного Алексея Лесникова? Ох, кажется, Сергей Яковлевич просто выдумал его, чтобы избавиться от «сестрицы». Тогда как поступить?

Впрочем, если нищий Павел, рассказывающий мне в бистро систему организации «инвалидов», не врал, есть тоненькая ниточка, за которую можно попробовать потянуть. Так распускают вязание: дергают за хвостик, и петельки мгновенно распрямляются.

Глава 29

Прежде чем хвататься за последнюю нитку, следует выполнить просьбу Лидуши и съездить к неизвестному мне Анатолию на улицу Баранова. Я сосредоточенно листала атлас и наконец обнаружила магистраль в Ново-Переделкине, почти дачном месте. Мало кто из москвичей помнит, что на месте района Солнцево была когда-то деревенька Суково. Даже железнодорожная станция называлась этим, прямо сказать, неблагозвучным именем. Затем в начале шестидесятых деревенька исчезла, уступив место череде блочных домов. Тогда, почти сорок лет назад, они всех радовали, казались идеальным решением жилищной проблемы и последним словом архитектуры. Сегодня же серые башни удручают, сразу вспоминаешь, какие там низкие потолки и крохотные кухоньки.

Но улица Баранова, расположенная у самого леса, пока сохраняла свою первозданность. По обе стороны тянулись типично деревенские постройки с застекленными верандами. Нужный мне дом оказался последним. Шаткий забор отделял ветхую избенку от подступающего лесного массива. Здесь, именно на этой избушке, заканчивалась, очевидно, Москва.

Во дворе виднелась под стать домику покосившаяся собачья будка. Из нее выглядывала всклокоченная пегая морда. Увидав, что я вхожу на охраняемую территорию, пес лениво вылез наружу, зевнул и, виляя хвостом, гавкнул для порядка два раза. Потом снова зевнул и скрылся в «хате». Дверь веранды растворилась, и высунулась растрепанная мужская голова, удивительным образом походящая на собачью морду.

— Вам кого? — добродушно осведомился хозяин, прищуривая близорукие глаза.

— Анатолия.

— Входите, — пригласил мужчина.

Я вошла в комнату. Меньше всего она напоминала жилое помещение, это скорее лаборатория. Всюду гудят и моргают разноцветные лампочки, сияет экран компьютера, по полу тянутся разноцветные провода. Лишь в самом дальнем углу узенькая койка, смахивающая на походную кровать полководца Суворова, да на небольшом столике, застеленном вытертой клеенкой, чайник и банки с кофе и сахаром. Единственное, что украшало комнату, — огромная фотография Лиды. Никогда не видела у подруги такого по-детски спокойного лица. Лидушу сняли на зеленом лугу, покрытом ровным ковром желтых одуванчиков — просто море солнечных пятен. На голове венок из этих же цветов, а в руках маленький букетик маргариток. Но главное — лицо, полностью расслабленное, даже умиротворенное, так выглядит женщина, знающая, что ее любят...

Заметив, что гостья уставилась на снимок, Анатолий поспешил пояснить:

— Это моя жена Лидочка.

От неожиданности я чуть не рухнула наземь. Жена?! А Андрюшка Артамонов тогда кто?

— Так вам что? — опять спросил хозяин.

— Меня просила она, — сообщила я, ткнув пальцем в фото.

— Господи, — оживился мужчина, — скорей говорите, где Лида, она уже давно не приходила! Просто места себе не нахожу от тревоги!

Я принялась рассказывать новости. Примерно на третьей фразе Анатолий побледнел и каким-то придушенным голосом спросил:

— Как дети пропали? У Лиды что, есть дочки?

Пришел мой черед изумляться.

— Две — Поля и Надя.

— А муж? — вопросил хозяин.

Я замялась. Бог знает, что за отношения их связывают, и не пойму пока, зачем Лидушка велела сюда зайти.

— Почему вы называете Артамонову своей женой?

— Артамонову? — удивился мужик. — Так мы говорим о разных женщинах, у моей Лиды фамилия Мягкова.

Я вздохнула. Конечно, это ее девичья фамилия. Пришлось собраться с духом и рассказать парню все. По мере ознакомления с информацией лицо хозяина вытягивалось и бледнело, но он мужественно дослушал до конца и пробормотал:

— Господи, а я думал, что она меня бросила, надоело ей в шалаше. — Потом он вскочил и принялся суетливо хвататься за вещи. — Поехали, поехали, скорей.

— Куда?

— Как куда? В больницу, конечно!

Еле-еле я уговорила его успокоиться.

— Мне кажется, — увещевала я, — Лида как раз и послала меня к вам, чтобы удержать от необдуманных поступков. Судите сами, что может случиться, если любовник столкнется с законным мужем или свекровью...

— Любовник! — в отчаянии воскликнул Толя. — Да вы хоть имеете представление, что за отношения нас связывали?

Я вздохнула и опустилась на ободранную табуретку. Пусть уж выговорится!

Толя увидел Лиду год назад в супермаркете «Рамстор». Вообще-то он не ходит в этот магазин, предпочитает более дешевую оптовушку, но вот, случайно оказавшись в центре, заглянул и встретил судьбу. Лидуля стояла у кассы, держа в руках небольшой мешочек с яйцами. Анатолий, как всегда задумавшись, случайно толкнул Лидушку, та от неожиданности разжала руки. Яйца с хрустом шлепнулись на пол, в мгновение ока превратившись в омлет. Удрученный Толя начал извиняться, Лидуля только смеялась. Наконец они махнули рукой на эти скорлупки и вышли на улицу. Стоял удивительно теплый апрель. Распустилась первая листва, и пахло просто одуряюще — землей, травой, черемухой...

Молчаливый и замкнутый Анатолий неожиданно начал рассказывать спутнице о себе. Про то, как закрылся научно-исследовательский институт, где он, талантливый физик, вел исследования. О бывшей жене, ушедшей несколько лет назад к другому, более обеспеченному и удачливому, о размене двухкомнатной квартиры, в результате которого ему досталась развалюха в Ново-Переделкине, а супруге опять две комнаты, но чуть меньшего размера возле метро «Войковская». Но в основном он говорил о своей работе. А изобретал Анатолий не больше и не меньше, как новый двигатель. Причем все необходимые расчеты он уже выполнил, дело только за практическим осуществлением.

Говоря о работе, физик разительно переменился. Глаза оживились, лицо приобрело вдохновенное выражение. Он и мне попытался объяснить суть своего открытия, но я замахала руками. Только не это, совершенно не способна разобраться в технических деталях.

Но Лида, очевидно, выслушала изобретателя до конца. Потом сказала, что живет вместе с очень строгими родителями, которые запрещают ей встречаться с мужчинами. Поэтому звонить по телефону ей нельзя, да и, честно говоря, некуда, так как Лидушкина квартира в Подмосковье и там просто нет телефона. Еще Лидуля сообщила, что не замужем.

Свидания их происходили по одной схеме. Лидка приезжала к Анатолию только один раз в неделю — днем, по четвергам, вернее, с одиннадцати утра до пяти вечера. Более этого времени никогда не оставалась, объясняя, что до дома добираться два с лишним часа, а отец с матерью не позволяют возвращаться поздно. Ради ее прихода Толя откладывал все дела. Зарабатывал он, честно говоря, копейки, преподавал в одной из местных школ диковинный предмет ОБЖ, получая на круг четыреста пятьдесят рублей в месяц. Сам изобретатель предпочитал питаться геркулесовой кашей на воде, запивая водянистым биокефиром, но к Лидушкиному приезду накрывал стол с «деликатесами» — «Докторской» колбасой, жареной картошечкой и овощами. Не забывал он и про любимое плодово-ягодное мороженое подруги. Именно подруги, потому что до постели у них дело так и не дошло. Лидуля не проявляла инициативы, а старомодный и застенчивый Анатолий боялся обидеть любимую женщину подобным предложением. Он трепетно ухаживал за Лидулей, подавал обед, потом чай, мыл посуду. Затем она отдыхала, а попросту спала некоторое время под мирный гул приборов. Потом опять пили чай, и в семнадцать часов одиннадцать минут Толя сажал обожаемую женщину на автобус. Она долго махала ему из окна букетом. Анатолий, чтобы провести вместе еще какое-то время, с удовольствием провожал бы Лидушку до самого дома, но женщина категорически запрещала сопровождать ее.

Несколько раз физик заговаривал о женитьбе, но Лида только отрицательно качала головой.

— Отец никогда не согласится на наш брак, — поясняла она, — и лучше ему ничего не рассказывать, а то и встречаться запретит, он у меня сектант.

Толя, мягкий, покладистый, уступчивый человек, не спорил, он безоговорочно признавал за Лидушей главенство. Раз она решила, так тому и быть, ему и четверга достаточно для счастья!

Так промелькнуло лето, а в сентябре Лидушка не пришла. Физик сначала занервничал, думая, что подруга заболела, потом решил, что Лидушка его бросила...

И тут явилась я.

Попросив еще раз Анатолия никуда не ездить, а спокойно ждать выздоровления Лиды, я отправилась обратно, но метров через триста притормозила и попыталась привести в порядок бунтующие во мне чувства.

Ай да Лидия! Столько лет дружу с женщиной, а, оказывается, совсем ее не знаю! Как же так! А патологическая, прямо ненормальная любовь к Андрею Артамонову? Ведь для того чтобы удержать около себя ветреного Андрюшку, она пустилась на авантюру с рождением детей. Да она просто рассудок теряла при виде мужа, а теперь нате вам, пожалуйста, заводит какие-то странные взаимоотношения с этим Анатолием! Приезжает к нему в единственно свободный день и зачем?! Чтобы просто пообедать нехитрой едой, побеседовать с ним и поспать часок? Непостижимо и непонятно. А вдруг в этом деле все не так, как кажется? Вдруг Лида узнала о завещании и решила поменять капризного Андрюшку на безропотного Анатолия? Пятьсот тысяч долларов вполне достаточная сумма в России, чтобы безбедно прожить остаток дней. Может, она просто устала от вечных артамоновских баб, приторно-ласковой улыбки Леры, может, надоело ей без конца стоять у плиты? Вот и приготовила запасной аэродром. Только девочки-то ей ни к чему. Они всего лишь канаты, связывающие ее брак с Андрюшкой. Конечно, Лидуля любит дочек, но...

Ужасная мысль неожиданно ворвалась в мою голову. А что, если мать сама решила избавиться от Поли и Нади? Меня просто заколотило от ужаса и, прибавив скорость аж до шестидесяти километров в час — невиданная для меня вещь, — я полетела в больницу. Просижу там весь день, но выбью из Лидки правду, буду диктовать буквы, напугаю, в конце концов, пообещаю познакомить

Анатолия с Лерой, ну не знаю что еще, но обязательно доберусь до истины.

В палату реанимации я ворвалась, отпихивая
от себя пытающуюся загородить проход медсестру. Так наш ротвейлер Снап стряхивает чрез-
мерно расшалившихся щенят. Подскочив к кровати, оторопела. На подушке в переплетении тру-
бок и проводов виднелось жуткое лицо какого-то
совершенно постороннего мужчины.

— А где Лида? — накинулась я на сестру.

— Артамонову перевели в другую палату, у нас
только крайне тяжелые лежат, вашей стало легче.
И стыдно так вести себя в больнице, ну должно
быть какое-то понятие, — завелась женщина, сердито поправляя голубой колпачок.

Но я уже неслась в другую палату. Лидуся нашлась в крохотной комнатушке, куда еле-еле влезла кровать и несколько штативов с капельницами.
Похоже, тут раньше был чулан, а теперь, в эпоху
платной медицины, сделали «палату повышенной
комфортности».

Услышав шум и топот, подруга повернула голову и свистящим прерывистым голосом спросила:

— Дашка, а про Полю правда?

Я слегка успокоилась, услышав вопрос, и еще
раз рассказала Лиде историю обретения Полины.

— А как же Надюша? — почти крикнула, узнав
эту новость, мать. — Господи, с ней-то что?!

— Слушай, Лидка, — сердито сказала я, —
пока ты тут на койке валяешься, я все подметки
истрепала в поисках девчонок. Вот если бы ты мне

сразу сообщила правду про их настоящего отца да про Анатолия...

— Кто тебе рассказал про Аристарха? — спросила, синея на глазах, Лида.

Я вздохнула, вытащила «Голуаз» и закурила. Конечно, в больничной палате такое поведение не приветствуется, но разговор длинный, и, если не успокоюсь, могу стукнуть Лидку по глупой голове эмалированным судном.

Рассказав подруге все, не утаив ни малейшего из своих действий, я потребовала:

— А теперь отвечай: это ты велела Вере увести девочек, чтобы спокойно жить с Анатолием на полученное наследство?

От удивления Лидка так и села в кровати, и капельницы, воткнутые в ее руки, жалобно тренькнули.

— Дашка, ты что, мухоморов объелась? У меня с Анатолием знаешь что?

— Не знаю, вот и объясняй!

Лида опять легла и завела длинный рассказ. Ее единственная и страстная любовь — Андрюша. Ради Артамонова, для того, чтобы у мужа была настоящая семья, она пошла на обман и родила двух девочек от Аристарха Косопузова. Лидушка не представляла себе жизни без Андрея, поэтому старательно закрывала глаза на все многочисленные романы и увлечения супруга, никогда не устраивала семейных сцен.

— Какой толк в скандалах? — вздыхала подруга. — Ну не может Андрюшка жить с одной женщиной, так он устроен. И что? Начну права качать, тут же разведется, и девчонки его не остановят. Хотя вот, например, рождение Поли заставило его разорвать отношения с этой петербургской профурсеткой. Нет, он все-таки меня любит и дочек тоже... как умеет. Во всяком случае, моя тактика дает плоды. Он побегает, побегает и в стойло возвращается!

Лидулька ухитрилась стать для Андрюшки незаменимой. Без нее он даже чистых носков найти не может, патологически избалованная личность. Правда, пару раз Артамонов пытался вырваться и уезжал на несколько недель к очередным дамам сердца. Лидулька мужественно врала всем знакомым, что Артамонов временно поселился у приятеля из-за начавшегося ремонта. Но больше месяца Андрюшка ни с кем выжить не мог. Трения с любовницами начинались уже на десятый день, когда проходил первый угар страсти. И тут выяснялось, что вожделенные объекты любви совершенно ничего не умеют. Воротнички у рубашек оказывались измяты, в супе плавали отвратительные куски распавшейся луковицы, и кофе утром никто не подавал. Наоборот, дамы считали, что именно Андрюшка обязан приносить им кофе в постель. Артамонов, привыкший быть предметом обожания, хватал шмотки и убегал к верной Лидульке, не жалевшей времени на процеживание бульона и прочую канитель.

Лидуля приучила себя относиться ко всему спокойно. Всегда мила, улыбчива, приветлива. Никогда не требовала шуб и драгоценностей... Она упорно не обращала внимания на ехидные замечания Леры и не поддерживала такие разговоры. Идеальная, необыкновенная жена, мечта любого мужика. Но избалованный Андрюшка считал такое поведение супруги единственно возможным. Однажды он по привычке накричал в моем присутствии на Лидушку. В чем-то она страшно провинилась: то ли какао оказалось с пенкой, то ли творога на завтрак не было... Я не выдержала и заявила:

— Да ты, видно, не понимаешь, какой брильянт получил! Тебе бы со мной недельку пожить!

Артамонов обозлился:

— А я на тебе за все сокровища мира не женюсь. У меня может быть только такая жена, как Лида!

Вот Лидия и жила на положении домработницы. Даже Надя очень скоро, как все дети, разобралась в том, что происходит, и на немногие материнские замечания сердито возражала:

— Ты в доме не главная, вот пожалуюсь папе, он тебя живо отругает!

Я бы в ответ на такое заявление моментально надавала ей затрещин, а привыкшая сглаживать острые углы Лидия только вздыхала.

— Возраст! Ну, ничего, скоро поумнеет.

И вдруг она встретила Анатолия. Лида так и не смогла внятно сама себе объяснить, почему решила поехать к нему в гости. Зато, отправляясь во второй раз, четко ориентировалась в обстоятельствах. Впервые на протяжении всей своей жизни она превратилась в объект жаркой любви. Детство, лишенное ласки, замужество, при котором постоянно приходилось доказывать родственникам, что она хорошая жена... И вдруг появляется человек, который начинает ее боготворить. Причем просто так. Не в благодарность за что-то, сделанное для него Лидой, а просто из любви. Жарит картошку, подает обед, моет посуду, рассказывает о своих делах не по принуждению, а потому, что ценит ее, Лидушкино, мнение... И при этом ничего не просит для себя, всем доволен.

С таким человеком подруга встретилась впервые.

— Конечно, нехорошо, — каялась она, — но ездила в Ново-Переделкино просто отдыхать. Не поверишь, стала ждать четвергов, как праздников. Лягу на продавленной койке, глаза закрою, хорошо! Телефона там нет. Толя очень тихий, всегда шепотом говорит...

Ну да, Андрюшка, привыкший командовать актерами, совершенно не умеет владеть собственным голосом и по большей части объясняется на повышенных тонах. А если хватается за телефонную трубку, то орет так, что у окружающих начинается головная боль. Причем тон он не снижает никогда.

— У меня такой голос, — заявляет он Лиде, — если мешает — купи беруши.

Так что тишина в присутствии мужчины для моей подруги казалась в диковинку.

— Зачем же ты водила Анатолия за нос? — пришла я в негодование. — Ну к чему было говорить, что не замужем и бездетна? Он ведь тебя и в самом деле любит.

— Не поверишь, — виноватилась Лидуля, — я себя такой у него ощущала... абсолютно свободной и спокойной, без забот и тревог, полная расслабуха.

Лиде казалось, что она поступает честно. Ведь сразу сообщила мужику о невозможности сочетаться с ним браком. И вообще, думала до Нового года с ним видеться, а потом соврать об отъезде за границу.

— Ну, отдохнуть хотелось, — втолковывала мне Лидка, — Андрюшка сколько раз любовниц заводил — и ничего, а у меня даже никакого намека на секс, платонические отношения, тихая гавань...

Я вздохнула. Все мы безумные эгоисты, и объяснять Лидушке, что Толя мог страдать, не стану.

— Зачем меня в Ново-Переделкино отправила?

— Да испугалась, что мужик начнет меня искать, я же пропала, вдруг выйдет неведомыми путями на Артамонова. Представляешь?

Да уж, Андрей не перенес бы такого удара по самолюбию. Его Лидия, можно сказать, полная собственность, и ездит на свидание к другому. Он никогда не поверит, что неверная жена просто отдыхает. Такой вариант поведения не уложится в Андрюшкиной голове. В его сознании бабу и мужика может связывать только одно — постель.

— Так ты не собиралась бросать Андрюшу?

— Ты чего?! — возмутилась Лида. — Столько в него вложить и уйти?..

Посчитав проблему решенной, я приступила к следующему вопросу:

— Зачем под поезд прыгнула?

— Я? — снова пришла в негодование подруга. — Я под поезд? Это кто же такую глупость
придумал?

Оказалось, выслушав мой рассказ о встрече с
Надей, Лидуша решила поехать на станцию «Аэропорт» и поспрашивать дежурных и пассажиров.
Она бегала по платформе, выискивая свидетелей,
и тут кто-то сильно толкнул ее вниз.

— Ничего не помню, — сообщила Лида, —
только толчок, потом свет, и все. Открываю глаза — больница.

Ага, шел, поскользнулся, упал — гипс. И ведь
так оно и было. Значит, Лида — просто жертва.
Тогда кто же он такой, решающий проблемы простым способом: сталкивая на рельсы мешающих
ему людей?

Я уезжала от Лидии, заручившись ее клятвен-
ным обещанием никому ничего не рассказывать,
ни о находке Полины, ни о моей активности. Подруга пообещала исправно изображать умираю-
щую.

— Ты ведь понимаешь, что, если придумав-
ший все это человек узнает о «покупке» Полины,
он сделает так, что мы никогда не найдем Надю.
А искать негодяя надо в вашем близком окружении, среди тех, кто знал о сестрах Подушкиных и
о твоем пристрастии к плодово-ягодному моро-
женому!

Лидуля кивнула. Ладно, пора использовать последний шанс найти Надю. Раз уж не могу вычис-
лить мерзавца через семью Артамоновых, пойду
другим путем.

Глава 30

План был гениально прост. Переоденусь нищенкой и попробую влезть в этот криминальный бизнес.

Когда бойкая украинка выкатывала из вагона на станции «Аэропорт» инвалидную коляску, Надюша попросила пить. Девушка равнодушно ответила: «Сейчас приедем, и попьешь». Следовательно, они живут где-то недалеко, и начинать плясать надо именно от этой станции.

Около часа дня я уже стояла возле небольшого эскалатора. Наряд был продуман до мельчайших деталей.

Пришлось заехать в подвал, где расположился магазин «Сэконд-хэнд», и основательно порыться в мешках со старыми шмотками. В результате «раскопок» приобрела непонятное серо-буро-малиновое платье, не прикрывающее колени. Сверху накинула коричневый жилет, с утра похолодало, и он был очень кстати. На ноги натянула гольфы, так чтобы между юбкой и резинками мелькала полоска голой кожи, ступни украсились китайскими матерчатыми тапочками. Вчера от души вымазала их глиной, и к утру, высохнув, новые баретки приобрели замечательный омерзительный вид. Подходящей сумки в подвальчике не нашлось, поэтому в руки пришлось взять пакетик из супермаркета «Рамстор».

Лицо покрыла темным тональным кремом и навела карандашом для бровей жуткие синяки под глазами.

Теперь следовало подумать, что написать на

табличке. Отвергнув из суеверия надписи типа «Собираю на похороны дочери» или «Помогите на протез для сына», я решительно нацарапала: «Умер муж, не могу оплатить гроб». В конце концов, супруга у меня нет и не предвидится, так что не навлеку ни на кого несчастье.

Придав лицу подходящее моменту кисло-траурное выражение, заняла позицию и приготовилась ждать.

Подавали мало и неохотно, больше советовали.

«Шла бы работать», — предложила одна женщина.

«Стыдно, молодая, а просит», — сообщила другая.

«Развелось вас, тунеядцев», — заявила третья.

Мужчины проходили молча, иногда швыряя в пакет желтые и белые монетки. Около двух часов напротив устроилась пожилая монашка, толстая, неповоротливая и одышливая. Дышала она с присвистом, похоже, у бедняги астма. В руках у старушки громоздился большой черный ящик, запечатанный огромной красной сургучной печатью. На передней стенке фотография каких-то развалин и листочек: «На восстановление храма Святой Троицы в селе Лыково». Старуха расстелила на полу газету, кряхтя, встала на колени и принялась отбивать земные поклоны, приговаривая:

— Господь с вами, люди добрые, подайте, сколько сможете, на благородное дело ради праздника.

Теперь все проходили мимо меня молча, но и

милостыню не подавали, зато в ящик монашки дождем посыпалось подаяние...

И тут появился мальчишка, щуплый, с неприятным, тухлым каким-то взглядом. Оглядев нас с бабкой, он решительно подошел к старухе и, изо всех сил пнув ящик, осведомился:

— Кто тебе разрешил тут промышлять?

Бабулька что-то прошептала, но парень сильно толкнул ее и заорал:

— Тут я хозяин, а не Федор, моя территория, поняла, лабуда убогая!

Монашка попробовала встать, но пацан пихнул ее еще раз именно в тот момент, когда бабушка начала подниматься с колен. Женщина упала, юноша принялся пинать ее ногами. Прохожие текли равнодушно мимо, словно на их глазах избивали не монашку, а кошку. Впрочем, наверное, негодяй, бьющий животное, вызвал бы больше эмоций. Но я терпеть не могу, когда мучают безответных, поэтому подбежала и спросила:

— Ты что делаешь, подонок?

Мальчишка сдул со вспотевшего лобика жидкую прядку волос — умаялся сердешный, избивая бабушку, — и процедил:

— Не лезь, с тобой потом разбираться стану!

А вот это он зря, иногда во мне тоже просыпается зверь. К тому же мальчонка такой хлипкий, соплей перешибить можно. Ну какой из него хозяин, так, мелочь, «шестерка»... Поругаешься с таким, глядишь, и настоящие мэтры подвалят.

Я подняла ногу и от души пнула крысенка под коленки. Не ожидавший нападения «хозяин» потерял равновесие и врезался лобиком в стену. Не удержавшись на комариных ножках, бандитик упал на колени. Я незамедлительно ухватила его за сальные, воняющие прогорклым маслом кудри и несколько раз стукнула прыщавым личиком об стену. Из носа «авторитета» потекла кровь, и он рухнул на грязный пол. Я перевела дух. Что ж, посеявший ветер пожнет бурю! Стану ждать теперь, когда явится «крыша» мальца и захочет со мной разобраться. Есть у меня для них парочка весомых аргументов.

Монашка, наконец распутав бескрайние юбки, ловко вскочила на ноги.

— Пойдем, — сказала она, хватая ящик, — делаем ноги по-быстрому....

— Зачем? — попробовала сопротивляться я.

— Затем, — сообщила старушка, — бежим скорей, а то костей не соберем, сейчас прибегут, отметелят, мало не покажется.

И она, крепко вцепившись в меня совсем не старушечьей хваткой, поволокла к выходу. На бегу я оглянулась. Крысеныш медленно, болтая головой из стороны в сторону, пытался встать на разъезжающиеся лапки.

Монашка споро тащила меня сначала через подземный переход, потом вдоль Ленинградского проспекта, следом на троллейбус. Перевели дух мы только на Волоколамском шоссе во дворе большого серо-розового дома, явно постройки тридцатых годов. Поднялись на третий этаж, бабулька, порывшись где-то за поясом, вытащила ключ и отперла огромную обшарпанную дверь.

— Давай, — она впихнула меня внутрь темного коридора, — располагайся в комнате, я сейчас.

И, щелкнув выключателем, исчезла за поворотом километрового коридора. Я огляделась. Стою в центре довольно просторного и хорошо обставленного холла. Чешская трехрожковая люстра с неэкономными стоваттными лампочками освещает стеллажи, забитые книгами, и коричневый палас. Справа виднеются две двери. Я толкнула одну и оказалась в большой квадратной комнате с эркером. Все здесь говорило об устойчивом достатке хозяев. Старая, но хорошо сохранившаяся «стенка», новая велюровая мягкая мебель непрактичного цвета топленого молока. В углу огромный телевизор «Филипс», видеомагнитофон и гора кассет. В центре стола вазочка с крекерами.

— Кофе будешь? — раздался за спиной звонкий голос.

Я обернулась. В комнату вошла худенькая девушка лет девятнадцати, с лицом, намазанным кремом. Удивленная столь фамильярным обращением юного существа, я кивнула.

— Тогда двигай, — велела девчонка, и мы пошли по коридору. Квартира казалась необъятной, на каждом шагу открывались все новые и новые помещения. Наконец добрались до кухни. Девица вытащила кофе, да не какой-нибудь, а «Кап Коломбо» по двести рублей за банку и пачку «Парламента».

— Хочешь?

— Спасибо, — вежливо сказала я, — курю только «Голуаз», от остальных кашляю...

Девчонка начала пускать дым, потом с чувством произнесла:

— Спасибо тебе.

— За что? — искренне удивилась я.

— Видишь, как получается, — пояснила девчонка, — пожадничала, думала, не заметят, что на чужой территории встала, а он уж тут как тут, подсученыш сраный! И ведь больно-то как бил, небось синяки будут! Если бы не ты, в кровь изувечил бы. Гнида, вошь сифилисная!

— Вошь не переносит сифилис, только тиф, — поднял во мне голову преподаватель.

— Ай, какая разница, — отмахнулась девка.

— Так это ты, бабушка-монашка, — дошло наконец до меня, — ну даешь, в жизни б не подумала! Старуха так дышала, прямо кровь сворачивалась от жалости!

— Еле-еле сипеть научилась, — захихикала девчонка и вытащила из шкафчика довольно неплохой пятизвездочный коньяк. — Ну, давай, за встречу и знакомство, — сказала «старуха» и щедро плеснула ароматную, коричневую жидкость по рюмкам.

Я отказалась, сославшись на аллергию, и принялась энергично расспрашивать девицу:

— Как же додумалась монашкой-то приодеться?

Девчонка ловко опрокинула еще одну рюмку и рассказала:

— Федька надоумил, хозяин, он и к делу пристроил, у него знаешь какие мастера работают — слепые, безногие, параличные...

— Как же ты в этот бизнес попала?

Девица глотнула еще коньяку и слегка опьянела. Самая хорошая стадия для доверительных разговоров. Выяснилась довольно обычная по нашим временам история.

Зовут «монашку» Галей, и лет ей всего ничего — только что исполнилось двадцать. Семья вполне добропорядочная, папа — кандидат физмат наук, всю жизнь протрудился в НИИ имени Курчатова. Чем он там занимался? Каким-то твердым телом. Любимая мама пахала там же, в одном с мужем отделе. По прежним, советским, временам жили прекрасно. Институт выделил своим сотрудникам отличную квартиру, даже слишком просторную для троих, зарплата позволяла откладывать на машину... Летом ездили в Коктебель или в Сочи и уж, конечно, не экономили на питании. Но главным было другое.

То ли во всем Курчатнике, то ли только в отделе, где работали Галочкины родители, сложилась удивительная обстановка. Люди трудились самозабвенно, не тратя времени на скандалы и склоки. Впрочем, так часто бывает в коллективах, где идет творческая работа. Физики были полны гордости — ведь они помогали крепить мощь и обороноспособность великой страны, своей Родины.

Потом все рухнуло. Институт не закрылся, но зарплату не выплачивали месяцами, рубль стремительно катился вниз, доллар поднимался в обратном направлении. Кое-кто из ученых, плюнув на патриотические чувства, стал крепить мощь и обороноспособность другой страны — Америки. Но только не Галины родители. Они по-прежнему каждый день ходили на работу, занимались в своем отделе какими-то непонятными расчетами и очень гордились своей неподкупностью, честностью и умом.

Моральной закалки, которую Галочка получала в раннем детстве, просто не хватило для новой жизни. Идеалы пали при виде красивой одежды, обуви и косметики. Но все это можно иметь только за наличные. А денег у девушки не наблюдалось, не считать же в самом деле капиталом стипендию в шестьдесят рублей!

Может быть, Галина жизнь сложилась бы по-другому, окажись она в таком вузе, где студенты учатся. Но девушка поступила в автомобильно-дорожный. А студенты МАДИ день-деньской простаивают в подземном переходе под Ленинградским проспектом с бутылками пива в руках. И разговоры крутятся вокруг шмоток и автомобилей.

Галя, одетая в связанные мамой кофточки, естественно, не принадлежала к элитной тусовке, хотя изо всех сил пыталась туда прорваться. Но где взять деньги на кожаные мини-шортики, блестящую куртку и ботиночки-копыта!

К тому же, когда другие девчонки небрежно вытаскивают из роскошных кожаных сумок «Парламент», «Давидофф» или, на худой конец, доброе старое «Мальборо», чувствуешь себя абсолютно нищей, раскуривая «Золотую Яву».

Чего только не перепробовала девчонка, пытаясь вырваться из нищеты. Бегала по ресторанам «Макдоналдс» с тряпкой и шваброй, сидела с сопливыми, противно ноющими детками, выгуливала собак, даже мыла машины, но все не то...

И тут судьба улыбнулась. На одной из студенческих вечеринок, в доме у глупой, но более чем обеспеченной Ляли Поповой, Галка познакомилась с Федей. Вот это принц! Костюм от Версаче, сотовый телефон, золотая печатка, блестящая иномарка и бумажник, битком набитый баксами.

Бурный роман продолжался месяц. За это время Галя приоделась и привыкла ужинать в ресторанах. Но ветреный Федька вскорости нашел другую, сказав Галочке «прощай».

Бывший любовник оказался не злым и решил пристроить брошенную подругу к делу. Тут-то и выяснилась правда. Никаким актером Федор не был и никогда не учился в театральных вузах. Принц оказался натуральным бандитом, курирующим в столице нищенский бизнес. Очаровательный Федя имел рубли с бабушек, инвалидов и параличных детей. Дело было поставлено с размахом. Из бедных, полуголодных Украины, Белоруссии и Молдавии привозили настоящих калек и определяли их в метро. Почему в подземки? Да потому, что улицы и проспекты «курировали» другие. Федина территория — метро, причем только определенные станции и переходы.

Инвалидов селили группами в специально снятых квартирах, кормили плохо, зато от души угощали дешевой водкой.

Бедолаги часто умирали, и на их место заступали следующие. Детям давали снотворное или вкалывали галоперидол — лекарство стоит копейки, а эффект потрясающий. У несчастного ребенка внезапно на глазах у всех начинаются судороги, а секрет в том, чтобы до укола влить в него хоть двадцать граммов любого алкоголя. И, пожалуйста, вот вам эпилептик. Дети долго не выдерживали, в особенности груднички. Впрочем, в них тоже недостатка не было. На любом вокзале можно найти новых.

Особая категория — это старухи. Если «чеченским» и «афганским» «ветеранам», параличным, сиротам с гармошками все-таки подавали, то бабки почему-то не вызывали особой жалости. Может быть, потому, что они злы, агрессивны и не столько просили, сколько требовали. Иногда какая-нибудь наивная старушка, думая подработать к пенсии, устраивались возле эскалатора в своей, так сказать, возрастной группе. Как правило, до вызова смотрящего дело не доходило. Смиренно просящие подаяние бабули забивали непрошеную сами. Крутые братки просто столбенели, глядя, как «убогие», «больные» старухи пинают поверженное тело несостоявшейся товарки подагрическими ногами.

Это самый нижний этаж попрошаек, дно нищенского бизнеса, чуть повыше располагались «постановочные». Те, кто прикидывается служителями культа, например.

— Не поверишь, какие мастера есть, — посмеивалась Галя. — Один, например, представляется крупным экстрасенсом. Подходит к тебе в толпе и так тихонечко говорит: «Извините, девушка, но не мог удержаться, знаете, у вас опухоль зреет».

Заморочит голову, потом руками поводит и меньше ста рублей не возьмет. Сама не заметишь, как отдашь.

Еще дама бродит по метро. Зимой — норковая шуба, дорогая обувь, летом — фирменное платье, утонченный макияж. Никакой бедности или вульгарности. Подходит только к мужчинам средних лет и проникновенно говорит, показывая сотовый:

— Извините, бога ради. Украли машину, а мобильный в метро не работает. Дайте, пожалуйста, четыре рубля на автомат, мужу позвонить.

И тоже меньше ста рублей за заход, как правило, не получает. На самой верхушке бизнеса стоят те, кто клянчит в организациях, но про них Галя ничего не знает.

— Это какую фантазию надо иметь, чтобы такое придумать? — вырвалось у меня.

— Да у Федьки целый мозговой центр работает, — объяснила Галя, — мне и грим подобрали, и слова написали... Гляди, как все ловко сделали. Вот ящичек черненький, и печать свисает. У человека сразу доверие возрастает — значит, сама деньги вытащить не может... Опять же текст говорить надо соответственный, про праздники церковные помнить... Стоишь у дверей, народ бежит с работы бегом, у кого дети в садике, у кого жратвы нет... А я им так тихонечко приговариваю: «Подайте на храм. Сегодня большой день поминальный, помолюсь за всех покойных». Народ у нас суеверный, в бога-то верит, а в церковь ходить недосуг, вот и накидают полный ящик, чтобы я за них постаралась... А ты? Уж, извини, конечно, совсем не соображаешь. Встала с кулечком из «Рамстора»! Ха, да одно это название у человека злость вызывает, там все дорого. Опять же, глянь на себя! Молодая, да на тебе пахать и пахать! Эка невидаль — муж умер, да у половины баб никогда мужа и не было. Много подали?

Я покачала головой.

— То-то и оно, — повторила Галя, — так нельзя. Еще удивительно, что сразу тебя не прогнали. Ладно, ты помогла мне, а я тебе. Давай с Федькой свяжу, пусть к себе возьмет, будешь процент платить, и все.

— Много отдавать? — изобразила я жадность.

Галя снисходительно засмеялась.

— Я всю семью кормлю, а сейчас родителей в Турцию отдыхать отправила, не боись! — И она схватилась за телефон.

Примерно через час мы стояли в уютной квартире недалеко от Белорусского вокзала. Хозяин, молодой парень с простодушным каким-то лицом, выговаривал «монашке»:

— Ну какого черта на «Аэропорте» встала, знаешь ведь, не наша территория.

— Ой, Федечка, — юлила Галя, — бес попутал. Возле «Войковской» сегодня рынок закрыт, народу нет, вот и хотела чуть заработать...

— «Чуть заработать», — передразнил Галю парень, — ну что, накостыляли тебе и правильно. А это еще кто?

И он уставился на меня.

— Тетка моя, — начала ловко врать девушка, — с работы выгнали, вот и решила тоже к тебе попроситься. Ты бы нас в пару поставил...

— Замолчи, — обозвал ее Федор и снова поглядел на меня: — Как зовут?

— Любовь Петровна, Люба, — промямлила я, стараясь придать лицу испуганный вид.

— Что делать умеешь? — деловито осведомился работодатель.

«Владею тремя языками, знаю компьютер, вожу машину и могу разоблачить убийцу», — подумала я, но вслух пробормотала:

— Ничего.

— Совсем ничего? — удивился Федя. — Может, на музыкальных инструментах...

— Никогда, — с чистой совестью ответила я, — ноты не различаю.

— Жаль, — искренне огорчился мужик. — А до увольнения где гробились?

Мой большой опыт подсказывал, что врать лучше всего поближе к правде.

— Детям французский язык преподавала в школе.

— Клево, — пришел в восторг Федор, — отправлю вас к хозяину, нам как раз такая нужна, с языком, отличное местечко есть!

— А разве не вы хозяин?

— Куда там, — махнул рукой Федя. — Надо мной народу полно, правда, и подо мной тоже. Вам просто повезло, не так-то просто на начальство сразу выйти, большинство видит тех, кто десятину берет. Это только потому, что вы Галкина тетка, родня кровная. Я человек порядочный, благодарный, девочек своих бывших не забываю и поддерживаю. Так что с первого заработка покупайте Гале бутылочку, да меня не забудьте. Так ведь, киска? — И он с чувством ущипнул мою «племянницу» за попку.

Девушка взвизгнула, Федя довольно рассмеялся и дал адрес.

Сочетание слов «Крылатское» и «двести семьдесят девятая квартира» показалось почему-то знакомым. Федор, плотоядно ухмыляясь, оставил у себя Галку, и я без помех поймала машину. Правда, водитель, мрачноватый парень, одетый не по погоде в ярко-белые джинсы, потребовал плату вперед. Я вытащила из лифчика предусмотрительно припрятанные деньги и в два счета оказалась на месте.

Громадный бело-синий дом тоже мне знаком. Я уже зачем-то приходила сюда, ездила в этом лифте с обгорелыми кнопками и стояла перед стеклянной дверью со звонком.

Прозрение пришло, когда на пороге появился хозяин — Котэ Джапаридзе, опять без майки. Круг замкнулся.

— Вы к кому, дорогая? — вежливо осведомился уголовник.

— Ищу Константина Ивановича, Федор прислал на место Лолы, — произнес язык пароль, а в мозгах стучала только одна мысль: «Лишь бы не узнал».

Но Котэ не заподозрил ничего плохого, скорей всего он давным-давно позабыл «учительницу», разыскивающую чьих-то родителей.

— Входи, дорогая, — улыбнулся хозяин. — Федька звонил.

Я вошла в маленькую, но богато обставленную квартиру. Именно богато, потому что хорошим вкусом тут и не пахло. Бронзовые люстры с хрустальными подвесками, пушистые белые ковры, голубой с золотом гарнитур в гостиной, парчовые шторы, цветной тюль и просто апофеоз убранства — комнатный фонтанчик: на большой мраморной ноге устроился средневековый замок, и из окон одной башни тихо журчит ручеек.

Я вздохнула. Наверное, таскаясь по лагерям и зонам с алюминиевой миской да гнутой ложкой, Котэ мечтал о прекрасном. Хозяин истолковал вздох по-своему и весьма ласково ободрил «абитуриентку»:

— Садись, дорогая, в ногах правды нет. А ты правда французский знаешь?

— Немного, — потупилась я.

— А много и не надо, — ухмыльнулся Котэ, — значит, слушай сюда.

Я развесила уши. Мошенникам нужна женщина, дама средних лет с интеллигентной внешностью и хорошими манерами. Именно дама, молоденькие девчонки в данной ситуации отдыхают. Работать придется в гостиницах «Националь» и «Интурист». Конечная цель — собрать как можно больше денег у проживающих там иностранцев, желательно в валюте, но и от рублей отказываться не следует. Половину ежедневной выручки отдавать некоему Марату, который безвылазно сидит в гостиницах. С оставшейся частью могу делать что хочу.

— Что-то не очень понятно! — сказала я. — А как вы узнаете, сколько я заработала?

— На честность надеемся, — вздохнул Котэ, — только учти, дорогая, Марат примерно представляет, сколько за рабочий день сгрести можно. Вот ты, например, на место Лолы встанешь. Она уж слишком жадная была, вот под машину и попала. Вышла из гостиницы, и тут же несчастный случай. Жаль, конечно, умная женщина была, по-английски, как по-русски, болтала, но очень, очень жадная...

— Ладно, понятно, — ответила я. — А как деньги-то выпрашивать, что делать?

— А этим, дорогая, у нас Мэрилин Монро занимается.

— Кто?

— Человек есть специальный, не волнуйся, имидж тебе подберут, текст напишут, одежонку купят, потому что в твоих лохмотьях и на километр к гостинице не пустят. Так что сейчас отправишься к Мэрилин. Главное, слушайся ее, как мать. Она женщина строгая, требовательная и неслухов не любит. Откажется с тобой работать, будешь в метро копейки выпрашивать. Понравишься ей да с нами подружишься — совсем другие заработки пойдут. А то некоторые капризничают, когда Мэрилин велит волосы покрасить или еще чего-нибудь. Считай, предупредил. А сейчас, дорогая, беги быстрей в Козловский переулок, а я Мэрилин позвоню. Скажешь, от Константина Ивановича на место Лолы. Давай-давай, она не любит, когда опаздывают.

Я опять поймала такси и полетела в центр города. Для конспирации вылезла у метро «Красные Ворота» и дальше побежала пешком. Мрачный серый дом с гигантской лестницей и гулкими лестничными клетками — подходящее место для таинственной дамы, носящей артистическую кличку. Что ж, попробую понравиться мадам, а там, глядишь, доберусь и до людей, занимающихся эксплуатацией детей в колясках.

Я взлетела на третий этаж и позвонила. Ободранная створка распахнулась сразу. В огромном холле стояла женщина. Прямо позади нее располагалось двухстворчатое окно без каких-либо признаков занавесок. Холодное, но яркое солнце било прямо в спину Мэрилин, и я не различила лица. Женщина посторонилась, и я прошмыгнула внутрь. Хозяйка закрыла замки и повернулась ко мне. Теперь солнце падало на лицо. Я остолбенела, впрочем, «Мэрилин Монро» тоже почти лишилась чувств.

Все же мне удалось прийти в себя раньше. Глядя в ее холодные надменные глаза, я, отчеканивая каждое слово, спросила:

— А теперь, Валерия Петровна, немедленно говорите, куда подевали Надю, потому что Полина уже нашлась!

Артамонова схватилась руками за голову и начала, медленно оседая на пол, громко рыдать и хохотать одновременно. Я с отвращением ожидала конца спектакля, потому что ни на минуту не верю этой даме, слишком уж она профессиональна и артистична.

Глава 31

Валерия показала все, на что способна. Сначала плакала, потом, хватаясь за сердце, изображала предсмертное состояние. В конце концов кинулась к двери, но я ловко сделала ей подножку. «Мэрилин» свалилась кулем и взвизгнула. На этот раз вполне искренне, все-таки больно приложиться лбом о калошницу. Я выхватила из замочной скважины ключ и невозмутимо произнесла:

— Может, хватит театральщины? Давайте поговорим по-нормальному, все равно ведь не выпущу, пока не узнаю всю правду. А будете продолжать этот спектакль, позвоню своему приятелю, полковнику Дегтяреву. Он работает в системе МВД и страшно обрадуется возможности встретиться с Мэрилин Монро. Уж не знаю, сколько там положено по закону за мошенничество, но думаю, преподавать вам долго не придется. Хотя можно и на зоне театр организовать!

Артамонова в ужасе прижала руки к щекам.

— У вас только один выход, — спокойным голосом внушала я, — расскажите всю правду, и вместе подумаем, что делать. Зла никому не хочу, все-таки наши семьи связывают долгие годы дружбы и почти родственные отношения. Но девочки-то — ваши кровные внучки!

— Ха, — откликнулась Лера, — много ты знаешь! Байстрючки и приблуды, к Андрюшке никакого отношения не имеют!

Но все же она пошла на контакт, и я, боясь потерять хрупкую нить доверия, потащила преподавательницу на кухню. Там, в просторных шкафах, нашлись кофе и бутылка крепкого рома. Я заварила «Нескафе» и налила Валерии в чашку до половины рома. Так пил чай мой дедушка, царствие ему небесное. Ставил перед собой бутылку и на глазах у бабули демонстративно наливал в заварку одну ложку коньяка. Потом отхлебывал и доливал стакан из бутылки, снова делал глоток и снова плескал коньяк. Через пару минут в стакане болтался один «Отборный», и дедуля оказывался пьян и весел чрезвычайно. Следуя этой замечательной методе, я подождала, пока Валерия Петровна отопьет чуть-чуть, и добавила рома, потом опять... Глаза Артамоновой наконец заблестели, и она с вызовом произнесла:

— А ведь я приказывала Андрюшке держаться от тебя подальше, не послушал...

— Вот что, Валерия Петровна, — обозлилась я окончательно, — улик, найденных мной, хватит вполне, чтобы отправить вас в СИЗО! Мэрилин Монро! Небось под этой кличкой и на Петровке вы известны. Ну-ка, рассказывайте по-быстрому, где Надя...

Валерия Петровна вздохнула:

— Не поверишь, Дарья, не знаю.

— Как?!

— Да просто я тоже в некотором роде жертва.

Начался сумбурный и довольно несвязный рассказ.

Главным для Леры всегда была работа. Для домашнего хозяйства существовала домработница, Андрюшей занималась няня. Валерия Петровна прекрасно зарабатывала, ее буквально разрывали на части...

Потом начались годы перестройки, народ практически перестал ходить в театры, кино не снималось... Правда, в театральный вуз все равно рвались дети, мечтавшие стать актерами, но Артамоновой теперь платили столько, что едва хватало на один поход по недорогой оптушке. Но не только отсутствие хорошей еды и качественной одежды угнетало привыкшую к комфорту Артамонову: рушилась мечта всей жизни.

Дело в том, что как раз накануне всех происшедших в стране изменений Валерия Петровна добилась приказа об открытии в Москве нового театрального училища, где собиралась занять должность ректора. Никто не знает, как ей удалось такое и чего стоило пройти все инстанции. Но учебное заведение так и не открылось. Денег в бюджете для этого не нашлось. Так приказ просто остался бумажкой. Валерия Петровна лелеяла надежду отыскать богатого спонсора, но...

В общем, мечта так и осталась мечтой.

Однажды, несколько лет назад, к ней обратился некий господин Гаврюшин с просьбой: его дочь мечтает стать актрисой, но возраст уже, надо сказать, не юношеский, тридцать лет, и таланта особого не наблюдается. Сам Гаврюшин удачливый бизнесмен, богат, дочку любит чрезвычайно, вот и решил побаловать ее — поставить у себя на даче спектакль «На дне». Не возьмется ли Валерия Петровна поднатаскать доморощенных актеров, чтобы перед зрителями не стыдно было. В зале будут только родственники и друзья, но все же не хочется откровенного провала.

Валерия презрительно вздернула брови. Ей ли заниматься какими-то любительскими постановками? Но Гаврюшин назвал сумму гонорара, и у Артамоновой «в зобу дыханье сперло». На эти деньги она может потом спокойно жить целый год.

Она поехала на комфортабельную дачу бизнесмена и в течение своего отпуска успела многому научить любителей. Спектакль состоялся и даже имел успех.

В сентябре Гаврюшин снова приехал к Артамоновой и сделал новое, на этот раз совершенно невероятное предложение. Да, он бизнесмен, но по жизни имеет много самых разных друзей. Один из них — очень уважаемый в Москве человек Котэ Джапаридзе. Милейший Котэ курирует в столице нищенский бизнес. Как в каждом деле, в нем есть рядовые сотрудники, сшибающие копейки, а есть высокооплачиваемая элита, промышляющая в самых разных сферах — гостиницах, банках, просто в семьях обеспеченных людей... Котэ срочно нужен человек, умеющий преподавать актерское мастерство, потому что сам он не всегда в состоянии придумать образ «убогого».

Лера пришла в полное негодование и хотела выставить наглого Гаврюшина за дверь, однако названная сумма снова заставила призадуматься. Она решила разочек попробовать. Тогда бизнесмен свел ее с Котэ.

Валерия Петровна хорошо запомнила своего

первого ученика — белобрысого паренька с простецким рязанским лицом. Но опытный педагог углядела в нем Казанову. Через месяц мужика стало не узнать. Выкрашенные в каштановый цвет и зачесанные назад волосы разительно изменили внешность юноши.

Несколько уроков хороших манер, дорогой костюм, золотые часы на запястье, безукоризненно вычищенная обувь... И парнишка начал приносить гигантские дивиденды. Он ходил по бесконечным московским свахам и брачным агентствам в поисках жены... Знакомился с претендентками, а уж те сами давали внезапно потерявшему кошелек кавалеру деньги...

Потом в руках Валерии Петровны побывала девушка, бойко изъяснявшаяся по-немецки. Она стала туристкой из Германии, желающей познакомиться с Москвой. Девчонка подходила на улице к хорошо одетым мужчинам и заговаривала с ними, перемешивая русские и иностранные слова:

— Ах, извините, ich, как сказать, russich... — В общем, выяснялось, что у нее украли портмоне и до гостиницы не доехать, да и на обед денег нет... Меньше ста рублей не давали...

Потом потянулись другие: мальчики, девочки, женщины, мужики — конвейер. Артамонова втянулась в работу и даже стала получать удовольствие. Во-первых, все-таки занималась любимым делом, во-вторых, доходы от этой деятельности исчислялись ну очень большими суммами. Валерия снова могла позволить себе отдыхать у моря, кататься на такси, покупать французские духи, забивать холодильник любимой осетриной и миногами. Дома тоже все складывалось прекрасно. Сын Андрюша пошел в гору, начал хорошо зарабатывать, у детей была няня, так что никто не ждал, что Лера начнет исполнять роль бабушки. Слегка только ее раздражала невестка Лида, не такую сноху желала себе Валерия Петровна. Но если сыну нравится эта тюха-матюха, эта домашняя клуша — ну и пожалуйста, это его жизнь, ему с ней жить. Лишь бы ее, Валерию Петровну, не беспокоили, не мешали заниматься любимым делом...

Гром грянул летом. Валерия Петровна отличалась патологическим любопытством. В квартире Артамоновых стояло несколько телефонов, и, если Андрюшка или Лида брали трубку, Валерия обязательно оказывалась у параллельного аппарата. Она не упускала возможности постоять за дверью, чтобы услышать чужой разговор, обожала читать не ей адресованные письма... Ведь так просто открыть конверт над кипящим чайником...

Именно таким образом она и вскрыла послание мэтра Кассиса. Французский язык не остановил, а лишь подогрел желание узнать содержание. Она взяла письмо и заглянула в контору, где делали переводы. Через двадцать минут она уже сидела в небольшом кофе, пытаясь собраться с мыслями. У нелюбимой невестки, у Лидки, женщины без роду и племени, оказывается, есть родня за границей! Ну кто, кроме родственников, мог отвалить бабе такие бешеные деньги!

Мэтр Кассис в первом послании четко указал

цифру — три миллиона франков. Лера перевела деньги в доллары и долго не могла прийти в себя. Господи, ну почему счастье привалило этой дурехе Лидке! Ну на что она потратит деньги? Купит новую кухню, сделает очередной ремонт, ну поедет отдыхать в Турцию, на большее фантазии не хватит! Ах, если б наследство привалило самой Валерии, уж она-то знала бы, куда девать деньги! Даже половины суммы хватит на то, чтобы открыть училище. Организовала бы платный факультет и учила бы богатеньких, способных отстегнуть за приобщение к миру кулис кругленькую сумму... А на бесплатные места брала бы суперталантливых и занималась ими лично. Прощай тогда, нищенский бизнес! Но нет, судьба любит иронизировать, богатство выпало этой кухонной тряпке... Вот если бы Лида случайно умерла, предварительно сделав завещание в пользу Андрюшки! Тогда Лера сумела бы прибрать к рукам состояние. Впрочем, кроме дуры-невестки, есть еще и избалованные внучки.

Артамонова ехала домой в глубокой задумчивости. В голове режиссера зашевелились какие-то смутные планы... Письмо Лидке она не отдала. Сама еще не знала почему, но не отдала...

А дальше события понеслись с бешеной скоростью. Подтолкнула их ничего не подозревавшая Лидушка. Они с Андреем собрались в Грецию, а у нее закончился срок загранпаспорта. Дважды Лидуся ездила в ОВИР, но оба раза неудачно. То не принимал нужный инспектор, то учреждение работало только до часу.

— Ну и морока с этими паспортами! — как-то посетовала Лидия за завтраком.

Неожиданно Валерия Петровна предложила:

— Так уж и быть, давай все документы, помогу.

Удивленная ее столь любезным поведением, Лидуся протянула свекрови две красненькие книжечки. Лера поехала в ОВИР. Она пока отчетливо не понимала, почему вдруг решила облагодетельствовать невестку. В метро Валерия принялась листать паспорта. В российском общегражданском стоял штамп — первая группа крови, резус положительный.

Артамонова вышла на первой станции и задумалась. То, что у девочек четвертая группа, она знала хорошо: не так давно одной удаляли гланды, а другой аппендикс. Андрюшка же имеет первую группу, как и она сама. Нехорошие подозрения закопошились в голове свекрови, и вместо ОВИРа женщина направилась в поликлинику к знакомому терапевту.

От врача Валерия ушла с горящими от злобы щеками. Нет, не зря она терпеть не могла Лидку. Больше всего хотелось выложить все сыну, но несдержанный Андрей тотчас выгонит неверную жену, а вместе с изменщицей уплывут и денежки.

Валерия купила «Из рук в руки» и, найдя объявление «Частный розыск», отправилась по указанному адресу.

Вернувшись домой, она не отдала Лиде паспорта, сказав, что документы остались в ОВИРе.

Через две недели нанятый сыщик доложил, что Лидия ездит в Ново-Переделкино на свидания к мужику. Подумав, что Толя и есть отец девочек, Валерия чуть не умерла от желания устроить скандал, но мысль о деньгах удержала ее эмоции в узде.

Всю жизнь Валерия Петровна учила людей актерскому мастерству. А что такое преступление? Мастерски поставленный спектакль!

Свекровь продумала все до мельчайших деталей. Сначала следовало избавиться от байстрючек, приблудышей, носящих по недоразумению фамилию Артамоновы. Она обратилась к Котэ, рассказав все про Лиду и утаив про деньги.

— Понимаю, — одобрил Джапаридзе, — накажем невестку-проститутку, девчонок я уберу.

— Только не убивай, — испугалась Лера, — просто куда-нибудь пристрой.

— Не волнуйся, дорогая, — успокоил сообщницу уголовник, — пальцем не трону, они исчезнут, и все.

Теперь надо застать девчонок одних. Вот когда Лера пожалела, что в свое время требовала, чтобы нянька ни на шаг не отходила от внучат! Зина на прогулках всегда держала Полину и Надю за руку. Пришлось актрисе позвать Зину в квартиру, придумав для этого предлог. Потом она еще задержала няньку, давая указание насчет покупок.

Этого времени Вере Подушкиной хватило, чтобы увести детей, якобы для того, чтобы купить им мороженое.

— Как же вы не побоялись втянуть в дело студентку? Почему именно она?

Артамонова вздохнула.

— Да очень просто. Дети узнали Веру и охотно отправились с ней. С незнакомыми они бы ни за что не пошли. К тому же Подушкина... — Валерия помолчала и продолжала: — Вера все равно мертва, хуже ей уже не будет.

Рассказ, последовавший за этим заявлением, просто ошеломил. Такое не могло прийти мне в голову.

Вера мечтала попасть в ученицы Артамоновой. Но та категорически заявила:

— Не возьму. Таланта нет. Лучше иди на филологический, сцена не для тебя.

Подушкина только скрипнула зубами, когда Валерия пригласила в свою мастерскую Катю Малахову. Однажды преподавательница и Катя вместе ехали домой. На многолюдной платформе, в бешеной сутолоке толпы появился пьяный мужичонка в каком-то диком красном пиджаке. Не успела Артамонова ахнуть, как пьяница ловким движением дал Малаховой под коленки. Девушка рухнула под стремительно наезжающий состав.

Валерии Петровне стало дурно. Вечером она лежала в кровати, стараясь прогнать из ушей протяжный Катин крик. И тут Андрюша пропустил в комнату Веру.

— Извини, мама, — развел он руками, — но девушка говорит, что ей назначено.

Валерия хотела возмутиться, но что-то в глазах Подушкиной остановило преподавательницу. Студентка подождала, пока Андрей уйдет, потом решительно сказала:

— Валерия Петровна, если не возьмете к себе, жить не стану.

— Только без истерик, — поморщилась Артамонова.

— Ладно, — согласилась Вера и вытащила из сумки нелепый красный тючок. — Сегодня в метро пьяный мужик сбросил Малахову под поезд. Так это была я.

И она натянула кричащий пиджак. Валерия находилась в обморочном состоянии, а Вера настойчиво продолжала:

— Место у вас в группе теперь свободно, и вы должны взять меня, потому что я для этого убила человека.

Секунду Валерия смотрела на Подушкину. Преподавательница делила людей на две категории — тех, кто готов отдать жизнь ради сцены, и всех остальных. Здесь же третий вариант — студентка стала убийцей и только для того, чтобы иметь возможность обучаться у Артамоновой. Это ли не пример беззаветного служения искусству!

Вера молча ждала приговора.

— Хорошо, — наконец вымолвила Артамонова, — скажи в учебной части, что беру.

Подушкина упала на колени и поцеловала ей руку.

— Вы не пожалеете.

Валерия Петровна и впрямь ни разу не пожалела. Вера подчинялась ей абсолютно, выполняла любые приказы и пожелания.

Это она довела детей до мороженщицы и вытерла Надюше лицо платком, смоченным эфиром.

Девочек увезли. А бабушка дома разыгрывает перед перепуганной Зиной сердечный приступ и не может вспомнить номер Андрюшкиного сотового... Потом Котэ звонит Лидке и велит не искать девочек и не сообщать в милицию. Валерия Петровна удерживает домашних от обращения в органы. А у домочадцев у самих рыло в пуху. Андрюшка подозревает своих любовниц, а Лидка боится, что вылезет правда про Косопузова и Анатолия. Славное семейство!

И тут в дело вмешиваюсь я. Сначала усиленно навязываю совершенно не нужного никому полковника милиции, потом вдруг являюсь с сообщением о Наде...

Лида мчится на станцию «Аэропорт». Валерия в панике звонит Котэ, вдруг невестка и впрямь наткнется на девчонку. Джапаридзе успокаивает Мэрилин Монро и объясняет, что Надю уже увезли из Москвы, но Валерия Петровна продолжает биться в истерике и, вспомнив про Катю Малахову, советует Котэ:

— Может, ее тоже уронить...

— Как скажешь, дорогая, — равнодушно соглашается подельник, в распоряжении которого целая армия нищих, готовых на все за небольшую сумму.

И Лидушка летит под колеса. Правда, каким-то чудом остается жива. Но свекровь надеется, что не сегодня-завтра невестка все же отдаст концы.

Я же продолжаю все сильней путаться под ногами и прибегаю к Артамоновым с заявлением, что со двора девочек увела Вера. И тут Валерия пугается на самом деле. Во-первых, неизвестно, как поведет себя девушка, если на нее наедет милиция, во-вторых, она единственная, кто знает про деньги. Ведь именно Вера, нацепив парик, ходила к нотариусу с Лидочкиным паспортом оформлять липовое завещание. Вот это уже на самом деле страшно. Тем более что Вера, почувствовав свою власть над Артамоновой, потребовала за свои услуги не больше и не меньше, как роль Электры в постановке Фреда Кройнева... Кто знает, что взбредет в голову взбалмошной девице в следующий раз. И преступница в панике опять бежит к Котэ.

— Да не волнуйся, дорогая, — снова успокаивает Мерилин подельник.

И к Подушкиной отправляется убийца. Дана команда обстряпать дело как самоубийство. Все складывается превосходно. Глупые девчонки пьют кофе с отравой, совершенно не удивляясь, что к ним пришла приятнейшая женщина от Валерии Петровны. Дождавшись конца, киллерша ускользает. Она делает только две ошибки. Чтобы представить по разработанному Артамоновой плану версию о том, что убийца Ани — ее сестра Вера, печатает записку на компьютере и не знает про стоящую на плите кашу...

Наконец-то Валерия вздыхает свободно. Свидетелей нет. Но я упорно лезу не в свое дело и добираюсь до Савостиной.

Жанна Яковлевна, которой Сергей и Котэ рассказали небылицу об отце Полины, в ужасе бежит к Джапаридзе и требует сказать, что за девочку подсунули в «Милосердие». Она боится, что «сотрудник прокуратуры» и «частный сыщик» настучит на брата. Джапаридзе, недолго думая, решает избавиться от истеричной бабы привычным способом. Жанну Яковлевну сталкивают под поезд. Но, слава богу, она остается жива.

Я же тем временем добираюсь до лже-Расторгуева. Мужик не теряется и посылает настырную «сестрицу» по фальшивому адресу. Сначала Слава-Сережа хочет проследить за наглой бабой, но, потеряв след, предпочитает удрать. Неизвестно, что он наплел своей сожительнице Ирочке, но парочка испарилась.

Отлично выстроенная афера начинает разваливаться. Лида жива и приходит в себя. Пока Валерия раздумывает, как при помощи многорукого Котэ избавиться от невестки окончательно, к ней на учебу является новая «студентка» трехгрошовой оперы — и это я.

Я выслушала рассказ Артамоновой молча. Ощущение такое, будто сижу в бочке с дерьмом, захотелось немедленно вымыться... Столько крови и несчастий из-за денег!

Боже мой! И этой женщиной я восхищалась долгие годы, глядя на ее подтянутую фигуру и красивое лицо! В ее доме я проводила многие часы, несколько раз Валерия выручала нас с Кириллом деньгами, забывая потом истребовать долг! Что же делать?

По-хорошему следует позвонить Александру Михайловичу! Но в этой истории просто нет невиновных.

Лидка с ее враньем и дочками от Косопузова, Андрюшка, запутавшийся в бабах, Вера, убившая Катю Малахову, и Валерия Петровна... И все из-за дурацких бумажек с водяными знаками. Матери Лиды, Зое Мягковой, обеспеченное положение и деньги достались в результате гадкого поступка. Ради собственного благополучия она бросила дочь. И эти же деньги чуть не сгубили Лиду. Да, судьба любит с нами шутить. Жаль только Полю и Надю, пешек в этой отвратительной игре взрослых, и я сказала:

— Велите вернуть Надю. Не знаю, где она.

— Хорошо, хорошо, — поспешно согласилась Артамонова. — На днях привезут и Полю, и Надю.

— Поля уже у меня, — сообщила я.

Валерия Петровна чуть не лишилась чувств.

— Как?

— Так, — подтвердила я. — Ее завтра доставят домой. Я в милицию не пойду и не расскажу никому обо всем, что узнала.

Лера зарыдала в голос. Кажется, искренне, хотя кто ее знает, актрису...

— Да, не расскажу, — продолжала я, — но в дом к вам больше никогда не приду. И имейте в виду, если с девочками или с Лидой что-то случится... Вам надо теперь молиться, чтобы они были живы и здоровы, потому что вы на свободе только при этом условии. Кстати, Лида знает о наследстве, на деньги не рассчитывайте. А уж как станете жить дальше рядом с людьми, которых хотели убить, не знаю. Это ваша проблема.

Я пошла к двери.

— Даша, — позвала Артамонова.

— Что?

— Подскажи, как найти выход их этого положения?

Я пожала плечами:

— Выход из безвыходного положения там же, где вход!

Эпилог

Утром я сначала отвезла девочек и Капу в Шереметьево. Посадив ее и Энн в самолет, доставила Полину домой и вручила Валерии Петровне. Вечером позвонил ликующий Андрей.

— Дашка, — кричал он, — представляешь, днем звонок, мать открывает дверь, а на пороге Поля!

— Надо же, — «удивилась» я. — А Надя?

— Звонил какой-то мужик и сказал, что завтра вернет.

И в самом деле, назавтра Надюшка оказалась дома. Девочку предстоит теперь долго лечить. В отличие от Поли, на которой приключение почти не оставило следов, Надя после снотворных и побоев была в плохом состоянии. В результате такого обращения ребенок от шока потерял речь. Но сейчас все налаживается. Лида выздоравливает, и Надюша, дай бог, тоже поправится.

Интересоваться у Александра Михайловича, поймал ли убийцу сестер Подушкиных, я боюсь.

В ноябре, выполняя обещание, данное воспитательнице Маргарите Львовне, свозила мечтающую о Диснейленде девочку в Париж.

По возвращении меня ждало известие. Валерия Петровна решила помыть окно на кухне, поскользнулась на мыльном подоконнике и упала вниз. Смерть наступила мгновенно.

— И зачем она полезла мыть стекла? — недоумевала Лидка. — Ведь всегда вызывали для этого женщин из фирмы. Тем более что у нее давление... Голова небось закружилась...

Выслушав подругу и подумав, что из-за поездки в Диснейленд пропустила похороны и поминки, я села на кухне и закурила. Приближалась зима, на лужах появились первые ледяные корочки, и собаки носились по двору с громким лаем.

Но Лера уже не увидит снега. Она все-таки нашла выход из тупикового для нее положения — выход на тот свет.

Литературно-художественное издание

Донцова Дарья Аркадьевна

КОНТРОЛЬНЫЙ ПОЦЕЛУЙ

Редактор *Л. Тихомирова*
Художественный редактор *В. Щербаков*
Художник *А. Дубовик*
Технический редактор *Н. Носова*
Компьютерная верстка *А. Щербакова*
Корректор *В. Назарова*

Налоговая льгота — общероссийский классификатор
продукции ОК-005-93, том 2; 953000 — книги, брошюры

Подписано в печать с готовых монтажей 20.12.2001.
Формат 84х108$^1/_{32}$. Гарнитура «Таймс». Печать офсетная.
Усл. печ. л. 22,68. Уч.-изд. л. 16,0.
Доп. тираж 16 000 экз. Заказ 4202007.

Отпечатано с готовых диапозитивов
на ФГУИПП «Нижполиграф».
603006, Нижний Новгород, ул. Варварская, 32.

ЗАО «Издательство «ЭКСМО-Пресс»
Изд. лиц. № 065377 от 22.08.97.

125190, Москва, Ленинградский проспект, д. 80, корп. 16, подъезд 3.
Интернет/Home page — www.eksmo.ru
Электронная почта (E-mail) — info@ eksmo.ru

Книга — почтой:
Книжный клуб «ЭКСМО»
101000, Москва, а/я 333. E-mail: bookclub@ eksmo.ru

Оптовая торговля:
109472, Москва, ул. Академика Скрябина, д. 21, этаж 2.
Тел./факс: (095) 378-84-74, 378-82-61, 745-89-16.
E-mail: reception@eksmo-sale.ru

Мелкооптовая торговля:
117192, Москва, Мичуринский пр-т, д. 12/1
Тел./факс: (095) 932-74-71

ООО «Дакс». Книжная ярмарка «Старый рынок».
г. Люберцы Московской обл., ул. Волковская, д. 67.
Тел.: 554-51-51; 554-30-02.

Всегда в ассортименте новинки издательства «ЭКСМО-Пресс»:
ТД «Библио-Глобус», ТД «Москва», ТД «Молодая гвардия»,
«Московский дом книги», «Дом книги на ВДНХ».

ТОО «Дом книги в Медведково». Тел.: 476-16-90.
Москва, Заревый пр-д, д. 12 (рядом с м. «Медведково»)

ООО «Фирма «Книинком». Тел.: 177-19-86.
Москва, Волгоградский пр-т, д. 78/1 (рядом с м. «Кузьминки»).

ГУП ОЦ МДК «Дом книги в Коптево». Тел.: 450-08-84.
Москва, ул. Зои и Александра Космодемьянских, д. 31/1.

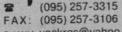